伊甸园之殇

卫金桂◎著

中国文史出版社

图书在版编目（CIP）数据

伊甸园之殇 / 卫金桂著 . —北京：中国文史出版社，
2013.8

ISBN 978-7-5034-4186-8

Ⅰ.①伊⋯ Ⅱ.①卫⋯ Ⅲ.①长篇小说—中国—当代
Ⅳ.①I247.5

中国版本图书馆 CIP 数据核字（2013）第 184521 号

责任编辑：罗 英 雷 鸣

出版发行：中国文史出版社
网 址：www. wenshipress. com
社 址：北京市西城区太平桥大街 23 号 邮编：100811
电 话：010－66173572 66168268 66192736（发行部）
传 真：010－66192703
印 装：北京天正元印务有限公司
经 销：全国新华书店
开 本：170mm×240mm 1/16
印 张：21.5
字 数：375 千字
版 次：2013 年 9 月北京第 1 版
印 次：2013 年 9 月第 1 次印刷
定 价：49.00 元

目 录
CONTENTS

一

　　1927 年 5 月 23 日（农历四月二十三日），天还没亮，梦中的乔山突然感觉床猛地痉挛了几下，门钉扣子也丁零当啷响了起来，他一骨碌爬起来，刚想喊大家，听见父母那边叽里咕噜说话，想必他们也已经感觉到了。

　　微震旋即停止，父母屋里灯亮了。乔山推一推身边沉睡着的妻子，对方往靠窗户的方向挪了挪，嘴里不知含混地叽咕些什么，又稳稳躺那里不动了。他正犹豫是否点灯和出去招呼所有人起来，轰的一声，谷应山鸣，门墙如被拔起来后狠狠摔下来一般顷刻间倒塌。就在房顶和其他墙软绵绵委顿到地面之前，他挟起身边熟睡的大儿子壮壮，猛虎一样扑进了院子，又朝外连滚带爬挪了几下。一抬头看对面，弟弟和长工们的屋子早已成为一堆；看右侧，父母房屋的情况一样，回头望身后，妻儿也被塌下来的房子盖得没有了一点痕迹。

　　短时间里四周没有人声，连他自己和怀里的壮壮，也只是大口喘气没有其他。乔山呆呆地看着天空中彩色的怪异光芒，以及晨曦中缭绕的几十张高的黄尘柱子在飘散聚合，晨风发出嘶嘶邪气，他连自我意识都消失了。就这样过了一好会儿，先是一两声焦躁嘶哑的狗叫，接着应声四起，然后是人们的号痛声陆续汇入，再然后，东山的巨石滚滚而下，这声音也掺和到了人哭狗叫之中。

　　当乔山感觉到身子下刺骨的冰冷时，才注意到周遭全成了黑稀泥汤的世界，一抬头，哗哗的水从东山山谷里往外窜，山口兀地就多出了一道几十仗高的瀑布，黑色的水帘根本就是被抛出来的，迫不及待地往下落地。要不是地上同样兀地多出那么多忽闪忽闪时有时无的大裂口喝进去不少，他们爷俩早就被漂走了，不可能趴在稀泥汤里喘气儿。

　　他顺手把赤条条的壮壮裹进昨天被小儿子尿湿晾在大青石头上的被子里，眼里闪着血红的光让儿子别动，赤裸着上身去父母那里，扑通一声跪地上，发了疯一样地挖，不时仰起头狂喊，然后接着挖，反复的速度越来越快。他觉得只有这种机械的、飞速的疯狂，才能勉强把他和大地粘在一起，和父母不会隔开。不然，他会大喊着奔跑，直到倒地而死。

刨掉两个指甲盖时，才挖出了第一个亲人——已经断气了的妈妈；第二个见到的，是自救出来的饲养员刘猪娃。他是乔家收留的孤儿，今年17岁了，奇迹般地没有受任何伤。两人接着挖出了奄奄一息的父亲、已经断气了的老婆、随她去了的大女儿和二女儿、小儿子。

两个弟弟还不见踪影，他俩就再也没力气挖，也不想再挖。看着大大小小一溜尸体排列在地上，哭不出声来。乔山有些后悔挖他们，埋在里面起码不遭风吹日晒啊。

不知过了多久，一直没出过声的壮壮在被窝卷里很压抑地挤出几个字：

"爹，我怕，我饿！"

他这才记起还有这个小东西活着，头也没回哽咽着说：

"再挨一会儿，死了就不饿了，看，奶奶、妈妈、姐姐妹妹他们都不饿。"

躺在死人排行里的父亲平常最经不起他的大孙子壮壮受委屈，此时像蚊子一样哼出几句断断续续的话来：

"带娃儿逃命去吧……乔家就这一条根了……去看看你外母家还有活的没有，一起出去是个照应……以后你不叫山……叫乔震吧，就算记住……我们了。"

他呆呆地看着父亲，再回头看看小家伙，只有宽阔的额头和惊恐的眼睛在外，眼巴巴看着他。再回头一看，父亲已经死了。这时死了真算幸运的，他想。

此时的他刚过27岁生日三天。

连哭都想不起来，乔震招呼红着眼的刘猪娃把刚才挖人时翻出来的被褥、木头什么的盖在一排死人身上，重新覆盖上土，胡乱穿了些挖出来的衣物，大小三人磕过头，打算去乔震外母家。

抬起头一看，原来几十米之外的他们家在哪？现在根本没有了目标。

乔震家的房屋是最结实的，尚且平了，别人家的更不必说。所幸老婆娘家门口那棵大柳树，虽然倾斜的厉害，但没有完全倒下，乌鸦斜挂在窝上哇哇大叫，八成也因为倾巢的恐惧。隔着老远便清楚地看见树根下地缝里的黑水在汩汩地往外冒，柳树梢一半漂在黑泥汤里微微颤抖，垂头丧气，完全屈服了的样子。

隔着水和巨大的裂缝，没多远的路绕来绕去，好不容易到了那里。两个小舅子都被挖了出来，十几岁的小伙子，脸上盖着东西，他也没想仔细看，俩老人的眼睛痴呆呆地，十八岁的小姨子彩霞嘤嘤地蹲在地上哭。

看见他来了，老人们也没有太明显反应。老太太摸了摸壮壮的头，指着小姨子对乔震说：

"带着她逃命吧，她不会刻薄我的壮壮。"

两个年轻人死活不肯走，外父指了指旁边的小瓦罐道：

"就这么点小米了，我和你妈吃饱了埋他们几个，埋了也就死了，你们留下吃什么？俩家就这一个命根子了，还不快走？等会儿口渴得走都走不动了，赶紧先往远处找个有水喝的地方。"

乔震这才发现太阳已经老高了。干净的蓝天、纯粹的阳光和浑浊的大地，一码和另一码一清二楚，宛如阴阳两界般分明。

大小四个人挥泪跪拜，接过老太太刚从垮塌了的厨房里挖出来的几个洋芋，背着壮壮趟过稀泥，一步一回头朝山外漫无目的地走，到山顶上最后一眼看村庄时，四个人一起大哭起来。翻过山头没有了家的羁绊，越走越快。离开自己熟悉的死亡谷，总是活命的可能性大些。但从此刻起，乔震的心彻底碎了。

不知过了多久，饿得实在走不动，他们躺在干燥发亮的荒地上喘气。乔震让刘猪娃从坡上捡了些干粪球、草根等，用几块石头围起个圈，点火烧了4个洋芋。乔震没有吃，其他每人吃了一个，给壮壮拿了一个，继续走。口渴得要命，除了壮壮嚷嚷两句，谁也不说，因为说也没用。壮壮哭了，乔震说要不让猪娃叔往你嘴里撒点尿？乔震是当真的，刘猪娃红着脸说，我嘴都这么干，哪来的尿？孩子哭累了，脑袋靠在乔震肩膀上沉沉睡去，彩霞摸摸他的小唇说：娃的嘴裂了。

到了一条被摇裂的路上，乔震说这里出了古浪界，进入武威县的地盘，他让大家歇会儿，自己沿着路慢慢往前走，他们不清楚乔震想做什么，也不敢问，乔震知道这样才可能找到点吃的。

古浪和武威交界的一带干旱、贫穷，这在全中国是出了名的。然而穷人自有穷人的救济办法。不知从何时起，那里的人就有了这么个规矩，就是夏天路人吃过西瓜，会把瓜皮朝上扣着，后面没有带吃喝的如果渴了饿了，可以捡起来解渴解饿。冬天走路，拿着水晃里晃荡，不小心还把家什砸了，背个萝卜最方便。同样的，吃不了的，规规矩矩放道旁，没准后面就有需要的人。

乔震睁大眼睛就是找这些。

绕过新摇开的看不见底的裂口，他小心翼翼趑摸着往前走，寻找时不迈步，迈步时不敢左顾右盼。去年夏天的西瓜皮干，还有吃过没多久的红白萝卜头，搜集了好几块，拿过去大家一起吃了。刘猪娃说他去相反的方向再找，乔震说不用了，咱们就朝那个方向走，沿着路才能找到人家，有活命的地方。

边走边捡，有了些收获。彩霞脱下棉衣上的外罩，在袖头打了结，装起来搭在肩头，两个男的换着背壮壮，真希望他在找到水之前一直睡着别醒来。

傍晚在一个土沟里发现了一汪泥水，想必也是地震出来的。润了润嗓子眼，把彩霞的头巾蘸饱和水拿着，谁渴了往谁的嘴里捏几滴进去，翻山越岭连夜走。

大概三天以后，不知过了多少个耗子不拉屎的光山头，下了坡，到了被大山怀抱着的一块小平川，终于发现好几个连着的小村子，不过也差不多是废墟。成群的狗跑到了他们跟前，红着眼睛嬉闹，用吃饱了的快乐感刺激着他们。活着的人顾着哭喊自己的痛，谁也没心思看一眼他们这几个外乡人。乔震在武威念过国民中学，根据当时学过的知识，知道这种时候离瘟疫肯定不远，领着自家人赶紧出了村庄，又绕到离人烟较远的土山脚下，驻足指着几十里外的森林对他们几个说：

"咱们去那里，不然会病死的。"

夜以继日地走，第二天太阳当空时分，终于到达了目的地，一个植被繁荣昌盛的地方。

密密麻麻的生命给他们增加了些许活下来的信心。

古浪虽然也在大山里，但山是令人绝望的贫瘠。那地方最著名的故事不是光彩和荣耀，而是穆桂英挂帅的杨门女将因地势险恶和缺乏植被掩护败于西夏兵的惨烈。这一著名的干旱贫困区，山上光秃秃，薄薄的土层下埋着岩石，能留住草根的地方不多，见不到石头的地方是死寂，见得到的地方是青面獠牙的恐怖。如今他们到了有山有水的原始林，离开了死亡，心情稍微踏实了些。

但另一种恐惧很快又笼罩在了乔震心头。

这里好像从没有人来过，跃跃欲试准备将新芽舒展成翠叶的林子里，各种各样的动物叫声，他们几乎闻所未闻过，壮壮总是想进去看个究竟。离家二三百里的直线距离，地震不可能不侵蚀过这里，因为没有参照物，无法对比出震前震后的区别。想必动物们在地震受惊时也曾上蹿下跳，不过完了照样玩照样歌，一片祥和，不像人这样背着死亡和恐惧的包袱，扛着死亡了的人的期望，连同自己都不愿意要了的生命，苦苦支撑。

如果说在老家时，他们恐惧的是生命的稀缺和逝去，现在在这绵长雄厚的植物天地里，动植物生命的旺盛和繁多则成了巨大的压力和威胁。它们以土著的生存能力和生活条件的绝对优势，使乔震几个人更趋弱小与胆怯。老虎豹子什么的肯定有，此时不知在半枯半荣的植物深处的哪个角度饶有兴趣地看着他们盘算，圈定为下一顿的食物。

面对跌宕起伏的山的安静，怎么保命，时刻需要高度警惕。

默默地，站沟口的小块草地上朝四周张望许久，乔震选择了离林子几百米远的高台作为安家落户之地。

在老家，选宅子有很多讲究，风水什么的乔震不懂，现在也顾不上那么多，东西南北还辨不清楚呢。但安全方面他知道必须注意哪些，如地势不能过高，否则冬天太冷，夏天容易遭雷击；也不能太低，而且背后没有太陡的坡，这两点都是为了防水。另外就是生活的便利，如取水和泥土，等等。这块高地没有树木，方冒尖的新草被庇护在同根先驱高大的尸体丛中，看得出来盛夏的繁荣和景气，以及他们对这里叨扰的史无前例。

选择了这里，还有一个原因，就是高地的土崖上有个自然形成的窑洞，看得见最里头，不像是什么动物的窝，可以暂时御寒躲雨，也便于把守。

进去扒拉平整，突然有了到家的感觉。稍微歇息，四个人出来向河滩走。除了喝水，是想到那里捡些被水淌下来晒干的柴火、找点河水冲下来的植物根茎，看有没有可以吃的。

春末的小溪刚开始解冻，欢快洒脱地从茂密的灌木丛中蹦蹦跳跳出来，调皮的水花碎银子一样飞溅。汩汩地经过一片椭圆形的鹅卵石滩，高高兴兴扎进低处的树丛，不知朝哪里莽撞地流窜而去。

料峭春寒刮薄衣，身心俱冷，偶尔一望，对面阴坡上的积雪躺的很踏实，白得刺眼，丝毫看不出季候影响那里的迹象。

或许这里是阳面洼地比较暖和的缘故，小动物和鸟儿奇多，它们可能从未见过人这样直立行走的动物，几个人走过时，有些动物惊慌失措，大概跟自己的天敌有些相近？有些小动物根本就不搭理他们。

没两个时辰，斩获还真不小。干柴一堆不说，确实有几种跟家乡长的一样的食用根茎被水冲下来后陷在泥沙里，他们用衣襟兜了起来。实际上，即便没有这些，在这里生存也算不上困难，只要留意不被野兽吃掉就行。这个季节不是太冷，河边草芽儿已经鹅黄，鸟儿也已经开始生育。想都想得到树丛里的鸟蛋白花花，以及吃肉的轻而易举。

乔震很后悔，要是当时死活将外母外父拽上来这里过日子多好，放那里生死未卜。

除了基本在几个人怀里轮流的壮壮，乔震给每人配备了粗短木棍用于防身，严厉地嘱咐他们必须随时带在身上。

每天早晨，几个人从林子边缘的鸟窝里拿回来鸟蛋，当场从小溪边挖泥巴将其裹起来，放在扁平的石头上晾着。然后，乔震让刘猪娃抱着壮壮，背对彩霞站立，看着他脸朝别的方向捡柴火，三人多方警戒，就为免去身后遭遇猛兽袭击。

回到洞里，生起火来，或许是地震以来身心过于劳累的需要，觉得烧熟的鸟蛋非常好吃。不够，又去拿，唾手可得。吃多了，渴，不敢多喝生水，用枇杷树叶舀点，润润嘴，待会没事儿，再润点，干渴难受一缓解，就不再喝。本来有可能水土不服，喝多拉肚子就麻烦了。后来找两块凹下去的石板，用头巾蘸水回来拧在石板上烧开喝，这个难题解决了。

就这样过了三四天，心稍微安了，生活内容和范围却没有多少拓展。洞口的熊熊大火一直烧着，绝大多数时候，他们就坐里边默默地看着外面，日出日落，刮风下雨。没有植物和五谷，谁的嘴巴都裂，大便干得难受，大人们不说，壮壮撅着屁股直哭。乔震开始尝草叶子，慢慢地，有几种少量地吃进去没明显不舒服的感觉，推广开来后，大家嘴唇的干裂减轻了许多。后来又发现了老家有的蒲公英、猪耳朵草、马樱菜，食物源扩大了一些。

想到嘴裂的事，乔震就想到了盐，没有这个，过几天体力就会衰退。取盐倒没有难住他，这来自老家的羊不时吃碱土的提示。没等缺盐的不良反应出现，他就从窑洞旁的土崖边抓些盐碱土化进水里，沉淀后几个人用树叶舀了喝，每天来一点。

今天又是一夜春雨之后，天蓝得惊心动魄。壮壮和彩霞还倚在石壁上没有醒来，乔震叫起他们一起出去到小河边，用石头砸断几根细柳条，再抱起许多干树枝到洞门口，自己背朝里扎起篱笆来。刘猪娃上来搭手，彩霞和壮壮在里面拿碎石子猜着玩。

看着太阳到了中午时分，篱笆扎成了，又去捡干的柴火和枯草，回来在洞里铺上厚厚一层，最外头留个烧火的空地。铺位躺不下那么多人，约定彩霞、壮壮第一拨睡，乔震和刘猪娃第二拨睡，反正现在有门了，门口有火堆，大家都在洞里，安全多了。至于时间，现在有比这个更富裕的吗？充足的简直让人嫌弃。事实往往却是，彩霞和壮壮往往一睡到天亮，乔震和刘猪娃也不指望躺那里，靠在石壁上，爱睡就睡爱醒就醒。

相同的环境里，不同的动物包括人，生活习惯会趋同，这是乔震有天早晨突然发现的。因为更多的时候，白天、黑夜、谁睡谁不睡，没有讲究，就在洞里，眼睛闭上了，倒了就倒了，坐着就坐着。除了搞吃的搞个安身的窝，真的没有别的，跟其他动物几乎毫无区别。壮壮的话越来越少，反应也迟钝了许多。

读过书的乔震惊慌了。这样下去，孩子要傻的，几个人都要傻的。于是，他除了发动大家出去对着山喊，学鸟兽叫，总在规划怎么能创造出点生活氛围出来。

到这里大概半个月后一个风和日丽的早晨，乔震对壮壮说：

"爹给你养鸡好不好？"

壮壮不明白：

"为什么要养鸡？河坝里养着很多鸡。"

"那是河坝的，不是你的，想跑就跑了。我们抓几只圈起来，以后他们生出的娃娃就是我们的，对不对？天阴下雨可以不去林子里拿蛋吃，从鸡窝里拿。它们跟我们熟了还会到窑洞里一起待着，多了伴儿，你说好不好？"

壮壮难得地拍拍小手说好。

有了项新的劳动，谁都觉得是份享受，起劲地干，壮壮也掺和，建造小鸡舍，几个人的话较平时为多。石头、泥巴、木棍都便利，像模像样的小鸡舍不久就成了。站在那里饶有兴趣地欣赏，评头论足。

壮壮看了许久后回头问乔震：

"爹，鸡住房子，为啥我们要住在洞里？"

刘猪娃和彩霞瞪直了眼睛，异口同声地对乔震说：

"对啊，好多天了，一直猫在洞里闲待着，干吗不修房子？什么都不缺。"

乔震是没有想过这个问题，他也不想建房子，是因为不打算在这里住下来。一个女人，大小三个男人，能叫家吗？别的不说，连猪娃和壮壮的媳妇都没地方找去。等外面安静了，不会有瘟疫了，还得回家，至少也得到有他人的地方去。

不过，闲着也是闲着，难受的发慌，于是他同意了大家的意见，在洞前的平地上劳作起来。拔草，整地，抱石头。壮壮睡觉的时候，他们在洞口堵上篱笆，用大石头牢牢顶住，也不影响工作。

比较吃力的，是泥巴的制取。河沟里的泥沙子太多，黏性不好，刘猪娃说用他的汗褂子把土兜下去，和了泥再兜上来，彩霞说不如用汗褂子蘸了水上来扭出水和泥，乔震说一样的，那就这样做吧。

一从窑洞里抖搂衣服，骨碌碌滚出两个洋芋，是壮壮外奶奶当初给他们的，忘了拿出来。芽已经长成苗了，白绿分明的两段，苗壮鲜嫩。乔震非常兴奋，用石块把它切成几大块，埋进土里，没几天就长出了绿油油的土豆苗。他给壮壮交代道：

"不许在上面撒尿，这里的土本来就太肥了，撒尿会烧死，等结了新洋芋当种子，这里就有很多洋芋。"

彩霞说难道我们得在这里待到秋天么？乔震说不会呆到那时，反正洋芋芽儿长那么长了，也不能吃，就种了玩吧。不过看着有了庄稼，他突然眼眶一热，赶紧低头干活。

二

凑合了一个来月，房子已经有了两个土围子，只等逐渐积攒椽子上顶，还用石头垒砌了院子。墙虽然不高，但总是个屏障，一般动物没有特意翻进来的心思，防君子不防小人的效果是有了。当然，主要的作用还是墙这一符号让他们在心理上多了份安全感。

杜鹃花漫山遍野的时候，河沟里不再那么清幽秀雅，跟山上的白雪微微着上黑晕伴随的，是浑浊的雪水浸透了小河边的绿绒毯。清晨早起，隔着晶亮剔透的薄冰，小草绿得一片朦胧。乔震知道，这样海拔高的大山的盛夏前奏，也就这个样子了。他说咱们去路过时那个庄子看一看死人收拾完了没有。如果情况好，就在那里住一段后回老家，这里房不盖了；情况如果不好，看有没有活人愿意来给我们作伴。

第二天早晨吃了烤兔子肉，拿了些烧蛋，顶好篱笆门，背着乔壮壮，几个人沿来时的路线往山外走。

心情大好，脚底下也有劲。可是还没走完一半，便看见身着灰色长衫的老者，和一个袅袅婷婷的年轻女人、刚会走路的小男孩，正朝他们迎面走来。老者眉清目秀，带副眼镜儿，一脸肃穆却很慈祥。尚有十几步距离，他就连连摆手道：

"不能走了，千万不能往前走了，瘟疫闹得凶，我们是逃出来的，还不定染上了没有。"

几个人停下来。乔震说：

"那你们就跟我们回山里吧，一起作伴生活。"

老人说行，不过你们前面走，我们后面跟着，要是谁染上了，也就听天由命吧，活着的跟你们一起过，现在还是彼此离远点好。

乔震让刘猪娃解开汗褂子，把熟肉和鸟蛋放一部分在石头上，回头朝山的方向走。他们从后面赶上来吃了尾随着。俩孩子见有了伴，前呼后应，不时想从大人手里挣脱出来往一起靠，每每被拉住。两三个时辰后到了山里，当晚这家人躺石洞后面的树枝堆上,乔震和刘猪娃给他们警戒。

双方隔离的日子里,乔震站在远处给他们指导怎么取水喝,怎么烧鸟蛋,老人把干草点着,让周遭撒上草木灰,时常翻晒,他说这样能消毒。几天下来,没发现什么不对劲,两家人就走到了一起。一聊,年轻女人是老人的女儿,叫孔林紫,她的小孩叫胖蛋。

两家人相遇,改变了彼此的生活。

两个年轻女人,两个孩子,三个男人,还有一条他们带回来的小狗,像一大家子了。

在这片地方的动物里,现在没有比这个群体更为强大的。孔林紫他们随身带着作口粮的十几斤青稞,只要种下去很少一部分,就够在这里维持生活,虽然季节稍晚,还是在院墙后头枯草中裸露的地方埋了些种子,能不能来得及成熟再说吧,反正种庄稼这件事本身就有意义,让人感到温馨和踏实,家的感觉给人信心。

乔震非常喜欢这位长者,跟他在一起,是被清风明月舒心润肺的愉悦。他的优雅和慢条斯理,颇像震前老家学校里的校长。一问,果然是上次他们经过的地方的私塾先生。乔震这时才知道,那地方原来是专区行政公署所在地刘家坪。一场地震,死伤严重,孔先生的儿子和女婿、老伴都未能幸免。活下来的他们先是在村子边的土窑里挺着,瘟疫和野狗蔓延之下,孔先生带着女儿和小外孙逃了出来,很盲目地走,结果遇见了乔震一家。

"民国以来新式学校普及得很快,我父亲的私塾却被许多上层当成子女蒙童的热门,不在那里训练两三年,孩子父母都认为是缺憾。"

这是林紫背着孔先生告诉乔震的,她的语言表达非常书面,乔震既惊讶又陌生。

单单孔姓,就使乔震敬佩,天下孔家为一家,儒生名士多,学识根脉源远流长。人在这时,生的压力已经排挤掉了悲痛。看着几个年轻人,两个孩子,一无所有的生活条件,乔震和孔先生两个大男人就是家长,天天讨论方案,天天执行计划。

人一多,原来就拮据的住宿成了首当其冲的大问题。

孔先生问他们几个人的关系,建议建立个家庭,这样也可以少建房子。乔震说,外母的嘱托是让他娶小姨子彩霞,不敢违背。老人不说话了。乔震明白,他的意思是孔林紫与刘猪娃年龄悬殊,小女婿不合适。其实原因不仅仅是这个,林紫从女子中学毕业,又嫁给行政公署的官员。女婿是大学生,女儿有文化,跟刘猪娃过,很难相处。这明摆着的事儿不说出来他也想象得到。

这件事就这么一直拖了下来，晚上睡觉，除了两个孩子，依然是组合、轮流，洞里头睡的最多的大人是彩霞，她似乎总也长不大，别人和她自己都把她定位在孩子那边，实际上刘猪娃比她还小一岁呢。

白天就是采集、垒院墙、搬盖房子的石头和树枝，等等。想得到较粗的木头时，便用尖利的石头砍砸好几天，手生疼生疼。后来用火攻，好了许多。

大山里季节上真正的夏天来了，实际上就是快立秋那几天。

高寒林区，最热也就二十三四度。目力可击之处，青翠欲滴，鸟语花香。趁这个季节，他们赶紧在圈起来的院子里盖房子。

院子外是郁郁葱葱的青稞，很长的麦芒野气十足，孔先生说是土太肥了，秋天很容易倒伏，一定得给它们搭架子，再说挤住较暖和，里面的可以多长一段时间。这点庄稼是希望，也是信心。即便收获的是一堆干草，也是自己种出来的，增加些人气。乔震说没听说过给粮食搭架子的。

"我是觉得道理上应该这样。你想这地方气温这么低，又潮湿，地很肥，青稞个头这么高。还没长熟要是倒下，杆发霉了，不就全完了？"

乔震接受了孔先生的建议，大家忙着往地上打桩。不久，他们又想出了更好的办法，就是围着粮田扎一圈篱笆。只要四周一挡住，边上的没地方倒，中间的自然能站直。

孔先生带回了一份日历，每天都忘不了翻一页，公历8月底，离雪天没多远了，他们开始享受丰收的乐趣。

青稞能吃青粮食了，这是传统的美食。

放一堆火，从离麦穗一尺多远的中间掐下来，将十多穗合在一起，分出其中一根的把儿，缠几圈，就成了一捆。放火上刺啦一下，麦芒顷刻间化作漆黑，成为沉甸甸的麦穗的纱衣。嘴吹着火，翻来覆去烤几遍，打开捆，把里面夹生的翻到外头接着烤。每次拿两三个一揉，左右手互相倒腾着吹掉麦衣，晶莹透亮的绿色麦粒就躺在了手心里，像规则圆润的碎玉。吹它们，吃它们，看看脸，总是花的。有些把儿断了，麦头掉进火堆里，赶紧拿棍子扒拉。抢救出来的往往成为黑炭，于是后来便懒得抢救。火堆里劈里啪啦很清脆的声音，俩小子说跟过年时的鞭炮一般。

壮壮和胖蛋也揉，可他们的小手没有发育全，指头合不拢，纯粹的捣乱和糟蹋。也有在火堆旁打架的时候，主要的攻击手段，就是用黑巴掌够着抹对方的脸。谁要是哭了，一抹眼泪满脸黑花，几个大人就喊：哎哟哎哟，铁拐李来了，没法看了。难得的乐趣，有喊加油的，却没有拉架的。消停了，就拉到小溪边上去给他们洗脸，或者不洗。

地震过去两个多月了，有女人和孩子，有狗，有一天天起来的房子，有地，坐着篱笆门前吃青稞食，生活又开始像个样子。

刚到农历8月，一场大雪压了下来，青稞没有全熟，也没有朝哪边倒下去，被雪垂直压下来，披头散发，很难收拾。有阳光的日子里，大家都出动，从外到里往出来挑麦穗。后来，雪成了冰盖子，麦穗被镶嵌在冰块里。没人算计损失，能收多少收多少吧。经过这么长几乎没有粮食的日子，大家的信心反而更强。那么难的日子都过来了，还怕以后过不去吗？当初几个土豆在地下，或许也应了地太肥的缘故，没几个秧子，白嫩的粗根却伸得老长老长，在那块地上用木棍掘，挖出来的果实比预想到的多。球茎带绿色的，是直接着光了，吃起来发麻，准备作来年的种子。看来这地方最适合种土豆，拿出十几个，下午烧着吃了一顿，其余放在青稞地里挖的窖里。

到了这时候，最严峻的问题，是如何御寒。

没有工具雕凿，简单的石板炕上如果泥巴太厚，死活烧不热，泥巴薄的话，石板缝里一股脑朝外冒烟，而且火势旺时烫得要命。尽管夏天积蓄了许多柴火在门口，可冬天取水、弄肉，这么点衣服穿着出去都很冷。更何况，身上穿的越来越难以蔽体。还有，没有锅碗什么的，凑合的也实在为难。

这天早晨，孔先生跟乔震商量道：

"要不咱俩到刘家坪去一趟，看能回去就回去，回不去弄些穿的和锅碗、工具什么的回来。现在连杀兔子都得用石头。冬天不论炕烧多热，总得个盖的，不然冷得过不下去。光靠火和干草，根本不行。"

乔震应了。

当天打了几只兔子，用石板烤熟些青稞，在手编的草篮子里装好水，放在屋子里，让他们从里面顶好门，刘猪娃留守。第二天一早，两个男人出发了。

路上很顺，也没遇见过什么，只在大老远处见过飘飘忽忽的人影。

没进街口，看见里面有人惊慌失措地乱跑。大灾大难后，不怕有人，就怕没人，他俩急匆匆朝那边走。

拐了两个弯，看见几个人拿着棍子，见人就打，见东西就抢。他俩赶紧往后，胡同里又一拨追了过来，两头夹击，没地方躲了。乔震一抬头，有家木板窗户闭着，也不知哪来那么大力气，他拿起手里的狼牙刺棍从窗缝里一别，窗户劈里啪啦掉下来。一纵身跳上去，回身再拉孔先生，已经来不及了，手都没抓住，两头来的人一顿乱棍。眼看着孔先生软绵绵委顿在了地上。

他们用脚扒拉他，没发现什么，抬头看了看穿着破烂的乔震在高处流泪，也懒得攀爬，继续往别处抢劫去了。

乔震跳下来，孔先生闭着眼睛，攥了攥他的手。

他再次爬上窗户，里面歪歪扭扭，桌椅倒了一地，看起来像个小饭馆。它能在大震中幸存下来，莫不是在帮助自己吧？

在地板上整理出块地方后，乔震下楼从里面把门撬开，出去抱着孔先生上到二楼，已经非常虚弱的他断断续续地说，这里原来就是饭馆，他的私塾在楼下，让他在这里倒下，真是命运的安排。他用下巴示意让乔震把自己抱到楼下他教书的地方，嘱托他在饭馆里找些器皿和御寒的东西带着，赶紧回山里。现在这地方，年轻女人根本没法安生。他最后的话，是让乔震娶林紫做小的。

乔震从小楼梯上下来，几缕光线恰好从椽缝里透进，私塾的桌椅七扭八歪。他把课桌拼到一起，将生徒的作业本码成一溜，用袖子抹干净桌子上的灰尘，上楼把孔先生抱下来，平平整整停到桌子上，枕的是教科书和作业本，手边上放着教鞭。他这样做还有一个目的，就是不论以后谁到这里，也能尊敬先生，善待他的遗体。

流着泪磕完响头，从里面插好门，走上楼梯认真地翻，囫囵的锅碗瓢盆早没了，不过半个碗，断了柄的勺子、扁了的面盆，等等，拿到山里也是很有用的。至于吃的，什么也没有找见。他忽然想私塾里有没有先生的遗物还在？再一次下楼到休息室，几件孩子的衣服挂那里，底下有半口袋小麦。他想不明白为什么震后到处闹饥荒，到处抢劫以至到了杀人放火的境地时，这里还留有东西，而且好像没被翻过。或许人们想不到教书的地方有东西吧，或者就是尊敬先生没有拿走？

想不了那么多。把搜罗来的乱七八糟塞在小麦袋子里，包括几件衣服。还把比较大的两件外衣胡乱套在自己身上。重新扎好口袋，在窗口呆着等天黑，免得出去遭打劫。

天还没有完全黑下来，七零八落的胡同里死寂得吓人。乔震坐在窗口，觉得自己在哆嗦，连冷带恐惧。

叮当叮当，远远传来马蹄声。有俩人说着话过来了。

越怕什么，偏来什么。

他俩站在窗下说起话来，乔震听得明明白白，就是冲着这半口袋粮食来的，原来是他们藏在这里的。对方把马栓了个活扣，撬开私塾门，从里面关上，八成太黑没看见桌子上的变化，直接往休息室里走。乔震灵机一动，轻轻打开窗户，把口袋往窗框上一搭，跳下去，再一够，东西就到手了。

解下拴着的马，搭上东西，一夹马肚子狂奔起来，被人肉撑饱没事干的狗们，像被风裹出来一般，在马后头越来越多，几分钟到了大路上后，狗无趣的相继解散，有点没意思地汪汪着停下来，又有一搭没一搭汪汪着往回去了。

有了马，两个小时就到了山里。

他在外面站了很久，竟然忘记了身后林子里有可能来的猛兽袭击。

好不容易编好了谎言。

一进屋，林紫和胖蛋先急了：

"我爹呢？我外爷呢？"

"哦。遇见管教育的官了，他们说留孔先生帮着整顿教育，送我一匹马回来，让照顾你们的生活。说等那边什么都恢复了，收拾好住处再接我们回去。"

别人都高兴，孔林紫眼睛直眨巴：

"真的吗？"

"嗯。不然我到哪里弄匹马去？"

林紫头一低关上篱笆门出去了。有了高高的墙围子，屋门口的火堆还正旺，站在门口不打紧。

乔震的心突突地直跳，林紫是不是看出什么破绽了？应该说不会啊！短短一天，马有了，还有粮食和器皿，没人接济，很难搞得到。可为什么从她脸上一点兴奋都看不出来？方才她眼里稍纵即逝的那抹战栗，分明是清清楚楚的。

他无意识地就将眼光投向了黑洞洞的所谓窗外，林紫背朝他们这一面，右手扶着门口的柴垛，左手搭在被圈进院来的松树枝子，一动不动站着。接着被风吹醒的火光再细看，她的手不是搭在那里，而是紧紧攥着。

她知道出事了。乔震想。只不过自己是收留了他们的外人，乔震没有明说，林紫才不详细追问，而且如果一挑明，胖蛋会哭闹，会痛苦，一大家口的情绪会受影响，她在那里自我定神呢。这种时候，他不出去最好。

第二天一大早，林紫手里拿着根木棍，又去面朝外面发呆。乔震吩咐道：

"彩霞你去张罗点吃的吧，你姐今天好像有点不舒服，猪娃抱点青稞给马吃。注意把马拴在墙根下，边上点堆火安全。"

他们答应着离开了。

乔震从窗户里看着背对着自己的林紫，眼泪怎么也擦不尽，真不知哪来这么多。

不知过了多久，刘猪娃开心地喊了一声：

"哥！这是匹母马，大肚子，快下马驹子了。"

林紫没回头看，转身往屋里走，看起来若无其事的样子。乔震倒慌了手脚，最难对付的，是自己汩汩的泪水。他用硬邦邦的袖口左抹右擦，赶紧从炕上跳下炕来，背对着门蹲下打开口袋，毫无目标地乱翻腾昨晚拿来的东西，林紫已经站在了身后，默默地。

他赶紧聚拢注意力，没话找话道：

"现在坏了的餐具都样样能当宝贝使，这个砸扁的铝盆最管用，锅碗瓢盆都能当。没有给大人们搞到衣服，但娃们有的穿，也就解决大问题了。"

林紫依然默默地站着。乔震明白她是看着现在屋里没有了别人才进来想问父亲的消息，当看到乔震根本不抬头、语无伦次絮叨时，她一言不发回头又出去了。

有了这匹宝贝马，又得给它找住的地方，免得夜里被什么动物吃了。三间小房子如果腾出一间，人很难组合。

这天夜里，乔震跟彩霞商量，说你跟刘猪娃住一起，反正回不去了，你俩岁数差不多，他又是我们家的人，知根知底，现在这情况，别计较身份地位了。彩霞不同意：

"我爹我妈说把我嫁给你的。"

"我年龄比你大得多。"

"我不管，我就跟你，不跟刘猪娃。"

这丫头说话就是这么直截了当，跟小孩子谈要不要一个玩具似的。

乔震去找刘猪娃：

"你去让彩霞跟你睡吧，反正也回不了老家了，你娶了她，我和你就是亲兄弟，现在这样没办法睡。"

"她爹妈把她许给你的，我不去找骂挨，彩霞那张嘴，可不是留情面的，配不上人家我就知趣点。"

刘猪娃头一扭准备往外走。乔震拉住他说：

"可是孔先生让我娶孔林紫，我已经答应人家了。我有两个媳妇你没媳妇不行，在这地方，我到哪里给你找媳妇去？你赶紧去向她把话挑明，不行的话再想办法。"

刘猪娃不一会就回来了：

"彩霞不同意，还骂我癞蛤蟆想吃天鹅肉。人家就要跟你。这样吧，马占一间，我回窑洞里睡，冷了在马圈里的炕上凑合凑合。林紫姐和胖蛋睡，彩霞和壮壮睡，你爱在哪屋里睡就去哪屋里睡。一个冬天过去，明年夏天再盖房。"

乔震听着很别扭，大老婆小老婆，本来没什么稀奇的，可现在成了逼迫的。再说了，彩霞是同意的，可孔林紫念过书，以前他的男人是大学生，又是当官的，哪能过这样不明不白的日子？真是难死了。不行，还是得从彩霞身上打主意。

接下来的几天里，乔震晚上和刘猪娃一起睡在马厩里的炕上，白天找机会就跟彩霞讲道理。可一跟她说，人家脑袋摇得像拨浪鼓一般，死活不同意，还哭了起来。

他又去找林紫诉苦，她说不知她爹的意思是啥。乔震吞吞吐吐间，她哇的一声哭了出来，抽抽搭搭地说：

"我早就知道真相了，我爹走了是不是？他托你娶我是不是？你有两个媳妇，刘猪娃没有媳妇你现在为难了对不对？你不用愁，我爹娘和男人走了，心早都死了，怎么过不一样？就为了养大我的胖蛋。"

乔震只好以沉默来确认孔先生已经走了的事实，过了一会儿简单描述了当时的过程，末了叹口气，像是自言自语又像是对着林紫说：

"这种时候，我还哪里顾得上选择娶谁不娶谁？你和彩霞都是老人的临终托孤。家里每个人能天天早晨醒来天黑能躺炕上，我就该给老天磕头了，心里也只有这些。"

林紫看了他一眼，低声说了句对不起，轻轻走出去了。

一匹马的到来和婚娶关系说破，人际关系突然变得紧张起来，很微妙但很显然，是那种处处看得到感得到却无从下口无从下手的无形状态。彩霞赤裸裸嫌弃刘猪娃，不是说他不好，而是总给他做的事挑毛病，以前从不这样，她对林紫的态度则是努力躲避，以及对壮壮的格外关爱和对胖蛋的冷落。

虽然就这弥足珍贵的几个可怜人，但一到这种事情上，矛盾和冲突就出现了。

乔震没有别的办法，建议、实际上是略带强迫地让大家跪河边上举行了结拜兄弟姊妹的仪式：四个大人同一辈，两个孩子同一辈。组成家庭，同甘共苦。末了乔震庄严地说，两家老人的遗嘱不敢违背，林紫和彩霞是他的大小两房。等以后日子过得好些了，去山外给刘猪娃娶媳妇，或一起搬到山外去住。

"再说了，壮壮和胖蛋不到二十年也得娶媳妇，不能这样独门独户过下去，最多在这里也就两三年的事。"

说这话时，乔震的眼睛里增加了许多坚毅的神情，因为他突然意识到这俩小东西加在他身上的份量，那就是维持活下去之外，他们以什么方式生存和繁衍生息的问题。

壮壮接着他爹的话延伸道：

"狗和母马同一辈，小马驹是最小的。"

胖蛋说还有呢还有呢，那鸡呢？明年的小鸡呢？大人们顾不上他俩的闹腾，拽着他们的小手往家走。

就这样，乔震真成了两个女人屋里打游击的了，刘猪娃暂时睡在马厩里的炕上。

三

然而，没等将出山事宜提上日程，某一天，他们这里突然来了个大胖子，还带着一大队人马，说是厌倦了外面兵荒马乱的生活，一帮哥儿弟兄瞎闯到了这里觉得不错，要在这里过清闲日子。一行人转了一圈，给娃们留下些吃的，骑着马走了，说是去刘家坪接家眷。

过几天他们还真来了，下了非常气派的帆布帐篷，在小河对面的平地上砍去一大片林子，拉来建筑材料，大兴土木，没多久就盖起了不少房子，似乎越来越多的兵进进出出，颇像春暮夏初忙于采蜜的大马蜂窝。

对于他们的到来，乔家一家初期是恐惧，现在看见有女人有娃儿，对他们一家也友好，便转为满心欢喜。不说其他的，有了枪声，野兽不敢轻易到附近来，现在不是它们找人的麻烦，是当兵的们经常打猎，把它们吓跑到越来越远的地方。

为了房子干的快些，那边屋里总在放火，乔震闲下来絮叨：

"里里外外都熏，不知以后怎么住？肯定人挨哪哪都黑。"

于是大家就闲猜，那屋里不知是什么样子。

有一天，大胖子带着一个小兵过来说：

"走吧走吧，到那边住一段吧，以后就是一个村的人了，分开多生分。再说马上中秋了，团聚团聚，热闹热闹，你们是地主，不能不搭理我们这些外乡人是吧？哈哈哈。"

他们不便推辞，也不敢拒绝。乔震尴尬地咳嗽了几声笑着说，自打逃命到了这里，根本就不知道是哪年哪月了，更别说正经八百过节日。爱热闹的彩霞凑上来撺掇道，闲着也是闲着，那就去吧。乔震说我们收拾收拾铺盖就过去。大胖子又是哈哈大笑，说那边啥都有，只要你们不嫌弃就成。

就在乔震一家都不知怎么应对他这虚伪的客套自谦时，人家回头就往外走，小兵也是依样葫芦的动作。看见他们的背影消失在灌木丛中，林紫叹口气说这人真让人觉得别扭，好多年没见过官，今天又看见了，但他比我见过的官阴阳怪气。

下午到了那边才知道，这里的小世界原来如此地丰富。房子间数比他们预测到的多得多，兵们四五人一间，很多房却空了出来，有烘干了铺好的热炕，清一色的缎子被褥码放的整整齐齐。指定给他们一家的，是把边一套有四间房的宅子，独门独院。乔震最想不明白的防黑问题，人家解决的很好，就是用大量打磨光的干树沿墙码上去，既保暖还好看。当兵的干活，质量和速度真是比普通人强多了。

他如此想。

最让乔震和刘猪娃眼热的，是膘肥体壮的高头大马和牦牛，怪不得那天大胖子摸着乔震家的母马说，这么小的是马么？简直就是头毛驴，还算不上大的。

别人对乔家人的态度不如大胖子那样居高临下。

在这个深山老林里，等级关系好像暂时不再存在，阔人们喜欢邀请他们这些衣不蔽体的人聊天，太太们，小哥儿们，小公主，都没有嫌弃乔家这大杂烩的一家，上等军马也不欺负乔家可怜的母子马，摇头摆尾，互相对啃脖子搔痒，很和平共处的样子。

大宅子里的人很忙，生活非常富有，而且是天天都让他们有新认识的那种富有，财富宛如小河里的水，源源不断而来。

隔三岔五，从河西走廊武威、张掖一带来的马队由队伍护送，到院子里卸下驼子，转过去由牦牛驮着，换只队伍，翻山走了。乔震他们知道货的来源地，是从马队带来的日用品上的包装密封条上得知的。这一趟单程几乎得一个月左右，不过马多，人多，牦牛多，随时有来有去，看不清轮回的具体时日。大山里几乎不用操心牧草，生意做的似乎非常顺利。

只有林紫很清楚他们在做什么。

他悄悄对乔震说：

"这是贩卖大烟，我们得小心。这类人，政府要是抓不住，他们就逍遥自在，要是抓住，不停地送贿赂，到处找替身，最后把替罪羊放到局子里，没准还会掉脑袋，咱们还是回去住吧。"

乔震一听吓了一跳，但不敢开口，连着几天闷闷不乐。林紫后悔了，说你别想那么多，我们假装不知道，他们犯不上跟咱找茬。春天得到那边种地，在地里挖个洞放些吃的，万一有麻烦进去躲一躲。如果真到了政府的枪顶在他们头上那种关头，这些人难道还顾得上掘地三尺找我们这样的人不成？

乔震一想也只能这么着了，说挖洞的事可以早点着手，我想想该怎么办。

节后找了好几天理由，才想出了措辞。乔震对大胖子说：

"我这人特别信梦，最近我和林紫一直做梦，他爹晚上一个人在那边孤单，让回去住，我们还是回去吧，会经常过来的。"

胖子心里厌恶，想着这死了的老家伙可别追到这边来了，嘴里赶紧说也好也好，反正你们也走不远，说来就来了。

可除了他俩，谁也不想再回到原来住的那里，乔震也不愿意挖地洞的事让小的几个看见，便同意留他们在这边。

胖子的大太太喜欢林紫，另给找了些铺的盖的，还有日用品，他们谢过，回去继续修篱笆、整地，本来这不是必须做的，多是没事找事，为的是做掩护，光线模糊或河对过安静的时候，乔震和林紫便在篱笆内侧挖地洞，朝自己院子里延展。

偶尔他俩白天也过去看看，其他家人在两边来来往往，爱睡哪睡哪，爱在哪吃在哪吃，没人关心他们的事，似乎以后的生活就这样了一般。

大约又过了多半年，那夜正好俩孩子、乔震和林紫睡在自家的土屋里。天快亮时，一阵枪响过后，狗咬人叫，他们不敢出去，心里惦记着没有回家的刘猪娃和彩霞。过了不久，有人敲门，点上胖子大太太给他们的蜡烛，进来的是政府禁烟人员，说河对过烟贩子们的老巢已经被控制，让他们走一趟，作笔录。

乔震和林紫哆嗦着下了炕，那里有自家的人，现在又在枪口下，不去也得去。

穿好外衣，带着孩子到那边时，天已经大亮。人按性别分开被关押在几间房子里，大牲畜也被集中到了一起，牦牛和马不兼容，在栏里斗殴，院子里码着一大摞崭新精美的纸箱子。

一个长官模样的人挎着匣子枪，带着乔震和林紫两人在几个屋子里慢条斯理地转了一遍，看见彩霞跟女人们关在一起，刘猪娃跟佣人关一个屋。转完了，带他们到客厅，这里原来的主人大胖子被两个当兵的押着，坐在一把椅子上哆嗦。

"认得他吗？"

"认得。"

乔震老老实实地回答。

"他叫什么？干什么的？"

"不知道。"

"那还叫啥认得？我告诉你吧，他就是被国民革命军打败的北洋军阀残余势力师长王一名，竟然偷偷躲在这世外桃源干起贩卖鸦片的勾当。关于禁烟，我国民政府从来立场坚定，态度鲜明，国父孙中山先生就力主禁烟，冯玉祥将军收复陕甘后，连续数次发布禁烟电文，严令官兵切实戒烟，无不表明政府禁烟的决心与信心。现在物证人证俱在，按照国民政府禁烟的相关条例，烟土没收，罪犯严办。你们夫妇作为这一过程的证人，请在公文上签字画押。"

文书人员招呼他们坐下签字，大家都看着他们，大胖子的眼睛瞪得像铜铃大。乔震犹豫着，手有些哆嗦。那官员问他：

"为什么不签？难道不是事实吗？要是拒绝，按照国民政府的相关规定，一概按包庇、窝藏鸦片买卖罪论处。"

乔震哆嗦着签字画押后，又把文件推给林紫让她签了。

"哎呀，看不出来啊，山——不在高，有仙则名；水——不在深，有龙则灵，原来这里真有高人。全中国没几个识字的，这两口子字写的这叫一个漂亮。党国甫建，各行各业正需要人才，为三民主义共和国效劳，建立民有、民治、民享的政府，是中山先生的未尽遗愿。西北荒蛮，任务重大，百废待兴，基层党政机构的建立健全尤为迫切。现在，我正式任命你——叫什么来着？哦，乔震。乔震为甲长，担任国民政府在本地党政地方机构的首脑。"

接着盘问他俩的来历和受教育状况，文书唰唰唰做了记录。问完了，那人回头给文书交代：

"快，给省政府起草文件，赶紧用电报发过去。"

他背着手在屋里转了两圈，接着就一字一顿授意起来：

"我方英勇顽强，经过三天激烈血战，牺牲 40 多人，伤 30 多人，现已剿灭烟匪 300 多人，抓获北洋军阀残余势力头子、大烟贩子、北洋军阀地方反动势力代表王一名。经过同百姓的广泛接触和周密考察，任命当地乡绅乔震为甲长，新女校毕业生孔林紫负责妇女及儿童文化教育和政治训导工作，地方基层组织现已完全建立。恳请省政府对在本次作战中英勇献身和负伤的革命勇士抚恤嘉奖。"

文书记录完后向那头目问了几个问题：

"冯专员，这地方叫什么？"

在场的谁也不清楚，都没想过。问乔震夫妇，他俩摇头。官员走出门，背着手左看右看一阵后进来说：

"像个喇叭口，就叫喇叭口村吧。"

记上。又问：

大烟数量报多少？

"100 斤，算了，200 斤。"

椅子上的王一名急了：

"那是整整500斤。"

"嘿嘿！嘿嘿嘿！还在惦记钱啊？脑袋都不保了，你管几百斤干吗？跟你有关系吗？啊？"

冯专员敲了敲王一名的大胖脑袋，讥笑他。

"银两和其他怎么报？"

文书继续问。

"不报，要问就说没有。兄弟们辛苦这么些天了，明察暗访，容易吗？你说没有，省里能说有？中国地图上都找不到叫喇叭口的地方，省里能把我们咋的？啊？嘿嘿！嘿嘿嘿！"

说完又是哈哈大笑。

盘问结束后，冯专员让乔震一家先回自己家里去住，说有公务时会过来叫他们。

后来那些天，沟里特别热闹，成天价是枪声，到处冒烟，刺刀上串着烤熟了的野兔野鸭，要不是没刮大风，加上那条不宽也不窄的河，以及当地本身的潮湿寒冷，真担心山里会起火。

很快地，乔震一家就发现王一名的姨太太、干闺女们，跟禁烟队队员在树丛里捉迷藏，搞得很热火。有时候，会专门吃一种动物，烤的、炸的、煮的、蒸的，都是它。这时候，这时候会请乔震和刘猪娃帮着打猎，林紫和彩霞厨下打下手，孩子们依然没有贵贱之分在院子里瞎闹。

更让他们惊奇的是，吃过喝过，男人们，女人们竟然多数都抽起了大烟，冯专员的臂弯里搂的是王一名最年轻的姨太太。隔着炕桌，斜歪着的就是王一名，这位嫩嫩的小姨太有时也过去伺候王一名，一头这里另一头那里忙乎在两个男人怀里，丝毫不在意帮忙干杂事的乔震一家。

孔林紫和彩霞去收拾烟灯时，那俩男人还慨叹过几句：

穷人也不错，不是也有两个老婆的吗？而且规规矩矩，对她们的男人都好，两个女人也团结，不像富人家的老婆，争风吃醋，打架吵嘴，累死男人。

有一天，王一名欲对孔林紫动手动脚，冯专员挡住他道：

"兔子不吃窝边草，乡里乡亲的，乔震可是甲长呢，是国民政府的地方官员，你怎么能打他老婆的主意？"

两个人说完，挤眉弄眼，然后面对面哈哈大笑。

孔林紫头一低赶紧退了出来。

晚上，她对乔震说：

"这些人都不是什么好东西，我们收拾收拾趁晚上天黑跑吧，到了有人的地方，再艰难，也大不了像刚来这里时一样从头再来，还能苦到哪里去？"

乔震说：

"恐怕没那么简单，他给省里说我是甲长，走了会觉得我在妨碍公务。更何况这是个啥甲长啊？他们根本没把我们放在眼里，想打死就打死，谁管？谁知道？"

乔震他爸原来就是甲长，这个他懂，私自跑了算渎职。这位置现在没有权力，却可以成为处死他们的理由，根本的问题是他们家知道这里的秘密。

林紫叹口气附和道：

"是啊，他就是表功，说做了多大多大的事。这里除了我们，连老百姓都没有，光杆司令，甲什么长？那就等等再看吧。"

第二天，冯专员带着王一名等人来了。没等乔震一家反应过来，冯专员先开口道：

"呵呵。人常说，放下屠刀，立地成佛，王师长就是这样的人，他为了表示对过去的忏悔，决定在喇叭口建立一座寺院，祈求灵魂超脱，请上苍降福人民。等寺庙建成，他就剃度为僧，招揽徒弟，潜心修养德性。希望以后你们僧俗精诚合作，共同保卫家园。感念于王师长潜心善事和以实际行动对鄙人工作的支持，本专员决意帮他玉成此善意。工程一完，我们就去酒泉张掖那边继续执行戒烟任务。寺院戒血，保卫僧俗一方安全，是乔甲长你的职责，今天为此特来上门拜访！"

说完一拱手，头都不回喊了句：

"刘副官！"

后面的军人恭恭敬敬走上前来，把一个木箱子放在乔震面前，后退归位。

冯专员道：

"里面有四把手枪，子弹以后送来，希望你教会你家的人放枪，若有人侵犯这里，就挺而自卫。甲长守土有责，逃跑当以渎职罪论处。你们两口子都是读书人，应当清楚自己的使命和失职的后果。"

来时的笑容现在全变成了杀气，没等他们几个说什么，人家就回头走了。

接下来的日子对乔震一家人来说，心闲落了个心不闲。白来的几把手枪放在家里，心烦意乱。刘猪娃建议说他们修寺院，要不我们过去帮他们干活吧，也算还了一部分情。乔震同意，让刘猪娃去问一问。

他刚过小河，一个端着枪的就从灌木丛后头闪出来：

"不许过去，回去告诉你家里的人，谁都不准到这边来，谁来打死谁。"

他灰溜溜回头，进屋说明情况，谁也不再说这事，只是嘱咐壮壮不能瞎闯，和胖蛋在房子前后规规矩矩玩。

施工点在斜对面的山头上。

站在院子里张望，寺院的位置在王一名驻地的正南，离那群房子大概三五百米距离。连接屋子与寺院的山脊，用石阶铺出道来。这条路通过那片房子边上延伸，绕个大弯，向乔震他们当初进山时走过的路的方向连接过去，想必在路边林子的某处完成了对接。进出那里的人，不经过乔震家门前的已有道路就可直达寺院。搞这多此一举的工程，他们一家常常在饭前饭后瞎猜，不得其解。

这寺院修的可真慢啊。马队不知往里运过多少材料，也不知运的什么东西，开工的时候是农历年末，完工时到了第二年深秋，大雪已经封了山，还在忙忙碌碌地善后。

更为蹊跷的是，忙那么久了，寺院看上去只有小小两座塔，连院子都没有。刘猪娃说就那点事，这么长时间我一个人都搞得好，简直就是磨洋工。其他人认为或许那里位置太高，大老远看着是小。

年末，寺院那边不见人影了，乔震家这边也打了些猎，青稞、土豆收获的不少，本来自乔震从私塾里得到的半口袋小麦里留了种子种在了坡地上，可因为气温太低，生长期又短，只吃了几次青粮食就全被雪压了，看来这地方不适合种小麦。

中午时分，正准备做饭，冯专员带着几个人来了，他们说以后这里得仰仗乔甲长保护，同来的刘一名还说今年是他过的最后一个俗年，无论如何请乔震一家去那边一起过。仰仗不仰仗，谁是强势谁是弱势，毋庸置疑。乔家什么都不敢说，那就走吧。

全家6口人，还有小狗，拾掇拾掇就过去了，母子马一直就在他们的马厩里，反正也没什么用，再说人家不让他们过河，马自然也拉不回来。

很久没见马了，刘猪娃带着俩小子跑得最快，边跑边猜测马还能不能认得他们？马驹子多大了？又怀上小马了么？

看来王一名真把最后一个俗年看得重，冯专员也够义气，花费的人力财力真是可观。院子里的灯笼鞭炮纠缠在一起挂的满满的，乔震提醒说这要起火，冯专员拍拍他的肩笑着说，就是要让起火，红红火火，三十晚上这些都烧完了，再挂彩灯。

进到屋子里，花天酒地，吃的用的，玩的，他们一家大小谁都没见过这阵势的春节。近一年不来，增加了好些个姑娘，有些还是奶声奶气，更喜欢和壮壮、胖蛋追来追去玩。他们在院子里打闹嬉笑，在外边滚雪球，男人们站在边上笑。还有几个大个的兵，不时把胖蛋举起来往空中一抛再接住。林紫心里一惊一乍，担心的不得了，嘴上赔笑说兄弟们好了好了，晚上梦见白天的样子会蹬被子着凉的。

吃过午饭，王一名让手下拿出许多绫罗绸缎，给女人们姑娘们分，林紫和彩霞也得同样的一份。小孩子本没有几个，衣服鞋袜都是成品，穿着跑出去了。男人们得到的是白花花的大洋。乔震和刘猪娃什么也不要，说反正拿着钱也没用。冯专员说也罢也罢，男人嘛，床上才是最重要的，给他们几套新铺盖吧，好好搂着老婆过日子去。

东西分过了，乘兴到山上去看寺院。

稀稀拉拉的队伍拾阶而上，两个白塔，比山下看时还是大不了多少，乔震觉得真跟刘猪娃说的一个人都能建成一样的规模。塔下是烧香拜佛的大堂，两厢对称的是休息室。寺院后头增加了一大片莫名其妙的新土，显然填平了一道山沟。

刘猪娃不解地问：

"这里平展展的新土，哪来的？"

冯专员笑着拍拍他的肩道：

"不懂了吧？寺院后面有高山，风水不好，我们把它铲平了。"

"不对啊？我上来过的，这里原来是个沟。"

"那是你记错了。"

王一名冰冷着脸对他来了这么一句。回过头问他们几个：

"你们都来过这里吗？"

乔震说没有。不敢上这么高处，原来怕有老虎什么的。

乔震不敢说来过的话。

"哦！就是。我们是见过老虎，这里原来是一座山。"

转一圈下来，冯专员给乔震交代道：

"你也看见了山上的变化，我特意找阴阳先生看过，他说寺院后面的山头不吉利，我们把它挖平了。可不长树看起来很别扭是不是？春天你去移些东西栽上吧，这里吃的用的都有富裕，给你们拿过去就行，种地不种地无关紧要。再说了，寺院不吉祥，你们家也好不到哪里去，是不是？"

"是，该栽，该栽。春天一到，我们一定栽好。"

"栽好就不要上去，神仙喜欢安静，打扰多了会发怒的。"

王一名补了这么一句。

四

过完年，正月初二，一片白茫茫。王一名对乔震说，那就过那边去吧，我们再热情，也不抵你们一家人在自己家里温暖。冯专员搭讪着说就是就是，金窝银窝不如自家狗窝，看着你们老婆孩子一大家口，真让我羡慕。没办法，我们只能抛家舍业背井离乡，革命工作放不下啊。

一家人谢过出门，年纪轻的女子们恋恋不舍，不知跟的是彩霞还是俩娃，到了门外，一律被冯专员挡了回去。

回到自家屋里，脱离了那边几天以来的精神压力，跟突然止疼了般的舒服。自己这土石屋子现在怎么看怎么顺眼。经过几年燕子衔泥般的经营，粗犷的茅草房里炕是炕，墙是墙，炉子是炉子，加上那边送给他们的被褥衣装炊具，像模像样一大家了。

炉膛里的火呼呼地往上蹿焰，大家的心也一样热乎。胖蛋歪在林紫腿上，小手朝她怀里乱抓。壮壮坐在乔震怀里逗他：

"羞死了羞死了，快五岁了还摸奶。"

胖蛋赖叽着笑道：

"我有妈妈，你没有。"

壮壮反应蛮快：

"我有爹，你没有，这里谁都得听我爹的。"

俩大人听了都觉得别扭。

乔震说：

"都给我把嘴夹紧，忘了河边上给你们说的了？爹妈都是共同的，什么你的我的。"

大家沉默许久后，乔震长叹了口气说：

"人家把枪一放我们这里，想走都走不成了，以后就得在这里过下去。又过了一年了，我有几个事另有打算，你们依也得依，不依也得依。"

正像壮壮说的，谁都得听他爹的。几个人立时安静下来，看着他。

"第一件是我再强调一遍，以后壮壮和胖蛋都管林紫叫妈，我是爹，谁要霸占妈和爹，我把你们抱到河那边我自己回来，晚上让狼抱走，记住了没？上次河边上发誓时你们小，现在大了，不许再忘掉。"

"记住了。"

俩娃儿低眉顺眼地答应道，对踢的腿脚立即安定下来。

"第二件，彩霞得跟刘猪娃过，你同意也得同意，不同意也得同意。"

几个人吃了一惊，谁都知道，去年开始，乔震有时候就跟彩霞在一起睡觉，怎么现在突然又说这个？

没等别人张口他就说了：

"原来我是想出去找个村子过日子，既然我答应外父外母跟彩霞过，孔先生也把林紫和胖蛋委托给我，我就应该听他们的。可现在走不了了，我们要想离开，全家都会没命。我总不能让刘猪娃一辈子打光棍，这一大家口的日子还得过。娃娃们这么小，刘猪娃要走了，我万一有个三长两短，你说大家怎么办？再说了，我也离不开我的兄弟！"

彩霞说：

"我肚子里都有你的娃了，你让我怎么跟刘猪娃过？"

这消息刘猪娃本来不知道，现在她一说，大家都沉默了。过了一会儿，乔震又说：

"不论谁的娃，都是自己的娃，就一家人，谁的娃怕啥？你跟猪娃差不多岁数，林紫比他大那么多。再说了，你是我小姨子，林紫是外人，我们不能对不住她。"

没等别人说什么，他问刘猪娃道：

"你有意见没？"

"我有啥意见？彩霞同意就行，反正我是乔家的人，再也没处去。"

"那就行了。彩霞下了娃，跟你的姓跟我的姓都行，我们就是亲兄弟。"

"要是丫头就随哥的姓，壮壮和胖蛋是娃子。要是娃子就跟我的姓，以后下的娃都随我。"

"林紫肚子里也有娃儿了，以后丫头娃子一堆呢。"

听他这么一说，林紫赶紧低头。乔震打发他们俩道：

"好了，那你们在这睡吧，我们也睡去了。"

他拉了把林紫，每人领着一个孩子朝另一个屋走。

把两个小子扔房子那一头的小炕上，林紫悄声问乔震说彩霞会依吗？她都没说话你就出来了。

　　"啥依不依的？刘猪娃那眼光你不看吗？我刚才说让彩霞跟他过，他眼珠子都快出眶了。前年我说这个，他说让你和彩霞都跟我过，那时他十七岁，是半大的娃，而且还觉得有希望出去另找媳妇。今年过二十了，又没有出去的希望，心早就不安分了。"

　　"我说的是彩霞，她看上的是你。"

　　"彩霞也一样。你不觉得一年多来我基本跟你在一起吗？去年她待在对面，晚上都不过来，找借口和姨太太们在一起混，跟禁烟的年轻人打情骂俏。二十一岁的女人，真正火的时候还没来呢，我都三十出头了，应付不住你们两个女人了。再说家里这么费心，我哪有那份精力？你放心，刘猪娃几天就能拴住她的心，彩霞本来就没心没肺。如果不让他俩在一起，以后迟早我会戴绿帽子，家里也会搞得鸡飞狗跳。这样处理对谁都好。"

　　"爹，我也要戴绿帽子。"

　　那边壮壮一喊，胖蛋也当跟屁虫。越呵斥越来劲。乔震这才意识到说话声音太大，吓唬他们道：

　　"是不是想让河那边的狼把你们抱走？"

　　小家伙们猫被窝里不再吭声，一会儿就睡着了。

　　第二天早晨，乔震和林紫起来清理门口的雪，壮壮和胖蛋也用木棍瞎搅和，刘猪娃出来拿着柳条扎成的扫帚说：

　　"彩霞有娃娃，外头太滑，让她睡吧！"

　　刘猪娃倒咧着身子用柳条扫把卖力地扫雪，干劲跟牛似的。

　　乔震和林紫迅速交换了一下眼神答应说就是就是，让睡吧。

　　吃饭的时候，刘猪娃把彩霞扶过来，说怕滑倒摔着，伺候得很殷勤。乔震和林紫短暂对视，赶紧低头不语，心放下了。

　　祁连山里的气候，冬天就适合老婆孩子热炕头。

　　从过年那次到现在，都三月末了，没见王一名有出家了的迹象，倒是大批的骡马驮着物资继续往这里运，翻山越岭的牦牛驼队却没再看见。偶尔他们会打发人送些吃的用的过来，也请他们过去，说那边的孩子孤单，太太姨太太想听些乡下的事，等等。送来的，就都留下，人家一请，他们就过去，一打发就回来。

　　四月初，沟底阳坡的小草开始萌芽，乔震和林紫、刘猪娃奉命在寺庙后面的地里挖坑、栽树。彩霞披着大衣服坐在坎底下，围着一堆火，看他们几个劳动。两个娃儿从山坡上捡枯树枝往火里扔，彩霞一表扬他们能干，他俩越卖力气，火烧得越旺。为了抢根树枝子，连滚带爬，一会儿哭一会笑，谁也不理他们。树苗在松软的土地上急速地蔓延开来，绿草也一星半点开始成长。

进入五月，山里的春意全盘浮现。

树梢努出了小芽儿，筑巢的小鸟明显多了起来，小河基本解冻，水边上偶尔也有镶嵌着亮晶晶的冰的时候，但存留的时间极为短暂。

跟鸟开始孵小鸟合着节拍似的，刘猪娃的炕上也诞生了一条小生命，又是男孩，按事先商量好的，孩子姓刘，林紫说想让他如刘猪娃的亲儿子一样，所以取名叫刘真，平常大家都管他叫真真。

这个月还有另一件事，就是刘一名正式剃度为僧。他是这寺里的开山始祖，袈裟不知从哪来的，摇身一变，肥胖的他像模像样成了和尚。

剃度这天下午，除了彩霞和真真，大家都应邀过去了，包括肚子已经摇摇欲坠的林紫。

整个仪式本身没费什么事，有两件事却比剃度更为重要。先是冯专员宣布最近要正式撤出喇叭口，不留任何军事人员驻扎，后是宣布收编刘一名的旧部一起从事禁烟大业，为国做贡献。末了还有一项，他念一个稿子，里面说会到武威专区的文化和宗教管理机构给新建的寺院做登记，与僧侣人员以相应补贴和政策，加强这里和外界的联系，给寺院适当增加僧侣人员名额，等等。至于现在有多少，他没有说。

一切准备就绪，回到大院里准备行李，说是第二天一早启程先到刘家坪再到武威。乔震家得到的东西还真不少，最多的是马具与铺窝、厨具，好多年都用不完的样子。还有公母两匹马，加上他们家原来的一大两小，小有规模的马群了。

不料到了后半夜，枪声骤起，越打越猛烈。他们一家大气不敢出。

天一亮就有人敲乔震和林紫屋的门。

边穿衣服边从窗户里往外看，是冯专员的副官，他已经退居远处，没有进屋的意思，说有几个烟贩子明降暗诈，拒绝被收编，暗中组织人昨晚向冯专员的队伍袭击，双方死伤惨重，让乔震过去做个证明。乔震到了那里，昨天还在一起观剃度的，许多死了，大都是年轻小伙子，血肉模糊，看着比当初地震时压死的还惨。冯专员发表完简短的讲话，号召大家把死人拖到沟后面掩埋了。然后说形势紧张，先不撤退，得平定地方。

乔震嗫嚅道：

"要不待会儿我把拿过去的东西再送过来？"

冯专员说人死了这么多，用的自然少了，不用送东西回来，你回去吧。

他赶紧往回走，觉得身后随着很多鬼影子，越走越快。一过小河，索性跑了起来。

刚平静了些，过了几天一个月黑风高夜，枪声又一次密集地响了起来。有了上次的经历，乔震他们觉得这事跟自家无关。两间屋里的大人都坐起来，从窗户里往外看。透过密布的树影，那边院子里里外外依然在对射，嗖嗖嗖的光束非常强势地你来我往。天快亮时，枪声停下来。过了一会，又是副官敲门，让去做同样的事情。这次乔震请求副官说他跟刘猪娃一起去，自己没有见过那样的阵势，回家时路上害怕。对方答应了。

尸体已经被搬运到门外集中在了一起，其中还有两个女人，一个女娃儿。

两次下来，院子里已经没有了多少男人，冯专员对乔震说叛乱势力被彻底剿灭，他和属下这次真的要撤退了。完了却没说让他们回去，也不说让他们干什么。他俩战战兢兢站在墙角暖和的地方，看他们往外搬打理好的马驮子。末了，几个哭哭啼啼的女人，或哭或笑的孩子走了出来被士兵们扶上马，冯专员说要安排他们到武威城里。

两次的尸体乔震都见过，死剩了的现在又都在现场。人一共有多少他一直搞不清，但女人活不见人死不见尸的，显然有好几个。有些跟彩霞和娃们说笑过的，他印象太深了，不知去了哪里。他不敢也没心情管这些。

马队出门往沟外走，这次一反常态选择的是乔震家那边出山的路，刘一名脖子上挂着长长的念珠，嘴里念念有词和冯专员道别，乔震与刘猪娃随在身后，看着队伍已经出了沟口在那等了，冯专员才抱拳道别，然后跨上马飞奔而去。

或许因为无聊，观察寺院的动静，成了乔家大小重要的日课。

冯专员他们走后，隔三岔五都有来寺院烧香还愿的，来者依然不从乔震他们这边走，大老远就绕道另一条山沟，从新修的道上上去，到了寺院门口卸下驼子，然后进去，一两个时辰不定，沿原路返回。

剃度后的王一名法号虚空，有的日子，他到乔震家这边来，给他们送些盐、水果、面粉等，说是施主们送的吃不完。他还常摸着刘真真的小秃脑袋说：

"长大跟我当和尚得了，哈哈！林紫也赶紧生个小和尚吧，小哥俩一起给我当徒弟去。"

转眼之间，真真的百岁到了，这个日子好几个人扳着指头算，刘猪娃是用往小木碗里放石子的办法做的记录。前几天虚空来的时候给他说过这事，他说喇叭口降生的第一位村民，百岁自然应该给好好过一过。乔家上下也都很重视，因为他是刘猪娃和彩霞的长子，又是壮壮和胖蛋都没个小孩样子了又添的小玩具，宝贝得不得了。

虚空的礼物是一顶大红锦缎斗篷，一条小绒毯，说是托施主从城里买回来的。另外还有治感冒、治拉肚子的常用药；一串念珠。乔震家里只做了肉臊子长寿面，实在准备不出什么。虚空吃素，放下东西，抱抱孩子说要走了。

乔震陪着笑说您能不能稍等会给我们家祝福祝福？现在刘猪娃有后了，我想给刘家立户，您给见证一下。虚空说好啊好啊，喇叭口有了第二户人家，是件可喜可贺的大事，我的祝福义不容辞。说完他猛地撩了一下袈裟，从裤兜里掏出两块银元塞到刘猪娃手里说：

"祝福祝福！生一两个可不行，林紫马上也要坐月子了吧？你们哥俩得好好生，生出一个大村庄。哈哈哈。"

说完他的眼光又投向了马厩，说马也要生，配种的事拉到原来的院子里就行，常有施主们的马拴在那里。以后还要养牛养猪养狗养鸡。牛羊满圈，孩子成群，鸡飞狗叫，这才是真正的生活，是不是？

这话说的很温馨，又贴近他们的理想。以往对王一名的不良记忆和防备心理，立时少了许多。又天上地下搭讪一会儿，他走了。

吃过饭，天还没黑，刘猪娃的高兴劲儿怎么也压不住。他出门端详着象征自己另立门户的大红对联，远看了近看，近看了远看，嘴笑得一直合不拢。说我嫂子这字写得真好，虚空想得也周到，他怎么就想起来送红纸送墨水的？彩霞说你又不识字，狗看星星知道个啥稀稠？他依然笑，说认得认不得不要紧，看着好就是好。

兴奋极了，他说趁着高兴到寺院里许个愿去，让真真健康平安，刘家人丁兴旺。

家里几个人都不同意他去，虚空剃度前就说过，神喜欢清净，让他们别到寺院附近。他出家后也从没请他们上过那里，现在去人家不欢迎。刘猪娃不听，说虚空现在待人真好，再说了，已经有那么多人去烧香还愿了，单单我怎么就不行？

他愣是跨过小河，哼着曲儿朝寺院跑了上去。院里几个人眼睁睁看着他沿山坡先跑后走，进了大门。

走进寺院，刘猪娃吃了一惊。

殿堂里的尘土把罗汉们覆盖得严严实实，跪拜的地方都不怎么看得见。不知从哪个方位，传来了虚空和女人们的调笑声。刘猪娃一惊，不知脚踏到了哪里，身体轻飘飘地就往下坠。人尚未着地，顶上的光线就彻底消失了。

家里左等右等，就是不见他的影子。月亮出来时，无法忍得住，几个人走到离寺院比较近的地方，再也不敢朝上走，站那里喊虚空大师和刘猪娃的名字。寺院的门呀的一声开了，虚空数着念珠沿阶而下，阿弥陀佛后问他们的来由。

听完叙述，虚空一脸的茫然，他说自己下午去底下的院子里拿了些东西就上来了，根本没见过刘猪娃。不过既然朝这个方向来了，就应该在四周好好找找，你们先去寺院里看一看。

进里面一看，确实不见什么藏身之处。虚空还打开旁边的大屋子，那是他的卧室，里面除了熊熊炉火在窜动，没有任何动的东西。大家哭着喊着，虚空念着经文，在周围转悠到月亮偏西，连个人影都没有看见。

虚空告诉他们说这地方冤魂太多，邪气重，以后千万不要来。自己一定认真找，有了信就赶紧告诉他们。看他们哭着往回走远了，狠狠骂一声：

"送上门来的猎物。现在让你到阴曹地府去说，这里原来是沟不是山，就你能耐，所以死得也早。"

回到屋子里，林紫边哭边收拾凌乱的炕头，给真真拾掇尿垫子。除了娃娃们，大人谁也没心思躺下。林紫劝彩霞喝些糊糊，说奶要断了就完了，彩霞摇着头就躺下了，说天一亮赶紧去山沟里找，肯定是掉哪了。

难得虚空没有阻挡他们找人的行动。于是，只要有光亮的时候，一家大小带着狗就上来下去地找。灌木丛里被踩出来了不少路，拿乔震的话说就是如果是只兔子都找到了，可活不见人死不见尸的煎熬就这样日复一日延续着。

这些日子，一直是林紫陪彩霞母子俩睡，乔震和壮壮、胖蛋、小狗睡在另一个屋里，两边的大人唉声叹气，壮壮和胖蛋不停追问父母说二爹啥时候回来，去找他好不好。早先还哄他们说快了快了，越看越没有希望，乔震索性牙一咬说，等咱家狗下了狗娃子，二爹就回来了。反正这是只公狗，要它能下娃，刘猪娃也就真能回来了。

这话总算把两个小家伙给安当住了。

陪了七八天，这天晚上吃完晚饭，彩霞又躺床上抹泪，林紫回屋里对乔震说：

"今儿个开始，你陪彩霞睡，二十多岁的年轻人，受打击太大，不怎么吃饭，近日奶越来越少，真真要是没奶吃，我们愁都愁死了。"

乔震吃了一惊，一骨碌爬起来道：

"你胡扯什么呢？彩霞是我兄弟媳妇，刘猪娃还没着落，我能那样吗？再说，我根本就不想那样，伤心死了，还有心思想那些。"

林紫说：

"我说你是真傻还是假傻？你以为刘猪娃还在人世？那么短的一会儿，他明明去了寺院，肯定是看见了不该看见的事，让人家给收拾了，你一定逼着我说出来我也没有办法。真真是刘猪娃的娃娃，也是你的娃娃，对不对？你不管，现在没人管。"

"你胡说！"

乔震被吓呆了，他接受不了这个结论，可又觉得林紫说的是事实，声音大得异常。

林紫继续说她的：

"三个多月的娃，奶都快没有了，整夜整夜哭。你看我这肚子，离生没几天了。过一段干不了多少重活，彩霞要是还打不起精神，你看咋办？"

"你咋这么快就要生了？愁死了，怎么养？"

林紫看一眼他：

"我怎么就不能马上生了？当我怀的哪吒啊？"

说完转过身不说话，过了会拉开被窝躺下了。

"咋这么早就睡？太阳刚落不久。"

"我都快累死了，照顾你们大的小的，都当猪娃是你们一家的，我不疼他一样。我能说啥？赶上这些，大人不说了，小的这几个，每个都是一家的独苗，为了死掉的都得往大里拉扯。这种时候我就觉得你们是一家人，我是外人，哭天抹泪的是你们，我只是个帮忙的。"

乔震第一次听见了林紫的抱怨，他想辩解说自己根本没有这个意思，可又想不出打硬的理由。事情本来就是这样的，她拖着大肚子忙里忙外，谁搭过她一把手？

林紫蜷曲着身子用嘴指了指彩霞的屋那边，让他过去照顾。

"我再熬一个晚上就死了，你看着办吧。"

说完她把被子蒙在了头上。

乔震进去时，彩霞歪在枕头上哭，问了几声，也不搭理他。真真尿炕了，被蒸出浓浓的尿味。睡着了的孩子，嘴巴一直保持嘬奶状态，反复嘬一阵，小嘴巴频率极高地振动一次。

乔震熟悉这是什么原因。小羊羔也是那样，娃娃的嘬，相当于羊羔用脑袋撞奶头，嘴巴战栗的当空，就是奶往外滋的过程。按照林紫的说法，最近彩霞不可能往外滋奶了，真真肯定是在梦里吃饱饭呢。

果不其然，还没等乔震说话，他小腿一蹬，小毯子落在一边，摇头晃脑就哭了起来，小鸡儿里的尿嗖嗖往外冒，颜色黄得很厉害。

乔震抱起来想给把一下，一惊，他不尿了。重新放孩子到彩霞怀里。

彩霞抱都不抱。

"不奶了，饿死算了，反正我也不想活了。"

"他饿死，刘猪娃连个后都没有。他是孤儿，真真就是他家的香火。"

彩霞还是没有反应。乔震一只手抱着真真，另一只手解开彩霞的衣服，把真真的嘴巴对在她粉嘟嘟的奶头上，再把彩霞的手拉过来搂住真真，他站一旁看着。

没几下子，彩霞皱着眉把奶头抽了出来。

真真哇地大哭。乔震看见奶头和真真的嘴上都是血和奶的混合物，这样下去，看来真要断奶。

门开了，林紫端个碗站在后面，里头是些米汤糊糊。

"你没睡？"

乔震心疼和感动的眼圈发热。

"能睡得着么？娃儿哭成这样。"

神态和语气都很冷，看都没有看乔震一眼。

她接过真真，用小勺子蘸很少一点，对在他的嘴上，一点一点往里对付着让舔。真真刚不哭了，她把孩子放炕上，又一颠一颠去灶火门上拿烤着的尿垫子。

"你姐快坐月子了，一忙吃不下东西，我怕她难产。你再这样，大家都得死。"

乔震对彩霞说。

林紫把干干净净的一摞尿布放炕边，又摸了摸真真的额头，出门再没有进来，回屋里让壮壮和胖蛋脱了衣服钻小炕上的被窝里，说你们的爹去打狼了，今晚我们几个睡。俩娃大气不敢出，过了会抱着被子跑过来躺她边上，也睡着了。

其他房子早就荒了，放些柴火什么的，连炕都被占得满满当当。乔震过来叫过好几次门，林紫没有吭声，那边没有了林紫的照顾，真真闹得很凶，他只好在彩霞炕上睡了。

两个女人都不利落，三个娃儿还得照顾，乔震那个心烦就别提了。

一直到天亮，他也没有对彩霞说一句话，只是帮着弄弄真真的尿垫，还有给他喂红糖水。

五

这天下午,虚空捻着珠子又来了,一付慈悲相,送些食盐、面粉,还给彩霞和真真拿两袋红糖,一袋奶粉。这对真真很重要,他说最近来烧香许愿的施主多,寺里剩余不少,可以拿过来。林紫的态度很冷淡,乔震拿不准刘猪娃的下落,客气地说以后隔三岔五自己去拿,虚空说不用不用,刘施主的事让我很伤心,还是送过来的好,乔震不再说什么。末了,他提醒乔震,冬天一来,施主们来得少了,让他多练练枪法,以便没吃的时打打猎。

直到这时,乔震才记起,冯专员委任他为甲长时发给他四把手枪,还有陆续送来的子弹,一起放在窑洞里。

此事之后的第三天下午,林紫正在灶火门上烧火,突然大喊一声说水破了。等乔震把他扶上炕,还没等得及壮壮端进来草木灰,响亮的哭声就传了出来,是乔家的第一个女婴。善后了善后,给她们母女盖上被子,乔震的眼圈又热了,最近跟犯眼病了似的泪多,总有这毛病,简直不配做一家之长,尤其在这种时候。他常这么想。

这次眼圈热,是对林紫的感激。她生得这么快,一点没有给家里增添惊恐和忙乱。要是奶水多点,真真的问题也解决了。

林紫一生,彩霞比原来干的活多了,饭量也增加了一些,奶水又基本恢复了正常。年近四十岁的乔震大部分时间与锅台、尿垫子搅和在一起。男人不擅长这个,老家的男人根本就不摸这些,他做得很精心,极力装出欣然的姿态,但心头的烦乱缠绕成一团,而且越缠越紧,绞的他有时觉得要窒息。这俩女人,刚到山里那会不知什么原因都不生,是不是生活差的缘故?几年过去了,却紧锣密鼓,刘猪娃没了,怎么养得大?壮壮和胖蛋,啥时能当男人使啊,现在刚到不怎么打架的年龄。

心烦意乱时,有空他就去练枪。

第一次枪响,虚空还过来看了看,以为有啥事。乔震说练枪法呢,他说不错不错,实在必要时,子弹我那里可以想办法,寺院还得靠你保卫呢。

没几天，枪法比较准了，也练枪上了瘾，狠而准，只有这样，他才觉得能泄去心头的苦闷，子弹却真的没了。一天，他拿着枪坐河边叹息，虚空又提着吃的用的来了，放到他旁边和他搭讪。谈到子弹的事，他说出家人不便参与这个，不过可以用寺院的银钱托施主们买一些，让他们放在山那边的路旁，自己会过来通知乔震去取。

就这样，练射击成了乔震的日课和爱好，跑着的兔子，他说打哪是哪，还有一招，就是打飞禽，他会用两支枪同时射杀飞鸟。

就这么安静而贫乏地过着，转眼之间，在这个山沟里已经待了近十年，壮壮和胖蛋两个半大小子已经有了不错的枪法，动不动吓唬对方说要毙了他。大人们担心，把枪藏了起来，俩小家伙让乔震削了木枪，房前屋后追逐，刘真真举着小手，哭着喊着拽在他们屁股后头跑。林紫的女儿大妞和彩霞女儿二妞追不上他们，常常被撞的人仰马翻，哭喊着爬起来继续追。看着他们疯跑，大人们又想起了刘猪娃，除了看着别让跨过小河，便是吓唬那边多么多么的可怕。

这时的乔震和林紫已经在四十的边上，连彩霞都是近三十的人了。三个成人，三男两女五个孩子。林紫和彩霞还分别有过一男一女，可惜都没有活下来，安眠在房后的地下。

原来给刘猪娃立户的那边现在另开了门，牲口都圈在那院子的不同房间里，一只垂垂老矣的狗，六匹祖孙三代的马，一窝鸡，与主人的院子为邻。乔震一家不觉得孤单，甚至忘了什么是孤单，似乎生活本来就是这个样子。如果不是虚空常常过来告诉他们节日、节气什么的，带些有包装的吃的给他们，他们想不起地球上还有别的人在生存。

一天虚空对他们说，共军在古浪、武威一带与马家军交过火，后者以逸待劳，在乔震老家古浪城北暖泉一带集结，利用骑兵优势，加上蒋介石派出的三架飞机助战，在城区里乱掷炸弹。不久，乔震一家就看到了实际结果，古浪民众再一次出现地震后的逃难潮，一部分翻山越岭，跟没头的苍蝇般乱窜，陆陆续续闯到了喇叭口村。

乔震一家大小热心地欢迎他们，除了来了同类，还有乡情的记忆和当初自家逃命时的艰难体会，同病相怜人的感觉浓浓地弥漫在心头。虚空除了帮助他们一些生活用品，还关注他们从何处来，是不是读过书当过兵之类。

人多了，生活内容丰富起来，难民们带来的菜种子、小鸡小猪小羊，还有花的根茎、药材、土方子，等等生活元素揉在了情感中，也种植在了土壤里。开荒，种地，养牲畜和听寺院里的钟声，过着世外桃源一样的日子。

这样的生活像没有终点的直线，又像没有边际的平面，可以朝着无边无际的远方一直延续。乔震是喇叭口的最高领袖，虚空是神，不是谁封的，是自然而然的。林紫接受了乔震和虚空的建议，继承了她爹的衣钵，在自建的一间特大屋子里办起了免费私塾。大到彩霞，小到刘老大三岁的女儿露露，还有想识字或来看热闹的成年人，都能说来就来说走就走。读书声，哭闹声，往往在教室里一应俱全，实际上更像个消遣场所。

自然，课本是没有的，就在地上用木棍划。对自家的几个孩子，林紫在学习上从来管得很严，可毕竟挡不住环境的干扰。她后悔怎么早没有想到给几个娃儿教文化，乔震说没有人来到时，谁想得到文化还有用处？你和我都有文化，在山里还不是一点用都没么？

林紫也抱怨过这类大杂烩没法教，乔震说你就看淡些吧，真正想学的没有几个，有些人就是干活时怕娃儿捣蛋，放那里有伴儿玩还有人给看着。想想我们刚来时的艰难，能帮就帮，大家都过好才是好。林紫说道理是这个道理，可我们的娃儿跟着受耽误。乔震于是很正式地给几个娃儿训话，让他们闲下来时学习写字算术，几个人比赛。饭后往往是彩霞收拾厨房，三男两女倒坐在门槛上互相考算术背文章，颇有学堂里的味道，林紫笑眯眯地指导，道不完的怪问题，常常是乔震和彩霞也参与进来。

由于娃们接触过的信息太少，认字速度和反应起初比彩霞还迟钝。林紫就选择她小时候一些很容易想出来的谜语、算术题和脑筋急转弯让他们想。

第一次是猜字，那时他们已经能流利地阅读从虚空处借来的一部地理书，猜出这俩字根本不是问题，关键是组合。

林紫说，听好，我开始说了。这是两个字，又是一个常用词：

"道士腰揣两个铃，和尚腰挂一条巾。这是哪两个字？又是哪一个词？"

乔震和彩霞马上就喊起来了，这么简单啊？

林紫马上制止他们说就你们俩能，是不是该给奖块糖吃？他俩笑着不说话了，心里急得突突的，可几个娃儿左猜右猜就是不靠谱。

最后还是林紫笑着揭出谜底：

"虽是两个平常字，难死多少读书人。这下想出来了没？"

几个娃儿大眼瞪小眼，还是想不出来。

"不就是平常俩字吗？这几个笨蛋。"

乔震还是忍不住大声喊了出来。

林紫私下里提醒乔震和彩霞不能打击他们，多用以前玩过的游戏、猜过的谜语训练他们的思维。于是，闲暇之际，一家人便饶有兴趣地做这些。那个一个人同时运输羊、狼、白菜过河，每次只能带两样，又不能让狼吃了羊和羊吃了白菜的故事；鸡兔四十九，一百只爪子往前走的算术题；$1+2+3+4+5\cdots\cdots+97+98+99+100=5050$ 的逆向加法，等等。几个娃儿感到充满了神奇和乐趣。他们还教娃们唱歌。乔震会的是民歌，唱不了几句，亲啊爱啊的躲不过去了，他脸一红说忘了，让你妈给你们教吧。林紫就教。

先是萧友梅的《问》：

你知道你是谁？你知道华年如水？你知道秋声，添得几分憔悴？垂垂！垂垂！

你知道今日的江山，有多少凄凉的泪？你想想呵：对，对，对。

你知道你是谁？你知道人生如蕊？你知道秋花，开的为何沉醉？吹吹！吹吹！

你知道尘世的波澜，有几种温良的类？你讲讲呵：脆，脆，脆。

这歌她们上学时唱的荡气回肠，可娃们不感兴趣，说多难唱啊，也不知道说的什么。林紫一想还真是脱离实际，于是改教黄自给白居易诗谱曲的《花非花》：

花非花，雾非雾，夜半来，天明去。

来如春梦不多时，去似朝云无觅处。

娃们继续提意见道这都什么啊，胖蛋喊道：

"我也会，牛非牛，马非马，壮壮非壮壮，真真非真真，都是猪。"

知道遭一顿群殴是免不了的，嘴里喊着，他人已经往外跑了。

话是这么说，娃们的进步是非常明显的，不说其他，从对色彩的组合搭配，对自然景色的评述，对衣着整洁的讲究，以及对诗词文章的点评水平，都能看得出听得出他们学习的结果，以及与别人家娃儿们显然的不同。

林紫也教娃们写字，如果是白天，他们在地上写字的时候，她自己就练毛笔字，如痴如醉地用手和心回忆，昔日卧在花红柳绿中的书房和父亲手把手的点拨历历在目。还有胖蛋他爹，那手小楷字颇得父亲赞赏，说神似陈布雷的手笔。

她觉得总从空虚那里讨笔墨很尴尬，索性就蘸了水在门上写，在孩子们的脑壳上练，痒得他们大喊大叫，跑了，又来了。

村民们除了从虚空那里得到些消息外，没有任何信息源。不知道什么是抗日，什么是国共内战。几十年间，中国发生过那么沧桑的变化，他们几乎一无所知。

六

喇叭口最大的变化发生在 1948 年秋。

这次不是普通村民的增加，而是还愿的，上香的，急剧频繁起来。更为奇妙的是，施主们只见来不见去，而且不知住在哪里。乔震也问过虚空，他笑着说：

"他们心诚，白天做了，晚上还要做。走的时候你们睡了，再说，兵荒马乱的，晚上走遇见事容易躲，相对安全些。"

更多时候是说，那边林子密，一出门眨眼就看不见了，你们不会不会一直不眨眼盯着吧？

到了 10 月底，再也不见人来。乔震刚觉得轻松了，和儿子们盘算到崖头底下的石洞里给逃难的人送吃的和旧衣物，让他们也尽量过个像样点的冬天，别冻死饿死了。虚空却来找他了，说最近共产党在刘家坪一带闹得很凶，大李庄也有了他们的活动，共产共妻，人心惶惶。自己一个秃和尚倒也罢了，乔震的两个老婆，两个丫头，还有喇叭口村的其他女人咋办？冯专员不是让你保卫寺院和家里人的安全吗？你可不能忘记党国的使命不顾老百姓的死活啊！

对于共产党，在逃到喇叭口以前他就听说过，到了这里与世隔绝，那词早就在脑子里消失了。后来在流民那里听到共产党时，形象已经由昔日报纸上和孙中山先生的国民党合作的年轻人和年轻组织，转变成了令政府头疼和百姓恐惧的军事力量，而且据说还连连打败了政府的军队，但不知为什么要到这穷乡僻壤里来？究竟图个啥？可虚空既然说要来了，那就肯定确有其事。乔震又想起了藏在窑洞里怕娃娃们拿的枪，取出来一看，已经生锈，子弹也有点靠不住。说给虚空听，他说：

"我想想办法，不过不一定行，最近共产党路上查得紧。有人要是出山，我花钱让买些，算是我对喇叭口村民的心意和对乔甲长工作的支持。阿弥陀佛！"

　　过了两天，他回来找乔震，说东西还是放在原来的地方，除了子弹，又多了几把枪，让乔震再挑几个青年人加强训练。还建议把当初冯专员修的老屋子改建成堡子，如果有情况，大人娃娃都撤进去，一起死守。

　　想起那个血腥的地方，乔震心里就觉得别扭。村民们早就问过那片宅子的来龙去脉，他不可能不说，而几个娃们的述说又多了不少渲染和猜测，所有的人对那边敬而远之，猜测大铜锁看门的院子里是什么样子。现在没等他说出自己的顾虑，虚空就抢先说了：

　　"多凶的地方都怕枪。这么多人住里头，枪立在门后头，杀气腾腾，怕啥？"

　　一想也是。一边是新居民忙不迭地建房子挖窑洞，苦死苦活，晚上还有露天里睡的。石崖底下多冷啊，对那些老人孤儿，家里的衣食救济他们，自家人都有点困难了，还是有好几个连遮羞都困难的人。河那边却是上好的砖瓦房空荡荡地锁起来放着，越空，越破败，越感觉恐怖。人多了，熙熙攘攘，就什么都忘了。乔震决定请虚空打开门，先通过白天的日常生活，让村民们接近那块神秘区域，逐渐习惯了再搬进去。

　　他先是带了自己家的人去放火，把院里的干荒草烧个一干二净，再打扫掉草木灰，过了两天在院子里组织了一场打靶比赛，是他和壮壮、胖蛋比，村民们围观。接下来的几天里，就不断有男娃儿去捡弹壳。后来，又把捉回来的几只鹿关到了院里，去喂草、喂水。再到后来，那里没有了任何神秘感，石崖底下的一个残疾老兵先占了一间最把边的，没房子的人陆续过去，后来就没有了空房子。反倒是乔震他们原来的住地，除了自家，仅仅成了几家老村民睡觉的地方，新来的住进了好房子。为了增加那边的人气，乔震家的马圈过去的早，也占到了一大间。

　　大部分人都过来了，虚空也不时下来走走。他带来的消息依然是外头越来越吃紧，共产党共产共妻，还举出很多施主们带来的共产党杀人放火的例子，鼓动大家练枪法，修堡子，保卫家园。

　　真正感到共产党迫近的气息已经到了农历十二月初。此时的喇叭口早已是天寒地冻，难民们不断涌进，乔震只好把自家的马重新拉回来，腾出马厩作为难民临时的集体容身之所。至于男女老少，实在顾不上。要不是当初虚空他们修好这么多房子，说不定今年真的会冻死人呢。这是村里很多人的看法。

　　乔震他们先见到的，不是共产党的军队，是据说被共产党赶的来寺院避难的大批僧人。这些人赶着大批骡马，驮着众多不知是什么的东西，从大老远的沟口影影绰绰往里走，自背面的山道上走进寺院，玄色的袈裟在山坡上连成了一片。

这段时间，虚空来找乔震的次数明显增多，谈论最多的，是如何保境安民，枪支弹药由他负责。虚空还说，情况特殊，寺院的善款都愿意捐出来买武器。到了后来，还有粮食和腊肉也不断送来。东西依然放在路旁，由虚空通知乔震，乔震率村民们去拿，然后分到各家。

村子里的气氛越来越紧张，寺院和村民间的关系空前密切。

腊月二十五日下午，虚空匆匆忙忙从寺院下来告诉乔震，说刚才逃命到寺院的施主带来信，共产党的骑兵正往这里赶来，让他准备保卫大家。还说情况危急，保民才是最大的善举，袈裟一扔，换上套乔震的破短衣，拿出职业军人的专业水平，开始指挥布防。

乔震心慌意乱，躲在下面的女人孩子，当然是最担心的。他问空虚道：

"先把这里的娃娃们都转移到旧房子那边去吧？还有女人们，她们不会用枪，而且乱起来大呼小叫，反而不好。"

空虚头也不抬，着急忙慌往一溜枪里装子弹，给别的村民教换子弹的办法。他问了好几遍后，对方有些不耐烦地说：

"你傻还是呆啊？女人娃娃放那边，谁去保护？再说了，共产党对娃娃还能放条生路，留着当他们的后备军，把小的留在这里，他们就不会用大炮轰。"

乔震没有这方面的经验和知识，自然听虚空的。抽空下去把林紫、彩霞、娃们安当到一起，又上到房顶的掩体后头，和壮壮、胖蛋、真真趴在一起。自己守在儿子们跟前，乔震才放心。像他们这样年龄的，虚空说都得出来打仗。

掌灯时分，两匹马从沟口进来，对方显然怕在马上遭受袭击，拉着马，提着枪，左顾右盼，很小心地往前推进。

乔震和其他人呼吸急促，瞄准那俩人准备开枪，虚空低声命令道：

"没有我的命令，谁也不许开枪。"

对方在明处自己在暗处，那俩人的一举一动都在乔震他们眼里。

看着没什么动静，他俩骑马往回撤。可能是为了防止被偷袭，后面那个人倒骑在马上端着枪对着村子这边，没几分钟就消失在了林荫道的拐弯处。

虚空把大家召集起来说：

"看见没？刚才那两个是共产党的探子，来看前面没问题，回去报信的，待会儿大部队就来了，没有我的命令不许打，有了我的命令狠狠地打。记住，这是保卫你们的老婆孩子，其实跟我一个秃和尚有毛的关系？我留在这里是为了保护你们，阿弥陀佛！出家人动血，实在是罪过。"

果然，那俩探子消失后不到半小时，一只约四十多人的骑兵队伍便急速地出现在他们面前，由远而近包抄过来。

或许是太安静，对方心存狐疑。越近，速度越慢，走走停停。终于在两三百米开外的开阔地下马不走了。虚空低声告诉大家，一人一个脑袋，瞄准了等我的命令。两三分钟后，在他一声低而狠的"打"中，对面15个人顷刻间倒地，不知是伤了还是死了。乔壮壮那一枪没有打响，他懊恼极了。

对方的反应极其敏捷，隐蔽，匍匐包抄。如此调整后的战斗形势跟先前完全颠倒了过来。这幢建筑暴露在明处，积聚了所有的人畜和食物；而共产党的军队隐匿在繁茂的灌木丛中，显然没几分钟就会不知从哪个角落里冒出来。

虚空对大家说：

"我去求神，再到寺院顶上看看他们藏在哪里，现在只有拼命这条路了，你们先顶着，我很快就下来。自主者天助之，咱们宁可死了，也不能落在共产党手里。"

他把一箱子手榴弹推到乔震脚下道：

"记得我教你怎么用的吗？拉开弦扔出去就行。万一不行就连堡子都一起炸了。总比落在共产党手里让剥皮抽筋强对不对？"

没等乔震答话，他从梯子上下去，一溜烟奔寺院去了。

乔震他们在黑魆魆的房顶上无所作为，连个人影儿也看不见，扶着枪，左顾右盼哆嗦。一点擦觉都没有，后脑勺就被顶上了冰冷的枪口。

举着手，连房顶都利索下不去。好不容易被搀扶着到了屋里，俩丫头抱着林紫和彩霞的胳膊，紧紧贴墙边站着，已经有当兵的看着她们。

男人们被押到乔震家前段圈马的大房子里受审。

村民们显而易见不是职业打仗的。不论是老婆孩子都在一起的情况，还是他们的防御经验、作战能力，都是证明。可这么多枪支弹药，却明显有比较有力的支持者，那么是谁呢？

一位年轻的军官和颜悦色地问乔震道：

"我们是中国共产党领导的人民解放军，现在进祁连山追缴国民党余部刘至及其残余势力，他们一直走私大烟，将大量大烟和白银运到了山里，临行还掳掠了不少民女，希望你配合。我叫钟月桥，你叫我钟同志好了。"

接下来是问，乔震什么也没想，问什么就说什么。直到最后，他才问到了枪支弹药的来历。一说虚空，钟同志掏出两张照片让乔震看，问他见没见过这俩人。乔震说太熟悉了，一个是冯自沿冯专员，是政府的禁烟官员，从这里走了都快二十年了，另一个是虚空大师王一名，方才还在这里，现在在寺院里。

"寺院里？这么说刘至得到接应了？哎呀，我怎么这么糊涂。"

他懊恼地拍一下自己的脑袋，草草安排一两个人看守他们，自己带着其他人向山头的寺院包抄了上去。

没几分钟，寺院的方向一声巨响，看押他们的战士本能地把枪口对准门外，乔震一伙人刚一站起，枪口又转了过来，他们只好又紧贴墙根抱着脑袋蹲下。

过了没多久，钟月桥重新走进来，让发报员给指挥部发电报：

"命令永登方面在兰新线一带阻击刘至残匪，这一带已经没什么战略意义，接下来的任务是发动群众，进行土改，建立基层政权，恢复生产。"

钟月桥命令战士们将弹药武器收缴到一间屋子里锁起来，由两名战士把守，安排村民按性别上炕休息。他和一个年岁较大的人里里外外值班看守。没多久，战士们就靠在地下的墙根睡着了。

几天下来，村民们跟钟月桥越来越熟。

他是位看起来快到四十岁的军人，瘦高个，江西人，据说二十左右时随着红军长征当兵，长征结束后又是指到哪打到哪。艰苦的环境使人早熟，从南方到北方，经过八年游击战争和国共内战，军事上政治上都已经炉火纯青。现在又到了大西北的深山老林执行艰巨的剿匪和建立新政权任务。只有一个年轻的小伙子小徐留下来跟他在一起，别的人都去继续执行战斗任务了。

乔震在老家的时候，西北的隆冬时节，男人们都得穿羊皮袄和毡靴，或里面垫麦草的自制牛皮鞋，女人们也有穿皮袄的。但现在只有乔震家有两件旧皮袄，是当时冯专员他们送的，省了又省，保养了再保养，是过冬的宝贝。多数人穿着补丁摞补丁的衣裤，更多人只能在炕上或火堆旁猫着，全家能有一件遮得住丑的衣裳就已经不错，谁出门谁穿的情况很普遍。还有趁着夜幕去打水的人家，因为身上的穿着实在无法见人。

钟月桥穿着黑乎乎的羊皮袄，怀里揣着刚死了老婆的许成富的小儿子，在劈里啪啦的柴火堆旁，给积极分子们布置任务。许成富的衣裳太破烂，揣不住娃娃，他也在火堆旁听钟月桥讲话：

"乡亲们：咱们这里不同于其他地方，因为都是逃难来到这里的，没有地主，也没有富农，连军马算进去牲畜也没几头。况且，军马是不能随便调用的。所以，土改牧改任务都不大，恢复生产让大家尽快吃饱穿暖才是当务之急。以后的主要生产任务是集体垦荒和饲养，政治和军事任务是防止马家匪帮在彻底败退前烧杀掠抢。现在解放战争到了最后阶段，调不出大部队来肃反，连我自己带的队伍，都已经向兰州方向进发。党组织命令我和许同志留下来，负责这一带的剿匪肃反工作。看家护院是我们自己的责任，打土匪就是保护我们自己。虚空等反动势力为了自己的利益留给这里的武器，和让大家练习射击，本来是为了反共的罪恶目的，现在看来反而变成了好事。从现在起，大家就组织起来吧，我正式任命乔震为肃反大队的队长，大家有意见没？"

自然没有意见，这里就他有权威有能力，公认的大善人，而且是神枪手。

三天之后，队伍拉起来了，一共二十一个人，乔震为队长，钟月桥兼指导员，下面分成三个战斗小组，他俩懂点军事的，被编在第一第二两个小组，分别担任组长，乔壮壮担任第三小组组长，这个组的力量较弱，主要负责村子的防守工作和弹药运输，以棍棒为主要武器，胖蛋帮他。

马家军的残余势力还真的到过几次，他们主要是借道，想去青海和兰州交通便利的地方准备外逃。因为主要目的是流窜，无心恋战，加上钟月桥指挥得方，民兵训练有素，地形熟悉，经过的几次交锋，马家军都是败退。喇叭口的村民在战斗中没有付出生命的代价，但壮壮的腿负了些轻伤，成了医不好的小病根，天冷时有点不适，故意一瘸一拐的他成了英雄，给别人炫耀自己参加的那次战斗的激烈程度时，每次情节都有很大出入。山沟里的人信息单调，倒也愿意听他编出来的故事，他越发得劲儿了。

外面的战乱依然没有平息，流民还在往喇叭口村三三两两地涌。有的带着点简单的生活用品，有的一无所有，拖儿带女就来了。至春节后，这里已经成了四百多口人的大村子。为了减轻自家的负担，女孩子的父母先入为主挑选女婿，什么礼节也没有，更没人关心岁数和辈分，便将十几岁的女儿送过去，只要有人接受就谢天谢地。一个村子，眨眼间就成了巨大的儿女亲家网。出门彼此遇见，如何称呼都成了难题。

往往是照顾到这里的辈分，那边一推理又乱了，于是干脆没人在意，家里不乱套就行。乔家哥仨是人人瞄准的对象，可他们都不动心，说哪有这么娶媳妇的，彼此根本不了解，过段再说。林紫说就怪给你们教书教坏了，就这山旮旯里，你们还想娶咋样的？他们说不是我们不娶，起码得她们安顿下来，认识了比较比较才好。又不是以往没有挑选的，急啥？开春盖房子吧，娶媳妇生娃，住都住不开。乔震说还真是，就把这些事放一边了。

后来的村民们绝大多数没有固定住处，在砖房子外围垒砌些木头和石头窝棚。深山老林，最不缺的就是柴火，这真帮了大忙，不然谁知道什么样呢。经过动员，腾出来了两间大屋子安顿老弱病残的流民，炕上老人们挤得满满当当，婴儿和坐月子不久的妇女集中在另一间屋子里，地上是火劈劈啪啪的声音，炕洞里的火苗刺啦刺啦往外窜，捡柴火和烧火的活，多是钟月桥和他的副手徐同志干。

公用的两间屋子都开着门，这是钟月桥的规定。他说人那么多，空气不流通会得病的。打回来的猎物冻得跟石块一样硬，横七竖八扔在院子里，是闲的无事可做的年轻人和平原来的人翻山越岭抓野兔什么的搞比赛的战果，结果把裤子撕的更不成样子，钟月桥便尽量限制他们外出。

钟同志是这里最忙的人。大家似乎没有自己处理事情的意识和能力，男女老少一遇见事，就一句"钟同志，你说怎么办？"

于是他就得想办法，给出答案。信任是自己极大的成就感，同时就是几乎经受不住的压力，身心交瘁是常有的感觉。白天，他得像钢铁巨人一样，似乎全知全能，给所有人树立信心；晚上一躺在石头堆成的地铺上，将脏兮兮的军用行李一裹，就像死了过去。小孩子拿他当椅子坐他都不知道。

今天年三十了，没有纸写对联，他让人从河滩里挖来当地特有的红色泥巴，抹红两边的门框，从火堆里抽出一枝烧得正红的干柳枝，在门框上写对联：

上联：吃水不忘毛主席

下联：时刻感激共产党

横批：当家做主

哈哈手，刚走到另一间房门口准备写，乔震进来了。他读过书，自然能看出字的大概好坏来。笑着说：

"呵呵，钟同志这字，比我家林紫的可就差远了。"

钟月桥有点不好意思，说：你来你来，我没有念过几天书，是不行。乔震说：我的字跟你的差不多，但我对口号不熟悉，还是你来。

钟月桥继续写，乔震站边上看，旁边几个后生在跺着趾头露外面的脚交流追野兔子的经验。大概是说看见兔子一定得设法让它们朝下坡跑，兔子前腿短，如果朝上跑，人追不上，朝下跑，它就翻跟头。

写完回过头，钟月桥若有所思地问乔震：

"对了，刚才你说你家孔林紫字写得好？她读过书？"

"当然，林紫的学问比你我大多了。他爹是私塾的先生，林紫从国民高中毕业，她的男人是做官的，地震压死了，她爹带着她和胖蛋逃难遇见我，后来我娶了她。"

说着说着，乔震眼前又出现了孔先生慈祥的面容。

"哦，太好了太好了，真是意外的惊喜，现在革命工作太缺有文化的人了，以后有许多事得请她帮忙，希望你能支持。"

"应该的，应该的。"

乔震说。

第二年开春，钟月桥发动大家组织生产，号召全家男女老少齐动员，一起垦荒，谁家垦到的归谁家。一到这环节，孔林紫突然想起现在的地不都是自己家开垦的吗？房子也是自个儿燕子衔泥一样建起来的。在家里一说，大家恍然大悟，别人占了他们家好几间屋。乔震说算了算了，我们来得早有的挑，别人来得晚没得挑，能让的就让吧。再说了，别人劳动我们站一边看着不是个事。我爹我妈当初虽然是地主，他们起得比长工还早，不干活，身体都会垮的，而且闲着多无聊？

乔家除了先入为主的经营成果，劳动力也强，全村下来，没有一家的实力能与他们家相比。比了才有成就感。乔震很兴奋，鼓励家人好好干，说人多嘴也多；能干就能吃，这么多儿子，以后要分家另过，得修房子，还要生好些个娃儿，先开垦近处还有的荒地，以后越来越远，种庄稼吃力。

这个道理显而易见。于是大小齐上阵，整理以前开垦的土地，烧荒圈地，开拓新的自留地，等春末下种。

这天下午吃过饭，一家又在合计这些事。长辈们在炕里头，三个小伙子坐外头，俩女娃坐在地下的板凳上烤火，二丫在炉子上烤了洋芋片，手闲不下来，点着木棍的一头快速绕着看火圈。乔震怕点燃什么东西，吓唬她说玩火要尿炕，她不怕，说尿就尿了，反正炕很烫，一会儿就干了。彩霞说不对不对，不是要尿炕，是老鼠咬脚趾头。二丫说我都十一岁了，你们骗谁？要我弟妹活着你们的这一套还行，现在让我几个哥赶紧娶媳妇生娃吧，没有小的你们寂寞了是不是？总把我当两三岁看。

林紫顺手一把抢过她手里的棍子说：

"会把被子烧掉的，这是真的吧？"

就在这时，钟月桥走了进来。炕上的人赶紧下来，说钟同志你上去你上去，脚头子热得很，暖和暖和。钟月桥赶紧脱鞋，乔震说还脱啥鞋？我们都穿着鞋。钟月桥赶紧往炕上坐，这也就免得他们全部下来了。

乔震把嘴里的旱烟袋抽出来，在鞋底上敲几下，然后对着嘴猛地一吹，听得出来，里面通了，又从一个小罐儿里撮出些烟叶子，装了一烟锅子，往瓷实里按了按，递给钟月桥。这是他自己种的，种子还是虚空给的呢。

他抽了几口后说：

"老乔啊，你是这里最早的居民，也可以说是喇叭口的奠基人。现在这么多人一来。都成了亲家什么的，又是邻居又是亲戚，你应该想办法把大家组织起来是不是？现在就你们家还像个家，别人大都跟羊一样圈在一起。难听的话我不多说了，你好好想想，这样的日子是个事吗？"

乔震一家都看着他，知道他还有下文，果不其然，他接着说：

"你不是说你家孔林紫字写得好吗？国民中学毕业，在我们党里这样的高级知识分子都非常罕见。开会找个读报的特别困难。反正你家劳动力多，你们又是这里最有声望的人家，娃儿也多，给大家办个学校，以后建设社会主义新中国，绝对需要他们。"

一想到学校，林紫又想起了父亲，一位负责任的私塾先生，他要是在，学校能是事儿吗？以往因为拖家带口，也因为责任性不足，村小有一搭没一搭，只有自家的娃儿多少还算是学了些支离破碎的东西。她头一低，眼圈热辣辣的。蚊子一样说听当家的决定吧，我去教书，家里的活就得加到别人身上了。

乔震知道林紫的心思，她肯定想当老师。不仅因为他爹的原因，也因为她本身就是一个读书人，由于灾难，失去了父母和丈夫，从城里到达这深山老林。除了自己，她是家里年纪最大的，但乔震靠的却是她，那份宽容豁达和临阵不乱，一向是他心旌的镇纸，把自己心里的不快、烦躁、冲动都能抚平。让她这样的女人劳作灶头田间，乔震心头一直有一种隐隐作痛之感，是怜惜又是痛心。谁厉害也抗不过大自然啊，一个喷嚏就完全颠覆了个人的生活世界，把柔弱多情的娇小姐打到了山沟里，还得操心那么多比她强壮的人的事，做他们的靠山。

在场的大人小孩许久没人说话，钟月桥知道这事就是乔震说了算。向他努努嘴，说你可是表态啊，家里有啥困难，我和小徐可以过来帮帮，喂猪扫院子，啥事我俩都会做。大家的眼光又都转向了乔震。他有点局促：

"你们都看我干吗？那是林紫的事，她愿意就愿意，不愿意我也没办法。"

壮壮把脖子一缩道：

"我爹可真会假装，我妈还不是听你的？你表个态，妈肯定说行。"

"这个狗东西，你妈是自己有主张的人，我当然同意，可书不是得她教吗？"

林紫低声说了句：

"你不是也念过中学吗？你也可以教，我下地干活，再说家里的事琐碎，你忙不过来。"

乔震叹了口气道：

"我教，我教，呵呵。我一个大男人待教室里看孩子，让你在大太阳下种地抱石头？亏你想得出来。教我当然能教，可教得了你的程度吗？你就答应了钟同志吧。"

随着乔震的这句话，大家都说就是就是，答应了吧。

村校校址选在砖房把边那头，林紫说旁边的开阔地以后可以当操场，再则，学校设自家门口也怕别人有意见，应该就着人多的地方去。

开学的那一天很热闹。这是打走土匪后喇叭口最大的事情，在那片开阔地上，成年人迎着寒风咧着嘴，用袖口抹鼻涕，娃们的鼻涕拖得老长老长。太阳很红很红，却像画上的一样，几乎没有送过来点暖和劲儿。大家先听钟月桥讲话，然后是乔震，再然后，林紫羞答答地站在前面，刚一张嘴，底下大呼小叫，说孔老师来了，林紫婶当老师了。

她咯咯地笑着抢了一下脑袋，一本正经说了几句，也就是娃们得好好学习，穿戴尽量干净整齐，大的不能欺负小的之类，接着又笑起来。完了手一挥，朝着她家原来的马厩说：

"跟我来吧跟我来吧，有事到教室里再说。"

壮壮说还没放炮呢，我妈就走了，可见想当老师急成啥样了。众人围过来问哪来的炮？壮壮不吭声，撅着屁股点起一把柴火，劈里啪啦响了起来。大大小小的人们趁乱在他屁股上用脚扒拉着踢着，闹哄哄地笑着走了。

只有钟月桥和乔震依然站在空地上，他俩一个是当地最高的军政首脑，一个是德高望重的原住民，算是个乡绅了吧。村子里有了学校，他俩都很开心。钟月桥说：

"这工作机会也是命运。土改工作我从长征途中就参与过，从南方搞到北方，以往在条件好的地区，反而找不到个记账的人，到了这深山老林里，竟然有你和孔林紫这样的高级知识分子，不是我的运气是什么？我前几天都跟小徐商量过，实在不行我们俩就得当老师，能教几个字算几个字。可我们除了经常得去开会，也没多少文化，算盘什么的一点基础都没有。现在有了你们，喇叭口一定能飞出去金凤凰，而且是一群一群的。你不知道，我们的政府和军队里是多么需要有文化的人。自打我们党成立以来，就南征北战一直在打仗，哪有时间学文化？人家富人的孩子是有文化，可没几个出来闹革命啊，思想也不行，政治上靠不住。现在解放了，毛主席在中央会议上说，我们党要从农村工作转向对城市的管理，还要建设新国家，制造飞机大炮，建设大工厂，办大学。这么多事，不办好教育哪行？"

乔震笑着说：

"那些事离我们这里太远了，不过让娃娃们认字学算术，肯定是好事。"

钟月桥有些急了：

"什么叫太远？这个任务太迫切了。你是读书人，有些东西我得给你讲，你以为帝国主义甘心中国人民站起来过好日子吗？绝对不是！他们一直阻挠中国共产党解放全中国的步伐，绝不甘心于自己的失败。再用不了多久，我们就要建立全新的中国，帝国主义肯定会想方设法破坏。如果我们将来没有自己的工厂、大炮、飞机，新中国就有可能被他们颠覆，阶级敌人就会复辟，虚空那样的骗子就会重回喇叭口，我们的人民就要吃二遍苦，受二茬罪。"

乔震不说话了。以往本来就在农村生活，那么年轻就到了深山老林，他不可能懂这么多大道理，钟同志说得振振有词，那就肯定是对的。他只是木讷地说了一声：

"我不懂，以后你给我多教导教导。"

钟月桥说：

"关键是林紫，她担负着培养革命接班人的重任，一定得关心政治，才能培养出可靠接班人。我以后会经常来你家给她讲这些大道理的。"

乔震答应着，两人各自回自己住的地方去了。

正如钟月桥所说，这一年的秋天，中华人民共和国成立了，他是村子里最激动的人。

这天下午，他告诉孔林紫说学生放假，大人孩子都到教室里集合，有新衣服新鞋的尽量都穿上，有好事大事。林紫眨巴着眼睛说，教室太小了，盛不下，再说里面就那几个土台台，谁坐谁站，真不好安排。钟月桥说还真是，我都高兴得忘了，那就到院子里，我这就过去张罗着放火，得放好几大堆，要把庆祝活动搞得热热闹闹的。

看着他打着口哨蹦着跳着，孔林紫觉得不可思议。钟月桥可是这里一言九鼎的人物，平常稳稳当当，上了岁数的男人一反常态高兴成这样，真让人不可思议。到了小河那边，他回头对林紫喊了声：

"待会有好消息，世界上最伟大的好消息。赶紧吃过到那边的大院里来吧，我舍不得给你一个人说。"

黄昏时分，吃过饭的大人小孩被集中到了大院里，院子的四个拐角是熊

熊烈火。钟月桥站在廊下,大冷天里的满面春风。他压抑不住内心的兴奋,踩上廊下的木墩子,振臂高呼:

"毛主席万岁!中国共产党万岁!中华人民共和国——万岁!"

连着几声下来,乡亲们莫名其妙地面面相觑。他这才反应过来,红着脸打着磕巴说:

"这是喊口号,大家跟我喊,一起喊!我太高兴了!太高兴了!"

他接着喊,大家一起喊,一遍遍喊。末了告诉大家,中华人民共和国成立了,毛主席在天安门城楼上向全世界宣告中国人民从此站起来了。群众依然莫名其妙。乔震低眉顺眼建议钟月桥给大家说说中华人民共和国有什么好处,怎么就叫中国人民站起来了。钟月桥这才意识到宣传工作没有做到位。他向底下来送信的通讯员挥手示意,两个小伙子都往前面跑。他说小刘你来教大家唱,小马那嗓子跟我的一样,领着喊口号,多的我也没有学会。

小刘给钟月桥和乡亲们敬了个军礼,大声领唱起来。先是社会主义好,后是解放区的天。大家跟着唱,什么声调都有。有人嚷嚷说,两支歌换着唱根本就唱不会,钟月桥说不要紧,以后天天唱,肯定唱得会,因为这两首歌太好听了,今天就是个印象,高兴高兴庆贺庆贺。

唱了不知多少遍,钟月桥让小刘下来,他上去问大家说现在明白社会主义是啥了没有?明白解放区是什么样的了没有?有的说明白了,有的不吭声,有的说没有。他说不明白不要紧,等过上好日子,通过事实,大家就知道了。留下孔林紫和乔震,其他人散会吧。

林紫和乔震有些莫名其妙,待旁人都走了,钟月桥说进屋待会吧,有事跟你们商量。

钟月桥是和他们商量扩大校舍与办成人夜校扫盲,这是好事,乔震夫妇没人反对,他们认为村里遇见的障碍也不会大。正好最近农闲,搬些石头,砍伐些椽子晾那里,开春就可以盖房子。钟月桥说行,不过最近就得赶紧给村民们教文化,以后要过好日子,得给外头工作的娃娃们写信,还要记账算账什么的。趁冬天活少,家里也冷,聚到一起学习暖和些,教室——看你们有什么想法,村小的不行,影响娃们的学习。另辟个地方我们几个谁有空谁去教,就不知怎么能解决这个难题,你们看呢?

乔震笑着说钟同志你惦上我家草棚了就直接说嘛,何必拐弯抹角的。

钟月桥脸一红道:

"我这不是说不出口吗?东也拿你们乔家的西也拿你们乔家的,怪难为情。"

乔震说你也没拿到自己家里去，都是为了喇叭口的事，一个外地人，在这里没亲没故，还不是为了我们吗？那我明天把里面的东西收拾收拾，砍几个坐的木头墩子准备准备。林紫说木墩子就不用了，里头的东西搬走，炕不就露出来了么？烧热大伙儿坐那里，暖和了学习才能安心。

钟月桥说我都不知道怎么感谢你了。你们两口子绝对是革命的功臣，人民会感谢你们，党会感谢你们，以后发展你俩为入党积极分子。

没几天，农民夜校开学了，来的人不少，认真学习的不多，爱听老师讲道理讲故事，说神说鬼，就是不肯写字认字。有个光棍，村里人都叫他李独眼，本来就没有容身之所，学习时他掺和在里头，老师讲课时他打盹搞怪。散伙后剩下他自己，在热乎乎的光炕皮上翻饼烙饼一样轮流暖和身体的不同部位，一夜能睡到大天亮，吃饭的时间还不时过来。

夜校的效果不好，耗费了乔震一家和钟月桥他们许多时间，还把草棚让李独眼事实上占领了。林紫和彩霞每天去那里烧炕时，几个娃儿就嘀咕："倒霉死了，没祖宗招来个祖宗，死猪一样躺在热乎乎的炕上让我们家伺候。幸亏另开了门，不然就是我们家一口人了。"

乔震和林紫心里也懊恼，不过钟月桥这么安排了，他俩只好迁就，反正天天有人来，只好拖拖拉拉延续着这个夜校。

七

转眼到了 1950 年夏天，抗美援朝战争爆发了。

对于喇叭口这个偏僻的小山村来说，这场战争的影响远远超过新中国的建立和当年底甘肃的解放。对于前者，他们没有介入太深，就是小打小闹放了几下糊涂枪，喊喊口号之类，继续的是如何改善生活的问题，依然是往昔生活的延续，只不过有了钟月桥他们的组织工作。这次不同了，经过半年多的宣传教育，村民们心头中下了极深的印象，那就是如果失去了共产党的领导，大家都得死。于是，征兵、唱歌、大合唱、做军鞋，练民兵，等等，甚至挤走了干农活的时间，真可谓轰轰烈烈。

整天忙得喘不过气的钟月桥终于病倒了。10 月底，就在这个小山村被大雪封得严严实实之际，他无力地躺在自己的石头铺上，连睁眼睛的力气都没有。阳光很刺眼地照进来，实际上没有多少热量。不过喇叭口最多的就是劈柴，炉子里劈里啪啦，屋子里倒是非常暖和。可他还是哆嗦，刚坐起来，脑袋一歪又软绵绵地躺下了。

钟月桥一病，喇叭口的人被笼罩在有可能失去一家之长的恐惧与沮丧中，全村人的笑脸烟消云散，人与人相见，阴沉着脸对视，如果有一方从工作组那边过来，另一方会低沉地问一句钟同志见好没之类的话，然后互相盯着看，摇头叹息。谁也不会说要是没有了钟同志可咋办的话，也不敢想这个，可心里怕的都是这个。似乎村外林子里暗藏的美蒋特务一直盯着喇叭口的动向，如果钟月桥有个三长两短就会冲进村子搞复辟。简直不可思议以往没有钟月桥的日子是怎么过来的。

这天午后，钟月桥对来看他的乔震说：

"老乔，现在就靠你了，征兵名额喇叭口一共五个，这里年轻人的岁数你比我清楚，你看着动员吧。"

话没说完，他脑袋一歪又睡了过去，乔震摸摸他的额头，滚烫滚烫。嘱咐小徐照管他，自己叼着旱烟袋往家走，脑袋发木，很机械地走到了小河旁边。

看着明晃晃的冰滩，他站那里发起呆来。五个当兵名额怎么发动得够？乔震第一次对自己的身份产生了疑问，我是谁啊究竟？就一个逃难到这里的灾民，冯专员给封了个甲长，实际就是玩物，自己一直仅仅算个家长。现在冯专员他们都是坏人了，而且共产党不承认保甲制度，怎么什么事都跟自己扯上了关系？房子、衣物、吃的，劳动力、牲口、土地，都是白白被拿走，连李独眼睡热炕，都得自己的女人拾柴烧火，而且责任越来越大事情越来越多，这究竟为啥？

自打和钟月桥带领的队伍糊里糊涂开仗又糊里糊涂被缴械，他一直追随着钟月桥，这点他不后悔，钟同志那人，好得真没得挑，对老百姓比对自己的父母和娃儿还好，那么大岁数了连老婆都顾不上娶，父母也顾不上去看，最苦最累的活留给自己。乔震也问过他父母的情况，钟月桥摇摇头笑着说，自打十几岁离开家，根本没有联系过，大概他们早认为儿子死了。顾不上啊，等工作都安顿停当了，回家娶老婆生娃儿，当牛做马孝敬父母。

可现在他病了。征兵计划完成的时间没几天，他一急，病肯定会加重，没准真会像他所说的那样，客死他乡。

去问林紫吧，除了钟月桥，就属她有见识，看这事该怎么办。

远远看见林紫正在空地上看着学生们写字。从现在自己身上的寒冷，他就知道林紫有多冷。不，她更冷，自己穿着羊皮袄，而且来来回回走动，两边都是屋子，她穿着薄袄和没有了火气的破棉裤在露天里站那么久，单薄的身板，连骨头都一定冷透了。

他很内疚，实际上自己努力一把，林紫本来会少挨些冻的。她常常抱怨圆木垒砌的墙壁用起来太麻烦，每晚都得壮壮用土法烧的石灰把木头粉刷一遍，第二天用烧黑的木棍写才能看清楚上面的字，一次不刷就不行。她还说当初就应该把墙砌成比较平整的，这样就可以四面轮流写字，一次刷白多省事？现在天天都得刷，不仅不够用，干不透，白土疙瘩写的字也不清楚，又打滑。乔震说你难道忘了？虚空他们盖起来房子时是用火熏干的，不垒上木头墙，黑的怎么住人？人家没想着给你盖教室，当然更谈不上用纸练习写字，这里除了钟月桥有几本书，几乎就见不到纸。钟同志说开春去刘家坪开会时买个锯子让壮壮做一块黑板。

除了示范性的字，林紫总把孩子们带到门外的空地上，大大小小男男女女的他们着着实实平坐在冰凉刺骨的地上。为了减轻坚硬凹凸的地面对屁股的压力，纯天然的他们把腿分得很开，鼻涕摇摇欲坠时，抬头呼噜吸一口，又低头写写画画。

在他想着怎么尽快给林紫弄几块黑板时，她开始走动着检查地面上的作业了，用脚轻轻扒拉一下孩子们分开的腿，让合拢合拢免得被自己踩着，也因为不雅。她在家里还说过，那些十几岁的男娃女娃，跟伊甸园里早期的亚当夏娃一样，没有性别意识。可我是大人了，他们不脸红我自己脸红。啥时候能让娃们都穿上囫囵衣裳？况且，成年男女都是因灾荒和战乱到这里的，他们都懂得性别。她还说李独眼总在学生写字时围一边看女娃儿的裆部，真怕哪天有个事儿。

但娃儿们不懂这些，总是林紫刚走过去，他们又弹性地把腿恢复到叉开的原状。没办法，这么硬的石砾地块，别说光腿子或穿单裤的，穿着棉裤的坐地上都会咯得慌。对了，回去告诉林紫，建议家里人明年夏天给他们编个草垫子什么的，往光里磨一磨让坐……

天马行空还没想完，听见林紫招呼他。

抬头见她对学生们说了声写完后写上自己名字玩去吧，放那里我待会看，不行的明天重新写，站那里等着脸色沉重的他朝自己走过来。

乔震没有说让林紫回家商量事，那里就找不到个说事的地方。

家里本就人多，男娃女娃都长大了，不方便随便住，不求按照男女、夫妻睡，总得分个差不多吧，比如乔震不可能同时和林紫、彩霞睡一个炕上。房子被占得越来越少，过得紧巴巴的。还有后面的三个小子得娶亲，没准这一代的事没有打理清楚，下一代的事又来了。

林紫一如既往沉默地等他发言。多少年来就这样一种风格，总是乔震先说，林紫评论和建议，商量对策，最后拍板决定。

乔震说完了，林紫这次没有表态，低着头，刚才用脚划拉地面的动作也停了下来。平时的她不是这样，语调温和但从不拖沓，大是大非上态度坚定。绝大多数时候，乔震实际上都采纳她的意见，只不过林紫从来用婉转温和的口气表达意思，乔震由此也保持着在钟月桥和村民心中的地位，在家里更是如此。

今天她一反常态不说话，乔震心里更加慌乱，可见问题不是一般地困难。钟月桥大病躺下了，林紫不说话，自己靠谁去？他催道：

"你可是说话啊，急死人了。"

林紫还是不说话，又过了一会儿，眼泪吧嗒吧嗒往下掉，抽泣着说：

"我说啥？钟同志是不是说喇叭口一定得出人？"

乔震有些茫然，随口回答了句是，然后说：

"五个呢。钟同志说了，如果我们不帮朝鲜打美国，美国消灭了朝鲜后，接着就消灭我们，把中国人都变成自己的奴隶，毁掉我们所有的房子，杀光老人和孩子，还拉所有年轻人去打其他社会主义国家。反正我说不清楚，他就是这么说的，你看咋办？"

"咋办？你来问我，我问谁去？钟同志不会错的，只能听他的呗。其实你一说我就知道了，我们家得出人，你是这里的主心骨，我们家男娃娃又多，如果我们家不出人，你到哪里找其他四个去？我在想谁去合适，打仗的事，哪个去我都舍不得。就不知道要女人不？如果要我去，随军洗衣做饭都行。杜甫写过篇《石壕吏》……唉！看我这是说啥呢？糊涂了。"

这倒提醒了乔震：

"哎呀，我怎么就糊涂了。这事有啥难的？我又会打枪又能挖战壕什么的，还能保护和照顾喇叭口的年轻人，我带着他们去最合适不过了。"

"那不行。你不能去，你是家里的顶梁柱，你走了，家咋办？"

"你才不能走，你的作用比我的大。"

乔震的声调很低，连他自己也感到吃惊，用了正常的力气说话，怎么听起来跟蚊子的叫声一般？

"瞎说。"

林紫很少用这样的词语跟乔震说话，现在她急了：

"男人就是男人，没有了你，喇叭口和乔家就都塌了，像那次地震之后。"

一谈起地震，两人眼圈又都红了，不是新痛翻出了旧痛，而是触动了当下的恐惧，那种亲人尸体横在眼前如遭雷击劫后余生的感觉。现在难道又要地震吗？过没有乔震的日子，对林紫来说比地震还惨。震前丈夫经常在外忙碌，带她出席应酬，繁华的世界和殷实的家境，以及慈爱的双亲围绕着她，生在福中不知福，视为理所当然，对于爱情和亲情没有那么深刻的体验。地震是突然的，后来进了山，为了胖蛋活着，神经有点麻木。如今上了岁数，情感被岁月熬稠了浓度，昔日的亲情友情早已被尘封，只若隐若现在失意里、怀念里和回忆中，平常的生活里，它们已经不再是必不可少的因素。

而对于乔震的感觉则不是。这个高高大大的粗犷男人，一开始就在灾难和担当中介入了她的生活，这么多年来，他似乎不知道生气，也不知道什么叫疲倦和疾病，充当着这山沟里的人、神，以及代言者和主持人的角色。有了他，喇叭口才是活着的，没有了他，这地方就死了，家也完了。怎么可以让他去当兵？连出远门都不行。

"我是去定了，不说其他的，我总不能把娃们打发出去当兵吧？朝鲜在哪里？连我们都不清楚，何况是他们。虽然平时不分，可这种关头一想，三个娃是三家人的血脉，我能舍得让他们哪个去？"

"反正你不能去，谁也不去。美国打进来能咋样？找不到我们这里来，就是来了，大家一起死，也比你走了我们牵肠挂肚强。"

"你当我想去？"

"没说你想去。"

"我就是不知道怎么给钟同志说好，你没看见他急成啥样子了。抗美援朝这样的大事，他比我们懂，肯定很严重。他是好人，不会坑我们的，那是实在没办法了。"

乔震看着远处说完这些，拉了把林紫：

"先回屋里去吧，你嘴唇都青了。"

果然下雪了。

祁连山东南坡的夏天，一到南方的梅雨季节，湿气就源源不断被吹到这里。夏天既然雨多，冬天就格外寒冷。今天的雪显然要下很久很久，越到远处，天色越灰越低沉，说不定明后天还会继续下呢。

他俩走进屋里时，彩霞正在做饭，林紫坐在灶火门上帮着烧火，隔壁刘家最小的丫头娇娇是去年这时候生的，歪歪扭扭坐那里哭。林紫抱过来问她怎么了，她伸出黑乎乎的小手，眼睛看着彩霞，抽泣得厉害。看来是倒抓烧火棍烫了手，彩霞没有同情和安慰她，正在埋怨呢。

过了一会儿，零零落落，大大小小的人都进来了，彩霞伸出脑袋喊了声"吃饭了"，先给乔震端过去，接着娃们零零落落进来舀了饭，坐门槛的，坐灶火门上的，都有。娇娇围在乔震边上，脖子伸得老长，够桌子上的饭碗。乔震今天心烦，说大妞二妞，把这娃儿抱过去喂饱送他们家里去，我今天没心情管她。

"姐，你咋不吃？"

彩霞喝了一口饭汤后问林紫。

"我不想吃，今天没怎么动弹，挺饱的。"

彩霞怔怔地看了林紫半天，看出她心里肯定有啥事。这么多年过来了，家庭成员的一举一动，彼此都心里有数，只不过现在不知道具体发生了什么而已。把碗放在案板上，默默舀了碗洋芋块多的递给林紫。这地方太凉，除了洋芋萝卜、芹菜，就没几样能够长得像样的蔬菜。

"吃吧，有事愁也没用，吃过饭大家商量，你不吃大家都不好好吃。"

林紫点点头，倒坐在门槛上若有所思慢慢吃，彩霞吹着面条往嘴里放一两口，看林紫一眼，再看乔震一眼。他同样吃得很勉强。

几乎没有任何响动，林紫一回身，发现钟月桥拄根弯曲着的干木棍，猫着腰站在她身后。清癯的脸庞上沾着乱发，看不清究竟是掉下来的还是原来就长在脸皮上现在顾不上收拾起来，反正今天他的脸跟以往不一样。

林紫赶紧朝屋里招呼，说钟同志来了，壮壮、胖蛋都下炕走出来，扶着跟着。乔震说钟同志有事你让人过来说一声我们过去就是，病那么重还自己来，赶紧进屋，别凉着了。

钟月桥还是没有说话，几个人神经绷得越发紧。他的和蔼和友善，平常似乎是固定在脸上的，今天般如此严肃，未曾见过。

乔家大小都不说话，看他脱了鞋，胖蛋拿起来放到离炕较远的板凳下，免得被来往的人踩湿。钟同志吃力地往里面挪，乔震赶紧拉过破被子破衣服给他围在身后说，靠住些靠住些。

钟月桥勉强盘起腿，摇了摇身子，低沉地说了一声：

"中国人民志愿军早已经开过鸭绿江到了朝鲜，中国和美国打起来了。"

沉默好久。乔震怯生生地问：

"中国打得过美国吗？"

钟月桥没有正面回答，而是说出了更可怕的消息：

"这次跟中国、苏联和朝鲜打的，有 16 个资本主义国家，还有 5 个国家帮人家救治伤员，另外连南朝鲜也加入了他们的队伍。一共二十多个国家打我们 3 个社会主义国家，斗争形势严重啊。"

"完了，那我们肯定打不过。"乔震说。

"现在不能说这个，打不过也得打，更何况我们不会打不过。国民党反动派当初比共产党强那么多，我们不是也打败他们了吗？关键是老百姓得支持。别看那么多国家来势迅猛，但伟大领袖毛主席早就教导过我们：得道多助，失道寡助。帝国主义和一切反动派都是纸老虎。美帝国主义侵略中国和朝鲜不得人心，必将遭到全世界人民的一致反对，让美帝国主义滚出朝鲜。但是，伟大领袖毛主席也说过，美帝国主义是纸老虎也是真老虎，我们在战略上要藐视他们，但战术上一定要重视他们，不然，中朝人民的红色江山就要变颜色，老百姓就要吃二遍苦，受二茬罪。"

钟月桥一气说这么多，咳嗽起来，有点上气接不上下气。乔震赶紧给他捶背，示意娃们给钟同志倒水去。稍微平静了些，钟月桥接着说：

"我正在写申请，希望能到前线去，保家卫国。"

几个小伙子急了：

"钟同志，你走了我们怎么办？喇叭口靠谁去？"

大家都看着他，就是啊，没有了钟月桥，喇叭口的天都要塌了。

钟月桥道：

"俗话说，大河有水小河才不干。喇叭口只是新中国的一小部分，如果美帝国主义的阴谋得逞，全中国的人民都要当奴隶了，喇叭口还能好吗？只有打败美帝国主义，喇叭口人民才能有生存的希望，全中国的老百姓才有幸福的可能。为了祖国，为了人民，我自己的生命算得了什么？喇叭口算得了什么。"

钟月桥说完又剧烈地咳嗽起来，乔震连拉带推让他躺在炕上：

"今晚就睡这里，壮壮和胖蛋，还有我和真真，一起听听你讲讲大道理，女人们到别的屋子里挤一挤，没事的。"

山里人本就睡得早，今天遇见雪天，遇见有病人，遇见有男人们讨论的大事，女人们睡得更早。

可大家都没有睡好，隔着墙，前者在听课讨论，后者是揣度。遇见当兵打仗的事，男人们有斗志，女人们是牵肠挂肚。林紫和彩霞猜测这一夜他们商量出什么结果了？究竟谁去谁不去？彩霞认为这个结论的关键人物是乔震，林紫说是钟同志。

第二天早晨，比平常早许多，大屋的门吱呀一声开了，真真探出脑袋喊了一声：

"我们起来了！"

林紫和彩霞早起来了，更确切些说，她们就没怎么睡着。一听到真真的声音，赶紧过去，想听听究竟。

她俩站那里，男人们没有谈昨晚说了什么。乔震让林紫去准备洗脸水，让彩霞给钟同志打两个鸡蛋补一补，钟月桥还在客气，两个女人已经出去了。

洗完吃完，乔震让真真扶着钟月桥到他的住处，临出门前，他放下卷着的钞票，乔震他们什么也不说，钟同志以往就说过，不拿群众一针一线是纪律。一家人跟在身后，看着他过了河。

从院门外进来，两个女人迫不及待地问乔震道，昨晚你们说啥了？谁去当兵？

乔震说没说啥，反正钟同志说他要去，我们家的事情由我们家做主，当兵不能是强迫，改朝换代了，不像国民党抓壮丁，保家卫国得靠个人的自觉性和热情。

林紫说钟同志人家觉悟是高。那几个娃呢？他们什么意思？

"他们当然很愿意去保家卫国，说连钟同志都去，自己当然得去。钟同志还说当兵是大家的事，要出，我们家也只能出一个。至于是不是真去，还有谁去谁不去，那是我们的家务事，应当家里商量。"

末了，乔震带点埋怨地对壮壮和胖蛋说，你们就没有想过我们大人的心情吗？打仗的事又不是去谁家吃席，你们表现的那么积极，把我比得跟落后分子似的。现在我要不支持，钟同志就会说是你们要去，我拉住不让去。

他俩红着脸说真的没有想那么多，不过我们家男的这么多，肯定得出人。

真真很快就回来了，一家人聚在大屋里商量谁去当兵。几个小伙子很兴奋，好像打仗就像捉迷藏一样有趣。争来争去，他们都有各自的理由。钟月桥工作的效果，就是这样一向令人心服口服。

几个大人就没有这样浪漫，在这个复杂的家庭里，平常哪个孩子的地位都是一样的，到了现在，些微的区别就出来了，所以谁也不表态，等乔震拿主意。

他干渴一声道：

"我本来要去，钟同志嫌岁数大，那就壮壮去，一则大哥就得拿出大哥的样子；二则壮壮打过仗，枪法好，去了我更放心。听钟同志说，美国发动了二十几个国家给它帮忙。所以，不可能轻而易举打败他们。按照年龄，今年壮壮去，以后征兵的话胖蛋和真真依次去。"

"还要去啊？我希望壮壮去就把美国人打败回来，打仗多危险啊！"

彩霞刚说到这些，林紫赶紧暗中拉了她一把。

乔震不说话，真真说多你偏向大哥，胖蛋说就是就是，总把我们当小娃娃。乔震不理他们，朝炕沿一边挪，说要去看看马槽里还有没有草，提溜着烟袋出去了。

大家七嘴八舌议论了一会，乔震不在场，议论也是白议论，陆续分散开了。林紫最后一个离开大屋，轻轻踱到马厩门口。

篱笆门关着，上面绑着厚厚的防寒麦秆，本来就比较严实，平常再用外面的绳扣紧紧一拉，另一头套在木桩上，这种时候，能想象得到里面有多么黑暗。

现在乔震在里面，门自然松开了一道小缝。林紫轻轻探了探脖子往里看，阳光射进去，依然有些昏暗，但朝阳的锐利直扑主角，他的脸俯在马脖子上，左手顺势从马背上奋拉下去，右手盲目地磋磨着马的额头，身子急速地抽搐。马垂着脑袋，眼睛无精打采。

晨光中的这幅画面林紫是想象得到的，不然，她不会躲开众人偷偷尾随乔震到这里来。但真见到了，还是感到了撕心裂肺的震撼和痛。平时大家有事理所当然找他，包括钟月桥，没有人想到过乔震会哭，会有难事。或许他自己也将接受和维持硬汉角色当成了习惯乃至使命。要不然，怎么会躲进黑乎乎的马厩来饮泣，而不把担忧和心里的苦诉说给别人听？

林紫轻轻推开门，又轻轻关上。乔震没有抬头，不论进来的是谁，这时再也没有掩饰的必要，或许他也不想掩饰。林紫把手搭在他的右手上，眼泪顺着脸颊向下流。许久许久，两人什么也没有说。

最后还是乔震抬起头拉了把林紫：

“走吧，回屋里去。我们家一向积德行善，老天爷会保佑壮壮的。”

接下来的日子，起早贪黑，林紫和彩霞为壮壮做了两双鞋，里面装着浸湿的青稞，摆在窗台上。这样放一两天，青稞一膨胀，鞋子就被麦粒儿从内部修理的顺溜了，行军不磨脚。

壮壮摩挲着鞋，嗓门哽咽，它们来得谈何容易？鞋面都是旧平纹做的，那是林紫地震前背回来的裤子，她妈妈的缝制品，舍不得穿，现在全部用上了，剪下来的边边角角，大点的留着准备给乔震对付一双鞋面，其他丝丝缕缕，都垫到了鞋底中间。没有糊袼褙的碎布，她们连马鞍垫子上耷拉下来已经成为线条的布丝都不放过。彩霞说，干脆我把自己掌心剥下来用算了，又粗又厚实，林紫也苦笑道：

“你直接把脚板剁下来，绱好鞋帮子，来得更省事，就是不适合壮壮的大脚板。”

彩霞说钟同志总说新社会了，人民过上了好日子，打仗也是保护我们的好日子，我咋觉得现在的日子比虚空他们在那时难多了？

乔震吓了一跳，说你胡说啥？这可是反动话，千万说不得。再说，虚空说什么咱们就得乖乖地听，钟同志有事跟我们商量，这就是不同的地方，不说明我们有地位了么？好日子得自己奋斗，以后肯定会来的，钟同志说了，以后到了共产主义社会，要啥有啥，想吃啥有啥，人做梦都会笑醒来。

八

　　没等乔壮壮出征，喇叭口村就迎来了轰轰烈烈的另一场洗礼。

　　1951年初，镇压反革命运动开始了。新的划分标准之下，当志愿军不是谁想去谁就能去的，首先得调查清楚历史是否清白，不能让阶级敌人混进革命队伍到前线搞破坏。喇叭口村的五名预备军人由此也暂时后备在家里。

　　镇反工作组进村的时候，钟月桥特别组织了几个人作为村民代表在村部——也就是当初的土匪大院里欢迎。乔震、林紫、乔壮壮都在其中。就在前一夜组织这个欢迎队伍时，乔震他们几个问过钟月桥，镇压反革命是什么意思？哪样的算反革命？钟月桥显得很轻松：

　　"根据中央文件，土匪、恶霸、特务、反动党团骨干、反动会道门头子和其他反革命分子是镇压对象，我们这里应该不会有问题。"

　　"既然喇叭口村都是好人，没有这样的，那派工作组来干吗？镇压谁？"壮壮问。

　　"没有这样的，组织派人来看一看心里就有底了，不亲自看，怎么知道没有？我说应该没有不能说是肯定没有。阶级敌人极其狡猾，他们经常化装成好人，暗地里搞颠覆新中国的活动。最近几年喇叭口新增加的人太多了，我们也说不清楚他们实际的身份。依我看，工作组进村也好，看一遍回去，上级就放心了。上面来的同志觉悟高，没准就能把隐藏的敌人揪出来。其实我心里还有个小九九，我们这里到城里多不方便啊，工作组来了后，出出进进，把几个参加志愿军的人的行李顺便运出山去，省得背着嫌沉重。"

　　乔震接着钟月桥的话说：

　　"就那么点东西，没有麻雀窝重，用得着马驮吗？不过跟工作组一起，总是好些，给他们教导教导，出去我们也放心些。"

　　工作组很快进村了，一共三个人，组长叫潘志国，三十出头，另两个二十多岁的年轻人是张同志和付同志。

　　他们到村里的第一夜，立即召开会议，了解情况，参加的有钟月桥和徐同志，算是原来的工作组；乔震、孔林紫、壮壮，是村里的代表。

钟月桥对潘志国一行毕恭毕敬，除了尊重，还有礼貌，乔震一家更不说了。

会议几乎是问答式的，而且几乎全在潘同志和钟月桥之间展开。

"请说说这里的土改状况。"

潘同志的话是从这里开始的。

"我们没有土改，这里都是陆续来的灾民和流民，明天你去转转就知道了，没有一家的孩子能穿上囫囵裤子，还哪里来的地主？根本就没有土地可分。"

一听流民和灾民，潘同志的眉毛竖起来了：

"现在大量的反革命分子就是混在流民和灾民里的。钟同志，我说你好糊涂啊，难道坏人都在额头上刻字吗？如果按照你的结论，肃反跟打国民党就没有区别了，没有枪的就不是敌人了？哪里还有暗藏的阶级敌人这么一说？"

大家一听都紧张了起来。上面来的同志，思想觉悟是不一样，一句话一个高度，很平常的事情在他眼里就能看成很不平常，而且让人一听就觉得确有其事。钟月桥怔了一怔，有些讪讪，很诚恳地说：

"请潘同志多指导。我没有多少基层工作经验，肯定有许多漏洞，要不你问问乔震他们几个，我这是天天盼望工作组来呢。"

大家都点头，林紫还说了句"这是千真万确的事。"

潘同志的注意力又转到了乔震一家，在座的三个本地人是一家子，这个昨天他就知道了，不过当时就在脑子里过了一下。现在林紫一搭话，他突然意识到情况有点异常。这个村子看起来人不少，怎么除了老工作组，就这一家三口在面子上晃荡？这样的基层政权太可怕了。

于是，他让乔震详细介绍一下他们家的来历。

说起这些，乔震的心情没法不沉重。作为这里的第一代移民、同样是筚路蓝缕的开创者，他丝毫没有自豪感，走过来的路都离不开死亡，他就那样低头叙述着，语词如孤单的空气一般缓缓流淌。

但其他在场的人都注意到了潘同志脸上的变化，由惊讶和怀疑走向阴沉和僵硬。好几次，林紫想打断丈夫的叙述，嘴巴刚微微一动，就被潘同志的目光制止住，那种眼神，有楔进骨缝里的剑气，他很留意地听着乔震的一字一句。

说完了，乔震久久没有抬头，不知是继续沉陷在悲痛里，还是其他。潘同志没有再往下问，这跟事先他让钟月桥汇报工作的程序有些差别，比如村民们的生活情况，有没有发展积极分子作预备党员，等等。而是说今天的会议就到这里结束吧，旧工作组的人留下来再开个短会。

等到乔震一家走出门，他们才意识到实际上被打发出来的就是他们一家人。

谁的心里也没有底，踩着月光覆盖着的白雪，嘎吱嘎吱往小河边走，林紫不小心滑了一下，险些绊倒。壮壮说：

"妈你踩稳了，明天钟同志会给我们说的，不知爹哪里说错了，潘同志的脸拉得好长好长。这个潘同志，看着不像钟同志那么对人好。"

乔震回头说了他一句：

"嘴夹紧行不？大男人了，说长道短的。我什么也没有说错，你们也是一步步走过来的，哪里不对了？人心都是肉长的，听着那些伤心事，潘同志脸上能好看吗？你这样的长嘴巴怎么出去当兵？"

大家又是一言不发往前走，回到各自的屋，灯也不点，摸到炕上睡了。

这边，村部的工作组会议才正式开始。

潘同志列出了乔震家的一系列疑点。如乔震和孔林紫接受过国民党专员的委任；孔林紫的父亲和前夫有历史问题；乔震有两个老婆，应当划成富人；乔壮壮和乔震向解放军开过枪，等等。还有，究竟这里留下国民党的电台没有？村民里有没有派回来和乔震联络的？最近有人出过山没有？刘猪娃是不是跑到台湾或潜伏了下来，等等。这些严重的问题，都有待彻底查清楚。

不说倒觉得没有什么，把这些言之凿凿的事实和怀疑摆放在一起，钟月桥越听越怕，因为都是有事实根据的。还有更让他头皮发麻的呢，潘同志问了又问，为什么这么多村民你就用乔震一家人？这不符合党的群众路线，与依靠贫雇农的精神也不符合。

到了党的路线这一层，钟月桥真真感受到了什么叫恐惧。就是啊，用这家人，他真没有想那么多，唯一的原因，就是他们在这里有威望，能力强，生活资料比较丰富可以帮助别人，而且有文化。现在细究，钟月桥也不相信乔震一家会有什么问题，但同样地，他也驳不倒潘同志的怀疑。

接下来，年纪比他小的潘同志就严肃地批评钟月桥，说他思想上阶级斗争的弦太松了，这种意识怎么能适应当前农村严峻的对内对外斗争形势？钟月桥解释过两遍后，再也不敢提这个茬，因为潘同志似乎怀疑他和乔震家有什么关系。徐同志自然也是惊慌失措，俩人跟犯罪了似的听他数落，鸡叫两遍才散会。

事情到了这一步，原来怕壮壮当兵的乔震，现在倒希望他能走，一是表明自家的心志和清白，对全家都有好处，另一方面，谁知村里会发生什么事，鸡蛋不能放在同一个筐里，他出去也可能为乔家探索出另一条路。可迟迟得不到这方面的消息，心里说不出的疑虑，想去找钟月桥问问。做过几次尝试，大老远就见他躲躲闪闪不自然，只好作罢，心里更加没底了。

"钟同志跟上面来的才是真正的一家人，没有别人依靠时，我们就是他的亲人，一有他们的人来了，我们就成了外人。你们想想他以往对我们有多亲？我们啥时候把他当过外人？可现在潘同志一来，他离我们就那么远，潘同志好像比钟同志年龄还小，对他那么凶他怎么还服服帖帖？我真有点看不惯。"

壮壮脑袋一扭说。

乔震和林紫心里赞同壮壮的看法，嘴上说不是那样不是那样，肯定有误会在里头，等以后彼此了解了就没事了，反正谁都不是坏人。

比当不成兵更大的事，是刘猪娃竟然从天上掉了下来！

昨晚头鸡叫过，乔震从林紫屋里出来去彩霞那边，他是被林紫的呼噜声挤出来的。她本来没有打呼噜的习惯，今晚不知哪里不舒服了，打的他心烦意乱又舍不得叫醒她，只好躲。彩霞不知睡着没，反正乔震的两条腿刚伸进被窝，她便往边上挪了挪给他让地方。就在这时，门外的狗可着嗓子狂叫了起来，旋即有冲出去的猛烈动作，铁链子唰唰直响。

彩霞抬起头看着黑暗里的他。

"我去看看。"

乔震撅着屁股下炕开门走出去，背对门扇叫住狗。

大门外头清清楚楚传来一声：

"哥嫂，彩霞，快开门，我是猪娃，我回来了。"

各屋的门相继开了，前前后后随着乔震往大门口走，两条狗拉着长长的舌头喘粗气，被真真吆喝到了狗窝里，拉上了篱笆门。

猪娃扑进了乔震的怀里，哥俩都哭，然后他问壮壮，问胖蛋，问真真。女的都在边上站着，议论的，诧异的都有。壮壮说赶紧进屋吧，进去说，怪冷的。

到了彩霞那屋，刘猪娃被让到了炕的最里边，一端过灯，大家才发现他的半边脸是黑的，乔震说胖蛋你去给二爸端盆水让洗洗，扒煤车了吧？

刘猪娃一愣后抹一把脸说，啊哟，你是说我脸呢吧？是虚空那个秃驴给毁的。看，耳朵也被割掉了半块。大家还没来得及问虚空跟这事的关系，刘猪娃朝亮处一侧身，撩起灰蒙蒙的长发堆，露出半个齐刷刷被截掉的耳朵，在场的人不约而同"啊"了一声。

　　准备去端水的和拿吃的的也都停下来听故事，对几个小的来说，刘猪娃失踪的事他们只是隐约听过，现在人来了，还有这么离奇的事，觉得甚是有趣，没顾上想别的。

　　细细往下听，原来刘猪娃掉到暗室后，落到一块巨大的网里，一反弹，就被结结实实绑在了里面。他正恐惧间，虚空和几个女人说说笑笑进来了，刘猪娃喊了声"虚空大师救我"，他们几个笑着说"来了来了，这不就是救你来了么？"

　　"小美人儿你去救这个英雄？救了归你，哈哈哈！"

　　那个好像只有十来岁的女孩儿往虚空袈裟褶皱里一躲：

　　"我才不救这头蠢猪呢！"

　　虚空又是笑，让另一个女人救，这个年龄看起来大一些，她说那就留着吧，小年时我宰了祭灶。

　　虚空回头问身后的男男女女怎么处理，说什么的也有，最后还是虚空表了态，留给另一个和尚处理，那人当时跟刘猪娃在山上追过野兔子。如今凭他怎么解释，引导他回忆，求他，人家跟哑巴似的一言不发，从里屋拿出个瓶子，对着他的右脸唰唰唰几下子下去。就在他疼的快昏死过去时，左耳朵又是钻心地疼。等他反应过来，热乎乎的血已经流进了嘴里。

　　刘猪娃自己也有点说不清楚他是怎么从网子里出来的，反正很长时间了，每天的任务就是戴着脚镣从不知拐多少个弯才能爬出去的小洞里往里面运柴火，远远有人有一搭没一搭盯着。有一天他从一个玻璃瓶子里看到自己脸上一大片痕迹，以后就忘了这事。

　　"不知当时喷在我脸上的是啥东西，烧成这样了。"

　　刘猪娃还说，除了没有你们，那里日子过得不错，吃得好睡得好。

　　"嗨！就是我这脸和耳朵完了。"

　　林紫说真是不幸中的万幸，要不是经常能见阳光，还要干活，听他们说话，你要么瘫了要么出来连话都不会说了。

　　胖蛋问那二爹你是怎么回来的？寺院都塌了。

　　就是啊，这才是问题的核心，怎么倒忘了问了？大家的目光齐刷刷地盯住刘猪娃。

　　答案倒真没什么曲折的。解放军打过来时，他被胡乱捆绑了几下，套上虚空的袈裟拉在他经常出去打柴的洞口，看着里面的马队从另一个通道络绎不绝外逃。过了没多久，解放军进来了，搜索之中发现了他，一看就是替身，扶他骑到一匹马上继续追，想让他辨认要犯，没有结果，给了他一些盘缠，放到一条马路上他们就走了。

直到看不见马队扬起的尘埃，刘猪娃才想起没有问问怎么能回家，只是觉得没走太远。就这样围着周遭转，风餐露宿。问了许多人，没人听说过有个叫喇叭口的地方。直到有一天，在一棵树上见到绑着一个图标，指着喇叭口村，他才到了家里。只能感谢当初跟着林紫学的几个字。

外面麻麻亮了，乔震说今晚都各自找地方凑合去，我们兄弟睡这里，猪娃来了，是家里最大的喜事。今天多睡会儿，啥时醒来啥时起，别的不管了。

然而，觉没能睡得像乔震说的那样踏实。

太阳刚升起来，潘同志在外面叫门。这是最不能耽搁的事，进到院里，他说是来跟林紫商量夜校里加宣传课的事。前线战事紧，得发动群众支持抗美援朝。胖蛋边开门边说潘同志您到这屋里来，我二爹昨晚回来了，我爹说让他多睡会儿。

"你说什么？哪里来的二爹？"

几个人你一言我一语说了刘猪娃的事，潘同志越听眉头皱得越紧，还没听完，就对身后的付同志和刘同志说你俩先回去，我在这里等他醒来了解了解情况。夜校的事再说吧。

院子里一吵吵，乔震早醒了，一听潘同志要在家里待下来，哪敢怠慢？一只胳膊往袖子里钻着，开门走了出来，没几分钟，刘猪娃也揉着眼睛出来了。对于这个一口外地腔的中年人，他满眼的恐惧，溜了一眼赶紧低头。

潘同志的眼光从他头上扫到脚下，再从脚下扫到头上，其他人的眼光、包括刘猪娃自己的眼光也被潘同志的眼光领导着，焦虑地游弋。

末了，他一字一顿地说：

"现在是战争时期，对于外来人员要严加盘查。乔震你是知道的，昨晚他回来，就应该先带到村部，怎么能先留在家里？"

乔震心里一紧张，可不是吗？潘同志在会上说过好几遍这事，怎么就忘了。

还是林紫话接的快，她说刘猪娃不是昨晚来的，鸡叫两遍时才叫门，就在炕上歪了一小会儿，正准备去村部，潘同志叫门了。早了怕潘同志没休息好，工作多辛苦啊，我们看在眼里疼在心上。

潘志国的态度和口气柔和了些，说那我先走了，你们给收拾着洗一洗，让他把思路整理整理，吃完早饭来村部做些情况记录。你们是村里负责任的人家，也是有文化的，政治问题是最大的问题，这个利害关系应当清楚。

乔震和林紫赶紧说我们清楚我们清楚，一定按潘同志说的办，他点了点头走了。

草草对付了几口饭，找了件准备让壮壮穿着当兵去的外套给刘猪娃穿上，由乔震陪着他去村部。

敲门进去，潘同志和钟月桥在谈话，前者一脸的严肃，后者有些畏缩，站也不是坐也不是，等潘同志发话。

"就这样，你先回去吧，有空我们再聊，仔细想想还有什么不足和困惑，再找我一起探讨。毛主席说过，要勇于批评和自我批评，改正错误就是好同志。"

钟同志点头称是，又向乔震他们若有若无致意后，含着胸走出去了。目送着他的乔震和刘猪娃刚回过头，潘同志对乔震说你也回去吧，我和他谈谈，有事会找你。

乔震听着心里别扭，看着刘猪娃无助的眼光，他甚至起了求潘同志让自己留下来的念头，用眼角的余光扫了一眼他正对着看一个小本子的脸，觉得比平常更严肃，咽了口唾沫往外走。

令他感到有些意外的是，钟月桥并没有走远，迟迟疑疑地，似乎想走，又似乎想回到村部给潘同志说些什么。乔震喊了一声钟同志，对方回头看他，没有了昔日的热情和主动，打招呼的样子很保留很尴尬。倒是乔震没想那么多，直接走过去问他最近怎么不去家里了，身体好不好之类。钟月桥有些不好意思地说，自己政策水平跟不上，潘同志给他讲了许多大道理，得认真学习，等等。说完就匆匆告别。

乔震也是同样的感觉，钟月桥没来时，他觉得自己没有不对过，钟月桥一来，比出了自己的差距，不过还只是些小事。潘同志一到，他简直拙劣的千疮百孔。以往没觉得自己有那么多错误，经潘同志一说，听起来还真是错误；以往觉得不曾有的事，经潘同志一说，就真有了这档子事。别说自己，如今他竟然把钟同志都给比下去了，后来的总比先到的强，简直成了规律。如此一来，他们一家更怕工作组了，觉得从前的日子怎么那么愚昧、单纯？究竟是怎么过来的？当然，除了怕也有佩服。

心事重重地往家的方向走，担心刘猪娃，连他自己也说不清楚，反正就是沉甸甸的。脚一崴，踩到了河沟里，出来继续走，听见林紫好像在哪里叫他。

"这边呢。"

朝左边一回头，她在一片高过头的茂密冬青丛里跟他打招呼，仅仅闪出半个脑袋来。乔震心里有些慌，家里说话的地方少，一些要事，林紫常在马厩或者其他能瞅到空的时候说，像今天般藏这么神秘的，还从来没有过。

她见乔震看见自己位置了，一闪身，消失在厚厚的冬青丛深处。

走过去一看，她坐在一块石头上，旁边是一块更大更平整的石头，留给乔震的。为什么他一个人先回来这样的话，林紫没问。潘同志到这里有些时日了，林紫一定程度上熟悉了他的工作作风，那就是问一个人问题时，一般不让别人插嘴，常常打发出去旁边的人，自己的事情让自己说。

"又有啥事？"

乔震心神不宁地问。

林紫迟疑了一会儿道：

"猪娃，睡哪？还有，我让真真叫他爹，人家不叫，咋办？"

乔震一听愣住了，可不是吗？彩霞和真真，怎么跟他相处？真是愁死了。

他俩开夫妻会的当空，这边的潘同志坐在小木桌旁边的凳子上，阴沉着脸，不时用半截铅笔屁股敲敲桌子，斜睨一下刘猪娃，就是不说话。刘猪娃局促地站在那里，左手绞着右手，然后改为右手绞着左手，不知道怎么办。

"你的问题比较严重，尤其是现在形势这么复杂的时候突然回来，你懂不懂？"

刘猪娃嗫嚅着，但没有发出声音。他当然不懂，但腿却越来越软，甚至微微哆嗦起来，脊背上出了汗，但不感到热，而是凉飕飕的。

"你看啊，你的情况我们会认真调查。坦白从宽，抗拒从严，这是我们党的一贯方针。你懂不懂？"

刘猪娃蚊子一样发出一声"不懂"。

潘志国有点无奈，看了窗外许久说：

"就是有什么说什么，知道的什么都不能隐瞒，这样就会得到原谅。要是说假话就要受到处罚，隐瞒严重问题的还会坐监狱、吃枪子。这下你懂了没？"

本想着刘猪娃听了这话会紧张，不料他脸上反而释放出了笑意：

"这个啊，我肯定能做到，就是不知道说什么，得潘同志一个一个问。"

"嗯。这就好，你有这个态度，人民政府会给你出路，帮助你进步。回家你和乔震、孔林紫几个人好好聊一聊天，他们对革命形势和村子里的阶级斗争情况比较了解，你就知道哪些是问题哪些不是问题。有什么动向和个人想法，及时向我汇报。记住，要多跟别人交往，你才有可能尽快跟上形势，把握好前进方向。在敌我矛盾如此复杂的关头，多跟工作组汇报思想体会，必要时要有大义灭亲的思想准备，不能被亲情关系迷住了双眼。"

　　潘志国看着刘猪娃重新堆上脸的迷茫，摇了摇头说：

　　"算了，这些你现在可能不理解，也听不懂，但血淋淋的阶级斗争和残酷现实会教会你。你慢慢就会明白，阶级斗争处处有，时时有。饭桌旁，家庭里，都不例外。一些地区还有女人为了搞垮我们的新政权跟我们的干部结婚套取情报的呢，真是无所不用其极。这都是实实在在的事实，不是吓唬你。好了，你回去慢慢琢磨吧。总之，你离开这里好多年了，组织怀疑你是正常的事——同时你也别忘了，形势变了，人也都在变，你家里人是不是还跟你一条心，包括你的儿子刘真真是不是对你诚心诚意欢迎，这都不好说，除了他跟你有血缘关系，家里其他可都是别人。还有，乔震跟你老婆过了，他在喇叭口村可是最有声望的人物，你老婆彩霞会重回你这个麻脸没耳朵的人身旁？这些也都是问题。记住，只有党和人民政府才是穷人的主心骨，不会嫌弃你长得咋样，有没有财富和威信，只要你跟党走就行。好吧，就这样，有事随时可以来找我。"

　　刘猪娃的心像掉进了冰水里，盼望家，想家人的情绪全让他说没了，昨晚和今早看着他的大大小小的眼睛，在他眼前慢慢滑过去又漂过来，眼睛后头的眼睛；眼神之后的眼神，总之，他似乎觉得什么都是双份的。

　　"真真也不是我的亲娃。"

　　临出门，不知不觉间，他嘴里毫无意识地小声流出了这么一句。

　　潘志国忙着翻抽屉的手猛地停留了下来，眼睛缓缓转向这边：

　　"什么什么？越说越复杂，那娃都不是你的，这家怎么还算你的家？明天，不，晚上你过来，我跟你仔细谈谈，这村子看来问题不少啊，形势比我想象的要复杂严重得多。"

　　刘猪娃嘴里答应着往前走，心里后悔多这嘴干吗？不知又惹出啥祸了。

　　过了小河，他步伐越来越慢，看着通往家的小路，弯弯曲曲是那么别扭，刚才的起点是潘志国，他是那样咄咄逼人，所有的话都具备压倒性气势，那人，更让人没有疑问和反驳的任何勇气与力气，路的另一头是家。可是，就像潘志国刚才说的，那个是家吗？现在跟自己有啥关系？勉强着又往前挪了几步，他终于不愿意再走了。

　　抱着头刚坐到路旁的石头上，听见远处有两个女人的声音由远而近，是林紫和彩霞。他赶紧站起来往树丛里躲了躲，竖起耳朵听。

　　"刘猪娃——刘真他爹，唉！让我怎么劝你你才能听得进去？这个家，总在兵荒马乱中发生这样那样不可思议的事。我和胖蛋他爹突然就被地震拆散了，还有你姐和壮壮爹；你和猪娃，分开也是灾难，不由人的事。现在人既然来了，多不容易啊，而且也是为了这个家，你们当年还是非常恩爱的，就合了一起过吧。"

"当年是多年，现在是现在。姐我给你说实话吧，你和壮壮爹有文化，可能跟你们相处的太久了，昨天我看刘猪娃说话，怎么看怎么都觉得他粗鲁。再说了，他现在那外貌，我真有点害怕，关了灯我都怕，怎么一起过啊？反正——我是要跟壮壮他爹过一辈子了，即便他不同意也没用，我不可能再跟刘猪娃一起睡。"

不知啥时候，刘猪娃紧紧握住了一根枯死的树干，越攥越紧，像要挤出里面的汁来，腿不听使唤，身子软绵绵地往地下出溜。两个女人说着话朝潘志国那边走，听得出来是去找自己回来吃包子的。

当刘猪娃绕道进了大门时，乔震坐在炕上，窗子挑起来正向院里张望。看见他木然地进了门，直愣愣往牲口草棚里走，心里一阵难过。林紫说的对，刚找到家时的兴奋没了，他为自己尴尬的身份和丑陋的外貌难过。还有，哭死累活到了家里，连个安生觉都睡不上，就被潘同志叫回去问东问西，多扫兴的事啊？要是钟同志就不会这么做事，潘同志总觉得让人怕。

心里想着这些，人已经到了院里，堵上去拉住刘猪娃的手说：

"去草棚干吗？喂牲口的事有娃们。赶紧吃包子走，烤火盆上半天了，等着你不来，林紫和彩霞去潘同志那里找你，你半路没碰上？"

没有。他狠狠甩开乔震拉着他的手，腰一猫进了草棚，加了门闩。乔震怎么喊；怎么问他潘同志说什么了，还说他待会带着林紫、彩霞一起到那边给他解释去。可刘猪娃就是一声不吭，躺在草垛里不出来。

林紫和彩霞来了，外面干活的娃们接着也陆陆续续地回了家，大家大眼瞪小眼，站在草棚外面劝的喊的都有。脚都冻麻了，里面却一点动静没有。

乔震叹口气对大家说：

"都回屋里去，回屋里去。"

没人动，他火了：

"干吗啊都杵在这里不动，一个还不嫌乱的吗？好，你们就在这一直站着，晚上也别睡屋里去了。"

说完他径直走到堂屋，从抽屉里翻腾出上地时拿干粮的粗布袋子，装上几个烤黄了的热乎乎的包子，出门从草棚窗户口的缝隙里塞进去：

"听哥的，先吃饭。我们去找潘同志给解释解释。他是共产党的干部，会主持公道。你没有文化，又不在村里接受过工作组的教育，跟他说不清。放心，哥死了也会保护你。"

没文化，彩霞嫌他没文化，乔震和林紫，以及全家上下都这么认为。现在听乔震又说此事，他大吼一声：你们都给我滚得远远的，都死了算了！

说完便嘤嘤大哭起来。可能吸进了麦衣什么的，剧烈地咳嗽起来。

一夜没睡。

乔震站在清凌的月光下，望着黑魆魆的山岭叹气。

"出来睡屋里，有啥事给哥说，上刀山下火海有哥顶着，我们一块儿长大的亲兄弟，你这样对哥，我不如上吊死了算了。"

乔震最后一句话梗在喉头，没有转身，接过林紫递上来的棉衣披身上。

经他这么一说，各屋的窗扇默默地被支了起来，黑魆魆的窗口伸出头或目光，大的，小的；男的，女的，然后叹口气，把肩头的衣物往上拉一拉。

"进去吧，天亮再说，大家都睡不好。"

林紫轻轻拉乔震一把，先回身往屋里走。乔震抹把眼睛，迟迟疑疑跟在她后头，一步一回头，希望草棚的门能开一下，但那里依然一点动静都没有。

两人一夜翻来覆去。

天没亮透彻，乔震已经在院子里转了好几个来回。太阳升起来了，他喝了几口水，没吃什么东西，估摸着潘同志该起来了，和林紫一起去找他。

过了小河，工作组的办公室依稀可见时，乔震脚步却越来越重，努力着再继续往前走了几步，终于停下来不走了，回头看着林紫说：

"要不，咱们去找钟同志讨个主意？我觉得钟同志比潘同志……爱笑些，潘同志比较严肃，你说呢？"

林紫迟疑了一会儿说：

"是这样，就是，唉！……我怎么觉得钟同志现在不怎么活动了，他也归潘同志管，而且好像很怕潘同志。"

乔震叼着烟管的嘴不咂动了，他早看出了这点。看着林紫，林紫也看着他，四目相对片刻，继续向前走。

潘志国看来已经工作过一会儿了，桌子上摊开着许多东西。从玻璃里看见乔震两口子走近，主动拉开门招呼他们坐在炕头，问是不是有什么事要谈？怎么一大早就过来了？

"我弟弟刘猪娃昨晚从这里回去连屋都不进，一头扎进草棚里哭，不吃不喝，到现在还不肯出来。他的事有啥我顶着，坐牢我也去。他打小没爹没妈，就在我们家过，地震后我们一起逃到这里，比亲兄弟感情还深。这些年他在外没有过上好日子，好不容易回家了，让他好好过几年吧，算我求你了潘同志。"

　　乔震说着扑通一下跪地下哽咽者要磕头。

　　潘志国的口气还算温和，拉他起身时说：

　　"我说老乔啊，你们两口子都是有文化的人，怎么还是这么糊涂？你弟现在的问题是政治问题，不是家务事，也不是私人之间的情义，你懂不懂？他要没事，组织跟他有啥过不去的？要他有啥用？"

　　就在乔震和林紫惊诧和恐惧之间，潘志国吊起眉毛继续给他们讲政治，不过不是答案，而是一大串问题：

　　"你们知道国民党反动派逃跑前在大陆潜伏下来了多少残余势力吗？你们知道他们隐藏得多么深吗？你们知道他们用什么残酷手段对待我们的革命干部吗？你们知道他们的办法有多狡猾吗？"

　　两人被问得哑口无言。这些他们哪里可能知道？除了从工作组人员的嘴巴里得些外面的消息，村里人就知道村里的事。

　　乔震不甘心，壮着胆嗫嚅道：

　　"可我兄弟，他一个老实巴交的人，话都说不利索几句，跟这些事扯不上边。人家把他耳朵都割了，脸都毁了，证明他们不是一伙的。"

　　"嘿！嘿嘿嘿！"

　　这笑声让乔震和林紫脊背上凉飕飕的。听他继续说：

　　"你们多少年没见他了？好像快十来年了吧？知人知面不知心，你们清楚他在外的生活吗？中国的三十六计，其中就有苦肉计一条，有些为了目的把身子骨都给彻底废了，何况是一只耳朵！"

　　这下子他俩不再是害怕潘志国，而是转而对刘猪娃和自己判断的怀疑。潘同志说的句句在理，还是自己觉悟低啊。

　　没想出下一步怎么做，潘志国给他们指示了：

　　"让刘猪娃来这里，我跟他谈谈，他已经是成年人了，自己的问题只有自己才交代得清楚，你们替他说不行，替他顶着更不行。儿子犯法儿子当，老子犯法老子当。人民政府不会冤枉一个好人，也绝不会放过一个坏人。"

　　"对了，小付，你和老乔他们一起去，和刘猪娃一起到这里来，别半路让他给逃跑了。"

　　潘同志说完，意味深长地看了乔震两口子一眼，又对小付补充了一句：

　　"带上枪，经过树林时注意周边动向。"

　　说完头也不抬继续做他的事，乔震他们轻轻关门走了出来。

九

一夜不出来的刘猪娃一听工作组的同志上门请他，赶紧开门出来，满头的麦衣和头发结成一团，像只在野外掉坑里折腾好久才爬出来的刺猬。胖蛋一边让付同志进屋一边说还是工作组厉害，昨晚我爹站院子里都哭了，二爹就是不肯出来。付同志一到就出来了。

林紫嘱咐乔震给付同志找个坐的地方，自己进去端了盆水出来让刘猪娃洗了一洗，又取出乔震的棉衣让他换上。等拿了包子出来说给潘同志带几个过去时，看到的只是他们的背影。刘猪娃抖抖索索走在前头，付同志提着枪左顾右盼跟在后头。院子里一家大小愣愣地望着他们的背影影影绰绰消失在灌木丛中后，还是那样站了许久。

彩霞最早回过神来，紧紧捏了捏林紫的手对她说：

"姐，我怕。猪娃要是不睡草棚，工作组就不会找他去了吧？今晚就让他睡我屋里，我听你的跟他过。"

她鼻子一吸一吸的，回头进屋了。

令刘猪娃和付同志都感到意外的是，潘志国的脸色和态度比昨天谈话时缓和多了，还有半茶缸子水在那里等着刘猪娃。待他忐忑着落座，潘志国又以他那深沉的微笑为开场白开始与他对话，自然还是一问一答。

"你父母呢？"

"我从记事起就没有父母，是东家养我的，在他们家干活，放牲口什么的。"

"那你怎么还姓刘？人家没让你改姓乔？"

"东家说了，我爹妈就我这么点骨血，保留着续香火呢。"

潘志国摇了摇头冷笑着说：

"听起来很美妙，太美妙了！可往往最黑暗的东西就隐藏在最美妙的外表底下。那我问你，如果不是大地震，乔家财产有你的份吗？"

"我吃住都在那里，东家说还要给我娶媳妇，要财产干吗？"

"那东家哪天要是不高兴了呢？即便东家活的时候没事，东家死了乔震和他家的人不喜欢你们了呢？赶出去的时候会给你房子给你地吗？会把你十几年的劳动算成钱给你吗？"

"这……"

刘猪娃从来没想过这事，匆忙过了一下脑子，嘴里蹦出两个字：

"大概不会吧，都闹翻脸了还给？"

"如果老东家和乔震闹翻了，会不会把乔震赶出去啥也不给？"

"应该不会吧，那是人家儿子。"

"看来还没完全糊涂。"

这个话题告一段落。潘志国提起另一个：

"你昨天说刘真真不是你的亲娃，怎么回事？说出来听听。"

"他是我哥的亲娃，不过我们在河边上对天发过誓，谁的娃都一样亲。"

潘同志又是"嘿嘿嘿"几声，然后说他自己的见解：

"乔震为什么有两个老婆，你怎么没有？就是因为他是家里的统治者，只有在剥削者压迫者那里，他们才把女人当成自己的私有财产，当做商品、礼物等随便处置。旧社会的地主老爷经常干这种事，那就是玩弄丫鬟，等他们腻了送给长工，让长工感恩戴德，更好地给他们当奴隶卖命，继续给他们生小长工。"

这次刘猪娃觉得他说的太不符合实际，让他到了很心疼家人和伤自尊的地步，便想澄清一下事实：

"彩霞是我大哥的小姨子，不是丫鬟，他外父外母临死前让我哥娶她，我亲眼看见的。是因为到了山里后我大了，这里又没有其他女的，我大哥把彩霞让给我了，那时她肚子里已经有娃了，就是真真。"

"嘿！嘿嘿嘿！"

这次潘志国站起来了，背着手望着窗外：

"有意思，真的很有意思。收留了人家玩剩的女人，养别人的娃儿，还得顶着绿帽子感激人家。你知道男人最大的耻辱——就是最没有脸面的事情是啥吗？就是这个。你想想，乔震把彩霞让给你的时候彩霞愿意吗？不愿意吧？他肯定愿意跟有地位的乔震过对不对？所以，是乔震不想要的女人才给你的，彩霞也是不喜欢你的，对不对？"

看着刘猪娃发呆，潘志国继续探秘：

"乔震有事跟谁商量？跟你？跟孔林紫还是彩霞？"

"当然是我嫂子。她有文化，水平比我哥还高。他爹我见过，是私塾先生。我嫂子的第一个男人是衙门里当官的，被地震压死了。"

"哦！这个女人背景不浅，以后还得好好调查。"

说完这句，他重新坐在位子上问：

"那你现在怎么办？还打算住在那个家里，和彩霞、真真过日子吗？"

这句话触动了刘猪娃最伤心的事，千辛万苦跑回来，为着真真为着彩霞，向往家。可昨天彩霞的话他听得一清二楚，嫌他没文化和丑陋，喜欢乔震，要跟他过一辈子。还有关了灯都害怕他那张脸，等等。

"彩霞她不要我了，真真也不叫我爹而是叫我二爹！呜呜呜！"

哭出这几句后，刘猪娃一发不可收拾，先是把嘴捂在袖子上，压抑着声音，可能太难受了，一抬头变成嚎啕，鼻涕眼泪俱下，把乔震唯一算得上囫囵的棉衣抹得一塌糊涂。

潘志国再次站起来，语重心长地说：

"多么生动的教材啊，劳动人民个个都有一本血泪账。就是上不起学，没有文化，被地主资本家欺骗着，才没有觉醒，心甘情愿受他们的剥削和压迫，还逼着他们感恩戴德。"

他坐下来推一推刘猪娃问：

"那你说的被割了耳朵毁坏脸的事是不是真的？要说实话，人民政府和工作组有能力查清这些事，说假话其实没有用，还会害了你。你懂不懂？"

刘猪娃抽搐着点点头说全是真的，我懂。

"那好。我有事随时找你，现在回去吧。"

刘猪娃本以为最后一个问题才是让他坦白的开始，想不到竟然这么快就没事了。他站地上不动，因为没反应过来。

"怎么？不想回去？那就在这里一起吃饭。小付，你先和面，咱们四个一起做，一起吃。"

刘猪娃一听慌了神，留在工作组跟潘同志吃饭？咽得下去吗？可他又不敢说要走。就在这当空，潘同志出去了，付同志笑着说别紧张别紧张，要不你烧火吧，干你的老本行，这个我真的做不好。

他战战兢兢把屁股朝灶火门前方的木墩子移过去，眼睛看着付同志，一屁股坐空，正在洗菜的张同志忍不住哈哈大笑，刘猪娃咧了好几下嘴，就是没有笑出声来。

乔震这边，急得火烧火燎。一会儿走到高处朝工作组的驻地望一望，一会儿过了小河想去看个究竟，可殆及那个大院子立在眼前时，又不敢推门进去，只好缓缓地回来。

　　彩霞拉着脸整理东西，把乔震的拿出去放林紫屋里，把刘猪娃的拿进去，动作慢得跟个蜗牛似的。刚做完饭的林紫来这里取咸菜，拿着碗默默地站在她身后。

　　"算了，咱们划出去半院子房子给他，另找个女人让过吧。家里人口多，壮壮和胖蛋又有力气，开春就盖房子，你不用过去了，我们就这么过。"

　　彩霞收拾东西的手停了下来，眼里闪现出一丝希望，旋即又黯淡了下去，继续收拾她的，边干边说：

　　"娶个女人确实不是难事，你看这几年跑到村里的寡妇有多少？大石崖地下的窑洞里孤儿寡母多得是。给个家，准来。我是觉得壮壮爹那里过不了关。你看他昨晚那个样子，刘猪娃躲在草棚里不出来，他就跟要疯了似的。一大早又出来进去折腾，连着几顿没怎么吃饭。现在给刘猪娃另找女人，他同意吗？当年我过去，是他安排的，现在还是我去吧。"

　　说着说着，她眼泪吧嗒吧嗒地往下掉，继续说：

　　"姐，其实我觉得我们女人真是悲惨，男人从来不把我们当成自家人。你给他干活，给他生娃，给他伺候老人，可一牵涉到他们家的事，总是牺牲女人的利益。就说我吧，每次为了他们兄弟的情份，壮壮他爹都把我当礼物送了，从来就没把我的感受放在第一位想过。"

　　林紫无语。这话说得是狠了些，可确实不无道理。但她心疼乔震，不想附和。只是说你也不要这么悲观，没准他俩都同意我的想法呢。事情过了这么些年，谁的想法都会变的，待会儿刘猪娃回来，咱们一起商量商量。

　　然而，太阳已经偏西了，刘猪娃并没有回来。几个人对付了几口，蹲在炕上，乔震还是出出进进，旱烟换了一锅又一锅，不肯说话。

　　原来，潘同志吃午饭时临时接了个通知，说下午大李庄有个诉苦会他得去参加，刘猪娃没听过这个词，也不敢问，正低头琢磨呢，潘同志拍了拍他的肩膀道：

　　"下午跟我一起去看看大李庄的诉苦会吧，那里在山外，群众发动起来的早，积极分子多，你去看看便于改造思想，交代问题，争取进步。"

　　刘猪娃啥都听不懂，呆呆跟他出门，接过付同志递过来的马缰绳，看潘同志挎着枪骑上去了，他也跟着骑上去。

　　"小付，下午你去给乔震说一下，就说我去山外买些东西，请刘猪娃帮忙，晚上就回来。"

　　说完勒转马头，问了刘猪娃会不会骑快马？看他点了一下头。潘同志腿猛地一夹，马就跑了起来，刘猪娃多年不骑马了，刚开始觉得有掉下来的危险。幸亏潘同志慢了下来，回头问他说这地方你来过吗？他说当年地震后就在这条路上遇见我大嫂他们一家的，前两天回家我也从这边路过，好像前面那个弯一拐，就到我嫂子原来的家了。

"嗯。是的。不过我们不去那里，往左拐就到大李庄了。赶紧走吧，有点晚了。"

还没进大李庄，刘猪娃就吓得心直跳。穷乡僻壤的，啥时候能聚集起这么多人？乱哄哄的在干嘛？

下了马，潘同志拉他穿过人群走到前面。那里有几个人跟他打招呼，看来像是工作组的。他眼睛看着台上嘴里应付着大家，把平整点的石块递给刘猪娃，自己坐那块有点棱角的。没等他客套，台上已经上来人了，潘同志示意刘猪娃赶紧坐下。

"今天我们请刘二丫诉苦，看她在万恶的旧社会是怎样受地主后娘压迫的。"

台下第一排一个女人穿着鼓鼓涨涨的破花棉袄迟迟疑疑站了起来，旁边是穿着灰制服戴着棉帽子的女工作组队员，俯身对她嘀咕着什么，两人慢慢踱到了台上的破桌子前。

那女人看看底下，低头；又抬头看看女工作组成员，再次求助一样看看群众。底下鸦雀无声，就期盼着听她诉什么。女工作组队员低声对她说：

"说吧，有什么苦诉什么苦，别怕，有工作组给你做主。不知怎么说？那我先问你，给你起个头好不好？你是为啥被送人的？"

"发大水了，没吃的。我妈养不活我们，就留下我哥一个，把我们两个丫头都送人了。我后妈家里粮食多，我姐是童养媳，我不是。"

"你和你姐干活多吗？"

"多。天不亮就得起来干活。"

"他们家人干不干？"

"干，比我们干的还多。"

一时，台上台下都没声音了。工作组的女同志提出另一个问题：

"你过年时有新衣服穿吗？"

"有。"

"谁给缝的？"

"我小时候是我后妈，大了是我自己。"

说着这个，那女的竟然吃吃地笑了起来。

人群里有点不安稳了，前排的工作组成员回头看看，示意群众安静。有人说没苦就算了，真冷，散会吧。台上的工作组成员问那女的笑什么。她说我想着就可笑。有一年年三十，我后妈和我姐给我绱鞋，赶在初一早上穿，她们嫌灯放在灯台上不亮，就把灯放我肚子上。我一个喷嚏，油倒了，被子着了个窟窿，我后妈狠狠打了我一顿。我不知道这算不算苦？

女工作组队员有点为难，看了看台下没人表态，对那女的说，要不你先下去，想好再上来说吧，啥时候想好啥时候举手。

冷场了，谁也不知怎么办。组织的人对全场说，谁有苦都可以上来诉，有一点说一点，有两点说两点。看你们连个囫囵衣服都穿不上，我就不信没有苦，都是没胆子或不知道怎么说的缘故，大家说对不对？

还是没人搭理。

潘志国坐不住了，说我这里有一个苦大仇深的，本来是来学习你们这里的诉苦经验回去诉苦的，现在让他先诉一场好不好？

冷场之际出来了个救星，而且是别处来的苦大仇深的，大李庄的工作组员们带头鼓掌，群众跟着拍巴掌，以好奇的眼光看着一个面目狰狞、缺了只耳朵的外村人被潘志国扶了起来。他似乎站不稳，不过还是借助潘志国的臂力到了台上，又顺着他的力气缓缓转过来面朝大家，却依然不知说什么。

"就说乔震把怀了他娃儿的女人推给你的那段。"

"那没啥苦的，彩霞跟着我，我特别高兴。"

潘志国眉头一皱：

"我不是上午都给你说过了吗？怎么还蒙在鼓里不懂。"

说完他站直对底下说：

"他苦太多了，不知从哪里诉起。我问他，让他回答好不好？"

底下的工作组员先应了一声：

"好！"

接着人堆里也乱了，此起彼伏地说好。

潘志国和刘猪娃的对话开始了：

"你父母呢？"

"没见过，我是孤儿。"

"谁收留了你？"

"老东家。"

"你怎么到喇叭口的？"

"地震了跟着少东家逃过来的。"

"你有老婆没有？有娃没有？"

刘猪娃难住了,说有不对,说没有也不对。

潘志国对着底下一字一顿地说:

"他不好意思说,我来替他说。大家不相信的话可以问他。他的少东家在地震时带着他和小姨子跑到了这边的山里,路上认识了国民党官员的小寡妇,带了继续跑。那女人比他小姨子漂亮,又有文化。他小姨子已经有少东家的娃了,他喜新厌旧不想要,就送给了这个长工,还让生下的娃叫长工爹,让他养活。"

刘猪娃觉得潘同志说得太粗,遗漏了一些环节,结果乔震听起来就成了坏人。比如,彩霞是她父母许配的不是拐回来的;乔震也没有嫌弃彩霞;真真跟壮壮他们一模一样,都在一个家里过,受苦的事乔震和林紫比他和彩霞干得多得多,等等。

他嘴巴动了好几次,自己却连声音也没有听到。正在这当空,身边的潘志国突然举起了拳头,先是曲着胳膊,然后猛地朝左前方一伸,喊道:

"不忘阶级苦!"

刘猪娃吓了一跳,刚朝他看过去,台下如雷贯耳地传来吼声:

"不忘阶级苦!"

潘志国接着喊:

"牢记血泪仇!"

台下跟着喊。

刘猪娃终于搞清楚潘志国这个突如其来的举动不是冲着他来的,心里稍微宽松了些。潘志国回头对他说:

"我喊的时候你也要跟着喊,我喊什么你就喊什么,像底下的革命群众那样。"

刘猪娃说那我下去喊,现在跟他们坐的方向不一样。潘志国说坐着站着都没事,喊就行了,举左胳膊。今天你诉苦我替你喊了,以后你诉苦到中间得自己喊。今天喊得这些你要记住,是最基本的革命口号。说完,他又站直,重新带着大家喊:

"跟党干革命,不受二茬罪!"

刘猪娃跟着喊,也不知道这是啥意思。

接下来是斗争一对夫妻,主持人说这俩人是刘家坪的,旧社会学校里的美术和音乐老师。女人端庄秀丽但很娇弱,丈夫还算结实,戴着副眼镜。令潘志国和刘猪娃两人都想不通的是,这么冷的天那女的竟然只穿着件单衣,跟在场的所有人、包括她丈夫都不一样。

她站那里冷得直哆嗦。

潘志国好奇地问旁边一个农民，对方笑着答道：

"这个啊，待会你就知道了。嘿嘿嘿。"

刚笑完，就听台上那女的大叫一声，刘猪娃抬头望过去，她的衣服已经被扒开了，白皙的皮肤和两个乳房呈现在众人面前，几个身强力壮的男人转身提来事先准备好的水桶，从里面捞起冰冷的稀泥，一起动手抹到她的乳房上，反反复复搓捏那泥巴的半球状，女人疼得尖叫，另几个人手执扇子对着扇风。她丈夫脑袋越来越低。此时，群众的口号声此起彼伏：

"打倒顽固地主刘存礼和沈学诗！"

"把你们暗藏的金银财宝交出来！"

两口子挨打的当空，一个十来岁的少年虎虎地上台对他们说：

"快把你们暗藏的金银财宝交出来！"

女的抬头抽泣着说：

"儿啊，我们就是两个教书的，除了供你读书，还要供养两家的老人，哪里来的金银财宝？你要知道哪里有，就去挖吧。"

小伙子啪啪啪抽了那女的几个耳光说：

"谁是你们的儿？我的父母是毛主席，是共产党，是贫下中农，你们就是些骑在人民头上作威作福的寄生虫。只有好好接受人民群众的改造，低头认罪，才是你们唯一的出路。哼！"

后面的事，刘猪娃一点儿都没有听清楚看清楚，他的眼睛像块镜子，台上的一切原封不动地滑过，脑子里却变幻出另一幅图像，那就是台上的两人是乔震和林紫，那男人的温厚和女人的秀丽单薄，跟哥嫂很神似，还有女人白花花的皮肤和小而圆润的乳头，林紫的肯定也是那样的……

他不敢往下想，可思路停不下来。那个踢他妈的娃儿，为什么要那样做？殴打父母，这从来都是天理难容的无道举动，现在竟然那么多人支持，这尤其是他不解的地方。但一个感觉越来越明确地扎根在了他的脑海里，不能跟工作组对抗，谁都对抗不住。更可怕的是还有了一个影影绰绰的猜想，就是打他妈的娃儿在乔家里的对应人会是谁？

这个想法把他自己也吓了一跳，忙乱地从地上抓起一块石头，越攥越紧，潜意识里给自己寻求力量。就在此时，台上大声喊了声"散会！"

他没敢看那对夫妻现在是什么样子，跟着潘志国就往拴马的方向走。

回喇叭口的路上，两人走得比较慢。潘同志对刘猪娃的态度也友好了许多。

"你对诉苦会有什么想法?"

刘猪娃摇了摇头道:

"我不会说,嘴笨。"

潘志国无奈地看了看远处,叹了口气继续问:

"威风不威风?"

刘猪娃这次显得有点兴奋:

"潘同志太威风了!"

潘志国摇了摇头,又叹口气:

"最威风的是台下的人民群众,群众是真正的英雄。他们的力量你也看到了,没有办不成的事。就说喇叭口吧,别看乔震那么有威望,别看村里的老百姓吃不饱穿不上,大腿都露在外头,但只要发动起来,乔震算个啥?你啊,回去好好想一想自己的出路吧,是跟强大的革命群众站在一起,还是留恋你那个家。实际上那也不是你的家。"

"那潘同志,你说我哥嫂是坏人了?"

"嘿嘿,你说呢?诉苦会上诉苦的就是好人,被诉的绝大多数是坏人。乔震一家的情况工作组正在摸,但不会是完完全全的好人是肯定的,你不今天诉他们了吗?"

"那不是我想诉的,是你让我说的,我就是给大家讲了段以前的故事。"

刘猪娃这下子觉得闯大祸了,赶紧辩解。

"那你上午给我说的和今天下午诉的都是假的啰?你知道欺骗工作组和诉苦会上说谎是什么严重的政治后果吗?别忘了工作组正在清查你的问题,你不能老问题上加上新问题,免得到时谁也救不了你。"

这下子刘猪娃彻底绝望了!咋办?回去给乔震下跪磕头吧,他真的没有扬家丑的意思。正想着呢,马已经停在工作组大院的门口,付同志出来接过马缰,潘同志对刘猪娃挥挥手说:

"回去吧,晚上想想诉苦会的事,还有今天喊的口号,往熟里记一记。干革命就得有彻底的态度,大义灭亲的英雄主义气概。你看大李庄那娃多坚决,他做得对,所有人都支持他,毛主席、共产党、革命群众都是他坚强无比的后盾,谁跟他们作对,那不是明明白白找死么?"

十

掌灯时分，刘猪娃到了家里，大老远，他就看见乔震叼着旱烟袋在门口晃荡。

今晚的情况不同昨晚，还没走近乔震，他就愧疚地叫了声哥，随着乔震进了堂屋。

大小男人们坐到炕上，女人和女娃儿跨炕沿的跨炕沿，插缝的插缝，叽叽喳喳说话。

"合适了，合适了，这样就合适了。"

乔震边说边揭锅盖，嘴角溢出笑意。靠火盆的那边把他烫了一下，他手猛地一缩，继续忙着给刘猪娃拿里面的包子，碗里还有一条鸡腿，说这是给你留着的，昨晚没吃，今天看着有点发硬了。

刘猪娃木然地接过鸡腿，却不往嘴边送，继续木然地看着墙角，躲避大家的眼光和问辞。就在他们的疑虑和猜测中，他冷不丁来了句：

"我惹事了，今天在大李庄把你们说成了坏人。我不是那个意思，潘同志事后才说我那样一说你们就都成了坏人。"

这下子大家不紧张再也由不得自己，听刘猪娃简单说了说下午潘志国带他去大李庄的事。

"他让我说说我们几个人的来历和关系，我就说了和彩霞到一起又分开这一段，他就大喊起来了，底下的人也跟着喊，都快吓死我了。"

"喊啥了？为什么喊？"乔震问。

"我忘了。"

他头一低脸一红，接着说：

"反正是潘同志拳头猛地一举，喊一嗓子。底下的人跟着举拳头，喊一嗓子。什么阶级苦血泪仇的，不知道是什么东西。"

乔震歪着脑袋想给大家个解释，可自己也说不清怎么家事跟仇啊恨啊的扯一起了，只好说反正事情都能说得清楚，就是些家务事。没事的。他一说完，大家开始吃饭。

林紫叹了口气说："就是就是，吃饭吧吃饭吧，吃完再说，继续捂在锅里就馊了。"

收拾完厨房，林紫建议说："真真爹这几天折腾累了，先睡吧。彩霞你去给炕里再添点马粪，也去睡。"

没等彩霞说话，刘猪娃说："我还是想去草棚睡。"乔震说："我去睡草棚也不让你睡草棚，再说了，彩霞把炕已经给你腾出来了，赶紧去睡吧。"对方依然拒绝，说明晚我再睡炕上，今晚心里乱得很，还是想自己一个人睡草棚。我在寺里那些年，就睡在柴火棚里，习惯了。

彩霞不吭声出去了，大家都劝刘猪娃。林紫脸上冷冷的，说："那你就随意吧，明晚就明晚。谁有谁的生活习惯，打乱了睡不好白天累得慌，慢慢就好了。"

刘猪娃出去了，林紫沉着个脸对孩子们说你们都自个儿到原来的地方睡去，今晚我和壮壮爹商量个事。看着她的脸色，其他人都不好问，乔震说去吧去吧，你们都回去睡。

关上门，躺在被窝里，两人都不说话。过了许久，乔震回过头问林紫："你要跟我商量啥？今晚你就没怎么吃饭，我也没好问。现在就咱俩了，放心说吧。"

林紫还是不说话，连呼吸声都听不见，仰躺在那里。火盆底下的亮光照在她脸上，乔震看见明晃晃的泪珠往下滚。

"哭啥？没什么啊，就是些家里的事。潘同志让猪娃说什么，他不敢不说。说了也就说了，有些事说的不合适，我们可以给他解释去。"

林紫依然不搭话，这下子哭出声音了。

乔震怕了，这个外刚内更刚的女人，自打看见孔先生去世后她流泪，不，应该是刘猪娃失踪以后，再也没见她哭过。她是乔震的主心骨，今儿个这是怎么了？

身子往她那边挪过去，胳膊穿到林紫脖子下，紧紧搂怀里。她一转身，湿漉漉的脸贴在他胸膛上。泪珠子滚过，乔震的胳膊一阵痒过一阵。他很难受，但忍着不说，她里里外外那么忙，房子又不宽敞，连流泪的时间和空间都没有，今天就让她哭吧。

不知哭了多久，林紫点着清油灯说："我拿样东西给你看。"

乔震下巴顶在枕头上，看林紫翻她逃荒时带来的小皮箱，那里装的是她自己的纪念和私人物，乔震从没看过。翻来覆去从底下挖出来一本泛黄的杂志吹了灯。

钻被窝里把杂志递给乔震，他借着火盆底下漏出的光亮看。

这是一本1927年初广州的出版物。林紫说是他前夫送给她的，他上大学时常给这个杂志投稿，多了一份情感。事后不久地震了，这算是他最后给自己的遗物。

乔震说："这跟你哭有啥关系？"

林紫意识到谈昔日自己的情感话题有点不妥，不再说话，翻开一页让乔震看。

文章报道的是1926年12月北伐军光复江西一个县后的情况，共产党领导群众成立了农会、妇女协会，一百多名妇女用绳子牵着个戴高帽子的人游行，原因是他污蔑了妇女协会。

"这叫斗争地主，打土豪分田地，就是穷人起来没收富人的财产，然后拉着他们游街，有时还打。刘猪娃说的就是这个。"

乔震不理解，说："富人的财产是自己的，干吗要没收？"

"你看杂志上说的，富人的财产是掠夺穷人的，用欺压和剥削的办法取得，所以要让穷人斗争富人，收回本来属于他们的财产。"

"我们家的房子是自己盖的，地是自己开的，篱笆是自己扎的，还把自己的窑洞、地、牲口让给别人了大部分，不会有啥事的。"

"你这人，唉！怎么还看不明白？他们这样做跟财产的来路没有任何关系，就是看实际有没有财产，发动穷人抓住富人或跟他们意见不一致的人斗争。他们斗争富人是在表明态度，让没财产的人跟他们在一起成事，不仅仅为了夺财产。谁都清楚，为富不仁的是有，但不少人家的财产是自己辛苦所得，哪来那么多财产可夺？人家不反抗啊？可说这个有啥用？众口铄金三人成虎，何况他们那是一群一群人，一两个人吓都快被吓死了，还怎么说理？"

"我们可以给工作组解释，再说我们也没有得罪过喇叭口的人。我乔震一家是这里最早的村民，夺谁的财产去？不都是自己辛辛苦苦经营起来的吗？说别人夺取我们的财产还差不多，况且这点财产算个屁。钟同志都说我们是好人，要好好用我们，还让你办学校，当老师。如果还要说什么，财产都拿走好了，除了我家里的人，要啥给啥，能困难到刚来那会的样子？"

乔震说完这些翻了个身，自己安慰自己，嘴硬心慌。

"对了，光想我们的事我怎么忘给你说了。钟同志昨晚走了，跟他一起来的徐同志也是。他看起来心情不好，说工作没有搞好，回到县里等待安排，以后这里的事都归潘同志管。我让他来家里坐一会儿，他说不了。让我嘱咐你好好听工作组的话，说话做事要考虑政治影响，尤其是家里的枪支，问问能不能交给潘同志，说那东西自己拿着不好，还说有机会的话会来看我们。这么重要的事全让刘猪娃的事儿给搅乱了，没顾得上给你说。"

乔震惦记着自家的麻烦事，轻描淡写地应了一句：

"钟同志那是个好人，不知道他犯什么错误了。唉，真可怕，什么都乱了！"

"还有更怕的事呢，你说咱这个家会不会完蛋？"

乔震一骨碌爬起来，借着炉膛的火对林紫低沉地喊道：

"你瞎说什么？咱家为什么要完蛋？"

"是我想完蛋吗？你看看这张图，再想想真真他爹昨晚说的，潘同志把他叫到台上说我们的坏话，他带领底下的人喊口号，像不像这些人拉着这人游行的样子？潘同志请刘猪娃吃饭、带着他去大李庄参加批斗会，说明啥？就是要借着咱家复杂的关系，让刘猪娃跟咱们斗，搞划清界限那一套。这样下去，家不就完蛋了吗？彩霞为了这个家，同意去跟刘猪娃过，她心里多不愿意你我是知道的。可刘猪娃受了潘同志的教育，对这个家的感情也变了。下午吃饭我一直看着他，根本不是原来的态度。吃过饭不到彩霞屋里睡，更是明显的证据。"

乔震害怕极了，直接的反应就是赶紧否定她的说法以掩饰心头的恐惧。

"难道我希望那样？我都快怕死了。你再翻翻书上的文章，我真怕这里也搞成那个样子。"

乔震心烦意乱，文章是看不下去的，目录标题从眼前滑过，都是军方前进信息和工人农民闹翻身的。往后瞎翻，戴高帽子游行的不止那一张，而且还有脖子里挂着破鞋筐和瓶子的。

"刘猪娃不会的。离开我们他去哪？他要是有地方去，就不千辛万苦往这里赶了，他是个有情义的憨厚人，我看着他长大，这个把握我有。"

"这不受了潘同志的教育了吗？他比我们懂那么多道理，还代表党和组织，肯定能说服刘猪娃，只要他愿意。"

"我想不通潘同志为什么要那样做，我们跟他无冤无仇。"

这个问题林紫也答不上来。就是啊，没有得罪过他什么，只有满怀敬畏与尊重。可回头一想，当时国共两党闹革命，从广东朝北方打，也不会到处都是它们的仇敌。他的前夫写文章骂的，不也都是素昧平生的陌生人吗？反正他们是把人分成好坏两部分，说自己一方是好人，另一方是坏人和敌人。就说现在的共产党，自己刚结婚那会子，她丈夫说他们是好人。以后蒋总司令上台，虚空他们说共产党变成了坏人。现在共产党来了，工作组说共产党是人民的大救星，同时也是好人还代表好人，他们和人民拉出来斗争的人自然成了坏人，有个词儿把他们叫做剥削阶级和压迫阶级。刘猪娃说昨天他在台上唠叨家事，潘志国带着大家喊口号，情况不是跟杂志上的一模一样吗？

"有我呢，别怕！"

心里一点底都没有的乔震看见林紫在沉思，说出这么句两人都知道毫无力量的荡荡的话来，翻个身各自想心事，揣摩明天的事情。刚迷糊一会天就亮了。

第二天早饭后，付同志来找刘猪娃，说潘同志让他去一趟，喇叭口村要发动群众搞批斗会，他被国民党匪帮压迫过，昨天又见识了大李庄的群众运动，知道怎么搞，给村民们作个示范。刘猪娃不愿意去，林紫不表态，乔震说去吧去吧，你去就把外出这几年的事情说清了，免得大家都惦记着这个胡乱猜测。再说，潘同志让去咱就得去，哪能拒绝？

他迟迟疑疑跟着付同志走了，这边一排人看着他们渐行渐远，那两人却连回头看一眼都没有。

敲门进去，潘志国坐在那里等待，他脸上的笑意今天看起来是真的，刘猪娃对着他笑了笑，也是真的。

"明天喇叭口村也要开群众大会，我准备安排你大会发言，今天叫你来，就是准备准备。"

刘猪娃这次反应非常利索，他昨晚就想好了对策，不能再糊里糊涂把自己套那么深，搞得家里鸡犬不宁：

"我不。我害怕。"

他坚决地摇了摇头说。

"怕啥？有工作组给你做主。就像昨天那样，有啥说啥。党给你撑腰，人民群众给你撑腰，我给你撑腰。昨天的阵势你难道忘了？谁的力量敢和组织以及发动起来组织起来的人民群众对抗？那简直是拿着鸡蛋撞石头，粉身碎骨。"

刘猪娃立刻想起了昨天喊口号时的潘志国，当时他的脸憋成了酱紫色，声音嘶哑，就像是从胸膛里压榨出来的，脸上一股冰冷的杀气。台下的声音将自己的耳膜震的好像要掉下来，几百双眼睛吞了他的架势都有，如果动手，眨眼之间就能撕碎他。那阵势，比当初地震时从东山口倾泻而下的洪峰可怕多了。起码洪峰一般不会追着人来，而会场上的人要是对着某个目标，绝对指哪打哪。

想着这些，他骨头都凉了，昨晚憋起来的勇气顷刻间烟消云散。

看着他泄气的样子，潘志国怕吓乱他的方寸，恰当地收尾：

"好了，时间比较紧，没时间多说了，现在开始工作，慢慢就会熟悉的。"

刘猪娃坐在他指定的门槛上，眼光不知往哪里投。潘志国开始给具体指导：

"从头说起就很好，要实事求是。实事求是啥意思懂不？就是有一说一有二说二。这是喇叭口村第一次诉苦大会，我亲自主持。你要得到工作组的信任，让村里的人接受你信任你，把你们家的事情说清楚是关键，就要讲好，讲细致，你懂不？"

刘猪娃木然地点点头。

"我给你大概说个线条，怕到时候你说的太散了，影响效果。你先说万恶的旧社会害死了你的父母，让你成了孤儿，乔震爹把你带到他家不给工钱，让白干长工……"

"这个不对，我父母是逃荒时遇见发洪水淹死的，跟旧社会新社会没啥关系。没有老东家救了我，我早就饿死冻死了，那么小点娃儿，一个人活不下来。"

潘志国眉头一皱：

"昨天我就反复给你讲过，考虑问题要从大处着眼，看来你还是没有理解。那我问你，要是咱们把洪水治好，有结实的桥和房屋，生活富裕不用讨饭，你父母能让水淌走吗？要是社会上有条件很好的收留娃娃的地方，即便父母死了，娃能冻死饿死吗？"

刘猪娃摇了摇头。

"所以，所有个人的灾难都是因为社会不好，共产党就是要推翻那个不好的旧社会的一切，建立美好的新社会，把带走我们父母和压迫剥削我们的旧东西全部扫荡掉。"

说到这里，他猛地擂了一拳头桌子。刘猪娃身子随之一抖，桌子上的东西噼里啪啦往地上掉。潘志国边捡边继续说：

"这一段就这样讲。第二段讲你们两个男人和两个女人，还有几个娃儿之间的事。注意重点要讲乔震怎么占了小姨子又把她给了你，以后又霸占回去。别讲被窝里的事，那些东西很流氓，不是好事，共产党不赞成低级下流的东西。第三段讲你被北洋军阀和国民党匪帮残害的事，这个你肯定能讲好。还有，诉苦都得喊口号，还应该哭。你想，那么苦的生活，你不哭正常吗？喊口号就是表明自己跟旧社会决裂跟共产党干革命的决心。"

"想着我的耳朵和脸我眼泪就出来了。彩霞嫌弃我，就因为耳朵和脸。"

刘猪娃还真动情了。

"喂！我说你怎么还这么彩霞彩霞的念念不忘？那随便就跟别人睡觉的女人有啥好的？咱新社会要的是心美，跟党走。长的好坏那是小资产阶级标准，不兴这一套。现在你翻身当家做主了，她不跟你过？你才不跟地主的小老婆过呢，你这出身根红苗壮，还怕找不到老婆？"

刘猪娃听不懂这些道理，也不信他的话，嘴里不说，心里想的还是彩霞。

"就这样吧，你肯定行。明天我就站你边上，说到哪忘了我提醒你。"

他转头对小付说，现在最要紧的任务是赶紧把群众发动起来，明天的诉苦大会一定要开得成功。

说完他让刘猪娃回家准备准备去。

"有血衣服和其他受苦的证据最好带上。其实你想一想就明白了，既然抗不住革命的滚滚洪流，还不如利索点赶紧到革命这边得了，拖拉对你只有坏处没有好处。"

他临出门时，潘同志又嘱咐了这么一句。

回了家，乔震、林紫、彩霞跟前几天一样，都在愁眉苦脸等他。接过乔震递过来的旱烟袋抽了几口后，刘猪娃说：

"哥、嫂、彩霞，我刚才路上想好了，我不在这里待。反正这些年我一直在外头，你们就权当我死了。那个潘同志我好怕，一件事情我觉得不是那样，他一说就成了那样，我说不过他，也不敢犟嘴，心里憋屈得慌。我怕什么事说错了，或者他理解歪了，坑了全家，也害了我自己。你们就让我走吧，混到哪是哪，死到哪让野狗吃了算了。"

几个人都流泪，乔震说你胡说八道什么呢？咱是一家人，有福同享，有难同当，你去哪啊？要讨饭咱们一起去，大不了就像地震了那会子。别的人出去，我们几个大人合计合计。晚辈们不情愿地出去了，这是多年的规矩，乔震一说这话，他们就得出去，多想参与也没用。

林紫的话把大家都吓住了：

"逃跑？千万走不得。一走当咱们是什么人呢，工作组有枪，记得钟同志他们刚来时那样吗？见到树丛里跑的，就开枪，打死了谁也没办法。战乱时期，错死个把人实在是正常，丢了命还背个坏名声。真真爹明天就听潘同志的话去诉苦，不管发生什么事，我们都能原谅你，你这是没办法。不过你千万不能说真真不是你的亲娃，这事就我们三个大人知道，当着大家的面说出去，娃儿没有脸面。"

刘猪娃说昨天我在大李庄已经说了。

几个人面面相觑许久，林紫长叹口气后说：

"那里是那里，你要不说我们都不知道那边有个村子。没人把这事传过来，能瞒多久就瞒多久吧，明天你不要说就行了。等真真以后成人了，会理解这些事。"

刘猪娃说知道了，肯定不说。

十一

第二天日上三竿时分，付同志拿着个破铝锅站在河边上敲，张同志各家各户动员，让到以往娃们练字的空场地上集合，参加诉苦大会。

乔震一家大小去得不算晚，潘志国早就站在那里，教室里的破讲桌被搬了出来，上面还放着一团黑乎乎的东西，没人知道那是什么，也没人敢问。

大山里冬日的太阳几乎只有照明作用，一点热乎劲儿都感觉不到。还没安定下来，屋里带出来的暖和劲儿早被吹散，寒风往破衣服里嗖嗖地灌，像要到人身上汲取热量一样。潘志国的头发被风揪的直愣愣举着，但他好像不冷，指挥大家快坐下，赶紧安静下来开会。

"各位乡亲们，今天，我们召开喇叭口村的第一场诉苦大会。诉苦的人有两个，先是我，后是刘猪娃。以后诉苦大会还要经常开，大家轮流诉，把肚子里的苦水尽情地倒给党听，倒给组织听。下去各位乡亲们要组织炕头会，挖苦根，找苦源，由个人的苦看出我们整个受压迫受剥削阶级的苦，看看这一切都是由谁造成的？我们跟着谁，怎样做才能改变这种情况，过上幸福日子。现在我第一个诉苦，刘猪娃准备。"

大家屏声静气地看着这个新事物如何展开，寒风及卷起的尘土正往嘴里灌，一时间竟然忘了这些。

看见潘志国缓缓抖开桌子上那团东西抖了抖，原来是一件破棉袄。

"这是什么？"

这句话很低沉，带着缠绵的伤感。然后他什么也不说，提着那件破棉衣，用眼光扫了一边所有的大人孩子，完了提着它循着第一排群众走了个半圆形，重新回到破桌子旁边，微微含胸站定。

突然，他大喊一声：

"这是我父亲的血衣啊！"

人们一怔。

血在哪里？他拿着血衣干吗？

没等回过神来，潘志国就讲起了血衣的来历，抑扬顿挫，讲的很细。这棉衣是他爹去给地主家放牛掉进坑里摔死后从身上脱下来当血泪账的。他说自己拿着这件血衣，走南闯北，经历了抗日战争和解放战争，到处诉苦，激发群众的革命斗志。

"大家想一想，如果不去给地主放牛，我爹能摔死吗？"

"不能。"

有人答了一句，绝大多数人不吭气，继续看着他。

"富人穿这样又破又脏的棉衣吗？"

"不穿。"

还是很少的几个人应酬了一句。

"国民党能不能给穷人脱了这种破棉袄，让大家换上新棉袄不再受冻？"

"不能。"

"那么，谁给换？"

大妞冷得直往乔震身上靠，悄声说了好几次咱们回家吧。现在顺着惯性还是说了声"不能。"

林紫赶紧拉她一把。

乔震抬头一看，潘志国正盯着他们父女看，眼光有点凶巴巴，嘴里继续说他的：

"只有中国共产党和咱们的队伍能给穷人换掉破棉袄发新棉袄！难道我们不拥护它们吗？"

"不能！"

此时人们正冷，心里都想着要不挨冻该多好。这次回答的人很多。

讲到这里，潘志国振臂一呼：

"跟着共产党，穷人得解放！"

大家又吓了一跳，不知所措。只有刘猪娃一个人跟着做了而且喊了。大家的目光刷地转向他，他有些狼狈，刚一低头，听见潘志国表扬道：

"刘猪娃做得好！大家都要向他学习。"

刘猪娃缓缓侧过头望了望别人，盯着他的很多。"

只听潘志国又大声喊道：

"不忘阶级苦，牢记血泪仇！"

这句刘猪娃在大李庄喊过，现在不那么拗口了。这一次，大家基本保持了差不多的节奏一起喊，虽然喊得不准请，甚至有人只动嘴不出声，但刚才的尴尬不再。

得了潘同志的表扬，刘猪娃心里一阵暗喜，得救的感觉，身上也不怎么冷了。正在这时，潘志国让他上去诉苦，他没有了昨天的恐惧，虽然迟迟疑疑，但没有停过脚步就走到破桌子跟前，转身面对着大家。

潘志国很满意刘猪娃的表现，乔震也为他的大方心生满意，看他怎么说。

"先诉诉你的身世。"

潘志国提示他。

这个问题他说过好多遍了，一点磕巴不打，听的人也没觉得有啥新奇的，屁大点村庄，早就传遍了。潘志国插话进来道：

"说说老东家和管家婆欺负过你没有？"

刘猪娃不合时宜地笑着说有。

乔震有点担忧，同时也好奇，看他说些啥。刘猪娃继续笑着说：

"有一次我在外面玩着忘了，回家管家婆骂我不挑水明天吃啥？我没管她就去睡了。半夜里起来悄悄去挑水，把水桶和锅碗瓢盆都装得满满当当，然后把洋火和灯全部藏了起来，重新回去睡觉。天还没亮，管家婆起来准备做饭，去摸自己放好的洋火和油灯，都没有。便到别的地方摸，结果摸到哪碰翻的都是水，袖子里灌得满满的，大冬天冻得她够呛。等到从炕洞里掏出火点着灯，她又傻眼了，哪里都盛的是水，没有家什，怎么做饭怎么洗脸？我就在窗户里偷偷看着她，只要她往掉泼水，我肯定会说不能浪费我的力气。最后她从邻居家借了个桶，才腾开了做饭和吃饭的，以后她再也不敢骂我了。"

刘猪娃说到这里很得意地笑，台下的人都乐了，说这个丑八怪鬼点子还很多。

乔震也笑。

这事他妈给他笑着说过，夸刘猪娃又坏又聪明。潘志国不是听故事来的，他沉着个脸迫不及待地问：

"那地主和地主婆打你没？"

"没有，东家夸我机灵，还说管家婆活该，不该骂我，以后有话得好好说。"

"好吧好吧，你的老东家已经死了，接下来说说少东家家里的生活。天冷，就拣主要的说。你那个儿子刘真真，还有换来换去的老婆彩霞，是怎么让你受到侮辱的。"

没等刘猪娃说话，乔震扶着地面腾一下站起来了：

"猪娃，给我回家。"

刘猪娃看了看潘志国，脚步微微一挪。

"哎呦！够威风的嘛，新社会了，还摆出东家的臭架子给谁看？睁大你的眼睛看一看，现在是人民的天下，刘猪娃是翻身做主的革命人民，不再是你家的奴仆。你让回家就回家？凭什么要听你的？他没地方睡，晚上睡在工作组屋里，没地方吃饭我们一起吃，人民政府给他当家做主。别拿一间破草棚，一碗饭来要架子。"

乔震不理他，背着手，盯着刘猪娃和潘志国很久，对自己家人说：

"起来，都给我回家去。"

真真刚听着潘志国说到自己，想听后面的，现在让回家他有些不愿意。乔震以从未见过的威严吼了一声：

"都给我起来滚回家，听见没？乔家屋里的要是现在不回去的，就永远滚得远远的，不要再进那个家门，也不再是我们家的人。"

他骂的是地上坐的几个，眼睛的余光却牢牢攫住刘猪娃，希望他跟着自己走。无奈乔震和刘猪娃的眼光没有斗过潘志国的眼光。刘猪娃盯着的，是潘志国按在腰里枪上的那只手。

最后的结果，乔震一家人站起来往家走，他留在了台上。

诉苦会后，刘猪娃真的没往家里来，实际上家里都希望他回来。当然，乔震一辈希望他们一家走后诉苦会结束，刘猪娃没说什么，只因摄于乔震的威严才不敢回来。谁都理解他，潘志国的眼光和他的枪，即便乔震，在那场面上没准也会屈服。

刘猪娃连着几天不回家，乔震心里越来越放不下了。偷偷跟踪过几次，他进出在工作组院子的小厢房里，换上了一套灰色的军服，跟工作组穿的一样，就是比他们的旧些。

以后大概四五天内，村子里风平浪静，没有人风传刘真真的事，乔家几个大人心放宽了一些。乔震遇见过张同志一次，拐弯抹角问了问潘同志呢？他说去县里开会了。乔震欲言又止，对方明白了：

"你是想问问刘猪娃的情况吧？潘同志带他去了，说是上面有指示，除了干部学政策，农民也得学，以后工作组迟早要撤走，村里还得靠农民自己武装和管理，刘猪娃现在是入党积极分子，他们明天就回来。"

乔震叹了口气，告别他往家里走，心里嘀咕着说，我这哥还不如死了算了。其实他最想知道的不是刘猪娃去了哪里，而是想知道刘猪娃对刘真真的身世说了没有？这些天一家三个大人心里憋得都是这个事，可实在找不到个人去问一问。如果没有说，自己一问不是不打自招么？还怕问出其他麻烦来。

潘志国回来后，挨家挨户做动员，让准备建立一种叫互助组的东西，至于具体的，他说开会一起说。

两天后，还是在诉苦的那片场地里，他介绍这个新东西：

"互助互助，就是互相帮助。大家自愿互利，互换人工或畜力，共同劳动。有农忙临时互助和常年互助两种。"

"我们听不懂，潘同志你就说明怎么个干法，我们听你的干就行了。"

有几个人冻得实在受不了，想回家，欲草草得令。

潘志国没有遂他们的意，手心朝上勾几下招呼刘猪娃上来：

"你给大家讲一讲，你的话大家听着省事。我这外乡口音，还有军队里的话，跟这里接不上茬。哦，对了，刘猪娃这名字听着怪怪的，而且——"

他意味深长地看了乔震一眼，收回眼光继续说他的：

"现在人民当家做主了，谁也不是谁的猪娃狗娃什么的。昨天我们工作组商量了一下，给他取个官名叫刘大成，大器晚成的意思。"

绝大多数人不懂大器晚成啥意思，彼此对望，然后望望台上。潘志国解释说这意思就是说一个人早时候很不行，以后很行成了大气候。人们又是左顾右盼，有些人脸上还浮现出莫名其妙的笑意。刘猪娃头越来越低，站那里不动。潘志国改口说那就不讲了，散会吧，下来由刘大成同志为首，先组织一个互助组给大家示范示范，榜样的力量是无穷的，看着他怎么搞跟着学习，慢慢就起来了。

"对了，乔震，刘大成同志虽然从你家出来了，可他打小在你家当牛做马，农具牲口土地等有没有他一份？"

彩霞低声来了句：

"那些都让地震埋了。"

乔震回头瞪了她一眼，举头对着潘志国说：

"有。让他自己现在去拿吧，看上什么拿什么。"

"还有，他不住那里的房子了，是不是也该给些补偿？"

"我已经说了，看上什么拿什么，哪块地好就归他，剩下不要的归我们。"

"你这是要情绪。"

潘志国恼了。

"那你说怎么办就怎么办吧，我不知道怎么说才合适。"

乔震又要站起来走，林紫拉他坐下。不过会好像也没内容再开下去，稀稀拉拉散了。

来乔震家里分财产的不是刘猪娃，也不是工作组成员，是两个住在石崖底下的光棍。那个石洞以往乔震他们放柴火，前年逃到这里的人中，他俩来的最后，大冬天没地方栖身，林紫说腾出来给他们吧，记得壮壮还抱了几捆麦草送过去给他们当铺窝。

这两人畏畏缩缩地说是潘同志让他们过来拉大骡子的，因为刘猪娃跟他们在一个互助组里，还想要一个锄头，另有河边上那块地。

乔震心猛地一颤，脑子里嗡的一声，那骡子是虚空给的，当初乔震从强盗那里夺回来的老母马死了，他伤心得吃不下去饭，虚空给了他这匹骡子，那时只有一岁多，现在正好青年时代，干活一个顶几个。不过当他看到两个女人和几个娃儿眼睛里的愤懑后，还是很快稳定了情绪，坚决地说了声"行。"

"爹!"

胖蛋失声喊了出来。彩霞拉了他一把道：

"你爹说给了就给了。"

"那我们怎么办？那骡子可是我爹的命根子，其他的牲口根本指不上，光吃草干不动活。"

真真接着嘟囔了一句。

"胡说啥？爹的命根子是你们，刚来时我们连吃饭的东西都没有，带着十根洋火就在这里活了下来，靠的啥？靠的人。有了人啥都有，骡子算个屁。"

一说有了人，他心里又是一颤，那时的刘猪娃是他最得力的帮手，两个男人顶着来自大自然的各种威胁。有了他，自己才敢和孔先生离开山沟去城里一趟。现在他却成了家外的人，而且没准还是仇敌。

"你们去拿吧，想拿啥就拿啥，走，乔家的都给我进屋去。"

一家大小进屋关上门，坐的坐站的站，听院里丁零当啷折腾，然后是骡子轻微的嘶鸣，再然后是轻轻关门的声音。

"你们不要难过，财富是祸害，历来如此。好好想一想就明白我说的道理了。叫花子有人打劫吗？遭人嫉妒吗？没有吧？只有钱财招来的灾祸最多。如果一样富，那倒罢了，现在就我们地多房多农具多，逃荒来的，一家人连一条遮羞的裤子都不一定有，不盯着我们盯着谁？以前还不敢，觉得我们的是我们的，给他们点东西我们就是好人，现在潘同志说要领导穷人闹翻身得解放，过好日子，喇叭口除了树木就是石头和草，不从我们这里拿从哪拿？等把我们的东西都分掉了，我们过得比别人差，他们就省心了，我们也安生了，没准还有人同情和帮助我们。都给我记住一条，要啥给啥，说啥都不要犟嘴，就一条，你们平安就好。"

乔震的话说得大家心里阴云密布，好好的生活怎么变得如此了？问题有这么严重吗？他竟然做好了如此坏的打算。

"可人总得讲道理吧？我们家的东西都是辛辛苦苦劳动挣来的，又不是偷来抢来的。潘同志总说组织、党，这个究竟是个啥？怎么这么厉害啊，我们看不见摸不着，潘同志好像很怕它。对了，听说钟同志也是让党还是组织给叫走了。"

壮壮说完，乔震接茬道：

"这些事你妈懂得比我多，抽空让她给你们说。不过现在倒也好了，教书的地方成了开会的地方，好像潘同志也不像钟同志一样重视识字工作，我们家没那么多事情了，外面的活我们几个男的干，洗锅抹灶的事彩霞多干点，胖蛋他妈晚上教你们学文化。有文化肯定没坏处，也是个消遣，跟打扑克谝话没啥两样。况且咱家的人现在出去，也没几个人愿意跟我们往来。学校里有娃儿林紫就教，去看一趟没娃儿就回来。"

话音刚落，大门吱呀一声开了，进来的是两个女人。彩霞从窗户里往外看，一个披着个毛驴的破鞍垫子，下身飘着丝丝缕缕看不出原色的单裤子，要不是鞍垫子压着，屁股八成都遮不住。另一个穿着一套花棉衣，裤脚和袖口都没了，黑乎乎的棉花若有如无探出头来。两人好像很开心，东张西望，却不朝屋里走。

"这俩干吗来了？"

林紫也凑过来不安地自言自语了一句，下炕开门到了院里。

那两人继续笑着说，村里成立互助组，潘同志认为你们家劳动力多，也富，把我们俩无依无靠的婆娘安排到了这里让互助。我们俩没什么农具，就直接过来了。

彩霞走出来，说潘同志不是说互助组是自愿的吗？还没问我们愿意不愿意呢。乔震隔着窗户喊了声我们愿意，谁来都愿意。那俩女人瞪着彩霞很挑衅地"哼"了一声，连招呼都不打，径直对乔震说今天我们是来打招呼的，明天正式上工，说完回头走了。

互助后的第一次劳动是扫雪运到地里保墒，林紫、彩霞、壮壮、胖蛋、真真、大妞二妞背着背篓运送。乔震一个人给他们上雪，一个供七个，累得气喘吁吁大汗淋漓。那俩女人说她们衣服单薄太冷，站在避风处哆嗦，不时笑着说壮壮他爹你还是穿得比我们厚，我们快冻死了你还直流汗。乔震一家谁也不吭声，继续玩命地干。干完了，默默地收工回家，那俩女人说说笑笑走了。

　　没过几天，潘志国上门来了，说村里老百姓连过年的面粉都没有，开春大生产也没有种子，作为一村最早来的人，让乔震想想办法。乔震说这些地原来就都是我们种的，种子肯定留了，过年村民吃什么，他没有表态，潘志国也没说什么就走了。

　　临近年关，村子里不见闲下来，地里天寒地冻干不了什么，工作组让大家为明春的大生产做准备，如搓绳子、推铁锨把、做木锨，等等。

　　每天日上三竿，那俩女人都来乔震家，他们家人蹲在地下的木墩上做事，这俩掉炕边上烤着火天上地下乱扯，有时还上去煨被窝里，直到收工的时候才恋恋不舍离开。

　　过了三四天，真真说屋里太暗，搓绳子看不见，想到院子里去。壮壮和胖蛋赶紧应和，在墙旮旯里放了一堆火取暖。男人们一出去，几个女的也跟着。接下来，每天吃过早饭就在墙旮旯干活成了规矩，那俩女人直接奔进去上炕烤火也成了自然而然。

　　腊月二十八日，该准备过年了。工作组召集村民开会，说年后要组织起来搞生产，趁着农闲，积极分子成立村领导班子，一开春就正式工作。

　　"刘大成同志是我们村第一个预备党员，能不能够把阶级斗争搞好，把生产抓上去，是他能不能转正的基本条件。现在情况这么差，党考验他的机会来了。"

　　潘志国对群众讲完这些，回头看着刘猪娃说：

　　"刘大成同志，你能不能完成党交给你的艰巨而光荣的任务？"

　　"能！"

　　乔震一家吃了一惊，他们从没听过他这样利索地讲过一次话。决绝而坚定，甚至带着些杀气。这段时间的培养看来成效非常显著。

十二

　　这个春节乔家人几乎没有出门，去泉里挑水和饮马，也尽量选在夜深人静或天没亮透彻的时候。他们这几天的生活像是工作组进村以前的暂时宁静，跟肚子疼了许久忽然停下来一样的感觉，真好。

　　可大年初三，这种宁静就被打破了，工作组动员大家在地里扎篱笆和草人，乔震他们家原来的六块地，现在只剩下两小块，一块是壮壮放骡子时有一搭没一搭开垦的，离村子比较远，简直算得上村里最远的地了，另一块在小河边上，左邻右舍也都是地，这一大片都是乔家开垦的。那俩女人很得意地对林紫说：

　　"潘同志要不是看着我们俩的面子，这块好地能到我们这组里？等着要的多着呢。就因为我俩最穷，又是女的，才同意给我们组了。"

　　有了这种优越感，他们不干活更加理直气壮。

　　这天下午收工后，一家大小收拾院子里的乱七八糟，乔震发现铁锹和烟袋忘地里了，打发真真去拿。不知怎么地，那俩女人还在地头嘀咕，看他走了过来，先是挤眉弄眼，然后捂着嘴笑，越笑声音越怪。真真心里直发毛，低头看自己身上没发现什么异样。

　　高个的那个说：

　　"喂，你看刘真真像刘猪娃吗？哦，对了，现在是刘大成了。嘿嘿嘿！"

　　另一个神秘兮兮地向他挤了挤眼睛道：

　　"像！谁敢说不像？潘同志不是说不让提他是谁的娃这个事吗？说姓刘就姓刘，谁敢说姓别的？嘿嘿嘿！"

　　"嘿嘿嘿，刘真真还是乔真真，还是什么真真，连他自己都不知道，糊里糊涂过着，还真真呢，叫假假差不多。"

　　真真这两个月来心里一直很难受，当初天上掉下个爹来，他措手不及，那外貌让他心里说不出的别扭，连叫爹的声音都是蚊子一样，而且是乔震和林紫威逼的结果。还没怎么回过神来，他又走了，跟潘同志在一起跟家里为难，分地拉骡子。不过现在也好，既然他走了，生活恢复了原样，合适就打声招呼，不合适谁走谁的，那声爹就免了。

他装作听不见，可那俩女人愣是不肯罢休，挤眉弄眼嬉皮笑脸迎上前来跟他搭讪：

还是高个的那个先张嘴了：

"喂！我说刘真真还是乔真真，还是什么乱七八糟的真真，你知道你爹究竟是谁吗？该娶媳妇当爹的人了，连自己的来路还都不清楚，你说你还像个男的吗？要不把裤子脱了让我们瞧一瞧？"

"嘿嘿嘿，就是啊，脱了我们瞧一瞧，反正现在没有别的人。"矮个的说。

真真心里的火直往上蹿，看着这两个在他家里杵了几十天的眼中钉，他真想举起铁锨剁死她们算了。不过他没有这么做，乔震现在总给他们嘱咐要忍让，几个大人比他们娃们艰难多了，说什么也不能再惹事。于是低着头不搭理她们，继续往家的方向走。心里的疑窦如重重黑幕压在他的心上。这俩烂婆娘说的啥意思？自己究竟是谁的娃？

晚饭时分，真真明显比平常情绪低落了许多，扒拉了几口饭就说不想吃了。乔震看出了他出门和回来后的明显区别，跟着出去问他怎么回事，真真吞吞吐吐提出了自己的疑问。乔震心里紧张和愤怒，面子上装作平静地说：

"人家问的也对啊，这个问题是有点绕。当初你爹失踪了，你才那么小，家里没房子，生活也不方便，这沟里就我们一家子，辈分也顺，我就和你妈一起过了，谁知你亲爹又来了。"

看了一眼真真没什么更异常的反应，乔震意味深长地说：

"你是大小伙子了，应该有自己的主张。现在家里事多，你爹觉悟高，潘同志也器重，你要搬出去我们也没意见。毕竟要另安一个家，针头线脑收拾起来不容易，家里的东西你随便拿，缺什么回来取，缝衣服做鞋什么的，你大妈和你妈，还有两个妹妹都会为你张罗。"

真真火了：

"爹你说啥话呢？死了活了这是我的家，亲爹不亲爹，是他离开我奔着一个生人去的，又不是我把他赶出去的。我就是问一问真相，心里有个底，愿意不愿意说你随意，没什么大不了的事。"

看了眼远处，真真自言自语道：

"看他现在那副德行，典型的小人得志，怎么看怎么讨厌，要他真不是我爹才好呢。"

乔震打心眼里高兴，这孩子总算没再从自己心上挖块油下去，嘴里喷怪道：

"别瞎说了，你大妈给你们教文化，别教到最后看不起这个看不起那个，咱可都是庄稼人，而且跟你爹还是一家人。"

"谁跟他一家人了？他跟潘志国是一家人。"

真真破例犟了一次嘴。

"还胡说？再胡说我打你。"

嘴里这么说着，乔震一把揽过他，下巴抬了抬用胡须磨蹭他的额头，眼睛里热辣辣的。

这话这动作真真都很熟悉，他们几个大的小的只要做错了事说错了话，乔震总是说要打他们，有时还强化到说要打死他们的地步，实际上连一指头都没搓过，只要改了，就用胡子蹭蹭他们额头。现在这句吓唬里，充满的是自豪和怜爱。

然而，真真从乔震那里得到的解释，并没有给他带来宁静。他从人们对自己似笑非笑的眼光中，总能读出远超过乔震解释理由的奇怪含义。比如，逃荒来的人中，一个男人有两三个女人的好几个，娃儿也乱哄哄地在他们中间跑，搞不清是谁的，怎么就没人议论他们？胖蛋不也不姓乔吗？没人议论他。怎么就自己跟长了尾巴一样，到哪都有特殊的眼光和讥笑跟着？

日子一天天过，他心里的烦闷与日俱增，却总找不到深究的理由和发泄机会。不知是不是心理作用，打他问了乔震自己的身世后，总觉得三个长辈对他的关爱异常增加，让他越来越不自在。家里家外，都觉得生活在不正常状态中，说不清道不明的空气像要窒息他一般。

或许我是捡回来的，父母都是假的。他想。

再琢磨，也不对。捡回来的也不是这种境遇，捡个娃儿养，多正常的事情，那俩寡妇的嘴里，显然不是说自己是捡回来的，那么究竟是怎么回事？

这些天是所有的互助组集中在后山一起挖煤窑。中间休息，找一个暖和的地方放堆火，女的纳鞋底，男的抽旱烟，或鼓着嘴巴东张西望说话。乔震一家人总是自觉地不跟大家在一起。待到刘大成一吆喝说干活了，大家赶紧集中过去，紧锣密鼓干活。于是他说有别的工作，背着手走了，人们便把手塞进袖口，垫在锨把头上，再将下巴颏顶在捅在破袖子里的手背上站那里聊天。只有乔震一家大小死命地干活。一停下来，他们觉得眼光没地方投，手也没处放，人更是多余的。总之，这煤窑几乎就是他们一家挖的，再有三五日就能完工。

今天依然如故，日上三竿时，刘大成来了，还没到跟前，他把脖子上的哨子拿起来放嘴里，脖子一缩屁股一努，"瞿！"的一声。大家立马如鸟兽散，赶紧去抢暖和的地方，然后把铁锨往地上一放，坐在锨把上点燃火堆想干嘛的干嘛。

乔震家在离人堆几十米的地方。真真坐那里不说话，使劲儿抠指甲。林紫问他是不是冻伤发痒了？他说不是。乔震说伸过来我看看，是不是扎进去什么东西？别化脓了。他不耐烦地说没有没有，啥都没有，你们别烦我了好不好？

所有的人都感到诧异，真真那好脾气，从来不是这样的。

"我找地方撒泡尿去。"

他站起来说着翻过身后的小山脊走了。

拐弯抹角走，也不知是有意还是无意，就绕到了其他人晒太阳的小阳洼后头，偷偷从枝条缝隙里瞧一眼，那真是晒太阳的好地方，后面的雪几乎能达到终年不化的程度，可隔着一道弧形的小山梁，以及三面茂密的灌木，这地方便聚拢了几乎所有撒到这里的热量和阳光。

他不敢靠山梁太近，嘎吱嘎吱的踩雪声会引起那边的注意，还有，钻过茂密的林子，不出声也是不可能的。在听到他们的谈笑声时，真真停在雪地上，常年几乎见不着太阳的阴坡特有的彻骨寒气立即逼他走开。但终于还是停住了脚步，想听听他们在说些什么。自打潘同志来到这里，他已经很少跟家人外的人说过话了，他很渴望知道家外的信息。结果撒尿的事忘到了九霄云外，况且他本来就没有尿，是来这里躲一躲长辈们的关心。

"我说刘猪娃刘大成，哦，忘了，现在改称刘同志了，对不对？"

说这话的是自家组里那个矮个的女人。

刘猪娃笑着说：

"还没有呢，党员没转正，还不是同志。"

"还不是同志？不是算了。那我问个事儿行不？就你那个假儿子刘真真，究竟是谁的娃？是你的？乔震的？还是乔壮壮的？"

"是骡子的也没准。"组里的高个子女人笑着说。

刘猪娃说："反正不是我的，但千真万确是彩霞的，其他我哪知道？那屋里，混乱着睡，谁的那一下子准了，就是谁的。"

大家哄堂大笑，石崖底下的光棍牛瘸子说，这事热闹了，原来刘真真不是猪娃的种，是骡子的种。

"还有他家小马驹呢，也是公的，没准还是他的娃。"李独眼说。

真真的脑袋压得他发晕，方才的寒气再也感觉不到，血液里热浪翻滚，眼前冒着的金花在一片混沌里刺眼地散落开去。

另一个女人接上了茬：

"这么说那屋里没一个是你的种了？"

真真脑子晕了，辨不出说话的是谁。

刘猪娃笑着说也有啊，打麦种，豆子种，不过都是种到地里了，没种进女人们肚子里。

一说女人们的肚子，那边炸了窝一样兴奋，牛瘸子说你就多说说女人的肚子，我长这么大，除了我妈的肚子我就没仔细看过女人的肚子。人们接着哄堂大笑。

李独眼说：

"你们笑啥？他这话说的不对？看你们身边这几个女人，一干活，肚子就露在外头，我一只眼睛还看得很仔细呢，铃铛娘的肚脐上有一颗痣，是扁的，上面还有一撮发红的毛。所以啊，你们不要说没有见过女人肚子，就说爬过没有。话说回来我们要爬也没有乔震那福气，能爬那么多，还都是露不出来大家看不见的白肚子。我们就是爬，也只能爬像铃铛妈那样污垢像铁锹一样结实的黑肚皮。"

铃铛妈笑着说：

"你个缺德东西，另一只眼睛迟早也会瞎的，我让猪爬都不让你爬。"

"不让我爬？我还看不上爬你呢，留着给那来路不明的刘真真、不对，不知是什么真真的爬。哈哈！"

真真出溜到雪地上，掉转了几下方向。终于躺平了，确定不会偏离大方向。颤抖着手掏出裤腰里别着的砍柴刀，缓缓提起，对着自己心窝调整方向，使出全身力气猛地扎下去。当他看见蓝天和白云急速旋转、红色的彩带在眼前飘舞时，听见的一句话是刘猪娃的：

"彩霞怀里那对大白馒头确实很香很好看。"

他在剧痛中迷迷糊糊闭上了眼睛。

彩霞实际上连真真的跟前都没有到就疯掉了。她嘴里絮叨的总是那句话：

"刘猪娃让谁杀掉了？他是去寺院里烧香的，给真真求福。怎么死了？那么多血。"

乔震也跟疯了差不多，他干吼着，让林紫看着彩霞，自己领着几个娃儿在真真躺过的地方挖土挖雪，把所有看得见的痕迹，还有溅着他血的树枝枯草都收拾到一起，用破被单子包起来，卸下几块门板胡乱捆绑了个棺材，把上述一切跟真真的遗体一起埋在了庄后他们开垦的第一片土地上，坟头不是比院墙低下去，而是突出来跟院子并行。他说这样真真看得见他们，看见饭熟不用叫自己就来了，他们一回头也看得见真真。

这个莫名其妙的意外，对事情发生的原因之追寻和猜测，在一定程度上分解了一家人的注意力和悲伤。他们百思不得其解，真真抠了抠指甲，乔震和林紫关心了两句，他说去撒尿，完了就没回来，这也太离奇了。况且真真这孩子，因为出身特殊和几个大人对刘猪娃不幸的特殊情感，还有两个匪气的哥哥护着，打小就当他是女孩儿养，连只麻雀都不敢杀，对着自己怎么下得了那样狠的手？而且做得彻底利落，等壮壮和胖蛋过去找他时，连余温都没有了丝毫。

葬完真真，乔震出奇地冷静，他说就这样吧，其实也许是个好的结局。走了就不再受罪，活着多难啊！看着彩霞一遍遍念着刘猪娃的名字，问他怎么死了，为什么那么多血。乔震也跟痴呆了一样说，就这样吧，其实也挺好的，疯了不难受了，我们都疯了多好？没人欺负我们，也不难受了。当初就该都被地震死，八成前生做过坏事，老天爷始终不放过我们。

林紫默默地打理着这个家，她连流泪都成了奢侈，只在别人看不见的时候饮泣。真真这娃儿，当年刘猪娃失踪后彩霞不管他，可怜巴巴地像只萎靡的小猫，裹着件破棉衣放在热乎乎的炕旮旯里，小唇干的裂了口。她用筷子蘸了虚空送来的红糖化成的水给他抹嘴上，小舌头伸出来舔进去很响地咂嘴。

从那时起，林紫对这个楚楚的小生命就多了份格外的怜爱，粗活重活让壮壮和胖蛋多承担，理由是哥哥应该护着小弟。可疼着护着，却没有守护住他的生命。对自己下手前，他就没有想起过家里对他的疼爱和偏袒吗？

她朝灶火门里加了把柴火，火苗冲了出来，眼泪热乎乎地一股接着一股。

从真真走了那晚起，乔震就一直陪在彩霞身边。如果她是正常人，哭天抢地寻死觅活，大家陪泪、彼此劝慰，可能情况要好些。撕裂人心的，是她根本不提真真走了的事，好像根本就没有过这么个人。摸着乔震抱着枕头，一会儿说刘猪娃回来了，一会儿让真真吃奶。过了一两天，她钻到了房后的窑洞里，再也不肯出来，嘴里絮叨着说刘猪娃赶马去了，待会就来这里。

更奇怪的是，她在这个窑洞里时，情况要比炕上好得多，晚上没有了怪叫声，安静地睡到天亮，还能把大小便解到庄后背隐的地方。

过了几天，乔震叹了口气说：

"没办法，南墙根下那些石板再往薄里打一打，给她在窑洞里盘个炕吧。"

　　林紫把彩霞哄出来跟她应承着，其他人七手八脚，几个小时就完工。炕洞里和窑洞中加了大捆的柴火烧。热一阵冷一阵，待到天黑，完全干了。乔震和彩霞搬到了黑乎乎的窑洞里，重返与刚来时差不多的生活。

十三

冬去春来，一场叫做土改的运动轰轰烈烈深入展开，由此对比，以往的土改仅仅停留在口头上。乔震家自然是唯一对象。

关于土改，钟同志当时说喇叭口不存在这个问题，因为没有地主。现在，工作组说有没有地主是相对而言，那样的山药蛋堆里都能找出相对大的，喇叭口这样的穷乡僻壤，对地主的界定标准不可能跟刘家坪比，也不能跟大李庄相提并论。这么一推理，乔震一家是理所当然的地主。为了分他家的土地、房子还有牲畜农具，潘志国和刘大成一次次组织群众开会，乔家自然被排除在外，分他们的东西没他们的事。

家里已经没有人关注财产了。乔震还是反复强调那个意思，等一无所有了，跟其他人家一样了，也就没人惦记着我们了。来这里时就什么都没有，回到以前的状态就行。唯有一点，乔震低声下气地向工作组要求，把真真和夭折了的孩子们的坟地那块给他们家，还有窑洞。

"不然彩霞会死的，我也会。"

他嗓子哽咽着说不下去了。

"行！那地方想着就害怕，也没人要。"潘志国阴沉着脸说。

真真的自杀和彩霞的疯让潘志国颇为不快，他说不出这两件事跟自己的必然联系，但上级一向强调要注意政策，自己蹲点的地方出了这样的事，总是一个不小的污点，尤其是乔震家地主的成分还没有确定，他家出事的正当理由更是被削减了不少，可别再发生什么意外了。

想着这些心里就恨钟月桥，就是他在上头捣乱，总给大李庄的工作组长说乔震家没大问题，结果组长总提醒他注意政策。钟月桥被自己挤出去到县里写文件，这里本来没他什么事，现在念念不忘，就是报复他，也正说明他和乔震家关系非同一般。要不是他从中作梗，给他家一个地主的成分算个啥？自己在喇叭口说了算。结果暂时定了个富裕中农，谁知道以后还有没有定死的机会？要是定了地主，他家人死了疯了就是罪有应得。

乔震家得到的土地不足以符合他们一向很勤劳的习惯和劳动需求，再则，家里人口多，也有饥荒之虞。所以，当工作组号召开荒种地、扩大自己家土地面积时，他们家就在别人看不上的偏远陡峭处开荒，种上洋芋、青稞。

刚开始去地里时带着彩霞。很快地，危险就显露了出来。彩霞对崖头和密林有着异常的兴趣，一不留神就跑到那些地方，动作快得异乎寻常，说刘猪娃就是掉进那个沟里不回来的，谁都怕她出事。没几天乔震决定由她女儿二姐在窑洞里陪她，顺便做饭，别人开荒种地。

二姐这娃打小消化不好，长得不像乔震结实，也没有彩霞的丰满。她的胆小怕事全家人都觉得不可思议。比如进门前一定站在大老远喊一声门里头有没有人？别吓着我了，搞得大家都笑话她。现在让回家陪她妈，除了体质瘦弱的原因，还因为悬崖上头干活时，她总是那么胆怯，离崖头老远就直叫晕。

就在彩霞和二姐留守的第二天，刘猪娃一声不响地站在了乔震家的院子里。现在他们拥有的，是原来的马厩，和另搭起来的几间草棚，还有彩霞睡觉的窑洞。正经八百的房子分给了好几家人，原来住在石崖底下的，现在当家做主，白天也去地里干活了。

当二丫端着刷锅水低着头往猪食槽方向走，突然看见一双脚在那里时，她扔了锅大叫一声，一屁股坐在地上，双手捂着脸，再也不敢放开，坐那里直哆嗦。

刘猪娃恶狠狠地一把提起她，跟老鹰对小鸡一样进了厨房，把她扔在灶火门上的柴火堆里，咬牙切齿地说：

"老老实实待着不许出来，也不能把我来了的事说出去。不然你家的人都得像你那个真真哥哥一样死掉，流很多很多血。"

说完他狠狠地关上门走了。

林紫每天回来，都看见二姐的胆怯与以往相比有了点说不清的成分。问她她又不说，就是说想跟着大家下地。林紫说你妈最疼你，有你陪着她开心，病慢慢就会好的。娃儿一听不说话了，满心忧伤地转头去做其他的事。只有她自己知道，每天大人们一出工，她就进到厨房不敢开门，待会看见刘猪娃进到妈妈的窑洞里，自己哪里能接触得到她？

有时候是刘猪娃叫，有时候是妈妈叫，那声音很怪很怪，不像在哭，也不像是笑，是她说不出来的感觉，总之，平常听不到那种声音。

过了两个月，林紫忐忑着问乔震说有个事我不好开口，在窑洞里的拐角上写了几句话，你赶紧过去看看，完了擦掉。乔震感到奇怪，莫名其妙看了她一眼走出去了。木炭棍写的字很小，他一看心里有点恼怒：

"彩霞是不是怀娃娃了？月经两月了没来，她这样子，有了咋办？你要注意。"

脱鞋用鞋底擦了字，他看了眼炕上躺着的彩霞，最近她安稳多了，好像没完没了的瞌睡，看来养得差不多了。

出去叫林紫过来，嗔怪说你想哪里去了？我有那么糊涂吗？我在这里就是给她做伴，怕别人来她一折腾，影响睡觉。可能是情绪什么的不好月经不正常了吧？

说完他走到窑口，望着天边说：

"到这里来我就没碰过她一次，也没到你那里去过。唉！我老了，也因为心烦意乱，这辈子亏着你们俩女人太多。总想疼你们，可事情一档子接着一档子，生活都顾不上，能活着就已经很不错了，还哪里有那份心情？"

林紫慢慢走过去握住他的手说：

"当我很年轻似的，我连月经都干了。"

"你明年都50岁了，一想可不是该干了吗？我已经五十多了。这一生，干了些啥啊？就为喘这口气东奔西跑，其他都谈不上。彩霞比我们小10岁，可却这样了，成了我们养活她，唉！"

疑虑淡下去了，月经不正常也是常事，那就再等一等，没怀孕怎么都好说。

二妞依然在家做饭，她越来越拘谨，跟家人都像很陌生的样子，脸很白很瘦，严重失血了一样。林紫给乔震说，要不今天我在家做饭看彩霞吧，娃儿这样下去会得病的。领到山上别让去崖头边上，随便干点啥都行，主要是让晒晒太阳。

林紫待在家里的那天，日上三竿时她在扫院子，一抬头，发现刘猪娃从小河那边朝自家这边走过来，低头回头间，又看不见了。以后还有过这样的一次，再也没见他来过。

彩霞依然安静，饮食量下降的很明显，却不见瘦下去。睡得多不消化，这是大家基本的看法。然而，不安还是像阴云一样弥漫了过来，最后成了乔震和林紫极端的恐惧。

林紫去给她换洗衣服时，内衣上发出只有孕妇才有的独特气味，她满怀恐惧哄她躺下，翻来覆去看，用掌心摸，怎么看怎么不对，觉得腹部微微隆起，再看看她的肚脐，以往是凹进去的，现在翻了出来。还有那见阳光不足的苍白脸颊上，若隐若现的蝶斑正从下眼皮底下弥漫开来。

把乔震叫过去说清这件事时，他的眼睛痴呆着，面露杀气，一句话没说，顺手抓起来一个锄头就往外走。林紫拉住他低声呵斥道：

"去哪？"

"劈死这些个断子绝孙的！"

"劈死谁？"

"把所有人都劈死，就我们一家活着，像以前一样，这里本来就是我们家的。"

"别瞎扯了，进来我们想想谁干的这断子绝孙的事情再说。"

乔震一言不发退回窑洞，轻轻放下锄头坐炕沿上，一手捂着彩霞白白的额头，一手拄着自己的额头，大把大把的眼泪往下流，过了一会儿，他站起来压抑着厚重的哭声，伏在林紫肩头低声吼道：

"苍天啊，你收留了我们吧！全家都跟你走！"

林紫恨自己粗心马虎。其实二妞脸上的恐惧和光照不足的苍白，不早就证明着她在家人走后极少出门吗？受到胁迫或恐吓是显然的。那么究竟是谁？

把二妞拉到僻背处，一问她彩霞那里来过人没有，她就低头不语，问得狠了一脑袋扎到自己怀里哭个不止，要求别问了。她没有好意思给乔震说自己的怀疑，认真观察过娃儿的身材和走路，真怕她也被……这世道，想不到的事都会发生，她不敢想。幸好，二妞看起来没事儿。

没有接触过父母姊妹之外异性的娃们，压根就想不到彩霞这边发生的事，依然过得平静。只有乔震和林紫心里急得像小猫在挠，这娃儿生出来可咋办？生活艰辛、抚养困难不说，他们直接想起的，就是当初真真追问他的身世时那份屈辱的表情。其实，林紫和乔震在真真走后不久就猜测到，他那么决绝，一定与他的身世有关，至于他在意的是彩霞二夫还是刘猪娃的卑劣丑陋，他俩谁也拿不准。

现在这娃儿要是生出来，情况比真真糟糕得多，全喇叭口、全家大小都知道这娃儿的妈妈是疯子，而且不像真真那样有一个起码家里大人知道的父亲。像她家现在这个情况，村里人看他们猪狗不如，有那么一天，祸害彩霞的那个人会饶有兴趣地谈论起这件事，将其作为笑料和炫耀，这在喇叭口不是他的什么不光彩，而是大家盼望听到的，他们很爱听这些。即便不说出来，娃儿外貌像某个人，他还怎么做人？还有更可怕的呢，欺负过彩霞的不知有几个人，这里的男人有好几个是老光棍，他们分别单个来还是结伙来，都有可能。真真的悲剧可能又会发生。

要是这样，那就只有带全家去外地流浪了。

听了林紫的絮叨，乔震说：

"我看你是昏头了。跑哪？跑得出去吗？我们成分不好，他们有枪，现在还成立了党支部和领导小组。只要我们一动，后面就是几枪，抓回来是阶级敌人叛逃，根本没有活路。要是家里只有我自己，我拿段草绳早就吊死了，活着有啥好的？可这么多娃儿，还有彩霞。我真后悔当初领他们出来干嘛，在老家等死得了，没准转世成飞禽走兽，多自在。"

林紫捏了捏他的手，低声道：

"你瞎说，你不跑出来，我和胖蛋咋办？昨晚我想出个办法来，娃儿生了就说是捡回来的，能死能活就看老天安排，死了好还是活了好，那是说不清的事，也听老天安排吧。"

乔震叹口气说也只能这样了。

当林紫发现彩霞连着几天晚上折腾，小便比平常频繁、肚子明显下垂时，就知道她要生了。对家人佯称她有病自己要照顾，让乔震搬出去住。

谢天谢地，分娩是一个雷鸣电闪大雨滂沱的晚上，娃们都睡了，她撕心裂肺地叫闹和力大无比的折腾，乔震和林紫应付得够呛。幸好，不是头胎的她没经历太多的折腾和叫喊，一个男孩呱呱坠地。匆匆忙忙一收拾，大小两条生命安静地躺在了炕上，忙了半天的乔震夫妇被一个新的生命暂时冲走了忧愁，借着噼里啪啦烧着的火明子端详起这个娃来。

忽然，乔震回头呆呆地看着林紫，半晌才说出一句话来：

"你看他额头像谁？"

"刘猪娃。"

两人同时失声叫了出来。

跟脑门上挨了一闷棍似的，两个人第一感觉就是把那畜生给活剁成肉酱，乔震抖着手把娃儿的襁褓打开翻过来看，大腿上一块兔子状的印记，也跟刘猪娃小时候的一模一样。

"这事得跟他有个了断。谁死谁活必须得拼一把，别在彩霞身上拉完屎就跑了。"

这次林紫没有阻拦，给他支招道：

"别来硬的，现在他是红人儿，工作组和喇叭口的人都向着他，我们想办法让刘猪娃过来让他知道这件事，要挑明了说。他是党员和党的干部，不承认我们就给潘志国说清楚事实，这是生活作风问题，承认的话他得想办法。"

"我看你想的有点幼稚，他那个贱种，担得起这责任吗？"

林紫说反正事情已经这么难办了，只能这样。实在不行只好自个儿养着，以后有机会送人或早点让去外地当个上门女婿啥的算了，谁让他这么苦命的？再说还有那块胎记呢，潘志国那人，急了是会对照的。

乔震犹豫了一会儿说：

"这次我亲自去找他，这个狗杂种。"

林紫说你别惹事，冲动时想想家里这摊子烂事。

乔震说知道了知道了，冒着雨钻进黑夜里。

刘猪娃在土改时分到的房子是当时禁烟队盖起来的，离工作组办公室很近。当他开门看到提着铁锨裤脚上哗啦啦往地上流水的乔震时，不知是吓呆了还是没醒来，许久没有反应，然后神经质地往墙角缩了缩身子，去够那把原来在壮壮手里的枪，这是配备给干部的。

乔震都没怎么看他，枪就抓在了自己手里，说我捏死你就像捏死一只鸡一样容易，你信不信？不过今天我不是来干这事的，就是你得跟我过去一趟，至于干什么，你去就知道了。哪天捏死你，看我的兴趣吧。要命就闭嘴跟我乖乖走，不然我让你真的永远失踪，你怎么没死活着回来了？这次我彻底除灭你。

刘猪娃哆嗦着在前面走，好几次都往地上出溜，乔震在后，每每这时便一把提起他，直接带他进了窑洞，林紫站在一边不说话。乔震揭开睡着着的彩霞的被子把婴儿抱出来，摸摸他的额头问刘猪娃：

"看这娃像谁？你这个天打五雷轰的畜生！"

还没等他回过神仔细看，一个耳光就猛抽了过来，刘猪娃眼里冒着金星，往后趔趄了两步，靠门框站住了。

林紫拉住又要打他的乔震说别打了别打了，看问题怎么处理吧。

乔震过去抱过娃儿，招呼林紫把灯拿过来，撩起褓褓让刘猪娃看他大腿上的胎记：

"看明白没？你还有啥话可说的？天亮我就去找工作组，抱着娃儿交他们那里，你自己拉的屎自己舔干净，永远不要进我家的门。好了，我的话说完了，你给我滚，上吊抹脖子你自己选，免得我忍不住踩死你，脏了我的地！"

可刘猪娃没有要滚的意思，低声下气叫了声哥，乔震不搭理他。他又猫着腰喊了声嫂子。林紫也没有回头。他不管这些，神经质地反复絮叨，语无伦次：

"我终于有娃了，有我自己的娃了。我行！我行啊！欠你们的，欠彩霞的，我下辈子还，求你们让我把娃抱走吧，我给你们磕头了。"

他没有顾忌地上的炕灰血污，趴在那里边哭边磕头，嘴里猪狗不如地贬损着自己。乔震说:"你这球样子下地狱人家都不要,还求下辈子做人?你不害人就不错了,还报答人?这娃你抱回去给吃啥?我能把他送给你供你作孽吗?"

刘猪娃满脸鼻涕眼泪跪在地上接着哭,说:"哥嫂我的娃就托付给你们了。"乔震说:"当年我爹与其救了你,还不如踩死你,现在你还指望我家再养你的这么个害人虫?亏你说得出口!"

刘猪娃不哭了,按乔震的话是留着不要,抱走不给,那咋办?六神无主之时,林紫说:

"娃儿你抱走吧,但这是一条命,也是彩霞的骨血。壮壮他爹的脾气你清楚,要是待娃儿不好,我也拉不住他。你等一会儿,我去拿些红糖你带过去,化些水先喂着,明天你给工作组说晚上听着外面娃儿哭,出去捡的。后天太阳正午时分你到寺院后头,我把我家奶羊栓那里你牵过去养,挤奶喂娃,给工作组说羊也是捡的,我们这边不声张就是。"

"啥都捡,工作组会怀疑的。"乔震觉得不妥。

"怀疑也得这么说,不然说什么?娃儿吃啥?"

林紫说完,又对刘猪娃道:

"如果潘同志为难你,你就说那娃儿给你管吧,我没办法,他一个革命干部总不会说把一条命扔掉的。"

刘猪娃说我死也要跟我的娃儿在一起,不给他。林紫说他才不要哩,一个光棍男人整天搞工作,忙得连气都喘不过来,还要你的娃?你说把娃儿放那里他就肯定让步,我说的是这个意思。不过刘大成我给你说清楚——林紫这次的语调阴森森的:

"我们一家都看着这娃怎么长,你死你活我们不管,但这娃儿得活好,不然我们饶不了你,而且到工作组那里说你的生活作风问题,把你打成坏分子,你也尝尝被别人欺负和侮辱的滋味。我们家现在是过得不顺,受人欺负,但我们是一家子,恩恩爱爱生死相依。可你呢?如果让工作组一脚踢开,连狗都不如,对不对?希望你好好想一想。"

乔震说该说的都说了,你把娃儿揣紧给我滚,我们一家的眼睛天天盯着你这个狗杂种!刘猪娃再次跪在地上磕了几个头,颤巍巍接过褓褓,把林紫给他的红糖塞进去,一起揣在怀里,倒退着出了窑洞门,猫腰护着娃儿消失在雷雨中。

他俩走到炕边,看见彩霞依然沉沉地睡着,脸上浮着笑意。泪不约而同扑簌簌往下流。

一早听见刘猪娃叫门，潘志国从窗玻璃里看见他怀里的襁褓就吃了一惊。

"不会吧，听说过天上下冰雹，就没有听说过天上下娃儿的。"

看着站在门外头抱着娃儿的刘大成低三下四给他解释，潘志国百思不得其解，低着头自个絮叨。昨晚那雷声雨点，即便有人扔小孩，也不会挑在这个鬼天气。更让他不可思议的是，这村里多数都是小女孩老太太，有可能生孩子的成年女人就五六个，根本没有见过大肚子，离喇叭口最近的大李庄也得几个小时的路程，干嘛舍近求远来扔？这娃儿真是奇了怪了。如果不是这些年当兵信了无神论，他简直觉得就来了个妖怪。

"刘大成同志，你说你，这娃儿怎么就偏偏被放到了你的门口？喇叭口的革命工作多忙啊，你一个干部，党员，怀里抱个月娃娃，怎么喊教群众？怎么开会和抓生产？"

刘猪娃嘴里嗫嚅道：

"我也没办法，已经捡回来了，那咋办？谁让我碰上了？我一个党员干部总不能见死不救是不是？要不放把娃儿放在工作组屋里？"

他拿出了林紫教给他的狠招，说这话时却把娃儿更加往紧里搂，用力过头了，他哇哇地哭起来。从口袋里掏出个装着糖水的小瓶子扭开，小心翼翼往娃儿下唇上滴了一滴，那团酱红色蠕动着的肉紧紧闭着眼睛，很响地咂吧着嘴。

潘志国努力掩饰着内心对孩子的极度厌恶。其实更让他厌恶的，是刘大成那张丑陋的脸，竟然一改平常对他的奴气和胆怯，竟然用满脸的真诚欣赏着那个小东西，他简直有点嫉妒。

心里多了一重别扭，口气里也带了出来：

"不知道你在说什么，我们三个爷们，打仗时出生入死个个是好手，对这么个软乎乎的小东西却一点招都没有。如果来这里是抱娃儿的，我们早回家娶媳妇抱自己的娃儿去了，还辛辛苦苦干啥革命？领娃儿这事天生是女人干的，就送给人吧。我看那个叫铃铛妈的，整天闲得没事儿，送给她养。"

原本他想刘猪娃会感谢组织上为他解决了难题，不料他死也不肯把娃儿送人。看着潘志国惊异的眼光，他竟然编出了天衣无缝的谎言：

"我怕这个娃儿是刘真真转世的，我诉苦说了他的事，他死了变成别人家的娃儿，又被老天安排到我门口来报复我。如果待他不好，我们都会遭殃。"

刘猪娃为自己的谎言吓了一跳，觉得太符合逻辑了；潘志国心里也发慌，这娃是蹊跷，八成真有什么来历？要像刘猪娃分析的那样，自己遭报应是肯定的。他不敢细想，嘴里说着世上没有神没有鬼之类，赶紧妥协：

"那你看看喇叭口出身好的女人们哪个能领他？你边上放文件的小屋子腾出来让住，养娃儿也算上工，谁让咱们是共产党人。不过我给你说清楚，上面要有人来考察工作，你得把娃抱你屋里睡，女人回自己家里去。"

刘猪娃千恩万谢，低眉顺眼抱着娃儿出去了。

又给喂了些糖水，他在暖烘烘的土炕上睡了。刘猪娃去隔壁拾掇屋子，脑海里滑过的，是排成队的喇叭口的女人们。大的小的，高的矮的。一溜顺着过去，再倒着过来，最突出位置的就是孔林紫，她是那样的有定力，朴素整洁，亲和与威严集于一身，要是儿子能听她讲道理和背诗多好。另外一个就是疯了的彩霞，年轻时白白嫩嫩的身子和热烈的娃娃气，即便在她疯了以后也没有脱去。现在回忆她窑洞里对自己的迎合和肆无忌惮扭动的身子，他突然觉得好心疼好心疼，第一次产生了深深的自责，那时为什么不是痛惜而是邪恶的虐待？有时显然把她搞得很疼很疼，每当那种时候，他感到最痛快。然而这两个女人，他本来的家人，将永远与自己分道扬镳了。

其他的，歪瓜裂枣粗鄙不堪，嬉皮笑脸骂着脏话，娃儿怎么能交给她们？他厌恶地叹了口气，不往后想了。

还是先去寺院后头拉奶羊吧，他想。

为了减少潘志国的怀疑，他求付同志陪他走一趟，理由是两人碰碰运气，看能不能抓只母兔子母野羊什么的，挤点奶喂娃儿。付同志说扯什么淡呢，你还不如放山沟里等着让什么有奶的过来奶一口更符合实际。刘猪娃一本正经编出谎来，比如谁谁谁家的娃儿妈妈死了，是抓回来的动物的奶养大的，等等。

正说话间，娃儿又醒了，哇哇大哭。刘猪娃说你看你看，饿了吧？总不能一直喂糖水养，再找不到吃的，我也不管了，放工作组屋里去。

付同志无奈地瞪了他一眼，说那再给弄点糖水喝，完了走吧。我觉得山沟里连个鬼都抓不回来，弄只麻雀让喂奶吧。

付同志走在前头，刘猪娃故意躲开林紫给他说定的地方朝相反的方向走，东张西望拿出搜寻的样子。付同志抱怨说回去吧回去吧，有个屁呀，要不明天你抱着那娃儿到外地讨饭去，见个女人要一口，会吃饭了抱着回来。这喇叭口可也真是的，连个喂奶的女人都没有。

说着这话时刚好绕过了一个小山头，刘猪娃的眼光立即集中在一个白点上，大老远就看见在那里蠕动，他故作吃惊地说：

"哎呦哎！那是什么？好像在动哎！"

付同志望过去道：

"好像是乔震家的羊，怎么栓这么远？万一被狼吃了咋办？"

刘猪娃心往下一沉。谎言怕是露馅了，这可咋办？

付同志倒高兴起来：

"对啊，我怎么没有想起来？乔震家的奶羊下了小羊羔，可以挤奶喂娃儿的。其实那种羊好像不下羊羔子也能挤出奶，全喇叭口就乔震家里有奶喝，这本来就是个应该管的问题。"

"怕人家不同意，跟他们家，我也无法往来，你知道的。"刘猪娃故作为难地说。

"这事有啥难的？那羊是国民党匪帮送他们的，没准是出卖了我军情报换的，早该没收。上次工作组制定土改方案，那两只羊本来就要被收掉。可收回来分给谁家都会有矛盾，潘同志正在想办法呢，现在拉回去喂那个小东西，没人会提意见。我去写个条子，打发个人带给他们家说一声就是。"

说着话，两人已经到了羊跟前。粉嫩粉嫩的奶头鼓鼓涨涨，羊憋得慌，围着他俩咩咩求助。刘猪娃俯身赶紧给捋了两把，鲜奶滋滋地朝雨后的地里注，打个百花渗进去。他心疼地说，还不如抱娃儿回来，直接让喂。付同志提醒他道，你回去可得挤了烧开给喝，那么大点娃儿，扛不住生奶会拉肚子的。

拉着羊赶紧往山下走，还没走到房跟前，看见潘志国从娃儿那屋里走出走进，说你们可是回来了，我都快被他折腾死了。

小东西哭得非常带劲儿，刘猪娃把羊绳递给付同志说我赶紧给喂糖水去，你慢慢来。

见他飞也似地跨进那间屋子，付同志摇着头嗫嚅道：

"跟是他亲儿子似的，莫名其妙！"

潘志国看着刘大成根本不把自己当回事忙活，说刘大成同志我给你说清楚，对付这个小把戏，比对付国民党军队难多了，我看你要么送人，要么娶个老婆帮着带，不然把你拖完蛋，娃儿也长不好。以后洗衣做饭的事烦着呢，可不是仅仅吃口奶的事。

刘猪娃忙着他的，有口无心搭讪道：

"我这个样子，谁看得上嫁给我？先养着娃儿，以后再说吧。"

"你这个同志咋总这样？我说了，新社会看的是阶级成分和思想，不看长得好不好，有没有钱，你怎么总也记不住？讲究外表和财产，那是剥削阶级的思想。乔震长得比你好吧？孔林紫和彩霞比铃铛妈长得好吧？结果咋样？工作组看得起他们吗？现在村子里谁愿意跟他们往来？你和铃铛妈才是积极分子和党员。"

刘猪娃笑着点头说是是，还是忙他的。把挤出来的奶倒一小碗进锅里，一会儿就揭开锅盖看看，怕溢出来。

潘志国实在看不下去了，转身望着门外道：

"所以啊，要想革命，就得把这些个人的婆婆妈妈撂在一边。我们工作组几个人，如果结了婚抱了娃，这里的工作谁来干？群众谁来解放？你现在抱的才是个捡回来的娃，革命斗志就看不见多少了，要是亲娃那还了得？反正我给你讲清楚，你要么给这娃找个出路，这只羊可以一块儿带着，要么娶媳妇让带着娃儿。如果你都不同意，那干部我们就另培养，你跟新的积极分子和干部换换房子，我们工作方便。"

奶忽地一下扑了出来，赶紧端下来，已经没剩多少。刘大成边往碗里倒边应承：

"我肯定跟着工作组和党走，有羊了，娃儿不是问题，找个女人让带就是，请潘同志一万个放心。"

刚说完这句话，炕上的娃儿又哇哇大哭起来，刘大成放下碗赶紧跑过去抱起来就哄，嘴里说着乖乖乖乖，有奶喝了有奶喝了，竟顾不上跟潘志国打招呼。对方叹口气，门一拉走了。

工作组的三个人夜里躺在炕上，隔壁娃儿的哭声和刘大成哄娃儿不知嘟囔的什么话不时传过来，潘志国心里那个气就别提了，看着小付和小张呼呼大睡，他心里又多了一层不快。都好像这里的革命工作和穷人翻身跟他们无关似的，抱娃的抱娃，睡觉的睡觉，就自己一个人劳心劳力操心。

心怀嫉妒，用脚够着蹬了蹬小付和小刘，这俩年轻人还是战争时期的警觉，忽地翻身起来，枪立即就握在了手里。

潘志国心里很满意，说躺下躺下，没有敌情。我是叫醒你们商量个事。

话音刚落，隔壁娃儿又哭，刘大成哼哼唧唧地哄着。

"你们听听，刘大成白天晚上折腾那孩子，还有心情和能力搞革命工作吗？我都快让他们一大一小折腾死了，天快亮了连眼都没合过。明天大李庄还有斗地主的大会我得一早就去，这样被他们折腾下去，我的生命怕真没来得及献给革命事业就献给他们了。美帝国主义还没有被打败，全世界还有那么多人民生活在水深火热之中，我死都难以瞑目啊！"

小付和小张这次完全醒了，听着他严肃的话语说，潘同志哪能呢？喇叭口的工作县里表扬了好几次了，都是您领导得好。

"可基层工作进展不大也是事实。就说诉苦大会，其他村子搞得多火热？

可喇叭口这些人，连诉苦都不怎么会。就刘大成一个诉苦还像点样，其他人说的那些鸡毛蒜皮，是苦吗？你们是看得见的，为了培养他，我花了多少心血？现在捡回来一个娃，好像看得比实现人类解放的大业还重要，抱怀里不放了。我想另换培养对象，可思来想去，就是没有根红苗壮的。再说土改，大李庄都斗死两个地主了，还创造出了不少斗地主的新方式，我们这别说斗死地主，现在连个拉着游街的对象都没有。也活该我们摊上了这么个跑来的人构成的村子，抓个地主斗都这么困难。"

"斗地主，乔震家不行吗？"

小张小心翼翼地问了一句。

"我早在县里说了乔震家的情况，这地方找地主，他家不是谁家是？可那个钟月桥——忘告诉你们了，现在他在县里当秘书。我给县长汇报时他都在，就是坚持说喇叭口没有地主，只有移民的早晚，土地都是个人开荒养命的，乔震家到得早开得早，帮助了后来的移民。你们说这不是废话吗？哪片土地没有最早开垦的人？按他那种说法，天下没有地主这回事了，还土改啥？怎么解放穷人？结果县长就命令我按照政策慎重处理，至今也没敢斗他们。"

潘志国的解释让这个话题告一段落，接着又谈起要不要重新培养积极分子的事。

"我看还是想办法把那娃儿送人，培养新苗子很困难，怎么着说刘大成还有点文化，又是本地人，具备点威信。这村里的大多数是流浪来的，穷得叮当响，多数没有家口，就是毛主席说的那种流氓无产者。他们有人领导就是强大的革命力量，没人领导就一盘散沙。不说其他的，就看干活，工作组成员和刘大成一到，就紧赶连赶来几下，像在表演，我们一走，就站那里聊天，根本就不怎么出活，生产哪能搞上去？"

这是小付的意见和看法。

潘志国接上道：

"事实确实是这个事实，但这种看法不能贯彻到革命斗争中，也不能明着说。我们的政治基础是贫苦群众，阶级成分是压倒一切的因素。不过你说的一点跟我想的一样，就是让刘大成找个女人带那娃。现在他倒是拿住我们了，一说就要把娃儿送到工作组来，我们要了干吗？也不能让他哪捡的送哪去。好了，先不说了，趁那个小把戏不哭，赶紧眯一会儿，明天我大清早就得出发，闲下来再说。"

次日一到大李庄，潘志国坐在台下第一排，昨晚没睡好，今天他对斗地主没多少兴趣，喊口号时也比别人慢了半拍。工作组王组长问他是不是有什么心事，或身体哪不舒服。他说工作开展不起来，斗地主没有合适的，基层组织也难健全，眼看着自己那里落后，心里难过。王组长说你那里不是培养起来了一个苦大仇深的吗？潘志国说别提了，正为他烦呢。如此这般叙述完了，问他大李庄有没有喂奶的女人，把那娃儿托给她喂一喂，怕王组长为难，潘志国赶紧补上一句：

"还有一只奶羊可以一起过来。"

王组长笑道：

"你这一说还真是巧了，羊不羊我不在乎，反正以后要公有制，都得收到队里去。前天一个婆娘抱个男娃跑到了这里，说他爷们拉肚子死了，自己也没有地方可去，就在庄口的石头洞里安家了，你说都是穷人，我们能不管吗？可现在天气已经开始凉了，冬天咋办？你那边要是有住的地方，接过去给那娃儿当奶妈，帮着带带，对两方面都好。咱们的工作点，只要有问题，上级就认为是我们没把工作做好，哪管其他客观原因？你带走吧，我们俩的难题就一并解决了，呵呵！"

"那女人成分好吗？没什么问题吧？"

"应该没有。对了，肯定没有，我去问过，她说她爷爷是饿死的，她爹带她讨饭，以后把她送给了地主家的长工当媳妇，长工现在又死了。"

"那好，待会儿散会了我们去看看人家愿意不。愿意的话我的马可以让他们娘俩骑着跟你过去，我派个人去把马拉回来。"

他们到那里时，女人抱着孩子坐在窑洞外头晒太阳，里面比较平坦的地方有块破草席，边上是几块蓝色的石头围起来的火塘，不见火星，烟袅袅地冒着，石壁熏黑得很老成，看来是资深的流浪者容身之处了。

见到王组长和另一个陌生人走来，女人抬头看了看，一点反应没有，低头看着怀里叼着奶头睡着的孩子。

王组长蹲下去，把半个馒头塞在她手里，对方还是没有抬头，眼泪吧嗒吧嗒往孩子脸上掉，然后从孩子脸上往下滚落。

潘志国心里痒痒的，因为他觉得孩子脸上就是痒痒的。赶紧说"别哭了别哭了，哭也哭不来吃的和住的。王同志刚才说了你的情况，我们俩都很关心你们母子的生活。我工作的村子里有间房子你先去住着，那里有个小孩跟你的娃儿差不多大，需要照顾和吃奶。你们三住一起，吃的工作组会帮你想办法。你看行不行？"

女人抽泣着回答：

"有个遮风挡雨的地方，我们娘俩饿不死就不错了，还有啥挑的捡的？"

她站起来头都不抬，把坐着的小包袱挂在胳膊上，看都没回过去看一眼睡觉的地方，先于两个男人往外走。左半个屁股露在外面，白黑不均，潘志国无意中看到了，赶紧回头跟王同志搭讪。

潘志国一行离住地还有一段路，就看见刘大成出来进去忙活。心里的烦恼又涌上来：肯定又在折腾那娃。果不其然，看见他们走来了，他直嚷嚷说娃儿喝了羊奶拉肚子，嗓子都哭哑了，快急死他了。

"好像这是世界上最大的事似的。"

他心里嘀咕了这么一句，对那女人说：

"就那男人捡的娃儿，他站的门口边上的屋子你们娘俩先住着，最近我给你想办法。你去看看那娃又咋了？赶紧给喂几口别让哭了哄睡着算了。"

就差说声烦死了。

他把马缰递到刘组长那边的人手里说天不早了，赶紧回去吧。自个径直进屋，厌恶地关上了门。

越不想听见关于娃儿的事，这方面的信息越往耳朵里钻。那女人的嗓门比孩子的哭闹声烦多了，几个小时前低眉顺眼坐在窑洞里流泪的，好像根本不是她似的。不过虽然烦，孩子的哭声好像被止住了。努力地听了听那女人嚷嚷的究竟是啥，还真听清楚了，说是那么小娃儿吃羊奶肯定得适应一段，拉肚子是必然的，自己喝了羊奶给他俩喂奶。刘大成低声下气都快喊她奶奶了。

说什么都得让他们搬远点，工作组办公的地方这都成什么了？明天就给他们找地方，刘大成爱干就干，不干另培养。这个没出息的东西！我不信离了狗屎还不长草了。

潘志国恶狠狠地想。

第二天太阳刚升起，潘志国才处理完两份文件，刘大成敲门进来了，他简直要跟潘志国磕头了一样的德行说太感谢潘同志了，娃儿吃了人奶，巴巴不稀了，昨晚睡得那叫一个香。潘志国这才想起昨晚一觉到天亮原来不尽是前晚没睡觉的缘故，是娃儿安静。

强忍住心头的烦恼"嗯"了一声，继续看他的文件，刘大成快快地出去了。

他猛地把铅笔往桌子上一扔，出去走到房后，把正在种工作组菜地的小付和小张叫过来说，我下定决心了，村里得另培养积极分子，刘大成那样胸无大志的人，一个捡回来的娃儿就弄得他神魂颠倒，现在又来了一个女人，他跟陀螺一样围着转。革命要是这个样子，我们能打败国民党吗？能实现共产主义吗？还怎么解放全人类？

两个小伙子嘴里应承着，心想这主意不是打过十八遍了吗？行不通啊。脑子里又过了一遍喇叭口的人，还是没有想出来能尽快培养成干部的。

"潘组长您看这样行不？动员他俩一起过得了，省间房子出来，把工作组的小房子原归工作组。隔着一间屋，娃儿哭闹也就听不真切了。"

小付接着小刘的话道：

"尤其那女人，把我耳朵都吵聋了。也是，他俩一起过，刘大成好好干就好好干，不好好干就让搬到别的地方去，当一个普通的老百姓，我现在就去跟他们商量。"

"我这丑八怪样，娃他妈哪能看得上？"

潘志国说这事时，刘大成黑红着脸忸怩作态说。眼睛盯的是女人吊在炕沿上的脚。女人不表态，像没听见他们说什么似的。一双破烂的绣花鞋能套得住脚，那真得需要技巧。她的手换着摸躺在左右的两个娃儿的额头，声音很温和地一遍遍说，真像一对双双子，长大是个伴儿。

潘志国心里有了一丝感动，他想起自己当兵前妈妈也有过这样的动作，那时弟弟妹妹比这俩孩子稍大，戴着小虎头帽躺炕上睡觉，她边做针线边抚摸他们的额头，那神情就是这个样子。

赶紧收回思路问女人的意思，她依然头也不抬，继续摸孩子的额头，跟谈家常便饭似的说："你们说啥就是啥，让在哪睡就在哪睡，我有啥意见？"

潘志国说那好，现在实行新婚姻法，不能说一起睡就一起睡。这是新社会喇叭口的第一个婚礼，我主婚，顺便给做一次新婚姻法宣传，明天就办这事。下午我让小付和小刘通知各家各户去，老的要来，让他们知道包办婚姻卖儿卖女违法；小的也要来，娶的嫁的，得有章法，让他们明白结婚过日子由组织主持，发生矛盾了找组织解决。所以，这事得好好张罗张罗，刘大成你弄点松树枝枇杷花什么的，扎个彩门，工作组给到场的女人孩子一块糖，男人一根纸烟。

刘猪娃一乐，脸上的怪相更加一筹，说这季节了，枇杷花早没了。潘志国说我忘了，你准备去吧，时间不富裕。说完就往外走。

第二天上午，人们陆陆续续集中到工作组和刘猪娃他们住的大院门口，最后又被集合到了操场里。刘猪娃住的那间房门上，用柳条、松枝、枇杷叶子、杜鹃枝等扎成彩门，新人各揣着一个娃，站那里傻笑。

乔震一家站在院子外面，里面没有了位置，正符合了他们家人对这件事的态度和被打入另册的身份。

付同志一手拿个棍子，另一手提着饭盆，紧锣密鼓敲过后，潘志国的主婚仪式开始了：

"乡亲们，今天，我非常高兴地主持刘大成、何翠翠两人的婚礼……"

"这女人叫啥？听不清。"

底下有人破着嗓子喊。

"何翠翠。"

潘志国接着讲：

"他们是喇叭口村第一对新时代的新夫妻，两人能走到一起，不在乎长相，也不在乎财富，完全因为他们都是穷人，是天然的一家人，为了把咱穷人的两个孩子培养成无产阶级革命事业的接班人。我祝愿他们一家幸福美满，夫妻白头偕老！为了对他们表示祝贺，我们工作组的三个人凑了些份子，昨下午去大李庄买了点水果糖和纸烟，男的每人一支烟，女的和小孩每人一块糖，人人有份。"

人群里轰的一声，有人问混着多拿怎么办？潘志国笑着说按家庭来领，各家的情况我还是了解的。等咱们过上好日子，烟随便抽糖随便吃。大家笑着说我们怕是活不到那一天了。

乔震家没有走过去拿，因为他们不知道是不是有自家一份，但走开显然不行，就那样尴尬地站着。潘志国最后把他们家那份拿出来递给林紫，还把多出来的一块给了彩霞，说她辨不清多少，好吃的东西会多要。林紫谢过，剥了一块糖喂到彩霞嘴里，她果然呵呵地笑着，对着人群瞎招手，嘴里胡乱喊着什么，乔震说赶紧回家吧，该做午饭了，下午还要上工。

刘猪娃脸上僵持着笑容看彩霞招手，何翠翠拉他一把说一个疯子有啥好看的，赶紧进门吧。

十四

1955 年的初秋来了，这里已经偶有雪花飞过。

自打解放后，人总忙，这是大家都感受到的。以往就是为了吃饱穿暖，现在事儿多了，开会、斗地主、学文化、诉苦、吃忆苦饭，等等，这些都是新东西。忙归忙，翻身得解放了的穷人很兴奋，乐此不疲。

今晚学的是一个合作化的典型。潘同志拿着一本小册子念道：

"在伟大的合作化运动中，全国涌现出了一大批先进分子。今天我们就学习一个劳动模范，他叫做王国藩。王国藩是河北省唐山地区遵化县一个叫西铺的村落里的普通农民。1952 年，在解放前就参加革命的他把西铺村里最穷的 23 户农民联合起来，办起了一个初级社。办社之初，他们穷得只有靠农闲时候上山砍柴换来一些简单农具。社里唯一的一头驴，还有四分之一的使用权属于没有入社的村民，三条驴腿的穷棒子社因此得名。但正是靠这三条驴腿，他们从砍柴换农具做起，在第二年就发展到了 83 户。粮食亩产从 120 多斤增长到了 300 多斤，王国藩合作社的名气越来越大。毛主席被这样的创业之举深深感动了。他说遵化县的合作化运动中，有一个王国藩合作社，23 户贫农只有 3 条驴腿，被人称为穷棒子社。他们用自己的努力，在 3 年时间内，从山上取来了大批生产资料，有些参观的人感动得流下泪。我看这就是我们整个国家的形象。难道 6 万万穷棒子不能在几十年内，由于自己的努力，变成一个社会主义的又富又强的国家吗？'"

读到这里，潘志国抬头扫了一眼底下。除了他面前的桌子上半碗油浮着豆粒大的灯花儿照着他的书，台下几乎黑乎乎一片，打呼噜的有好几个。他心里不快，觉得跟他们读这些也听不出啥道道，还不如直接奔着主题去。他提问刘大成说："你有没有信心像王国藩那样，领导全村人民过上富裕生活？"他怀里揣着娃儿，低声说："有潘同志带领，肯定行。"潘志国说："你表决心就不能声大点吗？"刘猪娃说："那会吓醒娃儿。"

连刘猪娃都这样，别的人那里不会有什么更积极的表现了，那就散会明天干吧。潘志国心里这样想着，说明天先到工作组那边集合，完了去放火开荒，争取向榜样看齐。

第二天一大早，喇叭口村里人声鼎沸。或许，对村民们来说，生活连平淡都谈不上，几乎没有任何乐趣，难道有比放火更提神的事吗？

刚开始，这个潮湿阴冷的地方，火怎么也点不着。从篱笆边上拿来几捆做饭的干柴，又砍下几块沾满松香的树皮放在上面，用干麦秆做引子，火便小规模地烧起来了，然后越烧越旺，大人小孩的呼喊似乎给它加了把劲儿，火苗扭着身子奋勇向前，越过一个小坡又一个小坡，被火焰的红舌头舔过后，以往看不见的地方因为没有了障碍现在看得见了，鸟儿野兔子噼里啪啦跟火赛跑，能否幸免，那就看火蔓延的方向是不是跟跑的方向一致，以及逃跑和起飞的速度如何。火翻过山去了，把一大片新黑留在那里，包括乔震他们家为寺院栽的树，都在短期内化为乌有。

接连几天，村子里都热闹着，兴奋着，以往密密麻麻的林子让他们既感到神秘又觉得可怕，晚上经过，里面一有窸窸窣窣的声音就感到恐惧。现在呢？一把火把神秘的罩子全给撩走了，原来里面啥也没有。潘志国在会上讲，大家看清没？世界上第一个强大的，就是人民群众的伟大力量，什么鬼神，什么野兽，在人民的伟大力量面前，都得乖乖地认输，夹着尾巴逃命。

烧完了，就得松土，把这些地方变成庄稼地。潘志国大概划了个范围，让趁着冻实之前把地翻过来，第二年开春种庄稼。

现在在小河东边，住的人没几家，全是原来乔震家的房子。按照潘志国的意思，喇叭口还暂时不像河北遵化县学习实行合作化，依然是谁家开垦的荒地归谁家所有，以后等政策。

乔震一家这次不愿意那么卖力地干了，拿他一贯的话说，就是自己家没有财运，一有财运就倒霉。当初爷爷和父亲起五更睡半夜经营，最后得啥了？地震一来全没了；自己一家在喇叭口过着野兽一样的生活，好不容易燕子衔泥一样垒起个窝，开垦了地，养起了牲畜，受他们接纳和接济的人，却都成了仇人。现在别人干多少，自家也干多少，不让工作组看出是在故意磨洋工就行。

河东没有悬崖，干活时彩霞也被带出去晒太阳，放一捆干柴火让她坐上面，给点绳头布条什么的，她就饶有兴趣地打结，完了再解开，能半天半天折腾。午饭后她总是长睡，直到晚饭才能醒来，吃过接着睡。

壮壮和胖蛋凑一起的情况多，俩丫头在一起，孩子们大了，乔震和林紫已经到了干活有一搭没一搭的年龄，说些家常话消遣。

"很长时间没见过点荤腥了，林子烧光了，野鸡野兔什么的，死的死跑的跑。现在天天出工，娃们饭量明显大，面也没几升了。没有油水，吃不饱就没力气，觉得他们总打瞌睡。我也是，老想睡觉。"

林紫说完这话，刚好看见地上有一个小动物的枯骨，烧得焦黑焦黑。她捡起来递给乔震：

"你看是野兔的还是野鸡的？我看像是野兔的。"

"明显是野鸡的嘛，你怎么看着是野兔的。兔子四条腿，野鸡两条腿，这你也分不清？"

林紫笑着说我咋糊涂成这样了？

"说起野兔，我就想起胖蛋那两条狗腿，那么厚的雪，他愣是能跑到兔子的前头。"

乔震笑眯眯地接着说，眼睛望的是无边无际的草木死灰。

"你记得他 10 岁生日那回吗？一大早起来，虚空过来送他套棉袄，他像个圆球一样，拿节点着的木棍在院里绕，壮壮说小心火星子烧了新衣裳。话音刚落，果然应验了。他拿着棍子边哭边追壮壮，壮壮说别打了别打了，哥带你撵兔子去，他才罢休。那天真的抱回来一只特别大的兔子，煮了好几天吃不完，最后给狗吃了。自打那以后，胖蛋就迷上了追兔子，以后还追野鸡、麇子。壮壮说他腿又快身子又灵，几步就抢在了兔子前面，先把兔子赶的往坡底下跑，兔子前腿短，两个倒滚翻还没有结束，兔子已经抱在他怀里了。有了这几个娃儿，那时吃肉真不是什么问题。"

"我觉得最可笑的是狼。"

林紫接上他的话道：

"这个可恶的家伙在我们家里真有不少故事。你记得吗？咱们到这里的第三年，夏天都觉得寒冷，那年的山药蛋长得不错。你说把它们窖在睡人的屋里怕娃们容易掉进去，就在厨房冲门进去的地方挖了窖，上面砌两堵小土墙支着面板，中间夹着窖门，上面搭了几根树枝子，再盖些小麦秆保暖。那天你们都出去搬石头垒羊圈了，小的几个也去那里玩，我独自在灶火门上烧火。不知被什么东西吓急了的一只狼突然狂奔进来，直接掉到了窖里。我都快吓死了，一蹦子跳到炕上用被子蒙住头不停地哆嗦，听着狼在窖里挣扎。不知过了多久，终于挣扎着跳出来一溜烟跑了。你们回来后我给你们说这死里逃生的经历，你和壮壮百思不得其解，你还说我怎么那么蠢？拿起菜板一盖上还能剥张狼皮！我说你们怎么那么可恶？这狼真不错，没吃我就跑了。"

乔震接着回忆：

"呵呵，我觉得最可笑的还是彩霞。虚空那次说托还愿的人给我们买了只母羊让杀了过年，我说舍不得，想让它下羊羔子，他说那你明天拉过来我让他们再驮回去配种吧，肚子大了再驮回来，母羊下母羊，三年五只羊，以后就有肉吃有棉衣穿了。第二天下雨，你做饭，我和娃们搓绳，打发彩霞把羊拉到河对岸。你说多怪啊，平常我们来来回回从对面往这边，再从这边到那边，路边上连兔子都没遇见过几只，哪里来的狼？可愣是让彩霞碰上了。出去没多会儿，她连滚带爬回来了，满身是泥，看来摔了不少跟头。喘吁吁地说刚上了小山顶，先在眼前出现两只耳朵，接着是脑袋，然后是全身——一匹狼完整地出现在她面前。可这狼也不进攻，也不退让，跟欺负她一个妇道人家一样。过了一会不知什么原因，狼朝自己来的那面坡猛跑下去。彩霞说她早想跑，可怎么也迈不开脚步，蹲在泥汤里喘了一会，才撒腿往家里跑。我满以为羊喂了狼了，过去一看，羊在那里，可能也受惊吓了，大老远看见我就迎了上来。"

林紫吃吃地笑着道：

"其实狼给二姐断奶的事，才最有意思。她弟出生不满月就没了，那时二姐已经三岁了。彩霞奶胀得直嚷嚷，大家就哄着让二姐吃，她早已忘了吃奶的动作，愣是不入道，急得大的几个左指导右示范，两三天以后终于能吸出奶了。这下可好了，一吃尝到甜头不可收拾，整天不思茶饭，就念想着那一口，瘦弱的像根麻秆，直到这时大伙儿才知道了其中的麻烦。彩霞躲这里藏那里，她就出来进去到处找，见了什么都心烦意乱，鼻涕一把泪一把哭出哭进。你总说：唉！这个丧门星啊，非哭死我不可。有天晚上一只狼跳到羊圈里咬死一只羊。你和几个娃子出去打狼，她猫在彩霞怀里哆嗦。赶走狼后彩霞灵机一动，在奶头上抹了锅煤子，说奶头让狼咬掉了。第二天立竿见影，二姐再也不叫唤要吃奶，狼帮她长大成人，不过她的胃就在那时被搞坏了。"

乔震接着林紫的话道：

"这林子让这些小家伙们少挨了不少打，惹了事了，看着架势不对，撒腿就往门外跑，只要逃过门槛，就别想再抓到他们一根汗毛。惹了小事一会儿回来，惹了大事拖很久不会来，害得大人心神不宁，一点不划算。等他们回来了，气早消了，我们跟在屁股后头嘘寒问暖，跟反而对不住他们似的。有时候我气得牙痒痒，真想狠狠打一顿往树林子里跑的那个，给别的做个示范，可又怕他们来更狠的，赌气跑远了，遇见狼啊熊啊什么的，我还不得悔恨的上吊死了？"

"你敢打？舍得打？就在我这里吹，没见过你打他们，坏人都让我做了。

这些个小东西平常别看他们自己打的你死我活，对待大人，绝对拧成一股绳对付。你记得一次胖蛋和壮壮打架时胖蛋用铲子把壮壮头砍破后我打胖蛋那次吧？天多冷啊，两人光个屁股，拉下衣襟裹住膝盖，蹲在树林里一个给一个抹眼泪，送衣服不要，还绝食。直到你和彩霞去求他们，人家才跟打了胜仗一样回来了。我跟前跟后伺候着，他们理都不理。"

"还有真真。那个小屁股，看你比划着打了胖蛋一巴掌，他狠狠在你脸上抓了一把，那时还不怎么会走路，这个小白眼狼往地下出溜，不让你抱。"

真真，他走了已经好几年了！林紫说到这里心里猛地揪了一下，偷偷看了眼乔震，他已经停了铲石头的活计，下巴支在铁锨拐子上，满眼泪水。

林紫不再说话，滴着泪继续铲着，被熏黑的石头，小动物的骨架、黑乎乎的木桩和草灰，这些几天前大都是生命的东西，现在化为灰烬或变了本色，都被翻埋到了地下或抛弃在被认为没用的地方。让它们的灵魂在另一个世界里陪真真吧，还有他夭折了的几个弟妹。这样一想，她倒为他们找到了点欣慰的理由，阴曹地府现在动物多生命繁盛，也没有人歧视他们，可以追着捉迷藏和嬉闹。

她怕乔震哭，又提起另一个话头：

"还有大雁，每年秋天南飞或春末的返程，都要在寺院后头的沟里歇一晚上，树被烧没了，今年秋天它们找得到地方歇息吗？一路飞过去，老的小的会累死的。算了，别难过了，难过也没用。我知道你想真真，我也在想，不过觉得他没有见到喇叭口变成这样也许是幸运。前天放火回来，我看见几个娃儿都在屋里偷偷地哭，只不过不让我们看见。我进去取面做饭，他们马上装出没事的样子。"

听完林紫的话，乔震好一阵后说：

"我看着黑乎乎的一大片就想起小时候人死了挂的黑纱，阴森森的，看不出具体有多长多宽，就是觉得恐怖和压抑，不敢冒犯。我不是个胆小的人吧？以往晚上出来小便，虽然林子里细细碎碎的声音到处响动，真没怕有什么妖魔鬼怪和野兽出来，大大咧咧上完就进门了。昨晚出去一看四周都是黑魃魃一片，跟鬼影子躺在月亮下一样，我尿都没撒干净赶紧就往里走。说实话，大地震后都没有这么可怕。躺下后我就有了个坚定的想法，你给娃们抓紧教书吧，再教教算盘。过得下去过，过不下去流落出去也多了点混饭的本事。地就这样吊儿郎当种，种少不够吃，种多遭人恨，差不多就行了。"

林紫点点头后说我们俩先回家吧，也干不了多少，娃们干的够多了。

十五

临近春节，喇叭口依然是那个样子，没什么吃的可张罗，衣服单薄出门冷。唯有一件事让村里人开心，那就是工作组院子里开了一个合作社，里面卖些针头线脑油盐之类，东西少得可怜，买东西的人也极少，因为没有钱，鸡蛋只够换点煤油和盐。但因为新鲜和动态，这里成了村的中心。比如，有空时娃们总会说：走，到合作社门前玩去。关心东家长西家短的人，也总到那里接受或传布信息。

合作社是潘志国嫁接到这里的，没有起到应有的作用，他很着急，可急有什么用？没钱买东西就没有流通，这是必然的。他从大李庄请回来的店主颇有怨言，说你东也说喇叭口的人缺东西西也说他们缺东西，我把婆娘娃娃放家里来这里开铺子，一点钱赚不到，我准备走人了。反正合作化步伐那么快，没几天就合了，我在这里顶着有个屁用。

心急之下，潘志国突然就想起了河北遵化靠三条腿的毛驴建立合作社的事，这里山大沟深，不怕搞不到山货。工作组有三匹马，加上其他牲口，把东西驼出去到大李庄或更远的地方如刘家坪卖，不信换不到钱。村民有了钱，合作社就活了，老百姓生活也方便了。

一想到要从林子里要生活，潘志国后悔不应该一把火烧掉这么大面积的树木，现在是自作自受，跑一两个时辰才能摸到林子的边，而且边上没什么动物，还得往里面深入。不过他给村民们不能这么讲，而是说吃饭最重要，农田越多越好，等以后粮食多了，什么都家养，用不着跑远处。

寒冬腊月，煤肯定有销路。但用得起煤的人毕竟不多，一匹马能驼三四百斤，煤不像面粉，少了没法用，多了老百姓买不起，这个方案被否了。

抓野兔野鸡，这是刘大成的建议，而且悄悄给潘志国说，胖蛋是逮兔子的能手，壮壮下扣逮麋子特别有经验。潘志国想这类事还无法强行摊派，人家说抓不住，你不能说是他们故意不抓对不对？他脑子一转就想出了办法。所有10岁以上跑得动的男人都出工，每天每人交两只，多出来的公私对分。

小付问要是一只都逮不到的咋办？潘志国说就像开荒一样，你不觉得有些人根本不干活吗？但有些人肯定干得多，背着他们一起走。多抓出来上交的，就是为了这些人。

"那要是打了3只咋办？各分半只？"小刘问。

"到时再说吧，总有办法，就怕一天没人打够两只，多出来总不至于没地方去吧？"

听到能够干自己得心应手的事，壮壮和胖蛋兴高采烈，说两只算啥？还不弄个五六只回来。以前说土地是大家的不让我们随便打，都快馋死我们了，现在终于可以打了。有肉吃就行，卖不卖我们不关心。乔震说你们这两个死不长记性的，还没有尝够多干活的苦头？每天打够两只就行了，如果有人比你们打得多，第二天加一只，别人没有打得够两只的，你们最多打两只。记住，出头的橡子先烂，别让人看着你们有多能耐似的。

话是这么说，两个小伙子跃跃欲试，很久没有展示自己的强项，到时能收敛锋芒吗？

第一天出工，收获都不错。并不是人人都抓到了预想中的份额，而是壮壮拿上了他的网子，动物们也没有准备，它们糊里糊涂中了套，大家糊里糊涂提着就来了。

潘志国挺高兴，说第一批就别卖了，每家的都拿回去煮了吃一顿。

可从总体上说，狩猎并不是很顺利的事，上次大火的惊扰和消灭下动物少了，也精明了，另外，这项活动也不适合纷纷攘攘的大部队作战，于是很快沦为只有几个小伙子参加的次要的生产活动。就在这时，合作社的店家出了个主意，说刘家坪都是农田，粮食和布匹应该不是很缺，但那地方特别缺柴火、尤其是硬柴火。他还讲了一个山里人不可思议的事，那里的人给别人家拜年，拿一笼白馒头并不比拿一小捆麻秆受人欢迎。潘志国听了非常兴奋，说我们这里缺的是馒头，一笼馒头给一捆硬柴火。

可在那边怎么代理就成了问题。喇叭口离刘家坪不近，今天卖不掉的货总不能处理了回来，那太不划算，而且送货的人畜也应该有个喝水歇脚的地方。还是店家有主意，说他亲戚在那里，院里地皮不缺但同样缺柴火，每月给他一驮子柴，他保管答应划出一块地让修房子。这问题解决了，下一个问题是谁去坐镇。

试着找了好几个人，都一口回绝，要么说算不过来账，要么说太辛苦，有的干脆笑着一口回绝。像刘大成那样指使得动的，除了村里需要他，他那娃现在是命根子，让他去刘家坪，每天都可能跟着送柴的回来，何况还得先修房子，困难更大了。

"让乔震他们家去。"

当做出这一决定时，潘志国心里先是一丝惩罚了他们的得意，旋即一种嫉恨和失落便涌上心头，真他妈的见鬼，怎么每每有难题时，这家人就跟量体定做的一样横在前面，简直像挑衅似的，处处表现出他家能行。

比如扫盲，除了工作组成员，村里找不到别人，就他家行。因为成分问题不能重用他们，工作组的三个人轮流当教员都快累死了，成效还不显著。村民听不惯三个南方人的话，也不习惯所谓的普通话，心里生着气，还不得不用孔林紫和乔震；又如劳动力，谁家人有他们家的勤快？就连打野兔子那样的事，也都是他家的人最能耐。

他又暗恨村里穷的人不争气。按说越穷的人应该越勤快才是，现在连他自己都搞不清他们是因懒惰才穷，还是因为穷才绝望而懒惰。昨晚他在会上刚说了句明天有点事下午需要开个会说一说，好几个村民就在底下喊：开一天会吧，开会坐那里舒服，干活累。他心里生气，真想问他们一直开会有饭吃吗？有衣穿吗？好不容易忍住没说出来。

他一般不敢在会上问某某事谁家能行或谁能行，因为村民们会脱口喊出乔家能行或乔家的某个人能行这样让他下不了台的话。在他们看来，把乔家人推出去是惩罚他们，自己可以坐享其成。想不到潘志国那里的难处，和每每听到这话时心里的别扭。想着钟月桥到了县里自己却在这个山沟里，还想着乔震一家对钟月桥的友善和对自己的敬而远之，他真有对村民们发火的冲动。

可现在真的没别的办法，做买卖不像种地，不会算账不行；作为常驻的店，坑蒙拐骗和耍赖不行；不勤快就更不行。工作组在这里待了四五年了，拿小付的话说都差不多成了当地人，可还是没有调动的迹象。他真后悔当时干嘛说钟月桥的坏话，原本是为了工作好，怕他那种态度会让阶级敌人打进革命队伍内部，想不到反给他帮了忙，离开了这里，组织上说你看出了问题你去那里，结果把自己套在了这深山老林中。他重用乔震家，自己一开始就跟这家人不对付，现在跟他们接近，不仅仅是政治问题，还是自抽耳光的面子问题，真是山穷水尽的选择。

跟刘家坪的工作组接触过，想问问啥时能离开。他们也着急，但因为这一带靠近甘肃藏区，甘南还没有解放，工作特殊，上级让必须在喇叭口坚持，而且必须搞好。还说这些地区群众基础差，工作不好开展，新干部不能胜任，让做好长期坚持斗争的准备。潘志国想，既然长期了，那就得有明显的进展才有提拔可能，干久了没成绩，除了说明自己无能，别的还能说明啥？

算了，不想那么多，反正做买卖不是什么光彩的事，也是成分好的人家坚决拒绝的工作，让乔震他们去，实际上不算改变自己的立场，也解决了问题。条件提的苛刻些，管得严些，让去吧。至于让谁去，到时候再说。

乔震对这事的冷淡远远超乎潘志国的想象之外，说了句觉得自家人拿不下来后，叼着烟袋低头不语，也不搭理林紫的催促。潘志国很生气，这村里没人对待工作组这种态度，乔震就更没资格了。他怔了怔说，反正话已经撂这里了，这是领导班子的安排，去不去你好好考虑。去开店既然定成了你家的工作，地留给你们的就庄边有坟的那一小块，其他的不论以后是不是实现合作化，都没你们的份。

他满以为这句话会吓住乔震，赶紧要这份活，不料对方依然说对不起，这活太难了，没地了我们一家要饭去。

潘志国走后，林紫埋怨他说这次你把祸惹大了，不知怎么收场。潘同志要是一生气，庄边的土地都没了，娃们的墓地都保不住。乔震叹口气道：

"你难道看不出来？没人接的活他才找我们家，这个事本来是个好事，但应该先让别人去干干，看能给他交多少，他心里才有个把握，我们直接接下来没有个对比，即便累死，他都觉得我们得了多少好处似的，没完没了加压力。没人去了咱家再去，有人去就没我们的事。其实我最近反复想的一个问题是，这个地方我们能不能待下去还真不好说，就是能待下去，我们愿意不愿意待？说起来有点莫名其妙，你说我俩，还有彩霞，几个娃儿，以往谁都说我们是好人，可自打潘同志他们一来，怎么就都变得猪嫌狗不爱了？我们没有多做过什么坏事啊，而且比起以前见谁都低眉顺眼，苦的累的，都是我家干，家里的东西要什么给什么。可越是夹紧尾巴做人，好像越是成了罪人。"

"你说咱家要是厉害点会咋样？他们就是找软柿子捏，越忍让越带劲儿。不仅潘同志是这样，村里人都这样。"

林紫看了他一眼，小心翼翼地询问道：

"你说啥傻话？潘同志支持的是他们，潘同志又是党组织派来的。有上级，有枪，上下那么多人，国民党都被打跑了，我们家连蚂蚁都不如，谁对抗就是死路一条。喇叭口没有斗死人，而且也没把咱家拉着斗，你就知足吧，别想这个想那个的了。你现在教娃们学学珠算啥的，是防着以后。人生无常，艺不压身，学了本事总没什么坏处。再说了，我们要一直在这里待下去，几个小伙子只能一辈子打光棍，谁嫁给我们这样的人家？壮壮都三十了，胖蛋紧跟着。况且这村里就没几个女娃，成分好的还打光棍呢，咱家女娃也嫁不到像样的人家。我真后悔当初依了他们，那时逃荒的女娃给他俩拉扯个媳妇本来没问题。现在呢？光棍一条，后悔根本来不及了，还哪有资格挑三拣四？"

说完这些，乔震起身说我现在就去凿算盘珠，原来那个一动就散架了。待会儿壮壮和胖蛋他们回来，套算盘框子和梁子，以后有空就练算盘。记住啊，这事不能说出去，免得又被认为咱们学这个想跟穷人算账收高利贷，尽管现在是他们在跟我们算账。

潘志国又折腾了半个多月，就是找不到去刘家坪看店的人。对其他村民他态度可不能像对乔震家那样下命令，人家一说数到100以上就算不清后面是多少时，他只能毫无办法地告别出门。

今天，他有点气急败坏地到了乔震家，直接命令他们说去也得去，不去也得去，没有揪斗你们就不错了。旧社会不干活坐享其成，新社会了还想骑在人民头上作威作福？乔震说那就去吧，是全家去还是谁去？

"都去吧，村里需要你们的话再回来。那边现在只有一间房子借给你们住，但院子里空地多，你家都去了，有买卖时做买卖，没买卖时盖房子，免得天阴下雨把东西泡了。就这样，明天赶紧走吧。"

说完他回头就要走，乔震请他留步：

"潘同志，这事还请您给我们布置清楚任务，村里要得多我们挣不来，交的少又怕担当不起。再说我们一家人搭进去，地也没了，吃啥喝啥？"

潘志国没回头，看着天想了想说：

"现在村里包括工作组的三匹马一共有十四大牲口，留下一匹得工作组用，剩下九匹。每月大骡子有一驮子东西归你家，驮什么你们来人亲自搞，但不能超过平时的分量。平常行情怎么样，我经常去刘家坪，跟那里的干部和工作组也熟悉，会清楚的，别想着要滑头。"

说完也没问问他们还有什么要请示的，自作主张从窗台上撮起些烟叶末儿，放进烟锅子点着，出门走了。到门外又来了句"当年你们进山一无所有不是也活下来了吗？"

"听见没？他对怎么管我们很清楚。就是没想过我们家人到刘家坪后怎么活。我提出来了，他临时想的。那就走吧，又一次流浪，这次比第一次情况好些，起码是去有人的地方。"

林紫说我倒是希望能到一个无人的地方。我们家人啥苦都能吃，到了刘家坪，潘同志肯定让那里的工作组、干部继续监督咱们，跟防贼一样防着，不会比喇叭口好到哪里去。

乔震说你别那么悲观，刘家坪大，干部们管不了我们那么多事。还有，在喇叭口我们算富的，遭人惦记。到了刘家坪，我们就成流浪的了，谁还放在眼里？没准儿还能得到帮助，人就这样，见不得别人过好日子的多得是，看见比自己穷的可怜的多愿意帮忙，算得上是另一种征服欲的满足。林紫说那倒也是。

第二天，乔震一家吃过早饭带了些干粮锁门上路。除了铺盖卷和锅碗由两个小伙子主打背着，没什么带的。逆着近二十年前逃命来的路往前，谁有谁的心情。壮壮和胖蛋是争执他们模糊记忆中的是与非，壮壮自然更为霸气，说三岁记老死，那时他已经过三岁了。胖蛋的理由也充分，说自己那时马上三岁了。对对错错，俩丫头都听着热闹，她俩一开始就在那个绿天绿地现在又基本被烧糊了的地方，觉得世界的本色就是绿，烧完就是黑。今天第一次走到林子里越来越开阔的路上，倒着走顺着走，跑跑跳跳。乔震说这几个东西，被赶出家了，却像是要赶赴庙会似的。林紫心里一酸，自己这么大的时候，最喜欢的就是逛庙会和跟着父亲练毛笔字，可他们长这么大了，连庙会是个啥都不知道。

再看看身边的彩霞，她的气色可真好，白里透红，东张西望笑得很灿烂。没等林紫说什么，乔震也把话题落在了彩霞身上：

"我觉得彩霞命真好。打小她父母就特别疼她，说她长不大，像个肥嘟嘟的娃儿。地震父母双亡，我带她出来，总觉得有大哥接受了托孤的隐痛和责任。不论她多么任性和懒惰，我都舍不得说她，就是跟刘猪娃过的那半年，她也是幸福的。真真走了，这样的事对一般的母亲来说，是灭顶之灾，她都没怎么看明白就疯了。还有那个小孽种，彩霞根本不知道有这回事，可刘猪娃把那娃儿当成他命根子一样，走哪里带哪里。在喇叭口村，现在就他有那个福分。连去别的村和乡里开会什么的都抱着。彩霞最幸运的，是遇见你这么个好姐姐，衣服给洗得干干净净，辫子还那么光溜，像个等着出嫁的大闺女，哪像个疯子？再看看你，比她就大个五六岁，简直像母女，都沧桑成啥样子了？腰也驼了头发也白了。唉！你就是乔家的辕马，架在最中间拉着这个家往前，我们只是帮忙的。今天要去你娘家那儿了，我心里格外难过，觉得愧对孔先生，他把宝贝女儿托付给我，还说我是有能力的人，想不到我反而把自己的破车套在了你身上。"

说到这里他嗓子哑了，林紫也有些哽咽，说你说啥呢？能挺到现在不都是因为有你？不然我和胖蛋都死了又转一回世了。一家人哪有那么多客套？

遇见事共同担当才是亲人。

　　这当儿，跑在最前面的大妞回身，边往后倒退着走边唱了起来：

桃花红梨花白

东风阵阵地吹过来

蝴蝶翩翩将花采

此情此景谁不爱

蝴蝶呀蝴蝶呀

那厢的花儿朵朵开

　　二妞追着跑，边跑边接着唱：

你偏偏的不去采

这厢的花儿含苞放

你对对地飞过来

蝴蝶翩翩燕子飞

花花的世界春常在

　　"这是《蝴蝶飘飘燕子飞》，我们老师也教过。你光给女娃教歌，壮壮他们不会唱。"

　　林紫不同意，说哪里啊，是他俩不爱唱蝴蝶燕子，喜欢李叔同的《握别》。现在听娃们唱蝴蝶飘飘燕子飞，觉得就在说喇叭口的风景。我说的是烧荒以前。

十六

房东姓朱，一看就是精明人，他的热情和大气，反让乔震一家感到拘束。城里和山里就是不一样，除了开阔的环境，还有人开阔的胸怀。他家是卖凉皮的，知道今天乔震他们家到，昨晚多做了几份。

店家对乔震一家态度温和，可能还因为都是做买卖的，所以没啥成见。再说了，城里本身就有商业，多了个习以为常的商户，就是多了个邻居，有啥啊？

还没等乔震自我介绍，朱掌柜就先说上乔震觉得自家难解释的成分问题了。

"成分这东西，有啥啊？你不要放在心上。我说老哥，你可真是个人才。几年以前刘家坪附近都能看见狼和野狐子到处跑，你愣是能在深山里没被老虎什么的给吃了，还能领着家人坚持下来。在那种情况下，不开荒种地；不圈养家畜怎么活命？现在一找有地的，你家可不就成高成分了？我听我亲戚和你们那里潘组长说过你家情况，要在山外，大不了算个下中农，到喇叭口就不一样了。就像挑羊，都是快瘦死的，稍微有点膘的就成了肥羊。不说这个了，没有被划成恶霸地主，让来刘家坪做买卖，其实挺好，怎么着也比深山老林里强。有时候熟人在身边是福分，有时候就是灾难，你们这情况离开熟人好。"

乔震听着这话心里舒坦，但不敢多发表意见。自打刘猪娃离家，他的疑心重了许多，深切地体会到知人知面不知心那句话的精辟。唯唯诺诺应承着，赶紧把话引向自家的生活和生意。朱掌柜很知趣，不再深谈，说先住下来再说。昨天我把草棚腾开了，让两个丫头和——朱掌柜不知怎么称呼彩霞的身份。

"彩霞，是我妹子，她有病了。"

一旁的林紫赶紧解释。

"哦，彩霞和两个丫头住那里，你们两口子住屋里，俩小子跟我仨儿子挤大炕上。近几天天气不错，七手八脚赶紧砌墙，干得快。你们潘组长说了，抽空把木头驮下来，咱明儿个先凑石方取土。"

乔震说我们家的事叫您费心真过意不去。朱老板笑着道：

"你想得倒美，以为能占我们家便宜？我告诉你别做梦了。就是个生意人，我们家好几代商人，奸商奸商，我精得很。你想一驮子柴火就能打动我吗？我是看中了你能带给我的生意。送货的买货的要不要吃饭喝水？要吧？我再摆些零七八碎，也能赚点钱。我还听我表兄说你女人有文化，这里的学校太差，我家娃儿们可以跟她学点文化。呵呵，要是对头了，两家还能做亲家呢。"

他怔了怔接着说：

"我也不是当地人，以往我们家可是兰州有名的丝绸商，成分其实应该比你家高，就因为战争、土改什么的，铺子全没了，我父亲守着家不动，让我们兄弟带着老婆孩子逃命，我才到刘家坪来开这么个小店为生，说不定哪天就被公有制了。喇叭口开合作社的是我表兄，他家原来是经营煤油的，也跟我家一起破落了。以往是战争搞得做不成生意，现在是运动搞得做不成生意。总说要让穷人过上好日子，可这好日子总是苦出来的，不干活吃啥用啥？哪来的好日子？即便把富人家的都拿过去也没用。富人那么少，穷人那么多，吃完用完了呢？不干活还是穷啊。我现在发现越穷的人越爱革命，革命热闹，喊口号，总比背石头省力气，还能把富人打倒吃光他们喝光他们的，变的跟自己一样，而且在心理上得到满足感，何乐不为？"

乔震和林紫听着他的话，心里一惊一惊的，不由得往院子里看一眼。这话要是在喇叭口说出十分之一，早都被斗个半死了。可他讲的道理非常清楚，怎么听怎么受用。

"你们怕了，我也不说了，实际上我也一样怕，最近报纸上对这些有激烈的争论。上次我大老远看见斗死徐大愣子的场景，连着好几天做噩梦。四个大后生把他当板凳坐的实实在在，别人随便踢他的脑袋，在脸上吐唾沫，连死都没个痛快，一声喊不出来就那样见阎王了。我现在讲的，只是说事情就这个理儿，老百姓嘛，一辈子的事就是辛苦挣钱把自己养到老死，除了干活还有啥出路？我没反对革命，也没反对人民。革命好，社会主义好，但社会主义的人还得活，家有家法国有国法，该枪毙该杀头得有个由头，不能还没有判刑就活活打死人家。"

看着乔震和林紫不自在，他赶紧改口道：

"嗨！我这是怎么啦？总不想说这个事儿，却总绕到这个事儿上。说穿了还是怕，我爹妈那么老了，原来的财产也都交了，现在的凉皮摊就够糊口，按说没挨打的理由了。可现在只要被定成革命对象，谁还管你有没有饭吃，都没收了还得挨打，他们好像觉得被打倒的人就该不吃饭似的，都是地没了房没了还不放过。早知道财产能引来杀身之祸，还不如当强盗，抢一顿吃一顿，干嘛辛辛苦苦发家？"

这下子乔震真的害怕了，为自己，也为他。谄笑着说这些话天知地知你知我们两口子知就行了，你千万不能到别处说。弱的对强的，少的对多的，从来没有道理可讲，也没法取胜。你说的两点我特别同意，一是钱多就来祸，二是吃饭就得干活，我们以后就按这个走。

林紫问他道：

"刘家坪开会你去不？潘同志让我们到这里要经常参加批斗会，怕我们不学习思想跟不上，你去的时候招呼我们一声。"

"呵呵，跟上跟不上，不知怎么说。有些事说有就有，说没有就没有。比如我今天说的这些，我要不说，你们觉得有吗？有吧？可我要一说了，你们觉得新吗？新吧？斗争会上的道理，工作组的讲话也是一样。人要说明自己的意图，总得制造出说得通的理由，也就是俗话所说的自圆其说。可谁有谁的理，比如我说吃饭靠勤劳，你们听着有理，工作组说打倒富人把土地分给农民，调动他们的生产积极性也同样有理。可理归理，具体做起来，效果又是另一回事。打倒富人穷人是高兴，但他们是不是每天兴高采烈就去种地，能不能把地种好，这却是没准儿的事。可工作组把理讲那儿就行了，群众一听就高兴，只忙着斗争富人，生活不见得有多少改善。给你们说句实话，开大会我不怎么去，我给队长塞点东西，他就借故给工作组说店里没人照顾，我就不去了，就这样的队长，站台上还不是人模狗样革命道理一大堆一大堆地讲？官商不往一起搅和，就别想做买卖。我如此，你们不也一样？工作组让来就得来，让回去就得回去。"

"朱老板，说句实话，我以往总觉得我爹是最有学问的，现在觉得他比你差远了，看得真透。喇叭口现在就这种情况，人还是吃不饱，连遮丑的裤子都没有，一家几口人谁要出门就习惯性地问一声：裤子呢？实际上这裤子往往成了个象征，能不能起到裤子的作用那得另说。但工作组总在说人民已经翻身了，过上好日子了，老百姓也说自己翻身当家做主了，实际都是工作组说了算，工作组里又是潘同志说了算，是潘同志一个人做主。可一说开会、诉苦，群众跑得特别快，就像给发元宝似的。要在地里劳动，只要工作组和队长不在，就停下来瞎扯，根本没有好好劳动过日子的打算。"

乔震接上林紫的话茬道：

"说句不中听的话，我们还得感谢烟贩子虚空，那时他总送布匹和针线给我们，羊毛棉衣做得起。农闲了，男人纺些毛线，俩女人织毛衣。现在我们穿的这些，都是那时候省下来的，要没有这些都不敢到你家来了。"

壮壮在外面喊了：

"爹，得干活了，跟串亲戚来了似的闲谝，怎么经营得起来店啊？"

"听听，这就是区别，不用人赶，就知道干活。走走走，一起干活去。"

朱老板把旱烟杆装进烟袋，一圈一圈扎紧放窗台上，下炕往外走，乔震和林紫跟了出去。

两家现在不是按家庭干活，而是分成男女工种，男的盖房子，女的做凉皮卖凉皮。

这地方在刘家坪算是偏的，面向河流，石头沙子有的是，白天男人干重头，晚上坐在炕头，借着微弱的月光或旱烟锅的幽幽清亮闲扯，女的们在厨房里干活说话。

洗凉皮儿这活不轻松，朱家老板娘和林紫先做第一道工序。面粉里加少量盐和成面团，盖上湿布饧30分钟左右，然后放一个大容器里加适量水，开始洗面筋。第二道工序一般是乔家两个丫头做，她们还没有到腰疼的年龄，手伸进白乎乎的稠面汤里，挤啊，捏啊，终于没有了疙瘩，站直说累死了累死了。刚休息了一会儿的老板娘和林紫站起来替班，一遍遍过滤，直到水不浑了，拿出那个小黄团，就是面筋。面筋里加点发酵粉抓匀，上蒸屉，足气蒸20分钟，晾凉后切片。面筋很重要，第二天摆在菜板边上，是谁也想多要的部分。

"多给点面筋。"

他们说。

"不能给，给了后面的人就没了。"

老板娘回答。

第二道工序一完，就没有了大姐二姐的事，林紫和老板娘把面糊盛放在几个大平底铝盆里，次日天不亮起来，将上面的清水倒掉，用勺子把下面的沉淀搅匀，锅上火入水，水沸后往模子里刷少许油，舀一勺面糊倒入。做厚一点儿的凉皮就多舀一点儿，反之则少一些。再把模子里的面糊荡匀，把底部均匀地盖上，放入开水锅盖上锅盖。一直用大火蒸约5~6分钟，待锅里的凉皮儿慢慢鼓起大泡后关火，连模子放在大盆里漂着。也可以把模子倒置，用冷水直接冲底部，等凉皮儿完全凉透，表面刷一些油，就可以慢慢剥下，白天卖时切成条就好了。

天不亮，老板娘和林紫做早饭的时候，大妞起来弄凉皮的调料，在另一个灶头上忙活。可能没有睡醒，她早晨一般不说话。先剥一把大蒜子在蒜窝里捣碎，加上凉开水，放入少许盐使其溶化后装到瓷坛子里。接下来弄辣椒油。先把油烧热，同时在一个大碗里放半碗辣椒面，一大匙胡椒粉，一小撮白糖，一大匙白芝麻。等油冒烟之后关火，稍微晾晾，先倒一半到辣椒面里，用勺子搅匀，再放 2 ~ 3 大匙花椒粉或者花椒粒用勺子搅匀，另取小勺舀一点点凉水倒入辣椒碗，搅匀，刺啦一响，坛子里像水开锅一样。搅匀后把剩下的油倒入，放凉装进另一个坛子。这两件事最费力，剩下的切黄瓜丝或烫黄豆芽、装酱油、醋等，就简单多了，由二妞做。

早饭熟了的前后，凉皮也放在了店铺台面下的木板上，大的小的都聚拢过来，男人们稀稀落落去河边洗脸。这时候林紫脸上浮现出笑容，怔怔望着窗外。老板娘笑呵呵地问她：

"累吧？都看着卖凉皮是个轻松活儿，谁知道背地里的工夫和辛苦？"

林紫说不累不累，看着他们我好开心，早些时候没有人跟我们在一起，以后人多了，又都不理我们，半辈子的孤单日子。现在跟你们在一起，多好？干活、做饭、说话，能一辈子这样过下去真不错。我晚上躺下就不想看到天亮，怕第二天日子又变了。

老板娘看她一眼自言自语道，就这单调的苦日子你开心个啥？林紫说好就是好，感觉呗。

就这么着，四间房子的墙围子和土炕没花一个星期就建好了，晒了几天上顶，像模像样一排新屋。期间潘志国到刘家坪开会时前来视察过一次。

"嗯，嗯，凑凑合合吧。"

他冷冰冰的腔调里明显含有嫉妒，即便这样的肯定，也是面对朱老板一家的，说感谢他们一家的指导和帮助。乔震一家在边上赔笑，他连头都没回过去看他们一眼。

铺子哪天开张，先从喇叭口运什么来卖，这是他最关心的。

"开张容易，挂一条写上商号的布帘就起来了，卖什么东西走俏，还真不好说。我看先弄点木头试一试。其他的不说，人死了做棺材，给出嫁的女儿钉个箱子什么的，总是稍微过得下去日子的人家的愿望。第一次我要两驮子做几个面柜，也算支持你们开张。现在面装在纸箱子里容易发潮，而且老鼠还常进去。价格您放心，我给您的，顺便让人在街上打听打听，不会比别处低，其他几驮子我们再张罗。"

朱老板说。

这个事潘志国不懂，就这么应承了下来。

朱老板拿出一块枣红色的布铺在院里一张破桌子上，又拿来研好的墨和毛笔，说潘组长您给写个商号名字咱挂上去吧，明天来吃凉皮的人里也许就有买木头的。我问问他们的需求，下次就可以有针对性地驮东西下来。

乔震眼前立马就浮现出林紫写字的神态，就是钟同志他们来时的第二个春节，没有纸，把门框或相当于门框的位置涂黑，林紫全神贯注地写，钟同志和其他人啧啧赞叹着看。那时的喇叭口村民，哪个不服他乔震？哪个不喜欢林紫？还是那个地方，还是那些人，潘志国一来，怎么就都变了？

想着这些，他竟毫无准备地嘀咕出一句：

"让林紫写吧，她的字好。"

这话让所有在场的人吃惊，他也为自己的低级错误懊恼，可话已出口，后悔有啥用？林紫和朱老板赶紧打圆场，你一言我一语地说当然得潘组长写，这是喇叭口的铺子，当然应该由领导写。大家赶紧附和，乔震也说就是就是，我没想那么多，光想林紫的字写得好了。

——真是越抹越黑。

潘志国斜乜了林紫一眼，没有对乔震的话作任何回应，手微微颤抖着提起笔，墨汁蘸得饱饱的，转着笔杆，在砚台边上一圈圈地刮，是在构思商号的名字，还是酝酿字号字体，抑或想怎么写的比林紫的更漂亮，大家都不知道，就在那里紧张地等。

终于，他鼓着腮帮子落笔了，心里的狠劲儿卯足在了笔上，"新江山铺子"几个字，粗粗厚厚地慢慢落在了布上，看起来很傻呆。

"歪了。"

潘志国自言自语道。

"布是软的，挂那里看不出正和歪来。"

朱掌柜的这话客观中性。

"太重了，笔画粗。"潘志国又说。

"用力才能发财。"还是朱掌柜的话。

没有人对他的书法艺术做评价，他心里怪怪的，优柔寡断地放下笔给壮壮他们几个说：

"干了挂上去，关键是买卖要得做好，花拳绣腿搞多好都没用是不是？"

朱掌柜搭讪着说就是就是。我咋忘了？过年还剩一串鞭炮，拿出来点着祝开业大吉。

噼里啪啦响过，朱掌柜说快中午了，吃碗凉皮儿再走吧，潘志国说不了不了，时间有点紧，我走了，下午回去赶紧组织货源去。上马头都没回走了。

"这字，力透布背，可这是软笔，发什么狠？"朱掌柜边拾掇墨水边说。

"你也真是的，这是书法比赛吗？怎么能说让我写？潘同志满脸的不高兴。"林紫嗔怪乔震道。

乔震说我今天是够笨的，多那嘴做啥？都悔青肠子了。

新江山铺子的生意比想象的难做，除了初来乍到知名度差，还在于需求根本成不了规模，定价也很困难，面面俱到又运不来那么多货物。比如要柴火的不是一捆，是几根；木头也是，人家的要求大小形状种类形形色色，这种精细，是不到十头牲口的马帮和喇叭口投入这项工作的几个人员根本完不成的，东西堆在那里，返不回去钱和需要的粮食布匹。今天潘志国的不满又传来了，让他们好好改造，别给自己闹了饭钱就不负责任，等等。乔震想捎话给他，自家愿意回去，派能人来吧。

出门准备跟朱掌柜商量回去的事，院子里还没有彻底黑下来，两家的五个小子坐在冰凉的地上下棋，棋盘是在一块木板上画的，棋子是河坝里捡来的石头，林紫给他们写上车、马、炮等等，楚河汉界，两边的棋子分别是蓝色和白色的。他们从来实行淘汰赛，现在对阵的是朱掌柜的老大迪尔与老三迪悠。胖蛋坐在迪悠后头，急得直搓手，给他支招。

终于，迪悠还是输了，一蹦子跳起来追已经开跑的胖蛋，嘴里喊着：

"要想输，屁股后头蹲个猪，就你小子把我弄晕才输了。"

胖蛋笑着往河边跑，回应道：

"你才是猪，看那臭棋，我要不支招，顶不住大哥三招，还能挺到现在？"

乔震突然发现他自己也笑了，回头一看，接下来对阵的是朱家老大和老二迪蒙。壮壮笑眯眯回头说爹你也来一盘？乔震说我这眼神，现在看不见了，你们玩吧。

走进朱掌柜家的铺子，两个丫头抢着鼓捣算盘，嘴里念着"六退一还四，七退一还五去二，九退一还一，九退一还五去四……"，把零票加成整数，捋的整整齐齐，递给老板娘。连这几个小毛鬼都能打算盘了，怪不得小子们吃过就玩棋，不再操心店里的事情。

打退堂鼓的话还没向朱掌柜提起，他仿佛就看见了林紫和孩子们恳求的眼光，只好打消念头。几个娃儿在这里不再是遭人嫌弃的另类，还有比这更能给他安慰的吗？他又想到最近林紫对娃儿们的教育加强了好多，还有了不少书籍。到这里后，她的笑脸舒展了，人也丰满不少。牺牲家人的愉快跟潘志国赌气？这事太没价值。不为自家人的开心，活着有啥意义？

这几个娃儿，只要潘志国不来，他们似乎忘了到这里来的缘由和曾经的屈辱，喇叭口一来送货的人，娃们端凉皮给他们，问问村里的情况，似乎以往的恩怨全泯灭了似的，年轻人的心，痊愈能力还是快，没有大会小会促进，村里人的敌意淡了不少，都对娃们友好了起来，昔日的优越感重新返回来了一些。

孩子们都是些得过且过的东西，不过这多好啊！人生不就这样子吗？过一天算一天，快乐的日子积累多了，就是比较美好的一生。仇恨和打击别人时，自己心里也不舒服，即便有了报复人的快意，那跟真正的快乐是两回事。想着这些，他摸着二妞的脑袋重重摇晃几下，笑着说声"毛鬼神"，女儿回头嫣然一笑，他出门到朱掌柜屋里商量对策。

"我看出来了，买卖这样做太落后，商鞅变法统一度量衡也许就这道理。你说乡里乡亲的，几根柴火怎么作价？人家就要那么丁点儿东西，我们进吧不划算，不进吧又说这里啥也没有，久而久之就没人来了。我觉得不能再这么笼而统之说是卖山货，必须得给铺子准确定个位，主要卖哪几种东西，这样一来东西也好定价。我看要不先这样，几个小子给我钉好的面柜先标个价，看有没有人来买？如果问的人多，咱就让交定金，反悔的话扣除一部分定金。倘若木器有前途，咱就先卖木器，慢慢拓展业务，你说咋样？"

"听着还行，试试才知道结果，那价格咋定？"

"就按当时我给你的价，那时我又没什么想法，是按大概市价给的数字，应该说是比较公平的。"

这样一尝试，情况还真的不错，来看几个面柜的人不少，卖出去两个后，有几个人定做小型炕柜、饭桌、碗橱、门扇。木器有销路看来是没问题了。男人们拉锯的拉锯，粘胶的粘胶，院子里成了露天木工作坊。

过了两个月，喇叭口用乔震家挣的钱又添了两头叫驴，马帮增大，木材运来的越来越多。乔震的兴奋劲儿又来了，又是计划又是催促娃们努力干。

朱老板给乔震提醒道：

"老哥，我说你啊，就是实诚能干把自己给害的。你觉得干活多少是上限？啥时候都不能把弓拉满了。潘志国总觉得天天业绩增长才好，可你能一直增长吗？一旦增长得慢了，人家就认为你思想有问题或把好处自己得了。为你这个摊子，大家都累死了。"

乔震笑着说：

"死不长记性，一想可不是？我总用这话教训几个娃儿，自己却犯迷糊。

那你说咋办？"

"咱想点不卖死力的行当。你知道喇叭口有哪些中药？可以让村里运过来我们倒手卖给药材公司，总比老干苦力强。"

"药啊，多的还不跟草一样？我爹以往教我认识的就有柴胡、丹皮、黄芪、红根草、狼毒、虫草、元柏、黄芪，等等。以后又跟着逃荒来的人认识了不少，如车前子，还在墙根种了大黄。"

"对了，就试着弄弄这些个。咱是当店老板的，现在搞得老板伙计都当了，没这样干的。我跟药材公司的经理以往有些交情，明天去一趟试试。"

第二天一早，朱老板走了，中午回来，除了带来收药的消息，还有一个建议让他们兴奋，那就是鹿茸特别受欢迎，还有麝香。

"抓不住多少了，以前经常见，一把大火死的死跑的跑，野鸡都没剩下几只。"

乔震沮丧地说。

"养啊，总不至于绝迹吧？抓几只好好养，就像两口子后面有好多儿女一样。"

"绝迹倒不至于，抓个十来头二十头应该不成问题。"

"那就足够了。明天让送货的人把这信儿带给潘志国。"

第三天喇叭口的命令来了，让壮壮和胖蛋回村捉鹿和麝。

传话的人还没离开几步，朱掌柜就开骂：

"真他娘的，这个熊样还闹啥革命？那么多的人，包括工作组，这个那个就靠着你家，脸却比屁股还要难看，吃着别人的不领情。你去问一问那姓潘的，是不是他老婆怀娃儿都得乔家的男人去？"

乔震和老板娘赶紧把他推屋里道："悄声点悄声点，你是不想活了还是咋的？谁敢说革命不对，那是要杀头的。去就去吧，反正哪里也是干活。"

次年夏初，河对岸依山傍水的地方一个石头圈起来的院子起来了，里面养着十几头鹿和麝。这块地方还没有来得及垦荒，草又在废墟上萋萋地长了起来，灌木基本没有了痕迹。墙根里的草尤其长得高，小鹿的身子埋在马莲丛中，脑袋自花簇间直伸妈妈的乳房，蝴蝶和蜜蜂嘤嘤翻转。业务忙了，壮壮和胖蛋重新被打发到刘家坪。

和朱老板去过几次那里，是看鹿茸和麝香长的情况，回来后乔震兴奋地对家人说，不像刚烧过那会子了，有的地方是庄稼，鹿场里是青草，有机会你们都回去看看。再说现在好像人们也不像原来那样对待我了，娃们还叫我乔大爷。

　　"是啊，朱大爹家的凉皮儿有一小半都让喇叭口的人吃了，可不是不敢得罪我们了么？得罪了我们，以后哪来的凉皮儿吃？凉皮儿反正不是我们家的，他们不能想没收就没收。"

　　大妞话音一落，二妞就说你给的最多，以后村里有事你去。说完就往门外跑，看没人来追她，又快快地回来靠门框上看大家说话。

十七

　　1957 年春节刚过，各村子的会明显增多。乔震一家白天做买卖，晚上在刘家坪参加学习。今天学的是合作化的目标，依然是工作组组长作报告。他显然不熟悉工作内容，结结巴巴很费事：

　　"人民政府向来是积极鼓励指导和帮助合作社经济的发展，因为农业生产合作社是使农民走向富裕的唯一道路。毛主席指出，在全国农村中，新的社会主义群众运动高潮就要到来，中央要求 1960 年以后逐步分期分批地由半社会主义发展到全社会主义。社员的土地无代价转为合作社集体所有，不计土地报酬。耕畜、大型农机具等主要生产资料，按照自愿互利原则，采取折价入社，由社分期付给价款的办法，逐步转为集体所有。社员集体劳动，实行按劳分配……"

　　乔震听着吃力，也没心情管他究竟说的什么，更没听出怎么处理铺子的政策。他不想再琢磨政策这东西，觉得自己就是潘志国手头的算盘珠，政策在他手里，人家怎么拨他怎么动，管那么多干吗？

　　回到家里，朱掌柜过来跟他闲谝，扯起了合作化的事：

　　"听见没？以后的日子又要紧紧巴巴过了。"

　　乔震说我没认真听，也听不懂，村里让咋样我就咋样。我现在得出的结论就是听工作组说的走，不能跟工作组作对，不能跟人民群众作对，尤其不能跟党作对，实际上他们好像是一致的，不然就是自取灭亡。

　　"是啊，他们让咋样谁还敢不咋样？除非不想活了，我就是说紧紧巴巴的日子要来了。东西都要入社，人一起劳动，干多干少都一样，谁还起五更睡半夜辛苦？你说咱两家这买卖，要不是玩命，能赚个屁钱？咱为什么没白天没黑夜地干？因为多挣出来对自己有好处，老婆孩子过得好，咱心里乐和。可都到了社里，凭什么大家不干我要干？多干有啥好处？人都这么一想，就都想方设法偷懒。再往深里想，只有一把锄头，或一小块地的，自己干和入社，对个人能有多少差别？况且有些人根本就不愿意劳动，愿意入社，因为入了社磨叽磨叽，还能混到平均生活，不入社就未必过得上平均水平的日子。可你我这样的，入了社，多挣出来的部分摊到各家各户，连影子都几乎看不出来，于是我们只好也睡懒觉，吃的用的花的，就都欠缺，生活水平就下降。"

乔震说好像人不入社是自愿的。

"我说老哥你傻啊，人家不说自愿难道说强迫？入社是对所有人讲的，包括农民，能像对待地主富农那样直接把他们的财产搞过来吗？当然要说是自愿。我们不入，按工作组的说法道理上可以，但你发现没，解放这些年来，工作组没有推不动的事，而且都成了，和工作组倡导的思想不同的，最后都被教育了过来。这次也是，先说是自愿，然后绝大多数入社，再然后剩下极个别落后分子，工作组上门做工作，群众把你当落后分子议论，看你家人的眼光都不对劲儿，你要顶着你就是怪物，没人搭理你，最后就是所有人入社，不积极的不仅没抗住而且做不了好人。"

看乔震恐慌求助的眼神，朱掌柜把手头的烟杆递给他继续说道：

"就咱兄弟俩，我的想法就直说了，看这阵势，完全合作化是没多久以后的事，你把手头的钱赶紧变成东西，吃的存不住多少，只有小米例外。针头线脑、布匹、盐、锅碗瓢盆，总之，就是家里日常用的，有能力买多少就买多少。姑娘小子都这么大了，各个长得眉清目秀，要是连遮羞的裤子都穿不上，多让人伤心？趁着还没有入社，最近咱要多干活，能弄多少弄多少。对了，喇叭口你房子不是还在吗？下次咱俩去看鹿茸的时候找借口住几天，在草棚里盘个大炕，有空去那里的时候就把买的东西拿上去，等炕干了藏里头。"

乔震这次是佩服到心底了，说我也算是死里逃生的人，但比你差远了。

朱掌柜说：

"生活经验都是教训得来的，不瞒你说，没收财产的这类事我见过比这里激烈得多的。1926年我24岁，进了黄埔军校的武汉分校，当时孙中山先生联俄联共扶助农工的政策还在实行，我在国民党农民部帮忙，里面共产党人多。湖南、湖北农民运动闹得那叫一个猛。农民干的主要是以下几件事，第一是抓土豪劣绅戴着高帽子游行；第二是吃大户。你想中国这穷样儿，一个地方哪来那么多大户可吃？呼啦一下进去杀猪宰羊，没几顿就吃个底朝天。大户吃完了，中等户和小户就上升成了大户，几天半月都扫荡光，穷人还是赤条条的穷人，只不过原来的富人也进入了穷人的行列而已。我印象最深的，是报纸上登的冯玉祥部队的军官要挟他反共的事，原因是他们寄回家给父母的钱被农民没收了，而且老人还被农会戴了高帽子押着游街。结果他们就联名上书冯玉祥，说自己的钱是打军阀卖命得的，凭什么要没收？逼他在反共和军队倒戈之间做出选择。"

乔震愣愣地看着他说：

"怪不得你见识这么多，原来是个大人物。我家林紫早说过你是条卧龙，就是没好意思问过你的经历，果然见过大场面。那后来呢？你为什么回来经商了？"

"也是偶然吧。27 年初我爷爷病重，叫我回来。我到家后他一直脱离不了病危状态，也好不起来。我父亲守着他，顾不上生意，后面两个妹妹都在读书，我就耽搁了下来，4 月份传来国共分裂的消息。接着全国都发生类似的事，然后第二次北伐，张作霖死了，日本人来了，等等。我父母都说兵荒马乱的，家里就你一个儿子，身上驮着几代人的责任，西北还是比较安静，留下来经商吧，于是我就留了下来。"

"那你看着现在的农民革命跟那时有啥区别？"

"有啥区别——让我想想，还真不好说。穷人闹革命，永恒的理由是官逼民反，永恒的方式是劫富济贫的平均主义，中国历史上找不到第二个模式。这个都对，当官的把穷人逼上梁山说明他们太坏了，为富不仁的也有的是。问题就在于反倒官劫了富，穷人自己能不能立起来，即便立起来，是不是仅仅是把别人的财产和位子夺过去自己再压迫和剥削别人？我对比国共合作时期的农民运动和现在的农民，他们都喜欢开会、游行，不喜欢劳动，总之相似的地方太多，心里感到不踏实。我还没给你说呢，当时的妇女半夜不回家闹革命，娃儿没人带，还挑战当地的忌讳，去祠堂里光脚喝酒，老百姓意见也蛮大的。其实谁有谁的爱好，人家信菩萨碍别人啥事了？专提别人不开的那壶。"

两人沉默许久后，朱掌柜长叹一口气接着道：

"这些事就咱俩议论议论，除了林紫，千万不能给别人讲。我在两湖工作那会儿，觉得农会杀一个人很随便，什么扒灰了偷东西了，都有被打死的。受到批评了，就说过头了，以后注意。可人就只能死一回，完了就完了，道歉顶啥用？所以，在娃们那里，一定要教他们听工作组和干部的话，不能让人家有任何怀疑。面对多数人和权力，我们就像蚂蚁，没有任何选择，能顺顺利利活着就是最高目标。"

乔震说我知道。你说的这些，我以往有隐隐约约的感觉，就是害怕不敢细想，也总结不出个道道。经你这么点拨，心里明白多了，也冷静多了，知道怎么保护自己，也增加了保护家人的责任感。

不时地，乔震和朱掌柜都去喇叭口鹿场转转，拉着朱掌柜家的驴子，最底下的褡裢里装着采购的东西，上面搭上破布破口袋什么的，返回去的时候捎些柴火、药材。喇叭口的人吃了他们的凉皮，现在有点低声下气，为了答谢以往的人情，也为了以后能吃得到，平常便挖点草药、砍点柴火晾那里，朱掌柜和乔震来时送给他们。有时候他们也顺便买点颜料、绣花线送给他们作为回报，维持着松散的物物交换关系。

运去的东西先是放在旧炕洞里，新炕洞干了，他俩把东西搬过去，里面放上防蛀的药、藏香，留个通风口，上面盖上干草。

"除了林紫，给谁也不能说。宁可以后没有灾荒东西坏掉，也不要到时候拮据得过不下去，这些是留着保命的。"

朱掌柜给乔震安当道。

"嗯。咱回去也在你屋里修个暗室，藏些东西，以防万一。将来谁家的如果遭遇不测，可以互相救济。"

"你这人，我给你出招，就证明我有准备。不瞒你说，我父母现在住的小屋底下，还有我家里，也藏了些东西。吃的里头只有小米那东西特别经得住藏，只要通风，十年八年也能吃，我看见你家泥罐子多，装了砌进草棚的墙里，或放进别的不睡人的房子的炕洞里。"

乔震一想还真是，刚来时在河滩上捏的那些个坛坛罐罐，以后觉得粗陋，随便码在墙外头，现在可不是都派上用场了么？

这半年，天气似乎格外的好。以往四五月份，祁连山东南坡总有很丰沛的季风雨，虽然多在晚间，天亮之后虽然阳光明媚，地上却不好走。今年雨水少了很多，而且多下在前半夜，天亮就不太泥泞了。

生意有老婆孩子打理，乔震和朱老板哥俩借口看鹿和货源，跟大耗子储存冬粮似的，一点一点往喇叭口送东西。聊着上去，再聊着下来。看花草树木，观路边风景，倒像是忘了眼前看得见的危机，也不存在生活压力，就如两个开始懂得回味人生的老兄弟久别重逢，回味人生与曾经的生活经历一样。

刘家坪依然在热闹地学文件，每家都得轮流去人。对于那些东西，听与不听其实关系不大。关键词语比如东西怎么处理；店铺归谁掌管，给什么待遇，等等，他们却都不会漏掉。

谈这个问题时，好像有一搭没一搭，然而真到实行起来时，却如急风暴雨一样，说来就来。1957年庄稼刚能吃青粮食的时候，刘家坪的工作组招呼大家说明天开会，公布合作化方案，都得来。第二天卖不成凉皮也就不用做凉皮，饭后大家说说笑笑一会就睡了。

干部们反复强调的是西北落后，合作化和社会主义改造在别的地方去年就搞完，因为已经落后，所以就得迎头赶上。或许本身就穷，没有遇见太多异议，嘻嘻哈哈就成了社员或被公私合营。剩下几家经商的左顾右盼犹豫，看着有人动摇，回家骂几句，再看到有人继续动摇，就成嗡嗡嗡的抱怨声；过那边的多了，自己不敢继续挺下去，"要不咱也入吧？我看顶不住了。"结果就红着脸登记，成了被称作"终于齐了"前的最后标记。这种结局，跟朱掌柜当初的预测一模一样。

乔震和朱掌柜的店入社很早，或许两人对与组织抗争无效的结果早有共识，工作组一说入社，都说入就入吧，还捞个积极分子的名声。不过他们俩家的活好像变化不大，依然是铺子的负责人，派来的几个伙计也就干些打杂捞毛的事，主流的事还是原来的人干，只不过收获的钱全部被各自的社里拿走了，自家分到了与其他社员相同的一份。还有一个明显不同，在于闲的时间确实多了不少，以往是起早睡晚，现在是早睡晚起。只要有个借口，娃们就说多睡会多玩会。

朱掌柜说看见没？这就是我说过的，钱落不到自己口袋里就没有了干活的积极性，如此下去肯定还是贫穷。都不怎么忙了，乔震又开始督促林紫，说给娃们教教书，让练练算盘，总这么混下去又都荒了。

十八

或许也是因为活不抓的那么紧、乔震家的成分问题也稍微淡了的缘故，年底，两家人竟然有时间为儿女们的婚嫁操心了。

朱家老二迪蒙对二妞的心思，那是明晃晃写在脸上的。二妞红扑扑的脸朝边上一扭躲着迪蒙的时候，大辫子就从肩膀上重重地越过来垂在胸前，她往后一甩，出去了。

大人们看得真切，乔震有点醋兮兮地说：

"两个哥哥还没媳妇呢，大妞也没主儿，二妞还小。再说迪蒙也不是老大，以后再说吧。"

林紫笑着说你那点鬼心思当我看不穿，就是舍不得她走，17 岁的丫头了，小啥？再说了，两家这么近，不就隔着一道墙吗？跟以往没什么区别。

说起娃们的年龄大小，几个大人都觉得该给几个儿子成亲了，尤其壮壮，三十多岁的老光棍，腿还有点问题，没家没口都觉得有失体面。

儿女的婚姻问题是父母心头悠悠荡荡的弦，有松的时候，有闲置的时候，有紧的时候，但永远在那里。现在一说及，乔震再也安不下心，总念着回家，说趁雨少时打点土坯，在草棚边上盖两间房子，给壮壮和胖蛋娶媳妇。

"给我看着点儿谁家丫头合适，成分高的，咱破锣有个破对头。"

他笑着对朱家老板娘说。

"肯定的，咱都一家人了。"

她对着二妞挤一挤眼睛。

二妞假装没听懂，头一低出去了。老板娘笑着说这丫头怎么看怎么讨人欢喜，白白嫩嫩的，喜庆，看着就像个小娃儿。

乔震心里一颤，他记得自己就是这样给林紫描述彩霞的，白白嫩嫩这词他听着害怕，可千万不能像彩霞那样苦啊，但愿她妈妈替她承受完了所有苦难，让她有一个美好的未来。

"我去看看二妞妈妈睡着没，总是你和林紫照顾，我真是惭愧。"

乔震对老板娘说。

"嗨！一家人说啥两家话？她那些事，可不女人们照顾起来方便吗？二妞那娃蛮孝顺，特别耐心，有女儿真好。"

乔震又一阵难过，二妞也要离开彩霞了，她到时候感觉得到吗？如果感觉到的话会哭吗？他真希望彩霞没有感觉，就这样永远过下去。

彩霞没有睡，坐在炕上靠着墙折腾她永远折腾不腻的绳子、布条。结成死结，或拴在自己脚上再解开。乔震呆呆看着他，或许挡住了亮光，她抬起头盯着乔震，笑眯眯地看。

跟每次来看她一样，只有赶紧离开，他才能有下次再来的勇气。等女儿出嫁了，就带她回喇叭口吧，那里有真真。还有——那个小孽种不知现在怎样了？算了，永远不想这个事。

合作化后还是有看鹿茸和组织货源的理由，老哥俩继续驮些东西往乔震家走。现在自己掌控的那一驮子被取消了，往喇叭口运的东西大大减少，去的也不勤了，一个雨季过后，一路的树木茂了许多。累了，两人走得极慢，朱掌柜笑着说：

"当年我家老爷子说过一个顺口溜：'穷学校，富商店，不穷不富是医院'，现在我觉得特别有道理，你就说咱俩，因为生意是活的，虽然合作化了，还能驮些东西到喇叭口藏着，别人家就是分到什么是什么，分不到就拉倒。所以我劝你就在刘家坪待着吧，那里没什么人跟你过不去，儿子们娶了媳妇，闺女们嫁了人，咱们几个背一个抱一个养那些哭着喊着的小东西，也是伴儿。可你一定要往那伤心的喇叭口跑，图个啥啊？"

"那是我的家，这话你懂吗？"

两人突然都站住了，面对面盯着看。手都背着，缰绳的一头在小黑驴头上，另一头在乔震手里，驴自然也站住了，打了个喷嚏，很宽幅度地摆着尾巴赶着蚊蝇，低眉顺眼。

"懂。喇叭口是你的。地上是你的家和你的娃，地底下也是你娃的家和你的娃。"

两人不再吭声，又对看了许久，继续往前走。

没到村里，看见河边上垒起了高高的石头堡子，里面冒着烟，边上有很多柴火和不认识的人。

"啊？喇叭口也大炼钢铁了？我当到刘家坪就不再往里来了。"

乔震没有接朱老板的话茬，他在看路旁一排蓝石头上的标语：

总路线是创造性地运用马列主义正确地总结我国社会主义建设的经验

调动一切积极因素，正确处理人民内部矛盾

在重工业优先发展的条件下，工业和农业同时并举

穷灶窝　富水缸　防火工作要加强

……

"是潘志国的驴鸡巴字，又黑又粗，直愣愣的，不知写的啥意思。"

乔震说的一本正经。

朱掌柜忍不住哈哈大笑起来，说你这词用得也太传神了，因为他眼前显现出了潘志国写"新江山铺子"时拉得很长的脸，以及又黑又粗又硬的字。他想乔震是在发泄潘志国不让林紫题商号名的怨气，不过可能不仅仅如此。

再仔细看看标语内容，朱掌柜赶紧给乔震提醒道：

"我说老哥，咱俩都有个坏毛病，嘴上把不严。你看看标语这内容，要是在别人那里联系在一起说，我给你连尸体都收不回来，以后可得当心了。"

乔震说可不就是跟你说么，平常我哪里敢说？

"看，火真大。"

朱掌柜指了指前面说。

两人望过去，石头堡垒里的火焰直冲天空，火星子乱冒，听边上的人齐声唱：

我们走在大路上

意气风发斗志昂扬

毛主席领导革命队伍

披荆斩棘奔向前方

向前进！向前进！

革命气势不可阻挡

向前进！向前进！

朝着胜利的方向

……

两人怔怔地盯着看，过了好久，乔震喃喃自语道：

"我一看见大火和人多就害怕，这次不知又有啥大祸临头？这样烧下去，后山的树没几天就光了。"

必须要路过那里了，一男一女两个十来岁的娃举着小黑板跑过来挡在他们前面，说是要扫盲，女娃嘻嘻嘻地笑着先自我介绍道：

"我们是刘家坪地区吴山县66中毛泽东思想大炼钢铁队的，现在到喇叭口建设钢铁基地，还负责对村民的扫盲工作。现在你们认字，不认不让

过桥。"

男娃稍显腼腆，有点迟疑地对他俩举起牌子：

"中国！"乔震读道。

"翻过来让他认。"女娃指了指朱掌柜对男娃说。

"中国共产党万岁！"朱掌柜说。

"认字通过，现在考毛主席语录。我背第一句，左边的叔叔背第二句，右边的叔叔背第三句。听好了，现在开始。"

刚才心里不屑他们考的几个字难度的俩人，这下子心里都紧张了起来，毛主席语录总听工作组的人说，他们觉得听听就行，跟自己没啥关系，而且这种抓阄式的考法，即便会几段，也未必抽得到。

朱掌柜赶紧投降，说我们俩一段都不会，以后一定加强学习，还请小老师们给教一下。

女娃清一下嗓子道：

"现在跟我读。今后我们的队伍里，不管死了谁，不管是炊事员，是战士，只要他是做过一些有益的工作的，我们都要给他送葬，开追悼会。这要成为一个制度。这个方法也要介绍到老百姓那里去。村上的人死了，开个追悼会。用这样的方法，寄托我们的哀思，使整个人民团结起来。"

乔震一句句木然地跟读，心里的别扭劲儿就别提了，还没进自家门，就是死了、追悼会什么的。这么绕而且这么多，啥时记得住？今天怕是到不了家就得走回头路了。

朱掌柜挠了挠头笑着说，小老师你看这样行不行？我们俩死老头子脑袋都成榆木疙瘩了，毛主席语录那么多，一辈子都得学，你先教我们一段短的可以吗？

驴等得不耐烦了，好像声援主人一样，拧着脖子去够路旁的草，拉的乔震站不稳。

"好吧，以后可得天天学习，下不为例，记住没？"

他俩跟幸逢大赦似的说记住了记住了。

"好，准备跟我读短的，最新的也是最重要的。"

小女娃儿羊角辫一耸一耸，挺着肚子读道：

"鼓足干劲，力争上游，多快好省地建设社会主义。"

两人都是读过书的人，记这点还算容易。过关了，像逃难似的赶紧过桥往家走。

"也不知道怎么了，只要从外面来的人，好像都是对的，都是领导，我们都得听他们的。你说没有我逃到这里就没有这个村，以后工作组来了，拿我的东西，让我干这干那似乎天经地义。现在这些娃儿一来，路中间一叉，我修的桥说不让我过就不让我过，我踏开的路成了他们的。这世界我真不知道怎么了，我满肚子的委屈，他们满嘴的理，绕来绕去我自己永远是错的。"

朱掌柜叹口气应答道：

"说你对说你错，主要看这话是哪些人说的，本来就没个标准。跟你一样的比如我，就说他们没道理，跟你不一样的，当然就说你不对。这时候就看谁一边人多，谁硬气，谁有后台。这种力量对比不是显而易见吗？你怎么连这点都想不通？你这些话让我想起了关汉卿一首叫《四块玉》的散曲，你会这曲不？"

乔震说我一个中学生，而且这么些年了没见过书，肯定不会，林紫应该会。

"南亩耕，东山卧，世态人情经历多。闲将往事思量过，贤的是他，愚的是我，争什么。"

这话说的就像是现在的我们，为了保险起见，我们也应该记住，经常提醒自己，他们是对的我们是错的，不然就会引来祸患。你经历过大地震和震后的洪水，应该能想明白这个道理，面对压倒性的强大力量，你不可能有讲理的时间，也没理可讲，逃命还未必来得及呢，真可谓顺之者昌逆之者亡。到了，开门吧。

烧了些水，吃了带的干粮，站在廊下，漫无目的东张西望。

时间长没回来过，院里的青草疯长。眼光越过矮墙，孩子们的坟堆被湮灭在荒草里，很深很绿。乔震很庆幸当初自作主张把他们土葬了，没有按风俗扔了几个未成年孩子的遗体在荒野，不然现在骨灰上被火烧过，哪里来的绿色会温柔地拥抱他们？他会非常心疼的。

把带来的食盐、蜡烛等小物件藏好，拔了院里新长出来的荒草抱外面扔了，把驴拴在门前的草坡上让吃草。看着太阳还早，乔震说打个盹儿再去队部交代最近的财务情况，顺便到鹿场看看。

赶得巧，正好遇见了潘志国和小付、小徐离开，与新的工作组交接工作。虽说没怎么来过这里，但也没那么长时间，喇叭口的变化竟然如此之大。

喇叭口没旧工作组什么事儿了，新来的还没有熟悉，不便贸然跟乔震他们谈买卖。两人在边上听他们说话，新工作组班子有66中教员冯新锐、学生代表马莲莲、县里来的包明。村里是刘大成当队长，他老婆何翠翠任妇女主任，出纳由包明兼任，会计冯新锐代理。包明边接手边絮叨，说会计出纳这样的事，不归工作组管。解放这么久了，喇叭口应该能培养出几个会打算盘会算数的人，怎么文化基础还这么薄弱？

潘志国似乎听着不爽快，说这里有能当会计出纳的人，但政治上不可靠，你觉得能把人民政权的印把子交到这样的人手里吗？

乔震强咽下心头的气，刚想拉朱掌柜出门，潘志国叫住他们说：

"对了乔震，前几天老班子已经做出了决定，让你家回来参加大跃进，那边的收入不能少，但只能最多留一个人，至于留谁你们看着办。"

朱老板笑着说，还正要给工作组报喜呢，乔掌柜的千金二姐答应许配给犬子迪蒙了，成亲的时候还请各位赏光，那天招待的肯定不是凉皮。所以，乔家至少在刘家坪得留俩人。

即便对于朱掌柜，潘志国也是不冷不热的神态：

"那就是说二姐不来喇叭口参加大跃进了？"

"嗯。嫁鸡随鸡嫁狗随狗，她也不属于这儿的人了。我们先去看看鹿场，给马帮布置一下下次送的货就该走了。"

没人关心他们，只有潘志国头都没抬说让他们早点搬回来，队里热火朝天大跃进，一天等于二十年，你一家子躲在街上过舒坦日子，这还像是新社会人人平等吗？

朱老板看着乔震蠕动的嘴唇，赶紧拉他一把说走吧走吧，再晚天黑了，路上黑灯瞎火的。

一出门就教训他：

"今早路上还说说别总惦着逞口舌之快，一到时候还是那个球样子。那头黑叫驴就要滚蛋了，就让他叫两声，别搭理他你能死啊？虽然可能是新工作组挤走了他们，但他们依然是一脉相承的，你别看错了形势。他们是毛主席说的人民内部矛盾，跟你虽然没说是敌我矛盾，但也踩在边上。看来姓潘的也没有混出啥名堂，脸阴沉沉的。我刚才看他自己缝包裹，突然心生怜意。你说咱们几个男人做过针线活么？小时候有妈妈、姐妹什么的，以后有老婆。就说潘志国折腾你的日子里，也是你回家有饭吃，有人安慰，有处撒气。他有啥？威风完了，回去冰锅冷灶的。他不知离家多少年了，这期间父母肯定老了不少，亲人也有离世的。就这么天南地北飘来飘去，头疼脑热都没个人关心，还要管那么多事。看着有四十多了吧？没家没老婆没孩子，你不觉得很凄凉吗？老了咋办？"

乔震从没想过这个问题，他一直觉得潘志国他们跟普通人不一样，婆婆妈妈家长里短都跟他们没有关系，天生就是干革命的。好像不知劳累，也不想父母、妻小。

他把这种想法说给朱掌柜听，对方说：

"你说的有道理，但没分清楚他们的工作纪律和个人需求、人的本能的关系。我给你讲一个我在国民革命军里经历过的故事。当时我搞宣传工作，说为了打倒军阀，这个也别想那个也别想。一个参加过辛亥革命的老兵在路边上厕所时叹了口气说：'我打清兵的时候二十来岁，撒尿能撒差不多三米远，谁都比不过我，去年还能撒一米多远，今年有时候竟然尿到脚面了，唉！没用场了。'当时一听那话，我突然觉得自己非常无聊，整天扯些空话。实际上提倡不让想的，正是领导们恐惧人要想的，也正是人性的东西。以后搞宣传，怎么也觉得缺少底气。可这老兵平常能说自己不愿打仗吗？想逃回家跟父母老婆在一起吗？说了没用，还不如不说。像潘志国这样的，我不能否认他们中间有光想着革命其他都不想的，但肯定不是所有人都这样。"

乔震笑着说真应你那句话了，本来好像没有的事，被你一说就成了个事儿。这么着一想还真是，终于找到点我比潘志国的优越感了，老婆娃儿热炕头，就不知新来的工作组咋样。

"哎，你这么一说我想起来了，堵住咱们考文化的那个女娃儿不就是叫什么莲莲吗？她好像也是工作组成员。"

乔震把头摇得跟拨浪鼓似的说：

"不可能不可能，她能干啥？你别开玩笑了。"

"未必。共产党的儿童团员经常参加大人们的活动，这是他们培养接班人的一种方式。算了，真的假的，以后就知道了。"

十九

或许是新的工作组成员里多了学生和老师，也或许运动方向有所调整。反正村里出现了明显的新气象，那就是诗和歌，而且把久已荒废的学校也搞了起来，工作组、学生、老师一起兼课，学校同时成了喇叭口的文化中心。

乔震一家把胖蛋留在刘家坪看店，二姐嫁到了朱家，他们家借了两头骡子把他一家子送到了喇叭口。村口新立着块大石头，像个碑，实际上没有雕凿过。乔震有些惊讶，喇叭口的土地他没有一块不踏过几百遍的，这石头究竟是哪里来的？再看远处明白了，那里有个大坑。至于他们怎么知道那里有这块大石头，为什么去寻这样一块石头，如何滚到村口的，他怎么也想不出来。石头两面写的字一样：

天上没有玉皇，地上没有龙王。我就是玉皇！我就是龙王！喝令三山五岳开道，我来了。

一家人都看。除了彩霞，没人不认识这些字，但对于意思，都似是而非。

晚上他们就被召集回去开群众大会，天算暖，就在场院里，乌烟瘴气没有了，看着星星熬时光。

还真让朱掌柜说对了，冯新锐、县里来的包明，那个女娃儿叫什么莲莲、刘猪娃和何翠翠坐在台上，他们的一对娃儿在台底下直喊爹妈，闹着要到台上去，包明说让上来让上来，他俩就跑了上去，刘猪娃和何翠翠一人抱一个。乔震悄声对林紫说那娃儿一段没见，都成小小伙子了。

这俩小东西一安静，会场里基本安静了，包明边上放着汽灯。他展开报纸读道：

"这是一个出诗的时代，我们需要用钻探机深入地挖掘诗歌的大地，使民谣、山歌、民间叙事诗等等像原油一样喷射出来。"

"报纸上说的啥？"

底下一嗡嗡，冯新锐接上茬做解释：

"报纸上说，现在大江南北各地都开辟了诗歌创作园地。有诗棚、诗府、诗亭、诗歌堂、诗窗、诗碑、民歌栏、民歌牌、鼓动牌、诵诗台、献诗台、田头山歌木牌诗、田边竹笺诗、墙头诗、机床诗、枪杆诗、炉壁诗、扇子诗等。这里有几首人家外地农民做的诗我读来大家听听,多好啊:

第一首:

月宫安上拖拉机,嫦娥小声问织女:听说人间大跃进,你可有心下凡去?织女含笑把话提:我和牛郎早商议,我进纱厂当女工,他去学开拖拉机!

第二首:

一阵锄声卷入云,惊动天上太白星,拨开云头往下看,啊,梯田修上了南天门!

大家说好不好?"

台下齐声说好。

"那我们也作出比他们更好的诗来,争取上报纸,好不好?"

那个什么莲莲的话音一落,台下依然说好。

乔震一家都没搭话,或许觉得没有资格,也或许觉得做不出诗来。幸好会不长,布置了一下生产就散了。

然而,如果将以上壮丽豪迈的诗篇仅仅看成是口头上说一说的东西,那就大错特错了。很快地,工作组就把村民和学生分成几部分,用实际行动写诗,写实际的诗。

当乔震和壮壮被通知翻过两座山到小河——工作组进驻后改名为幸福河的上游修建水库时,还接到负责宣传工作的马莲莲让他家出一首关于修水库的诗的指示。乔震说我们真的不会写诗,马莲莲说你去村口的标语栏里参考参考,看人家做出来的多好,我负责写上去的。

壮壮在收拾东西,对乔震说让我妈去吧,我俩去也是白去,回来连屁都放不出来一个,林紫真被这爷儿俩赶到了那里。

她站在土墙前面看,第一首是刘大成和何翠翠的:

饿着肚皮修水库,

修完水库享清福。

夫妻两个齐努力,

娃儿支持都不哭。

第二首是王瘸子的:

腿瘸心不瘸,

脸黑心不黑。

跟着毛主席,

水库闪金光。

后面还有，她觉得不能再看下去了，原来还以为看后受些启发怎么着也能对付出几句，等看了他们的，方觉搜肠刮肚也写不出这类诗来。还好，那马莲莲不是说不出诗的男人家也可以背一个锅盔给没饭吃的人么？要不就多背一个。

然而，作诗还是成了绕不过去的话题。

林紫被划在种庄稼的组，得做这方面的诗；大妞属于学校里的科学实验组，生产活动是参加炼钢铁，得写这方面的诗。还有，乔震说胖蛋和二妞都捎话过来让林紫多写些诗，那边家里人多，特别缺诗。林紫苦笑着说，诗啊诗，我又不是李白转生的，到哪里弄那么多诗去？我写出一首种地里，明年结一背篓出来，或许就够用了。

家里最被热议的话题也是诗。

"谁的任务谁领走，别都往我身上赖，写这诗我觉得比生养你们还难。"林紫愁眉苦脸地对围着她要诗的大妞说。

女儿继续缠她道：

"妈啊，你会背那么多的古诗，当然比我们强了，你愿意让我们挨批评啊？"

她这么一说完，壮壮接着求。

大妞的话倒是提醒了林紫，对啊，从古诗里找相关的，改头换面编或许是个法子。她把想法一说，兄妹俩说对啊对啊，还是我妈有办法。

壮壮立即就想起了李白，他写诗多，改编他的。

月照大地脚生风，

个高个矮不相同。

飞流直下三千尺，

喇叭口里水库成。

壮壮一读完，赶紧喊：咋样咋样？像不像？

林紫想起标语栏里的，笑着说："像，像。记住啊，不能给别人作诗，不催的时候也不能拿出去，免得没了。"壮壮说："我知道，诗现在可是宝贝，我哪舍得随便送人？"

"那我们科学组搞炼钢的呢？"大妞问。

其实我哥那个好像更适合炼钢，飞流什么的，给我吧。

林紫赞成大妞的，说："实际按这个可以再编，不矛盾。我去烙馍，你们接着。"兄妹俩很快就凑成了：

日照钢炉冒紫烟，

远看瀑布挂高山。

飞流直下三千尺，

钢水立刻流成川。

几个人在兴头上，大妞说给二哥和二姐也作好诗带下去，乔震说拉到吧，你哥你妹，还有你妹的公公，哪个文化比你们弱？明天我去大李庄买洋镐，把你们的花招传过去就行，没准啊，俩铺子里还可以卖诗呢。

壮壮说绝对有可能，现在卖诗肯定比卖药卖家具赚钱，工地上有些人急得直挠头，争着抢着说多让他们打几个眼，推几车石头行不？只要不让写诗。

"那究竟行不？"大妞问。

"不怎么行，很少有被批准的，大都让自己编诗。个别人被同意了，高兴得跟什么似的。以后你们要能想出富裕的来帮他们一点，有几个人虎口早裂了，还要争着多打眼，就因为作不出诗，看着怪可怜的。"

第二天上工前，刘大成宣布说，今天先不去水库，开会筹措食堂的事。

显然做过精心准备，他讲得很清楚，全体村民把锅碗瓢盆，总之只要不是农具的金属，都送到河边钢炉那边炼钢，以后各家各户不准做饭，一律吃食堂。

接下来冯新锐读报给村民讲成立食堂的原因。

先是读报纸定基调：

"贵州省委2月24日给中央关于农村大办食堂问题的报告，把食堂提高到巩固社会主义阵地的高度。毛主席看了很满意，亲自批转全国各地说，报告写得好，是科学的总结，全国要不例外地照办，并由李先念副总理组织学习贵州的经验。"

读完了，他接着说农村公共食堂有八大好处：

吃饭时间一致；

解放了一批妇女劳力；

解决了单身汉做饭、喂猪的困难；

家禽、家畜集体喂养，便于安排弱劳动力，减少了五保户；

能够计划用粮；

便于发展集体副业；

有利于家庭和睦；

卫生状况大改善。

会议的第三项内容，是两个学生娃的快板：

刘大伯，王二嫂，

夸咱食堂办得好。

大鱼大肉又有菜，

人人肚子圆溜溜。

精打细算有计划，

节省粮食花钱少。

食堂好呀就是好，

妇女能把生产搞。

末了，妇女主任何翠翠还宣布了另一条许多村民都没有听过的新鲜事物，那就是喇叭口要成立幼儿园了。她还举例说明幼儿园的好处：

"比如，我和刘大成一起去喊教生产，如果没有幼儿园，娃儿就拖后腿；有了幼儿园，一切就都解决了。"

"那你最小的娃娃怎么办？才不到半岁。"

有人发出疑问。

"也上幼儿园啊，由老师哄。"

"老师是队里的吗？有奶吗？"

另有人问。

何翠翠不耐烦了：

"娃娃的事是小事，具体问题具体对待，下来再说。对了，马莲莲还写了一首有关幼儿园的诗，给大家朗诵一遍，了解了解幼儿园是个啥。"

马莲莲站起来，手一背，羊角辫一颠一颠朗诵道：

幼儿园呀像天堂，

宝宝心里齐欢畅。

……

林紫自己也说不清楚她听了没有，想回家把大妞换出来。半天了自己早想走，就是不敢离开。她自个儿在家陪彩霞时间这么久，娃儿嘛，喜欢热闹，她该着急了。

还好，包明终于发话说回家赶紧把铁器收拢一下送河边钢炉那里，免得耽误明天炼钢。

会后乔震一家开始收拾油盐米面、金属器物。万贯破家，废铜烂铁马掌钉什么的还真有不少，最后，壮壮连门墙柱子上挂鞭子的钉子都撬下来丢筐里一起抬了出去。

在把炊具交出去以前，林紫犹豫了一下，说彩霞这情况，家里给熬点稀饭烧点水什么的，是应当留个锅啊碗啊什么的。乔震说算了，咱家最不经惹事，交了吧。万一到时特别需要再去申请，工作组不会连病人的特殊需要都不考虑吧。

"还有再交的啥东西没有？"

看见壮壮对着林紫的询问，乔震心都提到了嗓子眼上，赶紧催他说没有了没有了，去吧去吧。

他刚走出门，乔震说可吓死我了，怕你说出炕洞的事来。林紫说我傻啊，又不是没有经历过饥荒。再说还有亲家那儿呢，我怎么可以自作主张？

吃过晚饭，又是开会。讨论的是食堂的事和发工资。

刘大成讲道：

"上级指示说，应当给社员发工资。社员工资分三级，这个数字也是根据全国革命形势和人民公社的命令定下来的。其实工资高低都无所谓，因为上级说了，公社是一家，自己大队有了困难，其他大队就会来帮助。也就是说可以吃别的大队的、吃别的公社的、吃别的县的、别的省的，还可以吃苏联老大哥的。"

"那要是苏联老大哥的也吃完了呢？"平时就爱捣蛋的李嘎子喊了这么一嗓子。

偏有这么些钻牛角尖的人死不开窍，刘大成轻蔑地撇了一下嘴，斜睨他一眼说：

"笑话，苏联老大哥的怎么可能吃得完？全世界的人都吃也吃不完，就是苏联老大哥只给咱们社会主义国家的人民吃，不给资本主义国家的人吃。不对，也给资本主义国家的穷人吃。但咱们也不能等着让苏联老大哥养活是不是？还得遵照毛主席的伟大指示，勤俭节约，自力更生。这月就要开始秋收了，大家还得好好干活。"

8月5日，食堂正式开张，按照食物种类排成长长的队伍。

"要几个馒头？"炊事员问壮壮。

"每人两个。"

馒头放盆里，接着配上好些个山药蛋。他说我家不要山药蛋，吃不了。炊事员说不要白不要，反正吃不了，一个馒头配一个，拿去自己处理。

端着饭锅往家走，背上被什么东西砸了一下，回头一看，身后地上一颗熟山药蛋裂开个大口子，缝儿里还冒着丝丝热气，却不知来自哪个方向。回头继续走，又一个扔了过来，不过这次似乎没有瞄中，落在离他左侧很远的地方摔碎了，白花花的。刘家院子里发出咯咯咯的笑声，他知道是那俩双胞胎坏小子干的。

这个月是收获的季节。

"以往自家过日子，得精打细算，总怕歉收却总歉收。现在可以随便吃饭了，今年的庄稼跟见鬼了一样收成好。"

乔震坐门槛上絮叨。

"其实差不多。"

林紫边给彩霞梳着头边说：

"就说庄后那块地，以往咱也种过山药蛋，挖出来不也那么多么？也是堆在那个土崖旮旯儿里，堆堆差不多大。"

"那倒也是。可怎么觉得今年哪哪都是吃的？路上滚的山药蛋，地里麦穗横七竖八躺着，场上的麦穗都又发芽了也没人管，食堂里还可着劲往多里给，跟吃不完似的。"

林紫接着乔震的话道：

"嗯。确实。可你想过没有，今年的东西都在地面上，看得见摸得着。就说庄后地里堆的山药蛋，以往挖一点就背回来装在窖里，谁看得见？虽然看着不多，可那要吃大半年的。每年开春，气温回升还得隔三岔五扳芽儿去，不然就空心了。新山药蛋下来，老的还在，长长的根，顶着白胖白胖的苗子，猪都不吃。扔到河沟里，几天就变得绿油油的。刚接上白嫩的小山药蛋，下雪了，全冻死。现在谁家的窖和仓子都空着，可不哪里都看见的是吃的么？"

乔震不说话了。

本来没有多大的村庄，二十多天，秋收就基本结束。而且大跃进以来，粮食生产似乎成了次要，大兵团一样拉着到处修水库、炼钢，种植面积大大减少。这部分面积里，为了提高产量，种子比以往撒下去好几倍，穗儿却小了不少。扫尾的部分由农业组干，修水库的、科研组的、炼钢的都各就各位。

男人们基本上山了，妇女主任何翠翠负责农业组这一块的工作。她这人，力气足得像奶牛，性格的豪爽如高处倾泻而下的瀑布。干活像领导，一马当先，跟大家说笑时却没人拿她当事，推着车跑得那叫一个欢实。

今天上午休息时，宣传员读了河南一个劳动模范的事迹，说他光着脚板，赤裸着上身，迈着矫健的步伐在水库上跑来跑去。待会儿干活了，王瘸子笑着倡议说，咱这里何主任干得最好，早就超过那个模范了，就有一点还差一些，大家问是什么？

看着他诡异的笑，人们知道肯定有包袱要抖，叽叽喳喳猜究竟是什么。没有结果，王瘸子说你们一个比一个笨，何主任上身穿着衣服啊！

　　大家哄堂大笑，说就是就是，何主任也有比不上人家的地方，看来新社会也不一定男女平等。何翠翠一句话不说，车辕一放，刷刷两下子，衣服就搭在车上，拉起来往前跑。

　　人们一惊一诧间，看她已经倒了土折头往回跑了，正在喂奶期的女人，白花花的丰乳一颠一颠上下跳跃，分在农业组的几个残疾男人在商量谁敢抓一把那对白兔子，几个人说要不咱一起上也是个伴儿。

　　林紫站在远处往自己供土的两辆车里铲土，这俩女的跑得快，她有点顶不住。无意间看见彩霞过来了，她怎么出来了？最近生产忙，队里不允许专门留人，只能有林紫和大妞休息时去看。今天说好是大妞，这丫头怎么没关好门？出事了咋办？

　　她给何翠翠打了声招呼，回身把彩霞送回家里，去队部的科研炼钢组找女儿，想给她叮嘱看好彩霞这事。到了那里，看见一伙人围成大圈子听冯新锐讲课。

　　先是演示。

　　他把一个皮管子接在水龙头上扎紧，将另一头用手捏得紧紧的，水猛地化成强烈的细水柱四面八方射将出去，听讲的人慌乱躲避。冯新锐讲他的：

　　"注意看，这力量强大不？"

　　听的都说强大。

　　"那好，现在看这一强大的力量有什么用。"

　　他把一枚薄木片顶在水管子里冲出来的最粗的那股上头，木片轻微地抖动了起来。大家静悄悄地期望着。

　　"这就是超声波，是尖端科学，具有无限广阔的用途，以后建设强大的社会主义国家，人民生活水平的提高，很大程度上都要靠超声波。"

　　"那超声波的厉害究竟表现在哪里？"一个学生问。

　　"多了去了，比如麦穗平常就是四五寸长吧，经过超声波一超能到四五尺；土豆经过超声波一照，种一块下去，能收几百斤。还比如马，现在都嫌牲口少，等超声波研究好了去在母马肚子上一照，会生出一群小马来，而且想要公的是公的想要母的是母的。"

　　"哎哟！超声波真是太好了，赶紧研究成功吧，到时候把我们超到北京去看毛主席。"

　　说这话的是大妞。她没有看见林紫来找她，眼里闪着光很兴奋地看着冯新锐。或许因为这话说得及时而且有高度，冯新锐让她上来重复他刚才的超声波实验。

林紫不好打搅女儿，回头赶紧往工地上走。

有了食堂，现在晚上不用自己做饭，乔震和壮壮在山那边修水库不回来。就林紫娘俩和彩霞，她坐门槛上纳鞋底，大妞给彩霞揉揉背。不一会儿她睡了，娘俩还得上夜班。

今天大妞拽着林紫衣服说：

"妈，待会儿你先到炼钢炉那里看我表演节目好不好？今天又出一炉钢，是我唱庆祝歌，大家都说我嗓子好。"

林紫说那恐怕不行，你们上工我们也上工，迟到就了不得了。我看着你二妈睡着，时间就很紧了。

"我们开工比你早，钢等不及了，炉子也急着要多炼几炉支援社会主义建设呢。"

林紫说好，那现在就走，带着你二妈，看完我送她回家。

炉膛里的火红彤彤，炉灰溢到河边上，被溪水冲走的不知有多少。炉子后面是一个高高的黑塔，就是炼出来的钢一次次堆积起来的。

这里的负责人是马莲莲，她站在小木桌前面当主持人：

"我宣布，第二十一炉钢胜利诞生，现在由乔大妞唱庆祝歌。"

一阵鼓掌后，大妞羞答答地站在了桌子前，看了林紫一眼，又转来转去鞠几个躬后开唱：

"哎！

跃进年代不平凡不平凡，

一天等于二十年二十年。

好人好事千千万……"

歌很老套，自打有了大跃进这回事，这歌就飘在漫山遍野，鼓励和逼迫人们裂了虎口，炸断胳膊摔断腿而在所不惜前仆后继。女儿还在那里唱，林紫眼前飘过的，却是他们到刘家坪去开铺子时两个女儿甩着四条辫子唱歌时的繁华：

桃花红梨花白

东风阵阵地吹过来

蝴蝶翩翩将花采

此情此景谁不爱

蝴蝶呀蝴蝶呀

那厢的花儿朵朵开

估摸着时间不早了，她赶紧带着彩霞往家走，服侍她躺下，把那团绳子递她手里看她玩，知道没几分钟就睡了。关门从外面锁上，路过幼儿园，天已擦黑，看见王奶奶把大襟的脏布钮疙瘩往何翠翠娃儿的嘴里塞。娃儿叼进去咂巴几下，吐出来又哇哇大哭。

王奶奶没有看见她，又掏出自己空荡荡的奶头喂进娃儿嘴里，这次嘬得稍久，不过终于还是辜负了老太太的希望，因为嘬不出东西，吐出来哇的一声又哭了起来。

她骂了声"真作孽。"

抱起来抖着，看见林紫走过，赶紧低头进屋去了。

二十

接近冬至时，新江山铺子在争议许久后终于被判处死刑，胖蛋回到喇叭口投入了火热的大跃进大战。也在这时，乔震终于病倒了。说不上其他症候，就是剧烈地咳嗽，那咳不像是来自喉咙，也不仅仅像来自肺部，而是颠覆性的震颤，如水库大坝上的爆炸声，每一声都觉得毛细血管会被震裂。

好几天了，才允许下山回家拿一次东西，壮壮和胖蛋一般都把自己回家的机会让给乔震。

今天晚上要开大会，工地上的人都回了家。吃完食堂里打来的越来越稀的饭，在召集开会的破锣前的空隙，一家人斜靠在门墙上闲扯，这种有气无力的懒散和昏昏欲睡的倦态，与朦胧月光下的白土墙院落、七倒八歪的农具非常匹配。

"我听说过一个偏方，说是冰冷的泉水化了冰糖能治咳嗽。可就是没有冰糖啊，不知二妞家存了点没有。"

壮壮话音一落，胖蛋说我爹那是累的，岁数不小的人了，安排在下风，石头沫子往鼻子里飘，都吸肺里去了。要不咱去问问工作组，能不能把活包给我们，我们哥俩多干点，也不能让爹再去了，起码换到我妈他们那个农业组。

"就怕刘猪娃不同意，是他安排我到那里的。"

乔震说完又是震撼性的剧烈咳嗽。

"那老东西再讨厌的话，我非把他推到崖底下摔死不可。那么爱水库，就让他永远躺在那里别回来好了，成精了当个龙王爷。"

壮壮猛地擂一拳头放烟锅子的小桌子，咬着牙说。

乔震断断续续咳嗽着道：

"你这是催我死呢。谁再惹一点点事，我就跟真真他们一起躺着去，在地下歇着多好。"

胖蛋赶紧说爹你好了就啥事没了，我哥是疼你说气话呢。

大妞听了他们的话没吭声跑了出去。找到马莲莲说我爹病得重，能不能给我俩哥包个活让我家人白天晚上干，让我爹赶紧养好了身子去水库战斗，时间不等人哪。

没等她回答，就把一双鞋垫塞在她手里，说我妈专门绣了给你的，她说你在组里器重我帮助我，很感谢你的培养。

莲莲直推脱，说毛主席教导我们说，革命干部不能拿群众一针一线。大妞假心假意说那我扔进火里炼钢算了，反正也没人要，就是可着你的脚做的，我家谁也用不上。

"这人。"

莲莲一把抓过来，看附近没人，赶紧装进口袋里。

是不是包活的事乔家没有继续谈下去，破锣响了，村口的人们陆陆续续多了起来，不一会就开始开会。

第二天晚饭后，莲莲站在墙外头喊大妞的名字，让她出来一下。

"我给包组长说你爹病得重，可心里急的是共产主义早日实现。你们家包了活一天等于二十年地干，水库就会提前建成……"

"包组长说啥了？"大妞迫不及待地问。

包组长正犹豫呢，刘队长马上同意了。他说好啊好啊，照顾他们一下，现在修大坝需要好材料，炼钢需要铁。那就让乔震家把那寺院拆了，洋灰疙瘩运到沟底修大坝，里面的钢筋抽出来运队里炼钢。他还说见那个寺院他就生气，最好赶紧拆了，而且是破除迷信的一部分。

当大妞兴冲冲地回来报告这个喜讯时，一家人惊呆了。这个死丫头自作主张，那寺庙要是拆掉，得全家几代人不停地干下去，当时那么多军队，前前后后修了快一年，看着没多高，地底下不知道有多深呢。

可事到如今，也只能去。一则没有拒绝的资格，二则为了乔震的病。

"那我们家就去拆吧，拆不掉也不会杀了我们，天天去干就是。"林紫无奈地说。

第二天，壮壮到水库大坝申请了些炸药、雷管和导火索回到庙里，胖蛋已经在那里干了。这里底下现在看得见的有两层，不知根扎得有多深。解放军打过来后他们进去过，以后荒了，里面野兔麋子什么的出入。以后一把火，好像那里也不再有什么，现在就有死寂的通道，空洞的窗口和门框半陷进残砖断瓦里。

"哥，炸药就那丁点儿，咱不能指望能炸开什么，把整个寺院往松里轰一轰就不错了，拆起来轻松些，你说呢？"

壮壮点点头说那咋俩先在地底下挖个洞，爆破一次。

第一天挖，第二天挖，第三天，终于觉得到建筑最中间的底下了，他俩点燃导火索躲到远处。沉闷地响了一声后，朝洞里钻进去。

"扑通一声"，前面的壮壮掉进了一个坑，胖蛋失声喊了声哥。

幸好坑不是太深，胖蛋赶紧伸手把壮壮拉上来。两人趴在坑边上划根火柴往底下看。火光微弱，啥都看不见。

俩人不敢离开，潜意识里怕出来什么从后面伤害他们。

壮壮忽然记起口袋里还有一段用剩的导火索，从胖蛋手里拿过火柴点着，哧溜一声扔进去。一道幽暗的白光下，白花花的银元从被炸破的大陶罐子里流出来堆在地上，一样的罐子有两个。

兄弟俩脑子里轰的一声，一时之间眼前、脑海里什么反应都消失，世界宛如死了一样。

不知过了多久，壮壮捅了胖蛋一胳膊肘子道：

"咋办？"

胖蛋也愣在那里不吭气，他也不知道咋办，许久才嗫嚅出这么一句来：

"我觉得还是埋了，管他以后谁得着，不能交给农业社，不但得不着好，还可能审问我们贪污了没有，那就真的是没事找事。"

壮壮被这话提醒了，补充上一句：

"不能埋这里，他们是贩大烟的，钱来的不干净，咱换个地方埋，不能再让他们拿走了。我去外头看着人，你先把银子收拾收拾，咱们再找地方挖坑和掩埋。"

胖蛋先把银元捧到破烂罐子里，再用几块石头挡了挡，出去和壮壮找埋罐子的地方。

这可是个苦营生。任何一个不起眼的地方，一旦想起它将和银元罐子联系在一起，立马就觉得左也是标记右也是暗示，俨然林紫给他们讲过的此地无银三百两的故事。

"分开埋吧，安全些。"壮壮说。

干脆装上几枚拿到家里藏起来，也很贵重呢。这是胖蛋的意思。

壮壮不同意拿到家里，说万一被人发现怎么办？那咱家就吃不着得兜着走。

最后两人还是把坛子分开埋在了寺院门槛正对着两个离得很近的地方。

关于给不给家里人说的问题，两人又争论许久。最后决定守口如瓶，怎么处理这些东西，在适当的时候再叫上父亲共同进行。

"得有二妞公公一份，他那人可真好。"壮壮同意胖蛋的建议。

从此以后，寺院成了他俩的一份牵挂，特别喜欢去那里劳动，苦死累死，就是觉得那里好，还在一个水泥平台上铺了些干草，抽空睡一觉。因为水泥条子码成的摞子不断增高的证据，工作组上来看过几次，表示对拆的进度满意，刘猪娃忌讳这里，从不上来。他俩的心情不错，相约春天一定在埋罐子那块地上栽一簇芨芨草，越长越多，让地面长得结结实实。

山上的洞里有了宝以后，乔震和林紫的秘密炕洞也在此时开始发挥作用。

自打那天壮壮说冰糖化泉水能治咳嗽以来，每天早晨林紫就让乔震去小河上游的山泉里喝水吃糖，实际上水都是娃儿们担，他挑个桶舀一两瓢水，是吃冰糖的掩护。这糖，自然是从炕洞里偷偷拿出来的。又过了几天，大妞叫唤小肚子疼，林紫用开水化了红糖水给她喝。大妞问哪来的红糖，林紫说这哪是红糖？让食堂里熬的一点甜菜水。

1960年春，天似乎比往年冷，俗语说过了四月八，麦子盖住黑乌鸦。喇叭口离山近，平常年景气温达不到这俗话说的程度，不过也不至于差这么远。都快农历五月了，地上的麦苗如营养不良的娃儿的头发，稀稀拉拉刚冒出个尖儿。

食堂大锅里的内容好像也更加稀稀拉拉了，打回来的饭先是肉越来越少，后来见不着肉，再到后来，洋芋块都没了多少。

工作组和刘大成他们先是给村民打气，说别的县马上调粮食过来，还说苏联老大哥送的大肥猪已经在路上。然而，肚子等不及那么长时间，到喇叭口搞科技的冯新锐带着学生先撤了，水库工地上的人拿着工具去后山刨吃的、打鸟，各自料理自己的生活。食堂固然还在开，可立秋以后，已经供不起人们能站得直的热能，也没人关心本来收成就很不行的庄稼，因为连枯叶和不太老的麦秆都被吃了。

直到小年前一天，王瘸子活生生饿得躺地上起不来时，村民们才慌了神，觉得远粮难济近饿、死到临头的危机。

从乔震躺家里的第二天起，林紫就在草棚的墙旮旯里支起一块薄薄的、中间带俩凹槽的石板。每晚夜深人静，她悄悄起来摸进草棚，把盖着的草撩到一边，去掉炕沿上活着的石头，用手抓出三四把小米，拿出少许糖，包进手绢里塞进衣兜，然后堵上。

把墙角的乱七八糟扒拉掉，露出凹槽石块，在底下点起火，烧热石板灭了火。然后把小米倒石头上。过上一小会儿，小心翼翼倒到地上铺的手绢里，包起来，用尖牙轻轻地咬成粉准备放进从食堂打来的"饭"里。她不能让人看见汤里的米，怕万一吃饭时有人进来看见米粒引火烧身。

都做完了，把刚烧出的草木灰放进那个宝洞，吸潮效果不错。积攒的多了，便在茅厕里挖个坑，晚上瞅空端出去倒里面，上面盖上炕灰。

米、盐、饼干末、糖，等等，被她用石块或木棍或牙齿粉碎搅拌在汤里……数量可怜巴巴，一家除了他们两口子，其他人谁也不知做了手脚。

调料一样加进去的少许东西改变不了汤的多少浓度，如果是在月光下，清亮的月光和屈指可数的几片萝卜在汤里荡漾；放到炕桌上，炉火苗子什么样汤里映出来的就什么样，但营养在里面，他们家没饿晕过人，已经很了不起。

所谓的饭打回来，先给彩霞盛，她的那份萝卜块和洋芋蛋相对多些，然后是壮壮和胖蛋，他俩得去拆寺院，虽然已经差不多没什么人关注这事，但他们家一向不敢自作主张，没说让停就不敢停。等到这时，汤里已经没什么成块的东西，林紫低声下气给乔震和大丫做解释：

"彩霞不懂事，壮壮和胖蛋要上工，多吃点，你们在家多睡会儿，她从不提自己。"

没人说她什么，家里劳心劳力谁也比不过她，分汤时她每次都给自己留不到半勺，两口就没了。

"我不饿。"她顿顿如此说。

1961年开春以后，随着好几个人倒下需要食堂大师傅上门送汤的事的发生，已经彻底没人关心修大坝、种地、炼钢、科研、扫盲等曾经热火朝天的事，曾被认为无坚不摧的革命精神，现在不如半个山药蛋有力量。另一件改天换地的事却突然发生了。春天雪一化，山那边被半拉子水库大坝堵住的涛涛雪水从另一个小垭口溢出，直接改道到了喇叭口这边，一向温良恭俭让的清秀小溪，突然就成了条规模不算小的河。平心静气的时候水没膝盖，到了山洪之际骡马都畏步不前的程度，虽然骡马早已下了人肚。

喇叭口村被这条突如其来的河分成了河西河东两块，核心包括食堂、仓库，自然是河西队部那边，河东是乔震他们的老宅子这边，就乔家和分了他们家房屋的几户，人已经极少走动，现在甚至不知道谁家死了谁家活着晒在这个平台上。

这样一来，河东的去食堂打饭就增加了不少难度。不下雨的时候还可以趟过去，一下雨，河东的人根本吃不上东西。而且春末夏初，本身雨水就多，雪水也多。

于是，刘大成说了两条方案：愿意到河西石崖底下睡的，可以在那边的食堂里吃，不愿意的，允许下雨天去铃铛妈那里打饭，队里已经分配给她一口铁锅，雨前由河西的食堂管理员按标准送过去萝卜和面粉、麸皮。

　　乔震家不可能搬河西去，人多没地方住，而且像样的石崖轮不上他们。还有宝贝炕洞，怎么可能舍得？舍了炕洞人就完了。如今命都难保，政治上淡多了。

　　那份月亮晃荡来晃荡去的汤依然是要去领的，或河东或河西，据情况而定。但两头的都差不多，能打到的饭，跟河里的清水没太多两样。

二十一

是往年能吃青粮食的季节了。

今年的地里荒草丛生，能吃的都被吃了，不能吃的发疯地长，有试吃过的，都中毒死了。修梯田后一两丈高的土崖在强光下泛着惨白的光，别处芳草萋萋，唯有翻出来的死白土上没有任何生命迹象。没有了生命营养的大地，照样会饿死。

凑合了一个来月，刘大成终于发话让设法自保，不过这也不是八仙过海各显神通谁保谁命的意思，是让全体村民到队部集合，上后山找野菜、小动物一起交到队部，交给食堂，统筹安排。

"如果谁偷着吃或往家里拿，就别想从食堂里再打到一两饭。"

刘大成接着说。他的嗓门不比以往低，站得稳稳当当，对直不起腰或堆在墙根的人们继续吆喝道：

"去吧，今天找找工具，小木桩、小铁铲，药钩子，还有小筐子，明天上山。"

小铁铲？药钩子？

这俩词，突然被他说出来了，那种遥远的亲切感，听着的人谁都感到温乎乎的，可现在哪有啊？不都被他们收回去炼钢了么？

对喇叭口人来说，恐怕只有这俩东西能有如此刻骨铭心的魅力和震撼感。

这里以前的植被大致可分为两种，高寒草原和灌木，也有些乔木，不过基本集中在阳面暖和的平台，或许那里容易积攒厚土层容得下高大树木根系的缘故。小铁铲的用途极广，是小娃娃跟端碗一样早的时段里就学会使用的东西。他们从牙牙学语蹒跚学步开始，就喜欢拿着小铲子，撅着光屁股东一下西一下空一下实一下瞎鼓捣。偶尔铲空的时候，一下子铲在脏的五花八门的小腿上，不过力气就那么点，哇哇哭两声，接着折腾。

稍微大一些，如果离了小铲子，他们的日子简直就没法过。几个娃儿凑到一起，找一块喜欢的土坎儿，先竖着挖或横着挖都行。一个直角对外的垂直面形成后，小心翼翼在竖着的一侧掏出茶碗口一样大的窑洞，把上面的平面铲光，四周也用铲子削平。然后一只手伸进窑洞，指尖轻托，另一只手握着铲子的铁柄，木把的横截面对着平面最中心轻轻敲打，嘴里念着"锅锅灶儿锅锅灶儿开眼眼，锅锅灶儿锅锅灶儿开眼眼！"

直到敲开小洞，灵巧的锅台就成了。

然后跑到一旁，撒泡尿，活点泥巴，装进捡回来的碗底瓶底瓶盖等等，端过去堵在那个眼上，塞几个小木棍儿或几棵枯草在里头，拿出偷来的洋火点着，对着身后的人喊：

"某某他爹或某某他妈，吃饭来。"

接着自己端起来，用两根小木棍假装成筷子，吧吧比划几下，再递给玩伴吧嗒几下嘴。

玩过走的时候，都会几脚踩塌，不愿意让别人占据自己的劳动成果，同时也体验一把搞破坏的快感。

小铲子对娃们的更大作用，在于挖乱七八糟的吃的。

山里的娃娃没零嘴吃，偶尔见块糖外，河沟山脊间的植物根茎，部分就成了他们调剂胃口的东西。初春大地萌动草芽还没努出地面时，先到小河边被水暖软和的地方挖蕨麻，粘的泥巴太厚了，就在冰凉的水里赶紧捞一下，宁可和剩下的泥巴一起吃进去，也不愿再把手放进水里洗，山泉太冻手了。

过不了几天，其他地方的土慢慢解冻，挖蕨麻的区域越来越宽。越硬的地方，如小路底下，蕨麻越粗壮。娃们两只手交换着在残冰的半冻土中挖蕨麻，现在离小溪远，懒得去洗，和着泥土往嘴里喂，嘴角黑乎乎的。寒风吹下清鼻涕时，用袖子左抹左边一道泥右抹右面一道泥。这个季节是他们最为活跃开心的时期。等到蕨麻发芽不能吃了，又有了新的吃的，比如辣辣根、马樱草等等。虽然没有蕨麻的季节那样热热闹闹，但提个小铲子，总能在山里挖到吃的。

药钩子有单药钩和双药钩两种，像羊的两只角一样往前弯着的铁钩子安个木把的是双药钩，像一只角一样往前弯着的是单药钩。它的作用比小铲子可能更为宽泛：刨硬度不大的地底下之物；伸进茂密的灌木丛中把东西勾出来，等等都用它。用得最勤的，是村民挖药从乔震他们那里换取钱、布匹、吃的用的时，药钩子大大改善了村民们的生活。

现在的小铲子药钩子都成了炼钢炉旁黑乎乎的大石头的一部分，跟恶鬼似的黑魆魆立在那里。

刘大成可能也想到了小铲子药钩子已经都进了炼钢炉，转而让大家寻找不用工具的食物源。布置完任务说了声散会，明天准时到这里集合去捋草籽儿，掉头走了。

说起草籽儿，在喇叭口是有特指的。这是一种当地话叫谢尖籽的高寒草甸植物，宽长的叶子，一尺见高的细杆是浅浅的骆驼色，嫩的时候酸溜溜的可以吃。穗儿因土地的贫瘠和阳光水分不同呈现大小差异，长度一般介于三厘米至六厘米长之间。那籽儿长得有点像微型骆驼粪的样子，青中带紫的身体，红色顶尖。

以往夏末秋初，喇叭口的人都要去捋几天成熟了的谢尖籽儿，回来堆一起长出白毛后晒干便可去涩，磨成面粉掺上麸皮喂猪，过年时就有猪肉可吃。今年初夏开始的饥荒，人们都把近处田间地头的拔下来连根吃了，现在要捋草籽儿，得翻过山去水库那边，可人都已经饿的走不动了。

第二天一早，能走得动的人都从食堂里领到一块四指见方的麸皮饼块，说是午饭，拿着各自家的小布袋子什么的往山那边蠕动，有些人早已饿倒病倒，为了这块麸皮饼拼命挣扎到队部说自己能出工，拿过来慌不迭塞进嘴里，吃完躺那里走不动。刘大成和炊事员骂骂咧咧说以后再也不给他们吃的，饿死算了，思想品德真差。

两天以后，村里发生了另一种恐慌，拉不出大便的哀号从各家各户传了出来。谢尖籽儿喂猪都需要发酵、晒干、磨粉，再加上粗纤维的麸皮才行。现在人们饿极了，每天回来得被搜身，山里见到后便玩命地吃，肠胃阻塞又没有努的力气，涨得嗷嗷大叫。

林紫看见壮壮龇牙咧嘴从他俩的屋里出来时，长长叹了口气，知道哥俩又刚刚彼此掏完大便要去扔。这几天她一直给大妞掏，给乔震掏，他们的肛门流着血，大妞每次都得动员她好久，又疼又羞流着泪褪下裤子撅起屁股。

炕洞里的东西每天只拿极少一点出来，可还是令人恐惧地在减少。他和乔震直后悔，当初应该把吃的放主要位置，布匹什么的，有没有都不危及生命，况且现在谁敢拿出去穿？多存点小米和糖多好。

没几天大妞病倒了，软绵绵地躺在炕上。乔震说病了也好，食堂里领的那块麸皮饼子不够路上耗的。林紫说就怕有个三长两短。乔震叹口气道：饿死也在自家炕上，别又累又饿倒在途中。我现在特别后悔，觉得当初我们干嘛活下来？如果早死了，就没有娃们现在受的罪了，我们也早解脱了，受不起这没完没了的磨难啊。

今天又是拉不出屎来。

从太阳老高到夜幕完全降临，壮壮和胖蛋还在折腾。

"唉！要不出去动一动，妈不是说动动能往下运动运动吗？"胖蛋说。

"哥，我实在不想动，迷迷糊糊死了多好，就是肚子太难受了，睡不着也死不成。我要死了，家里人也增加点吃的。看着大妞软绵绵地躺着，爹妈愁成那样，我觉得真真好有福气，啥也不知道，还不挨饿。"

壮壮说要不是想着家里人，我早在捋草籽儿时吃个饱肚子跳崖死了。我们要是死，也得等着老人死了，不能白发人送黑发人。

"我们要是死了，银元以后不知谁会发现？"

胖蛋一提这茬，让壮壮想起了另一件事：

"你记得不？咱们在那里干活时，地下的房子里有很多老鼠，现在大家没力气去那，老鼠是不是安心下仔了？要不去看看能不能抓几个在那里烧了拿回来吃。如果有多的鼠仔，过几天弄几只，那就太有福气了。"

有了这个诱人前景，胖蛋好像增加了些力气。两人给父母说了声要出门运动运动，关上大门往寺院的方向挪。

天基本黑了，虽然静如鬼蜮，他俩过了河还是怕遇见什么人，猫在河边一棵披头散发但已经没了叶子的柳树下想先看看形势，免得被人发现。这树全因为水的庇佑，当初烧大火时没有烫死根脉，继续借着水分发疯长起来的。两人蹲下来想边看动静边努一努大便。突然壮壮捅了胖蛋一下，用手指了指队部后头的柴堆。

刘大成站那里东张西望，完了围着队部大墙转了几圈，脸朝着他们这边站定。何翠翠蹑手蹑脚从他身后绕过来，轻轻扒开柴火的一角，转眼不见了。不一会儿，刘大成轻声咳嗽一声，何翠翠爬了出来赶紧回屋，刘大成又是围着队部大院转几圈，然后进屋去了。不一会儿，他家后墙上的小烟筒里溢出了游丝般的青烟，融入清粼粼的月光，刹那间无影无踪。

"肯定藏了吃的，这个大老鼠。"壮壮反应过来了。

"今晚咱们都给他偷光，饿死他们。"

胖蛋眼里闪着凶光，一把抓住壮壮的手，也不知道他突然哪来这么多力气。

"走，先回家，天亮前来，现在危险。"

约摸鸡叫头遍时分，壮壮在刘大成家正前方的土坎下埋伏起来，他的目的是盯紧刘大成家家门，万一有动静学猫头鹰叫，掩护弟弟脱身。胖蛋拿着麻袋潜伏进那个地窖。天啊！油、咸肉、面粉、萝卜、洋芋都有，还有当初他们从铺子里运上来的蜂蜜、布匹也在那里有不少。这些东西在吃食堂以前放在队部，以后没有人关心，原来到了这里。

胖蛋挑好的、不容易坏的装，他后悔怎么才拿了一个麻袋，那么多想装的装不下。殆及装满封口，却怎么也背不动，腿、腰、胳膊扑簌簌地抖动。他很生气自己。要是以往，这点东西算什么啊？没办法，赶紧解开麻袋绳倒掉一部分，拿两块咸肉在手里，拖出来就往跟壮壮约定好的地方跑。可腿跟拌蒜似的，觉得使尽了力气，就是走不出几步。

他真害怕狗叫，一转念又想，现在还哪里有狗？打鸣的公鸡都被吃了。

看他消失在了视线里，壮壮绕道到了石坎下跟他会合。

"先吃点肉，哥。"

壮壮啃一口说咱别吃了，拿家里一起吃。

"麻袋里多得是，先吃点吧，终于见到肉了。"

胖蛋执意用肉块捅哥哥。

"快走吧，吃个屁，天要亮了。"

话这么说，他还是咬了一口，然后两人换着背，往家的方向走了几步，壮壮说咱不能拿到家里去，你想刘猪娃那个王八蛋，要是发现鼠仓被端了，还不玩命到各家各户搜？咱家男人多，而且两家有仇，肯定是重点怀疑对象，那还不完了？他们一来，爹妈做贼心虚，露出破绽的可能性太大了。

"去寺院！"弟兄俩异口同声地说。

进了阴森森的地下室，拐弯子过去就是挖出元宝的那个坑，俩人把麻袋放进去，分着啃了刚才那块咸肉，力气足了很多。揣上一块肉，堵上洞口出来，天已经麻麻亮了，村子里依然一片死寂。悄悄进屋里躺下，肚子依然胀的难受。两人刚爬起来想试着再掏一次大便，听见炊事员敲门。壮壮一听就知道是查东西来的，刘猪娃是很猖獗，但到家里来干这种抄东西的事，他似乎一直派爪牙来，不记得亲自登过乔家门。

林紫有点吃惊，问他什么事。他说乔震呢？林紫说炕上躺着。又问两儿子，林紫说在呢。对方不相信，进来先看耷拉着眼皮的乔震，后到俩儿子屋里，他俩躺炕上直叫唤，说你能不能出去？我们快胀死了，要掏屎。

炊事员一圈一圈在院里转，庄前庄后到处看，好半天才离开。

几天时间里，村子里的人都觉得怪怪的，刘大成两口子和炊事员莫名其妙转悠，很多人都躺下起不来了，他们哪来那么多力气？为了啥事？乔震咕咮说，可能觉得我们马上要死了，他们等着收尸体吃。

乔震说的不只是气话，他已经躺那里连身子都不想翻了，彩霞、大妞眼睛都不睁，林紫给喂点什么他们吃点什么。看来死是迟几天早几天的事了，他劝林紫放弃吧，可她就是不吭声，铁人似的从食堂里端回来飘着点面花花的汤，在厨房里鼓捣几下，然后分给大家。

今天中午，大家刚喝完汤，林紫的那点还在锅底。进来了一个年轻女人，脖子连头都支不住的样子。还没抬脚跨门槛，软绵绵坐到地上。后面一个看起来两三岁的娃儿嘴里喊着妈妈，爬着跟了过来。

林紫默默地把自己那份汤分成两份，对那女的说，答应我不要把娃儿扔了我的汤就给你们喝，我挨着。不答应就不给。

对方无力地表示了同意的动作，正好那娃儿也爬到了跟前。林紫把汤给了他们，那女人和娃儿喝完，她抱起儿子颤巍巍地出门了。乔震叹口气说你那口给了人，你咋办？林紫没吭声，出溜到门槛上用手拄着头坐着，白花花的阳光披在她身上，嶙峋的双肩把破的丝丝缕缕的衣服撑的老高。乔震不忍继续看下去，头一抬，从窗子里投出去的眼光正好落到了河里泡着的几根木头上，刚才的年轻女人勉强举起儿子扔进河里，自己歪歪扭扭继续爬在木头上过河往前。

他赶紧低头。

这事不能给林紫说，一刺激她会晕过去的。

刘大成和炊事员的巡逻终于无果而终，彩霞、大妞奄奄一息。壮壮说咱得给爹妈说我们的秘密，不然就都饿死了，我觉得我也支撑不了几天了。

林紫得到俩儿子的秘密消息时，炕洞里如胡椒面般撒一些的吃的也就再能维持三四天的样子。她的眼里闪着久违的光，说不能一次拿来，免得被发现和忍不住多吃了，她让去拿时再去拿。此时家里其他几个人已辨不清什么味道，话也说不完整一两句。没有了内部保密的任务，林紫精神倒是放松多了。

就在他们觉得活下来重新有了希望时，1962年春天，喇叭口又迎来了一次难民潮。这一次与以往逃避战乱不同，是来自河西走廊张掖、武威地区形容枯槁、像鬼一样的饥民，而且数量越来越多，聚集在石崖底下。他们的眼里空洞迷茫，如果说带点什么情感色彩，那就是贪婪和攫取，像找着吃人的饿狼。

原来只是操心自家吃什么，现在主要防止人不被吃掉。村子里的生产活动已经完全停止，谁死谁活没人知道。乔震给家里人定的原则是躺着不动，取水由壮壮和胖蛋一起去。寺庙里的东西怕被饥民发现，在一个月黑风高的晚上，父子三人一起拿了回来放在了秘密炕洞里。

白天家里留一个男人，另两个做伴出去碰运气，偶尔遇见一片苦菜叶，一棵马樱菜，一枚马齿苋，拿来放在打回来的汤里，再放些秘密食物，以此苟延生命。

今天上午，壮壮在家里值班，他给林紫说自己也在门外河边上趸摸趸摸，看能不能发现被水冲下来的野果子什么的，或者河里能长出马樱草蕨麻苗。

"妈，有动静的话你就大声叫我。"

林紫说听见了，你去吧。

她蹲在门槛上守着，突然看见墙根下有一点绿意。走过去一看，是墙上长出来的一棵麦苗，大概是和泥的麦草里的一粒种子早些年忘了发芽。她心里激动，用手小心翼翼地掘，企图挖出种子。不料抠断了，去庄后拿来个木棍继续抠。麦种终于被她抠了出来，回家一看，睡在炕上的彩霞不见了。

她怪声怪调大叫一声让壮壮回家，疯了一般往石崖底下跑，那里是每次饥民藏身的地方。东倒西歪就是到不了跟前。还有大概几十步，石崖底下一个男的从后面摸出个铃铛来无力地对他摇晃着说：

"过来过来，给你个铃铛玩。"

另一个男的已经拿起刀子摇摇晃晃站了起来，彩霞的头就放在他身边。

林紫大喊一声往前扑，壮壮从身后一把拉住他就往家跑。后面的追赶和前面的奔跑都像是使足了力气，但脚底下同样像被缠上乱麻一样，都奔不到目标。

好不容易一头栽进门里，娘俩拴上门，进去看炕上，还好，大妞还在。好几天了，要不是摸摸脑门还热着，活着和死了真看不出区别。她已经好久没说过话，八成因为躺在黑处安安静静的，才没有被发现抱走。

父子仨坐那里看林紫哭着埋怨自己。乔震说：

"别哭了，走了就走了。她能遇见你，是前辈子的造化。这年月，正常人都饿死，她一个疯子，要不是你关照，早就死了。想想上次喝了你汤的那女人，亲手把自己的骨肉扔进河里。人说虎毒不食子，所以她没办法也不吃自己的儿子，过不了多久也会饿死。彩霞傻乎乎的啥都不懂，别人杀了她，走了利索，不受这份罪了。"

哭够了，乔震陪林紫去食堂打那份跟河水没太大区别的汤。

出食堂门往家走，听着有人哇哇地干呕，林紫循声望过去，何翠翠蹲在家门口翻肠倒肚地吐，地面上是疙疙瘩瘩的食物。刘大成用铁锨铲着土，左顾右盼赶紧盖，飞鸟扑棱棱过来抢着啄食，刘大成怕吐出来的东西被人看见，拉她起来面向山的那边。她一点没有瘦，屁股更加肥硕了。

"全队的人都快饿死了，他们却舒服地往大里搞肚子。这个天打五雷轰的迟早不得好死。"

　　骂完了，乔震又叹了口气道：

　　"彩霞那娃跟着他们真是不错，要是在我们家，谁知能不能活命呢。"

二十二

　　1962年秋，县里派人到各地了解饿死人的情况。钟月桥因为以往在喇叭口的工作经历，被派到了大李庄公社，作为大李庄的一个队，喇叭口自然也是他的工作范围，出于感情因素，他决定直接先去喇叭口蹲点。

　　接到任务时有点紧，匆匆忙忙领了食堂里自己的早饭一两黑豆和午饭半个青稞面馍，与单位原来的通讯员小夏骑上马，穿过森林往喇叭口赶。180公里的路，下午的饭准备在喇叭口吃。

　　一进森林，气温骤降。骑马沿着坡路盘旋而上，寒风透过勉强能够蔽体的衣服，刮骨似的冷疼。坚持不了多久，就得下马拉着跑一会儿，不然脚就冻僵了。而跑起来又是腰软腿软，气都提不起来，真是左右为难。

　　走了约摸三四十公里地，那是他曾带兵迷过路的地方。记得当初很累很累，战士们一下马靠在石头上就睡着了，他怕因冷一睡不醒，命令他们背靠背站着打盹。现在的情况好不了多少，甚至更糟。比如那时马背上驮着干粮，现在就一点青稞面馍，还不能提前吃了。

　　"要不咱俩到林子里看看，这里好像没人来过，没准能打到只野兔啥的烧了吃，真是累得走不动了。"

　　小夏当然不会反对。

　　下马拉着，拖着似乎胶着在地面上的双腿吃力地挣脱绊脚的野草枝蔓，往离开路的方向走。转过一架小山梁，突然传来了狗叫声。他俩一阵兴奋，这里有人家，还有狗，说明生活不错，决定凑过去看看。

　　还没走到石洞口，一个花白胡子的老大爷就迎了出来，颤颤巍巍扑通一下跪在了他们面前说，好心人啊，你们可终于来了，我当这辈子要绝后了呢，就给我家借个种续续香火吧。

　　他俩一头雾水扶老人起来问是怎么回事，边往石洞里走边听他讲自家的事。

　　原来，他们一家是1960年从永登逃荒过来的，路上儿子、儿媳、孙子都吃东西中毒死了，剩下他、两个孙女和狗，守在这里，不敢往前也不敢后退。幸亏狗很灵，能捕兔子能看门，他们还尝试出了几种野果子，天暖和时从小河沟里抓几条小鱼，勉勉强强过着。

跟他进到石洞里，两个瘦骨嶙峋的女孩似乎分不清谁大谁小，她们蹲在枯草上，空洞的眼睛里流露着痴呆，不知道言语也没有招呼他们，把手伸向石头圈里的火取暖。

老人自顾自说他的：

"我们家五世单传，可到我这辈子，眼睁睁看着香火要断了。我儿媳妇原来白白胖胖，是生娃儿的好材料。娶过来没几年，扑通扑通三男两女就落地了。可现在就剩下这两个丫头，我怎么能对得起地下的祖宗？"

老人哭着说不下去了。小夏问为什么儿子孙子都走了。老人说找到了些蘑菇，儿子儿媳妇先尝了，没有发现什么不对，便给孙子吃，没想到毒性发作的慢，结果都死了。

"路上没吃的，这俩丫头我本来就没打算让活，反正迟早是人家的人，实在不行，饿死就饿死吧，以后能生就生，生不了算了，当然得先救男娃，想不到偏把他们毒死了。现在也没办法了，只能在丫头身上打算。里面那个十七了，外面的十五。我这里的东西你们看上啥拿啥，就求你们行个好，给留个种吧，我夜里去跟狗一起爬着，你们几个在这里睡，吃的喝的我和狗去弄，睡上娃儿了你们就走。"

两个男人脸一下子红到了脖子根上，一时间不知说什么。偷偷瞄一眼俩丫头，她们宛如聋子一般，对现场的对话毫无反应，伸手烤自己的火。如果不是火堆里突然爆发出一声什么东西的爆裂声时她俩猛地朝后趔趄一下，钟月桥真以为她们是聋的。

看他俩没反应，老人拿开身后一块石头，从里面的小洞里掏出块黑乎乎的东西，满脸谄笑着说：

"这是半只兔子的肉，前天狗抓回来我烤了，一半已经吃掉，一半藏着没让她俩看见，你俩先吃点。"

他望着外边继续说：

"以往我拉着队里的骒马去配种，每次都是带二升豌豆。人家马费心把力，还要伤身子，哪有白干的理？你俩就吃了吧。这俩丫头，大的叫腊梅，小的叫秋秋，你们自个随意。"

没等他俩开口，里面的女娃一把就伸过来夺兔子肉。老人一闪身，她又缩回那里烤火。

什么吃的也没搞到，反而在这里遇见了麻烦，而且是这类没法帮忙的事。给这位饥不择食的老头解释党的政策干部的行为约束等，现在看来一点用处没有，再拖下去，夜路会有安全问题。钟月桥想了想说干脆你们跟我们一起出山吧，去把丫头嫁个人家，给你生外孙，待在这里不是个事。以后你走了，他们怎么办？没准被熊端了窝，那就彻底绝户了。老头儿连连应诺。

几个人稍事收拾，分着吃了那半只兔子，还有钟月桥他们带的青稞面馍，另有一些干果子干肉带着，让那俩女娃先骑上一匹，老人骑另一匹，他俩走着一起出发了。茂密的森林里已经昏昏沉沉，偶尔遇见能看见西天的方位，太阳似乎还有一大截才能下去。

"还是生成马好啊，有吃的。"小夏猫着腰说。

钟月桥同样饿得难受，苦笑着说你去骑老人家那匹马的后头吧，这年月我们的体重，马驮着跟小孩子没什么两样。你们缓出些力气了跟老人家走一会我骑一阵，天黑前应该能到喇叭口。

他们到达队部时，天已经黑的非常透彻，原来的灌木丛不见了，黑魆魆的能看见很远的地方。十年日子里，这里变化可真大。敲队部的门没人应答，回头看见不远处一间屋里有亮光，走过去敲门，开门的是刘大成。里面三个大的娃已经睡了，何翠翠坐在炕上喂奶，胸部白白胖胖的，像很久以前报纸上的杨柳青年画，怎么看也与这饥饿的年份搭不上调，看来喇叭口没有搞出麻烦，群众生活还行。钟月桥想。

何翠翠脸色温和，挪了挪屁股，请钟月桥过来坐坐。刘大成眼里有显然的疑虑，等钟月桥发话。他没有在这里多待的意思，说今晚在队部住，明天开始工作。刘大成冷冷地说：

"谁家都断顿了，没法给工作组安排晚饭。我婆娘坐月子，还有一点点吃的，你们凑合了吧，明天再说。"

钟月桥说哪能吃月婆子的东西，我们挨一顿吧。

出来收拾了一下两间房子，给那俩女娃一间，三个男的一间，小夏说钟月桥一路没怎么骑马，让他睡炕上自己躺桌子。

第二天一大早，钟月桥和小夏去食堂，来打饭的没几个人，他和小夏各领到了半碗汤，泡上口袋里自己带的黑豆。那爷儿仨不是这里的人，没有一份，钟月桥胃里疼得难受，还是推过去说你们吃了吧，我不饿。

说时迟那时快，碗噌地一下就被后面的人夺走了，几个人吓了一跳，等回过神回头看，那人已经把撒剩下的汤喝下去将碗扔地上挣扎着跑了。

钟月桥叹口气说你们回屋里吧，我去找乔震，看有没有办法，有他在，喇叭口怎么成这样子了？他是怎么搞的？

炊事员冷冰冰地叫住他说，锅里还有点汤，八成没咱村的人愿意来打了，反正跟水差不多。你们要是愿意就舀了喝，待会儿出去留意，别让人家给当肉吃了。

经他这么一说，钟月桥还真不敢把一行人分开，谢过炊事员往乔震家走。那人又从后面追上一句：马到哪都随手拉着，不然你连马毛都找不到了。

过了莫名其妙多出来的大河，上了没有一点活力的小土坡，从门缝里看见熟悉的粗门闩横着，院里连一个活着的影子也没有。走过去试着晃荡晃荡，过了许久，看见林紫像被雪埋了一冬天的枯玉米秆子一样扶着门槛探出半个身子来，有气无力地问了声谁呀。

钟月桥心里一阵欣喜，可眼泪却扑簌簌流了下来。他们还活着，起码看见林紫活着。这女人，原来是多么清爽啊，看着她，立即就会想起朗月清风、翠竹松梅，总之都是那些干净透亮坚强雅致的东西。现在所有的血肉和活力都好像离她而去，如果一倒下，立即就会像陈年干尸一样。

"林紫，乔震，我是钟月桥，到这里蹲点来了。"他哽着嗓音喊道。

里面的反应很迟滞，根本不像以往欢声笑语开门让座嘴里念着钟同志来了的人家，只是看着林紫拄着门槛站了起来，腿往门槛外边迈，好几次没有成，只好爬着翻了过来，抖抖索索往门口蹒跚。里面的门里又探出一个灰蒙蒙的额头，那是朝外张望的乔震。

晃晃荡荡抽下门闩，林紫盯着门外几个人许久不说话，迟缓地朝侧面退一退让开道，让他们进来，小谢拿起门闩闩上门，他没有忘记炊事员说的小心马被拉出去吃了的提示。

进了屋，谁也不说话。钟月桥巡回一遍，壮壮和胖蛋躺一个屋里，大妞在一个屋里，乔震和林紫靠墙坐着，八成刚才也是躺着的。

"别的人呢？"

钟月桥非常恐惧听到他们的消息，不过还是问了出来。

"彩霞让人吃了，真真自己把自己捅了，二妞嫁刘家坪了，不知死了还是活着。"

死了活了，在现在这种关头，似乎不是什么伤心事。乔震有气无力说得很平静，其实这时连伤心的力气都没有了。

"这都啥事啊？不行，现在立即得让大家吃饭，看这样子，再拖几天，喇叭口的人要死光了。"

钟月桥卯足了力气拳头朝炕桌擂了下去，却只发出了很小的声音。

"你觉得最快的速度哪里能搞到吃的？救命要紧。"

钟月桥殷切地看着乔震继续问：

"你是这里的开创人，只有你和林紫能救人，让喇叭口活下来。"

"现在不行了，林子没有了，动物没有了，连长庄稼的黑土都得到远处去才有。"

乔震一把把抹着浑浊的老泪，像个走失了的孩子重归父母怀抱时诉说委屈。

"那你是说这里一点吃的都找不到了吗？"

林紫迟迟疑疑地说，有也许有，就是拿不出来。

钟月桥说原来都把大家的粮食收走了，谁现在私有都是不行的，必须拿出来救命。就是自家藏的也得拿出来，明天我就去县里想办法。你放心说。

"刘猪娃家房后的柴垛底下有地窖，我也是听别人说的。"

钟月桥一下子就想起了他们家炕上胖墩墩的孩子和女人，刘大成挺得直愣愣的腰杆，和对他的敌视。

"这个王八蛋，你一说我觉得还真是，这村里就他家好像是不靠五谷的神仙似的。今晚都睡觉了，我和小谢去看看，要是搜不到另当别论，搜到的话都得拿出来分给各家各户，起码先扛过两三天再说。"

林紫没说话，自个儿出去到草棚里走了一遭，拿出半袋饼干，给每人一小块。没人问他是从哪里搞来的。

当夜，两个女娃儿挤在大姐的炕上，老头跟壮壮他们挤在一起。几个人心里惦记着钟月桥他们探地窖的事，合不上眼睛更饿了。胖蛋推了推壮壮说，哥，咱俩也去吧，免得钟同志他们拿不动，那窖里东西多，没准我们也能顺便吃一口。

兄弟俩搀扶着到了那里，大老远小夏就认出了他们，对他们招手。

跟当初哥俩来做贼时不同，钟同志大模大样往外搬东西，面口袋，小米，饼干，豆子，油，还有布匹。搬完了，几个人吃了点饼干，接着往工作组住的房子里搬，归整好了，天也亮了。钟月桥兴奋地说，有了这些挺几天，我不会再让喇叭口饿死一个人。

太阳没出来，他就让小谢去叫刘大成过来。对方低着头，不知是昨晚就发现了他们在搬东西，还是今早去拿吃的发现东西不在了。总之，一点意外都看不出来。

"谁把吃的藏柴堆底下不给老百姓吃饿死那么多人了？啊！"

钟月桥的眼睛一瞪，嶙峋的脸变得很狰狞。

"不知道！"他嗫嚅道。

"你不知道谁知道？啊？"

想都没想，他的巴掌已经快到了刘大成的脸上。小夏赶紧拉住他说算了算了，共产党员不能打群众，救人要紧。他不知道就不知道吧，把东西送到食堂让做饭。

"食堂，食堂！哼哼。没有这食堂，人能饿死这么多吗？把老百姓的东西，社里的东西都收回来，他们没有了自救能力，东西却喂了个别大老鼠。今天就赶紧停止食堂，把这些吃的和食堂里剩的东西按人分出去。至于政策方面，我以后去请示，现在救人要紧。小夏你拿枪守着，我和壮壮他们送吃的去。他又嘱咐乔家兄弟俩站在远处把食物投过去就行，千万不能靠近，免得自己让人给吃了或都被抢光。"

"只给一点点，现在就是养命的，没那么多。而且饿的久了，吃多了会撑死。"他补充道。

吃了点五谷的人们不知从哪个角落里涌了出来，好像原来没事一样，现在反倒饿得不行了，都围到队部朝钟月桥要饭吃，说再不给东西就要饿死。他安慰村民们说，我也饿，你们总不能吃了我吧？吃了我下顿照样饿对不对？大家回家躺着别折腾，越折腾越饿。我用马驮着搜出了的这些布匹什么的，到县里让组织给换些吃的和种子，回来救命，明春种庄稼。人们陆续走的走爬的爬离开了。

临走之前，林紫叫钟月桥进去，从炕洞里抽出自家的两卷布匹交给他，委托换种子回来。顺势还拉出一袋以往没发现的花生米塞进钟月桥的衣袋里：

"路上吃吧，一定要安全回来，不然喇叭口就彻底完了。"

从乔震家出来，天下起了小雨，他看见一个小脚老奶奶提着瓦罐子从桥上过来，可能是没有得到食堂停火的消息去食堂打饭了。他刚要给小夏说去扶一把，老太太滑了一下，幸好饭罐子没有摔碎，他只好把林紫刚给他的花生倒出一把让小夏送过去。顺道进了一个破窑洞里，一个老头儿躺在地上，阴森森地没有一点热气，旁边放着一碗看不清楚是什么的糊糊。钟月桥握握他的手，把另半袋花生米放他头边，啥话也没说出来了。

第三天下午，钟月桥带来了一支马队，除了他和小夏的，另有三匹马，驮的满满当当。其中一驮子是种子，其他的按人口分。

"我给县里报告了喇叭口的情况，县里说鉴于实际问题，有些地方绝了粮，食堂实际上已经不存在。暂停是县里的指示，我们不用怕犯政治错误了。分的粮食自己计划着吃，都想好了，吃完搞不到新的又得挨饿。我这次到县里，农具厂急着出农具缺煤，过几天县里就来骡子队，谁挖出来的煤归谁，谁家换来的东西谁家吃。希望大家赶紧动起来，吃的一完又没力气挖了。"

乔震家人多，而且因为贡献了私货，钟月桥给他们家另留了一份，是他挎包里背来的两碗扁豆面。

吃的东西把快死了的喇叭口暂时救活了，谁家搞到的东西归谁，打消了懒汉们的念头，旧村民的情况要好些，他们有农具可以使用，流民们的日子就难过得多，能不能活下来依然是未知数。他们于是积极寻求家庭整合，低声下气地问旧村民：

"我们丫头给你家当媳妇行不？"

"我们娃入赘给你家吧？"

婚姻在这里成了跟爱不爱、喜欢不喜欢、年龄合适不合适、相貌与健康匹配不匹配、性格是否相投等没有了任何关系的事情。最奢侈的，就是男方给女方家一碗炒面或几个山药蛋，而这类往往是钟月桥他们看着男的条件太差了，从县城里进货时设法搞一点给他们的，算是对女娃的一点补偿。喇叭口原来的瘸子瞎子，男的女的，只要有个容身之所的，都梦一样有了配偶，语言和民族复杂的大村子就这样产生了。

当和钟月桥一道来的老人提出把俩孙女嫁给壮壮和胖蛋时，乔震两口子说不出话来。看着那双渴求的眼睛，怎么能忍心赶出去在这院里寄居了好几天的他们？何况还是钟同志带来的。把草棚收拾半间出来给老人住，彩霞那窑洞规整规整给胖蛋和小点的丫头秋秋，壮壮和腊梅住在原来他和胖蛋那屋里，一大家人又起来了。

做饭没有锅，就得拼命地烧柴火，把当初藏小米的瓦缸烧得滚烫才能做熟。人增加了，碗也不够，没有勺子，就用碗直接舀，然后用舌头舔干净刚才陷在面糊糊里底部的部分，一人一口转着喝。生活似乎又从刚来那会子开始轮回。

乔震感慨道：

"我们三个人老了，主要张罗家里，以后地里的活主要靠你们几个。庄户人家只有勤快节俭才可能过上好光阴。这下子一折腾，应该不会再有事了吧？家里的人都换过几茬了。唉！"

二十三

　　1963 年春节前是激情骚动的日子。喇叭口有了两件大事，一是经过一冬天的奋斗，每家在年关到来前分得了一小口铁锅。第二件事的欣喜和张扬，够得上用奔走相告来形容，那就是要吃肉了。要杀牛分肉煮肉过年，这是喇叭口开天辟地头一遭。

　　钟月桥在参加会议的途中，遇见青海一家孤零零的牧民，他托钟月桥到县里帮他找失散多年的弟弟，结果还真找到了，那人非要送给他一头牦牛不可。钟月桥死推活推推不掉，只好说以后喇叭口生产搞起来后，送青稞和其他农产品给他。

　　这个消息如严冬里刮起了春风一样，成了喇叭口的核心话题。绝大多数人、尤其是成立食堂时年纪小的孩子，或开始吃食堂后出生侥幸活下来的孩子，对肉没有任何概念，大人们传肉说肉，他们觉得肉跟神仙一样深不可测，心里的向往简直无法形容。

　　祁连山区的牦牛体格雄伟，脾性暴烈，有草的时候基本是放养的。草长出来的时候，把它们的头向所指调整到某个方向便不用再答理，一群或几只、一只牛埋头往前吃草，大致方向不会改变。估摸着可能要跨过省界了，主人穿上防雪的毡靴，背上干粮去寻牛。这事听起来大海捞针似的玄乎，实际难度并不大。终年不化的积雪和远处看起来毛茸茸的灌木，烙上和保护着它们的足迹，按图索骥，很容易给牛定位。大山里的汉子找到牛，赶它们回头朝着村子的方向，自己回家。约摸一个月左右，它们就出现在村外，主人再赶它们回头。一个草季下来，只需要最多三四个回合，养牛实际上几乎不要成本。可这么容易的事，就因为不许养牛，很多人连牛都没见过，别说吃肉。

　　这牛来到喇叭口时是腊月二十二日，干草很充足，不知是预期到死期将至，还是被拴在队部的院子里失去了自由，也或许为观瞻的人们对它指指点点感到不快，它懒得吃草，很委屈很愤怒地站着，肚子上的长毛亮晃晃地一直垂在地上。

腊月二十八，村里人再一次掀起奔走相告的高潮，说明天要杀牛了，过年要吃肉。平常舍不得的大柴火，都垒到了灶火门口准备煮肉。

第二天一大早，所有的人倾巢出动，拿着家里尽可能大的容器，聚集在队部院子里等待杀牛的庄严时刻和分到牛肉的幸福快乐。

就在鹅毛大雪被寒风卷的最狂烈的时候，钟月桥提着亮晃晃的刺刀出来了。那份兴奋一点都不亚于村民们，简直有点得意忘形。

他高声高调讲了几句，对小夏说声点炮庆贺，祝大家春节愉快，牛肉飘香。不知他们从哪搞到了一串鞭炮，顶在一根木棍上，火柴刚接触，就噼里啪啦响了起来。

突然，牦牛四肢弯曲，长尾巴甩了两甩，猛地一昂头，再往侧边一挣，腾地跳起来，拴它的绳子啪的一声断了，牛像疯了一般用脑袋狂抵围观的人们，踩踏开一条血路，出门朝东狂奔而去。

哭的喊的；呻吟的往起爬的，刚才的喜庆全被惊恐与意外驱赶到了九霄云外。钟月桥一看好像还没有闹出人命，再从门里望出去，牛已经到了河边上，面对亮晶晶的新冰踌躇敢不敢过去。

"准备战斗！"

他不知对自己还是对别人喊了这么一声，拉开枪的保险栓，翻身一跃，都没看清他是怎么转身的，就做好了瞄准姿势。等小夏也瞄准时，钟月桥已经啪啪两枪放了出去，人们涌出大门一看，牛慢慢地委顿在河边的冰摊上，殷红的热血在白皑皑的冰雪中格外刺眼。

"狗日的东西，还想逃过我的手心。能跟国民党和土匪比吗？走，分牛肉去。"

他边收拾枪边得意洋洋地说。人们顾不上方才的惊恐和疼痛，边夸他的枪法边跟着跑。

四面空荡荡的冰滩比场院子里冷了许多，光脚的人们跟冬日脚冻的鸡似的，换着腿单脚在雪地上站立，驻足过的地方是一个个血印，走过的地方是一串串血印。尽管如此，没人离开，调整着位置，看几个有刀子的男人剥皮、切割。夸张的白气在风中翻转、暄腾，成为冷冰刺眼的阳光下的风景。

切割完了，骨头是骨头，肉是肉，下水是下水，总量出来了，称平均数。连骨头带肉，每家分得一斤到几两不等，余下一二两碎肉，钟月桥说工作组年三十轮到谁家了？这些肉就归谁家。铃铛妈笑着说到我家了，那我拿走了。

年三十一吃过中午饭，不论谁家，里里外外都弥漫着一种欲破却破不了的神秘。一出大门，只要遇见人就问"肉煮没？"

回答差不多：

准备煮呢。或已经放锅里了。

乔震家多了件事，要先蒸馒头。

这是比煮肉更奢侈的事，全喇叭口只有他们家有。原因是上午迪蒙和二姐来了，送来两升麦面，说是他们家用布匹到一家等着给女儿做嫁衣的人家换的一斗，送些过来让做一顿长面。没多大一会儿，他们就要走了。出了门迪蒙说我险些忘了，我爹早年一个同学返乡了，他觉得二姐好，问她有没有姐妹，说给他儿子。他们从外乡来，生活不错，我姐那么大了，我爹让抽空去看看。乔震说你爹成的我们肯定成，春节完了打发过去就行，过了这个年吧。

林紫把面倒出一半来，转眼一想，现在除了几个山药蛋没有别的，一升面的面条下水里，清汤寡水，还不如烙饼，每人实实在在来一块。

她把锅里的肉腾在一个瓦缸里放厨房门外的柴堆上，煮几个山药蛋剁碎，和一升面团在一起，用开水一烫，出去从牦牛肉上拉下一小块油，在锅底上一蹭，就烙起饼来。

陆陆续续，家人都回来了，抽旱烟的说笑的，就等林紫喊那声"过来端饭。"

破例地，林紫今天迟迟不叫，最后自己端着木盘子进来了，她抿着嘴一丝笑意，什么也没说，把厚厚一摞饼放在了炕桌上。

乔震盘腿坐着，旱烟锅叼在嘴里笑眯眯不说话。壮壮和胖蛋惊呼一声："锅盔，哪来的面？"

大姐、腊梅、秋秋许久没有反应过来，大眼瞪小眼说这是啥啊？看乔震拿起一块咬了一口，她们几个又问道"这个能吃啊？"

试探着也忐忐忑忑拿起来试着咬起来。大姐说我想起来了，这是馍，小时候吃过。腊梅爷爷笑着说这哪是馍啊？是石头。你们也记性太差了，挨饿的时候都过10岁了，怎么就忘得一干二净，连馍都不认识了？大姐说主要是想不到，觉得不可能有馍。腊梅和秋秋说就是就是。

林紫站一边看，就是不动手。乔震说吃啊，站那里干吗？她说我吃饱了，烙饼时左尝一口右尝一口看熟了没，吃的比你们谁都多。

乔震生气了：

"你不吃我也不吃。你要把自己整垮，我们还怎么过？这家里，你就是吸铁石，没你就全散了。"

大家都说自己也不吃了，林紫只好说我吃我吃，拿起一块咬了两口往外走，说往灶火门里添把柴，免得火灭了还得重新烧。

进了厨房，撩起碗台上的布帘儿，那里已经有一块饼，她把自己的这块摞上面，盖起来，放下布帘儿，再往灶火里添一把柴火，重新回到大家那里。

每人似乎都只吃了一块，其他在那里放着。彼此谦让，都说不吃了不吃了，吃饱了吃饱了。乔震说不吃就算了，娃儿们嘛，年轻，吃好的的日子在后头呢，留着给爷爷吃。

几个年轻的女的擦桌子洗锅煮肉去了，他们另五个人围着火盆闲聊。

"牦牛肉咱还没煮过，不知几个时辰才能煮熟？"乔震自言自语道。

"我觉得得一宿。老公鸡都得两三个时辰呢，牦牛那么大个头，肉肯定瓷实。"

壮壮话音刚落，胖蛋就反驳开了：

"哥你这话外行了，肉容易不容易煮烂，跟牲畜大小没关系，你说鸽子小吧，那老鸽子的肉一天都不一定能煮得烂。那牦牛，又不像鸡啊鸽子啊那样折腾，就在草地上来来回回吃青草喝水，乏了躺地上歇着，懒得要命，肉哪能长那么瓷实？"

"不知道，今晚煮着看。我说啊，不能总让妈起来添柴，这么冷天，感冒了咋办？妈气管和腰腿都不好。前半夜我操心后半夜你操心，谁要忘了明早不许吃肉。"

胖蛋说没问题，你吓唬谁啊？睡着跟死猪似的。一晚上我都包了，你们不怕我偷吃就行。待会他又吃吃地坏笑着说，我等肉快熟的时候把你的脚剁一只下来一起煮了吃，看香不香。

就在这当空，听大妞喊了一声：

"妈，肉放哪了？"

"门口柴垛上的瓦缸里。"林紫答道。

过了一会儿，她又喊道：

"哪个瓦缸里？没有啊，要不你过来看看。"

林紫出溜下去，嘴里说家里不就那一个瓦缸吗？怎么会找不到。

厨房里的人期待她来送肉，炕上的人留意听着窗外的结果。突然，林紫失声喊了起来：

"肉呢？肉去哪了？"

炕上的，厨房里的，如同地震了逃命一般，顷刻间跳到了院子里。

林紫坐在柴火堆上，抱着瓦缸，手盲目地在里面搓摸着，抓狂一般。

一家人进进出出找，包括柴堆里、炕旮旯等不可能放肉的地方，实际就是排遣心中的烦闷，都知道肉不可能在那里。

"算了，好几年没吃肉不也活过来了吗？进屋吧。"

乔震沮丧地想拉起哭着的林紫。她跟闹脾气的娃儿一样，狠狠地甩着膀子，就是不肯站起来。

"那怎么办？为了肉要死啊？不会把自己炖锅里煮了让我们吃吧？"

林紫抽泣着说我还真想把自己煮了给你们吃，就是你们不肯炖我。

"奶奶的，这肉究竟去哪了？是不是被人偷走了？"

壮壮边骂边跳上柴垛，想上房看一看。刚走到房顶的外侧，扑塔塔一响，两只黄鼠狼急速地往远处飞奔而去。跳房顶一看，只有血迹和一小块骨头，连大的那块骨头都被抱走了。

"进去吧进去吧，明早吃面条。别人家都吃肉只有咱家有面条吃，比他们强。"

老爷子说完先进屋了，别人也黯然神伤地往里走，心里都憋得慌，说几句词不达意的宽慰话，各自回屋里睡了。

林紫翻来覆去睡不着，念叨的就是关于肉的话题。

"你说这里有黄鼠狼么？我觉得根本不可能。这几年人们找吃的，地都翻遍了，毛毛虫和驱虫蚂蚁都看不见了，哪来的黄鼠狼？"

"远山里来的吧。冬天山里雪厚，没吃的就往人家这里跑。"

"咋就偏到我们家了？真是奇了怪了。"

乔震有点意外，林紫是不说这类话的，她从来不希望糟糕的事情发生在别人家里，包括她仇恨的人，如刘猪娃那样的。今天这是怎么了？

"你说的这叫什么话？难道黄鼠狼吃了别人家的肉就应该？"

"我是说，黄鼠狼可能是彩霞和真真变的。真真没挨过饿，彩霞走时生活多苦啊，现在看着分到肉了，真真领着彩霞来，以为我们吃过了，就都拿走了。你说对不对？"

乔震的心里又疼又烦，却增加了一份安慰，赶紧说对对对，彩霞和真真吃了比我们吃了强，那就睡吧，天亮你擀面，这几个丫头可能连擀面都没有学会，就见不到面了，别把面给糟蹋了。

他头一回睡了。

林紫叹口气想今晚自己是得醒到天亮了。

死心塌地准备失眠，心情放松了，反而睡着了。

小鸟花开。

刚读完一首晋南民歌，那是父亲买来给她的书上的，他说北大的刘半农等人在整理民谣民曲，让她也看看：

"昏昏沉沉一梦间，梦见了媒婆子过门前，她来给我提姻缘，找下了一个好呀夫男。媒婆说罢回家转，第二天花轿到门前。不多一时到东关，下了轿来进了院，拜了天地拜祖先，洞房花烛成呀姻缘。梦儿梦得正香甜，鸡叫一声破团圆。老天保佑多保佑，明晚叫我梦梦圆。"

读完脸发烧，坐在院子里树底下的藤椅上看鱼缸里的鱼儿。父亲早晨出去时说那个托刘先生太太向你提亲的青年下午就来。现在一读完这首曲儿，她就想起了先生、媒婆。那青年会是什么样子的？自己喜欢吗？他喜欢自己吗？带点什么见面礼？是一束鲜花还是一本新诗？如果能够别出心裁，那又是什么？

突然，门开了，立即让人联想到青山绿水的他带点羞涩地站在父亲一侧，向她颔首致意。她赶紧站起来，裙角被风掀起，双脚并拢还礼。

父亲、媒婆、那青年都不说话，默默含笑看着她。过了一会儿，他把身后的网兜转到前面朝他递过来：

"给，牦牛肉。"

她急切地抓过去，一下子挖在了乔震头上。

"怎么了你？好不容易才睡着，让你这么一把，我心跳得慌，八成是睡不成了。唉！"

林紫狼狈地道歉，说我也睡不着了，起来擀面去，多揉一会儿的面吃着香。你再试着睡一睡。说罢起身往厨房里去了。

点着火烧些热水，洗了洗。看星宿离天亮还早，心头又念记起肉来。突然她心生一计：那牛的血不是都流在冰上了吗？记得以前她妈宰鸭子时把鸭血一接，兑上水，放上咸盐，烧开锅后灭了大火就凝结成血块了，虽然比不上肉，也有荤腥的感觉，自己何不试一试去？

走出厨房门，端起柴堆上的瓦缸子，蹑手蹑脚开大门出去，四周不是很黑，但神妙莫测的广袤。壮着胆子往河那边走，隐隐约约看见冰上有人影子在动，他心里紧张，觉得这世界上八成真是有鬼？再细看，原来是腊梅他爷爷，撅着屁股往背篓里装被血浸透了的雪。林紫喊了声她爷你咋一个人出来了？

老人吓了一跳，看见是林紫，哆哆嗦嗦笑着说：

"是你啊，要是别人没准儿会跟我抢呢。赶紧过来倒瓦缸里咱走吧，快冻死我了。"

二十四

立春了。

喇叭口的春色从来都是推迟到初夏的。但温暖的地气在那里摆着，因为地球转着。没有被掘光的蕨麻、马樱、辣辣根，相继成为村民们追逐的对象。

也就在草根发芽的时候，腊梅和秋秋身子里前后有了。乔震高兴地说：

"钟同志一来就合适了，啥也顺，娃们的肚子都听话。"

林紫听着别扭，怀娃的事跟钟同志扯上干吗？嘴里不说，跟乔震商量另一件事：

你说秋秋她爷总是念念不忘他们郑家没后，要是他俩孙女都生了娃子让姓郑咋样？乔震说姓啥不是姓？反正有人家郑家的血脉，腊梅和秋秋又年轻，接着生呗。

闲聊着，钟月桥进来了。笑呵呵地说你俩干嘛呢？很高兴的样子，说出来我也听听。林紫随意地说，钟同志一来，生活就好了，我们说这事儿呢。他说说到好日子，我今天就是为更好的日子来的。

他坐下来点上烟抽了几口说，昨天我去大李庄开会，上级指示现在要立即进行以下工作，而且很紧急。第一，把喇叭口小学重新办起来，初中设在大李庄，高中在刘家坪；第二，对人民公社食堂阶段私吞粮食的人进行清算；第三，选出新的领导班子。你们看这些事怎么展开合适？

林紫说钟同志说的肯定是正确的，让我们怎么干我们就怎么干。钟月桥说就等你这句话呢，那好，学校的事就交给你了，原来的食堂腾出来当教室。老乔当队长，胖蛋或者壮壮当会计，小夏临时出纳，你们觉得合适不？

乔震说我们一家出这么多人，人家会有意见的。钟月桥说这不是什么问题，有工作组在一旁看着呢，不对，这叫领导。

他想了想又说，不过我觉得有个更重要的工作必须由你来做，其他人我都不放心。

"啥？"

"保管员。这个职位必须得品德高尚的人来干。想想刘大成那只大耗子我就来气，他贪污的东西那么多，饿死了多少人？每天的菜汤里要是加进去几把粮食，人也会少饿死好些个。我那次进他家地窖里当时就有很深的感觉，他精得很，偷东西是蓄谋已久的，那个地窖修的特别讲究，除了通风口，还有小密道，证明他一开始掌权就站在人民的对立面，想建立自己的小江山。那队长我先兼着吧，慢慢培养合适的人选。"

乔震和林紫听着有点怕，不过听胖蛋说过他进去时那窖里的情况，知道这窖根本不会是刘猪娃所修，他不可能有那条件和力气。比如刷了油漆的小铁门和上下的铁梯子，刘猪娃从哪偷取？他就是发现了当初土匪们的储藏室，把它利用了起来而已。

没等他们搭腔，钟月桥接着说：

"上级领导还对工作组做了如下指示：要住在贫下中农家里，和农民同吃同住同劳动，不准搞特殊化，要紧紧依靠贫下中农，通过社教运动，把被地、富、反、坏、右分子篡夺的领导权夺回来。还对我们规定了严格的八条纪律，工作组队员违反者，一律开除党籍和公职。工作组队员不准带吃的喝的，不准下馆子，违者也要开除公职，是党员的要开除党籍；和女社员发生两性关系的，以坏分子论处。"

一听这些，乔震两口子都蔫了，按这要求，他家似乎不仅不能扬眉吐气，还有可能是被打击的对象。虽然从土改那会子起，他们是中农，现在要求的起码是下中农，自家是喇叭口成分最高的。

"我们家，成分不合适，还是算了吧。"

乔震没精打采地说。

林紫说就是就是，我们家不适合，让成分好的干去。

"成分好的谁能干？你们说来听听。谁能教书？谁会打算盘？有我肯定用啊。刘猪娃是成分好，可他变成坏分子了。我前天在大李庄开会时特别给县里来的同志说了这一点，喇叭口的情况很特殊，让派个政治上可靠的人来当老师。你猜怎么着？他们说大李庄那样的地方都找不到可靠的老师，不得不让接受改造的右派给老师辅导课，哪里能把合格的老师派到喇叭口那样的小地方去？他让我在当地发掘，废物利用。"

乔震两口子听着这话心里更加别扭，钟月桥可能没发现，继续说他的：

"我说了，那我们那里就用中农了，工作组监督紧一些，让他们只教好的内容和算术、珠算什么的，等培养出了可靠的接班人，就由我们的人接班。他们说那就试试吧，算你们那里情况特殊，不过一定得加强监督。不过老乔啊，这事你们要正确对待，毕竟政治上过硬是上级的要求，不是公社里自己的主张，再说了，这也是给你们的机会，现在大家一样穷了，没人再说你们家剥削人压迫人，干得好，有机会的话成分可能就下去了。"

"你这么一说，我还真有点心里打鼓。不是我不识抬举，是怕我家掺和的太深万一有个事你我都担当不起。队长保管员什么的都算了，林紫暂时代代课，算是报答你的高看，教什么听你的。等有合适的人了，她就回家。再说了，没多久她就得抱娃娃呢，家里这两个媳妇，说生一起生，到时还不累死我们两个老东西？"

钟月桥想了想说：

"那行吧，胖蛋和壮壮算了，不过老乔你得当保管员，只有你当我才放心。队长实在是个头疼的位置，刘大成，唉！算是苦大仇深的吧，还是党员，却一点儿都不争气，不仅忘了本，不跟贫下中农同甘共苦，还把社里的东西都搞到家里去自个儿享用。这次的社教运动，重点就得收拾他们这些坏分子。"

钟月桥吸了一口烟接着说：

"对了，忘告诉你们了，咱村也来了两个右派，一男一女，今天就到。男的是省城的，忘了是叫什么大学的老师，女的是地区师范学校的老师，据说是牧主的女儿。他们原来在刘家坪改造，现在改到喇叭口了。"

"两口子？"

"不是。男的好像50岁上下，女的快30了。我也是听县里的同志说的，女的没结婚。林紫你这么一问，倒是提醒了我。这俩到喇叭口接受改造的孤男寡女，可别搞出生活作风问题了，俗话说臭味相投成知己，他俩要是整出个啥事儿来，我给领导怎么交代？没改造好反而更坏，那就完了，可得让社员们一起好好监督着。"

"那要是书上有不懂的，我也可以问这俩右派了？"

林紫问。

"这个再说吧，具体问题具体分析。"

他说自己忙，走了。

送走他，老爷子正好从外头进来，说外面来了两个拉骡子的，一男一女，穿戴好像是城里人，虽然很破烂，说话也不像方圆一带的口音。女的被分配在铃铛家住，男的分到了李独眼家。乔震说这肯定是钟同志刚才说的右派了。

晚饭后，喇叭口第一场批判右派大会开始，会场设在学校里。老人和抱娃娃的，能坐个板凳的坐个板凳。多数人坐地上的土坯，它们是好多年放那里不动的，过去有吃食堂的坐，现在白天由占不到座的学生坐，晚上坐着开会的社员。久而久之，哪块土坯坐着舒服，大家都一清二楚。连落座的时候都不用低头看，就能稳稳当当坐在上面。窗台上和后面木头上猴着的是娃娃们。他们可以看热闹，也可以出去玩，就是不能在里面打闹。

铃铛妈和何翠翠来得早，后者抱着娃儿，两人都拿着鞋底。能占一个借光的地方，她们似乎很兴奋，活跃地转动着脑袋，明晃晃的优越感写在脸上。

钟月桥看着何翠翠就想起她家的地窖，想起地窖就来气。问这俩女人准备不准备发言，不准备发言请把前面的座位让给准备发言的人，她俩说当然要发言，批判右派怎么能不发言？还回头问了句大家"你们说是不是？"

没人响应，她有点怏怏地把头回了过来，一把将折腾着的娃儿按在怀里，掏出奶头塞进他刚要哭的嘴，轻轻拍了他的屁股一巴掌，掀起大襟一裹：

"赶紧睡啊，睡着老娘得纳鞋底呢。"

就在这时，门开了，闹闹哄哄的会场立即鸦雀无声。

走在前边的男的穿件绒领子的棉服，旧的早已发白了，但很合体。下身是件灰白色条绒裤子，鞋子埋在裤子里不怎么看得清楚颜色。

钟月桥冷冷看了他们一眼说，都进来吧，站台上。

那男的低着头上了台，门外的小夏对他前面的女的低声说了句：

"进去吧，站他右边。"

这女的一进门，会场上嗡得一声全乱了，比比划划，评头论足，比看皮影子戏还热闹。钟月桥赶紧压场，可这些社员一反常态不听他的。他有些狼狈，赶紧宣布开会。

"你自己先介绍一下，犯了什么错误，为什么成了右派，以后怎样脱胎换骨重新做人。"

那男的抬起头来朝底下扫了一眼，把眼镜往上抬了抬，从口袋里掏出一个小本子翻开，很熟练地读了起来：

"我叫于凯，今年 46 岁，上海人。由于生活在旧中国的十里洋场，思想受到了帝国主义的毒害和资产阶级腐朽思想的侵蚀，世界观和人生观没有得到根本改造，1957 年在大学讲坛上发表了错误言论……"

"他说的啥？"

何翠翠停下手里的针线活，扭头问铃铛妈。

没等对方说话，钟月桥说安静安静，让于凯继续自我批评。

"我说，党员可以分成三类，有为党增光的，有靠党吃饭的，有借党害人的。还说共产党和国民党其实没有两样，都是在争取自己的利益，国民党里也有英勇牺牲的壮士。我还攻击党报，说党报一贯报喜不报忧，错误和缺点都不报道，形成歌功颂德，吹牛拍马的风气……"

这下子不让他继续说下去的是钟月桥了。他腾地一下站起来问大家：

"你们听，这话反动不反动？竟然把共产党说成跟国民党一样。共产党是人民的大救星，国民党祸国殃民死有余辜，现在跑到台湾，和美国主义、日本侵略者勾结在一起，和伟大的中华人民共和国与社会主义的苏联作对，在全世界镇压被压迫人民。国民党这样的罪行中国人民怎么能够容忍？"

"当然不能。"

这次的何翠翠接茬接得很到位。

钟月桥擂了一下桌子说：

"对，我们贫下中农绝对不答应。右派分子企图让翻身当家做主的人民群众重新回到旧社会，吃二茬苦遭二茬罪，我们坚决不答应。"

李独眼看了台上一眼，壮着胆子把拳头一举喊道：

"打倒右派分子于凯！"

人们有点吃惊，设想钟月桥会如何对待。见他回头对着于凯说：

"看见没？翻身农民对回到解放前一千个不答应一万个不答应，你就死了复辟资本主义的心吧。"

接下来的口号，惊天动地，像把土房顶都要震塌一般，窗口里塞着的和木头上蹲着的娃们也玩命地喊。让大家觉得特别有意思的是，两个右派也跟着喊，如打倒右派分子于凯，让他永世不得翻身之类。

乔震喊得有点灰心，起码缺乏发自肺腑的激情。偷偷看一眼墙角的林紫，她的胳膊举的有点疲软，虽然黑乎乎的看不大清楚，但那种犹豫和迷离感，他不用看心里就知道。

当灯花结成硕大的红球时，钟月桥让那女的自我批评。

"我叫卓玛草……"

蚊子一样的声音刚刚飘出来这三个字，会场里又炸了窝：

"什么？割马草还是剁马草？"

最近一直躲着钟月桥的刘大成这次很起劲地喊了一声。

钟月桥看了他一眼没有说话，人们七扭八拐的谐音越来越多，刘大成还喊出这么一声：

"大声点，说清楚捉你妈哪？怎么操？"

钟月桥瞪他一眼道：

"别说下流话，会场上这么多辈分的人，还有小娃娃，不能把他们教坏了。"

刘大成脖子一缩不说话了，似笑非笑，得意忘形。包括他自己和何翠翠，大多数人都好像对他的那句话回味无穷。

"你介绍一下自己的情况，卓玛草。你犯了什么错误，以后打算怎么办。"

直到这时，她才抬头正面看了一眼台下。

林紫心里咯噔一下，这多像她在女子中学读书时的年轻女老师啊！

清澈忧郁的大眼睛，一对粗硕油亮的辫子，无形但清楚的恐惧感和无助，像极了她老师突然丧母时的神态。还有白皙的皮肤，饱满的额头，挺拔的身段，也与自己老师颇有一致之处，只不过衣服比老师寒碜得多。那么，她这样文弱的女子是怎么到了这里？她有胆量反党反社会主义吗？她弱的像看起来踩死只蚂蚁都得要心跳半天的样子。

胡思乱想之间，听卓玛草用蚊子一样小、但青翠欲滴的声音说道：

"我叫卓玛草，26 岁，是青海西宁的，我父亲是塔尔寺附近的牧场主。解放前他残酷剥削和压迫牧民，自己过着骄奢淫逸的生活，还看不起广大的革命群众，把我和我哥送到臭知识分子成堆的大学里读书，接受剥削阶级思想的腐蚀……"

眼看着灯里要没油了，灯碗边上奄拉出的捻子头黑黑地托上一点小红豆。钟月桥说你赶紧说你自己犯了什么错，别说没用的。

卓玛草说学校让我跟我父母断绝关系，我下不了决心，哭了。

"那现在呢？下决心没？"

卓玛草眼里的泪当即就流下来了，虽然看不清，她一直擦着。

"下了。他们饿死了。"

灯终于苟延残喘到极限，忽闪了两下也饿死了，钟月桥说了声散会。一团漆黑的屋子里没有了任何秩序，叫着喊着经过台上往门口冲。混乱之中，两个右派尖声叫着躲着，被挤在一边的小夏的脸上和胸口不知被哪只粗壮的大手狠狠拧了几下。

"谁用锥子扎我腿的？"钟月桥大喊一声。

等到他从背包里摸出手电筒打开看时，人已经走得稀稀落落，看见于凯把卓玛草挡在门背后，他的裤子上好几个地方是殷红的血迹。卓玛草缩在逼仄的门背后，辫子被撕抓的像刚从刺垛里拽出来的绳子，脖子里和脸上都被抓出了血。

"送他们回到各自的住处去吧，别让跑了。"

钟月桥的心情看起来非常不好，边收拾自己的挎包边对小夏说。

躺在炕上，林紫的心里非常沮丧。乔震不说话，但也是翻来覆去睡不着。

最终还是林紫先开口了：

"我咋觉得心里这么堵得慌？总觉得走不出一个圈子。胖蛋他爹活的时候，拿到家的报纸上是戴高帽子游行的事，以后亲家也说起这些个。解放这些年，土改啊，镇反啊，社会主义改造啊，大跃进那会子反瞒报产量啊，等等，都是用的斗争方法。我原以为这次钟同志来就不再搞了，想不到今晚他搞得那么起劲。"

"唉！"

乔震叹了口气接着林紫的话道：

"钟同志那也是没办法，谁也拗不过上面的意思，把右派分这里来改造，他不斗争不就是犯政治错误吗？"

"你说的没错，但打人不对吧？没有说必须打吧？尤其还用锥子扎人家屁股。"

"那是灯灭了，钟同志没看见，连他都被扎了呢。"

"你是真没看见假没看见？铃铛妈出去尿尿时，顺势就在那男右派的背上一锥子，还得意地挤着眼睛笑着，钟同志看了她一眼没说话。"

乔震心里一惊，说大概我那会儿我打盹了。

斗争完右派的第三天，钟月桥又去大李庄开会，回来召集几个人开会传达精神，讨论落实方案。叫上乔震和孔林紫，是准备跟他们谈仓库保管员和学校的事，刘大成夫妇是原来的干部，一直想换但没有找到合适的人选，有名无实占着位置，副队长也总是换来换去，最新的还没确定。另外有铃铛她妈、李独眼这俩积极分子，以及闲置许久的食堂时期的会计出纳。

这种情况小夏早就抱怨过，说我们是工作组不是村民，担负村干部的工作不合适。钟月桥说先保留着这个架子吧，本来就是个流民的组合村庄，现在刚从饥饿中回过点神，松散是正常的，慢慢会建设起来。现在咱们为喇叭口的活下来忙得昏天黑地，再也找不到成分好又敢在台上发言的人。干部这东西要像个样子得锻炼，得台上能摆起该摆的架子，打起该打的腔来，不然在群众中根本没有威信。你看刘大成，虽然其貌不扬，可上台上说话就能拿起故劲儿来，还不是这些年培养的结果？先这么着吧。

乔震夫妇和刘大成一家坐在一起，本身心里就别扭，加上刘大成家地窖的事，虽然一年多过去了，但谁也不可能忘记这可恨的恶行。会上不仅气氛不是很融洽，也没有虚情假意的应有热情。现在的职位要么悬着，要么闲着，谁都觉得心里不踏实。

今天开会，就是要改变这样的局面。上级说得很明白，现在工作的核心是发扬光大克服饥荒的成绩，尽快将农村的班子建设健全，揭批大跃进时瞒报产量和干部多吃多占的恶行，进一步贯彻执行以阶级斗争为纲的指示，抓好对地富反坏右分子的改造。

根据这些要求，刘大成两口子必须从领导岗位上退下来。

思来想去，只有比较积极、成分可靠的李独眼和铃铛妈还算过得去，让他们当正副队长。李独眼兼任村支书，会计出纳现在暂时没什么东西可管，让原来就闲散着的刘二牛和张中担着。

最让钟月桥上心的是保管员和学校。

监守自盗是最没法防止的事，尤其在现在生活艰难的时候。不就是因为吃食堂那会儿刘大成和保管员、炊事员沆瀣一气，才使老百姓提前进入饿死人阶段的吗？别人家饿死了人，他们还能做爱生孩子。现在虽然没多少保管的，可以后就有粮食、油、肉，等等，好多好多东西。如果再遇见一只大耗子，那就全完了。另外就是学校，现在除了乔震一家，根本就找不出会打张收据的人出来，可见扫盲和培养人才太重要了。

他们家成分不过关，一家子干那么多事不合适也确实是问题，而且自己已经栽过一遍了，不过保管员和老师这类事上用一用他们，想必不会有太大麻烦。心里嘀咕这些时，看见大家都坐稳了，他开始讲话：

"刘大成和何翠翠两位同志，你们得下去接受改造。这不是我说了算，而是县里的指示。地富反坏右是必须清算的，喇叭口现在没有地富，也没有反革命，瞒报产量的也没发现……"

何翠翠脸涨得通红，失声喊出一句：

"那我们是啥？"

"根据上级指示，是坏分子。"

钟月桥的语气非常迟缓瓷实，或许他就是要特意告知对方这个结论很确定很不光彩。

别人低头不语，李独眼和铃铛妈捂着嘴偷笑，看小夏盯着他们看，赶紧转为一本正经。

"从明天开始，你们和那俩右派一起，准备接受革命群众的改造，由李独眼和铃铛妈担任正副队长，乔震当保管员，孔林紫当老师，其他人不变。"

这是他宣布"散会吧"前的最后结论。

不同以往的是，钟月桥一反常态，连问问别人有没有意见的客套都免了，直接等着锁门。其他人踩着影影绰绰的月光往各自家走，然后钟月桥和小夏也往他们住着的人家去了。

今年的秋天，能长庄稼的地方都没有看见闲着。钟月桥来的时候，正规的庄稼是晚季了，于是就到处种生长期短的蔬菜。蔓菁、萝卜、芹菜、胡萝卜、小白菜、甜菜……所有适合这一低温多雨地区的农作物，他都鼓励每家人多种。当然基本限于自家的庄前屋后，队里的土地上种不住，随时会让人拔回去吃掉的。饿啊！"吃不了的都晒成干菜，别忘了教训了。"

这是入秋后他反复在会上说的话。有闲暇时他就在想种子，种子。明年春天还需要许多种子。可这地方海拔太高，找那么多因地制宜的种子不容易啊，还得慢慢培养。现在到县里，哭穷的基层干部把门都围死了，上次县长摊着两手哭丧着脸说：你们看我能不能当山芋蛋？能不能发芽？能的话都切成块你们分了拿去埋地里得了。

二十五

当钟月桥得到去西宁参加一个以阶级斗争促生产的经验交流大会时，他突然就想起那只被杀牦牛的主人来。对啊，他那里不是很缺药品和扎篱笆的铁丝吗？去跟他联系一下，看能不能换几只羊过来。喇叭口有的是草，养牲畜是最划算的事情，几乎可以说是无本买卖。

他给队里几个干部打了声招呼，说自己先去试着借几只羊过来养，等生产发展起来了，羊卖给公社收购站再还人家钱。大家都说这事恐怕够呛，现在吃的这么紧，钱都没用了，更别说借人家羊。钟月桥说我没说一定行，就是想试一试，不试哪知道行不行？不行再说。

当他把自己祖传的玉佩和所有的薪水都放在藏族老人的炕桌上时，老人生气了。说我这些牛羊还在，全是因为住的偏。这地方甘肃青海两不管，不然早被合作化掉了，我也可能被饿死了。现在我们两口子岁数这么大了，管不过来这么多，你们赶几只去吧，繁殖的好的话，以后送我几只小的也行，或者顺便时买些县里的东西给我，我进趟城太难了。

钟月桥千恩万谢，会议结束后立即带着一个村民，骑着他和小夏的马翻山越岭去赶羊。五只肥硕的母绵羊和一只大公绵羊，还有一只小猎狗，一起被他们赶到了队里。

放羊是一个艰巨的任务，肚子吃不饱时，尤其如此。

"让于凯去放羊。老右们四体不勤五谷不分，农民种地工人进车间时，他们却待在阴凉房儿里享受。现在犯了那么大错误，还领着工资。就他们养出力气来了才能追羊群，别人哪能追得上？"

钟月桥毫不含糊地在会上宣布了这个决定。

于凯刚刚接过羊鞭还没来得及请教放羊要领时，羊撒腿就跑开了，他急得大叫一声：

"立定！"

周围的人大笑，钟月桥也笑，不过很快转为严肃：

"大家看看，这就是活生生的反面教材，典型的剥削阶级分子。学那些天上地下的东西有啥用？你要有能耐，让这些羊学会说话让我们看看。"

于凯低头听着，羊已经跑远了，他心里直着急：你可是告诉我怎么招呼它们啊！

"赶紧跑啊，你当羊还是你服服帖帖的学生呢，怕你。以后待狗好一点，它可以帮帮你，现在小，羊不怕，也就是叫几声给你壮壮胆。"

就这样，于凯把手筒在袖子里，腰里扎着细铁丝，怀里夹着细细的羊鞭，每天吃喝厮守着六只羊，前胸贴着后脊梁，从这座山丘跑到那座山丘，从这片草场奔到那片草场。渐渐地，头发变成了一片烂棕毛，裸露的皮肤黝黑干裂，双手布满老皮厚茧，外貌改造的已和当地的老农丝毫没有两样了。

就在这段重塑中，于凯对折腾得他气喘吁吁的羊产生了深切的感情。

第二年夏末，当他发现自己的棉衣比来时多了好几个洞、裤子也已经不能遮羞、必须用放长了带子的旧军用挎包压在屁股上才敢在村子里走路。

有一天突然在山里遇见一场冰雹，没几分钟的时间，脚脖子就被埋在了厚厚的白色里。

此时的羊剪完毛还没长长，当雷鸣电闪和冰雹铺天盖地袭击过来时，平时撒欢炮蹦子折腾他的狗和羊，乖溜溜地朝他围了过来，仰头求助。他突然眼前模糊起来，想起自己站在讲台上时，学生围着讲桌说老师我不会老师我不懂，请您给我再讲讲时，就是这种情景。他已经好几年没有被任何东西需要过了，更别说求助于他。

于凯转身往平常躲雨的石洞那边走，羊儿狗儿缩着身子叫着，依然像是无助的学生一般被动地跟着老师。

走进洞里，有他平常积累起来的干柴。点着火，坐火边上把它们和火堆隔离开来，防止它们烧着了毛。羊和狗取得了暂时的安宁和温暖，眯缝着眼睛看着外面的惊天动地，享受相对于外面被冰雹打得披头散发的树木百草的优越感。不知不觉间，它们把于凯挤得有点难受却温馨，许久没有有体温的东西这么靠近自己了。

动物真好，狗狗和羊，平常有打架的时候，有抢吃的的时候，可好像没啥记性，过了就过了，即便打起来，那也是明着对仗，不会有暗地里的动作，更不会大字报、对被打击者吐唾沫。就说自己跟它们，追不上时骂脏话、用石头砸，或不走时用脚踹，都有过，现在围自己围得多紧密啊。他忍不住把坐在自己脚面上的狗狗抱在了怀里，用左手轻轻搓它的脊背。小家伙受宠若惊，很顺溜地贴紧他的胸口，眼睛朝下看着卧在地上的羊，一副优越神态。

让于凯和羊群建立起真正感情的，是大母羊大提琴难产的时候。

大提琴是他给大母羊取的名字。自己喜欢也特长拉大提琴，当初老远看见它肚子突出大的体形，立即就想起了大提琴，而且他一直这样叫它。

那是一个秋后的黄昏，他赶着羊群过河。按照惯例，喝完水就可以归圈了，大提琴不知怎么想的，欲从一簇柳树间穿过去，不料突然被夹住了身子。越急越暴躁，便越使劲。终于出来了，却扑通一声扑地下不走，羊水哗啦啦地流了出来。

她蜷伏在地上，四只脚紧扣着半埋在地下的藏蓝色石头，背部的毛微微抖动，像大提琴震颤的弦抖出的眩晕。满含泪水看着半蹲在边上抚摸她额头的于凯，四目相对，谁也不先放弃。她肥厚的舌头耷拉出一小截来，也是如身子一样微微颤抖，游移飘摇的低声嘶鸣，从舌头上漫出来。

当两只乳毛紧紧吸附在身上的小羊相继爬出她体外时，大提琴挣扎着歪过脑袋，舔那俩湿漉漉的小东西，再也顾不上看于凯。多好的妈妈啊，这么爱孩子。他叹了口气，目光投向橙色晚霞中碎银子般的水面，鱼尾纹一样的涟漪在波光里蘸过去，静悄悄地没了。

十年前，也是在水边，黄浦江上波光粼粼的黄昏，妻子在医院里分娩，她是个胆小的女人，该进产房了，却死死拽着他的手不放。直到进去关上门，还听得见她撕心裂肺的叫喊声。

当他摸了摸女儿的小手，看着连她眼睛都找不见的那团小红肉时，就为她设计以后的前景。学大提琴还是小提琴？还是小提琴吧，女孩子端着轻松，马尾辫一耸一耸，娇喘微微，他最喜欢的就是那个样子。不对，还是大提琴吧，这算得上家学了，父母是专门干这个的，自己以后攻的是数学，但大提琴和吉他的水平是全校有名的。上海解放那会儿他上大四，大学生专场欢迎解放军进城的晚会，有四个节目就是他伴奏的，另外还有一个独奏。以后就留在大学任教。

女儿出生不久，妻子参加了妇联的领导工作，白天黑夜地忙，把孩子交给患病的父母。两人为了孩子总是争吵，妻子说新社会了男女都一样，你也可以在家带孩子。他说我要能喂奶我肯定带，社会是新了，我家遭殃了。

这么一句话让妻子在气头上传到了妇联，又被反馈到学校党委，他立即就被下放到远郊的中学教数学。好几年里，几乎很难回家，即便回去，妻子也是不冷不热的态度。一次跟学生去参加劳动，路过淞沪抗战遗迹。学生看着累累弹痕七嘴八舌，他就说了国民党共产党的几句话，反右时第一批就被抓了起来。幸好父亲的一位旧交从中斡旋被发配到了西北，不然早就被政治觉悟高的人打死了。

早已经冷淡了的那份情感是难以重拾的，当落魄程度日甚一日时，连去尝试回家的勇气和情绪都没有。他的脑子里，就种下了那朵肥嘟嘟的小红肉团，攥着小拳头张牙舞爪；耳际里就是妻子的呼喊，说她怕，她疼死了。以后见到过的她们母女，是一大一小两双瞪着他的眼睛，嫌弃、厌恨，以及不可思议。这种表情自然不在他的依恋里了。

自打大提琴有了这两个小东西，于凯又多了件事，那就是背它们抱它们，他管它俩叫小提琴。河水不算深，可它俩过去有点够呛。上坡时也很烦人，追着闹着不好好走路，大提琴也就等那里不走了，前面的羊往前窜，他顾了前头顾不得后头，有几次羊从人家地里啃了甜菜叶子，告到钟月桥和李独眼那里，晚上斗争时一顿猛批。以后他只好死死抱着这俩小东西不放，任大提琴和两只小提琴咩咩地抗议，直到目的地才放它们下来。以后又有几只小羊加入，小提琴们乖乖地得自己下地走了，于凯抱更小的。

进入十一月，喇叭口连续几场大雪，羊无草可吃，只好转到了寺院的地下室里，那里有钟月桥命令于凯平常打下的干草。至于于凯的衣食和冷暖，是无人过问的。

"不给我交伙食费了，自个儿想办法去。"李独眼说。

"我的工资现在领不到了，狗还得喂。"

上山前，于凯到队部小心翼翼对钟月桥和小夏说，言下之意是队里得出点麸皮什么的，不然狗会饿死。

钟月桥让小夏带着他去找乔震，让从仓库里给他秤两斤麸子带着，还说再给他个小锅，冬天吃了生麸子，狗会生病的，要是死了，我对不住他的主人。

临出门他又对于凯追上一句：

"你别把麸子都自己吃了把狗给饿死。"

他说这句话时没有要答案的神态，于凯也不愿意说什么，跟着小夏默默地往仓库里走。

说明原委时，乔震沉默了一会儿说知道了知道了，我会的。他到大柜子后面转了一圈过来对小夏说，队里的几个锅都在柜子里，因为不常用，我锁了，钥匙放在家里，我现在去拿，你要是忙就先回去。

走出门，他连于凯都没有看一眼就直接奔家里去了。

于凯站在仓库的门口很冷，跺着脚看每家每户的袅袅炊烟，胃里又空又冷直冒酸水。

终于，一个黑影子影影绰绰从墙那边闪了出来。

乔震依然没有抬头看他，有点吃力地举起牛皮绳穿着的大钥匙串开了门，跨过高高的木门槛，淌入了浓稠的黑暗里，于凯也小心翼翼跟了进去。到了柜子后头，乔震从羊皮袄怀里掏出一个小布袋子递给他：

"面粉，不多。家里也没有多少，刘家坪的亲家给的。"

于凯都没过脑子，面袋子就在手里了。

乔震又从口袋里掏出一块饼来，从衣领里塞他怀里，温乎乎的，不知是饼刚烙熟还是体温，恰好滑到了他的胸口。

"晚饭。"

他还是没有看于凯，摸摸索索往锁孔里插钥匙。

一个小炒锅，装上一锅麸皮。

给他递过来时，于凯手里还是握着面袋子，鼻子吸溜吸溜地推却。乔震低声吼了一句：

"赶紧塞怀里把系腰勒紧，你不想活了？不让我活了？"

端着麸子出来，走到队部，办公室里还亮着灯。乔震喊了一声说钟同志您要不出来看看，给右派的麸皮是不是有点多啊。钟月桥说不用啦，对狗也得看主人，老人家对我们有恩，待他的狗好点是应该的，你给于凯嘱咐嘱咐。

乔震对于凯还是连回头看一眼都没有，裤腰里拴着那串大钥匙叮呤当啷往自家方向走了。

天好的时候，于凯从不停下来。除了捡柴火，还找有耐性的草叶子拧绳子给自己编鞋。编好了，就把石头放进去转来转去磨，然后把套着自己仅仅能勉强系在脚上的烂鞋的脚伸进去，在地上走几个来回。这样的鞋子出来两双后，他给自己编了草垫子。过了一段他又有了新的发现，把羊刮在树枝上的毛取下来跟草拧在一起编鞋子，这样不仅不容易断，还比一般的草鞋光溜暖和。

晚上的日子他感到很开心，面粉之外，四只母羊都有了羊羔子，每只身上吮几口，再和它们挤在一起，堵上北边的门，地下室里好暖和啊。他摸着小提琴和其他小羊的脑袋说我是你们的爹，以后得听我的。小羊咩地一叫，他开心极了。

从被下放到底下的学校以后，就没有过这么安逸舒心的日子。能一直这样下去该多好！想着想着，他就美滋滋地进入了梦乡。

卓玛草的工作不好安排，颇使钟月桥费了一段心思。

这种压力首先是来自组织的。比如，不能让右派跟地富反坏右有密切的接触，免得他们狼狈为奸；男的不要让跟寡妇接触，免得日久生情；女的要由干部亲自监督，防止拉贫下中农下水，等等。

这些意思当初他只是当作一般的会议精神记录了下来，没有看成特别重要的问题。

可第一次对右派的批斗会后，他回到住处躺炕上越想越不是滋味。群众对右派拳打脚踢他不难理解，以往斗地主镇反，这类情况一直存在，虽然干部们会阻止，但适当让曾经受苦受难的群众发泄一下也是正常和能够容忍的，打死人的情况有，但事后领导干部要受批评，或至少不鼓励这类事情。然而，那晚群众对于卓玛草的态度，他感到有些意外。

为什么人们对一个女右派比对一个男右派有更大的仇恨？而且同仇敌忾。实际上，卓玛草的错误远较于凯为轻，出身不由人，一个年轻的女人与家庭断绝关系是需要勇气的，还得有党组织细致耐心的教育。她就是出身不好立场不坚定，属于可教育好的坏人子女。可于凯不一样，他是赤裸裸地将共产党和国民党放在等同地位、而且有国民党比共产党好的意思在里头。说句实话，当场打死他，自己也不会觉得没法给组织交代，说明革命人民觉悟高，不允许他这样反动。

又想了一下当时的细节，他心里更闹得慌。

当他把手电筒照过去时，卓玛草的衣领奄拉的很低，嫩白的上胸展露出一个斜角，脸上被烙上泥巴手印。哪来的泥巴？室内应该是没有的。或许是唾液还是别的什么？他想不出来也不敢再设想下去。唉！打就打骂就骂，怎么偏偏抓人家衣领摸人家脸？搞得有点流氓习气，这像革命群众改造右派的样子吗？

翻了一个身，依然没有睡意。眼前又晃过那晚门背后的情景。卓玛草满眼惊恐地缩着身子，一只手护脑袋，另一只手紧紧抓着于凯的臂弯。于凯嘴唇抿得很紧，方才佝偻着腰的他现在挺得像座山一般挺拔，宛然不可战胜的保护神。

钟月桥想起了一个片段，那是他在东北搞土改的时候，一天晚上得到情报，说一家在城里经营丝绸店的富农次日要转移财产，他带领其他两个土改工作队员连夜袭击了那家人。当他们把手电筒朝炕上照过去时，那老头儿立即起身，满眼愤怒护住身旁的年轻女人。那女的穿着红兜肚，粉嫩的肩膀剧烈地颤抖，看起来也是比那男的小不少岁数。

一想起那女的当时也是用手护着头，也在颤抖，也是在手电筒的光下，被那老男人护着，而且下半身覆在被窝里，他就一肚子火往上冒。

于凯一定得看紧，不能让他跟卓玛草混在一起，犯了生活作风问题怎么办？他把拳头捏得紧紧的暗暗在心里提醒自己。

可以说，他的这种忧虑，是把于凯打发上山放羊不许他下来的主要原因。

迷迷糊糊的，眼前依然是卓玛草那双清澈忧伤的大眼睛在晃动，似乎不认识他，又似乎在探寻：以后他们还打我吗？你打我不打？能不能保护保护我？我有那么讨厌么？

真见鬼，他娘的，别总在我面前晃荡了行不？

还是没有睡意，唉！

事儿过去半年了，他还是纠结在给卓玛草安排工作的事上。现在东拉一把西扯一把让她打杂，都给上级部门没法交待她主要接受了什么劳动改造。正闹心呢，大李庄派人送来了信，说公社为了帮助各村加紧恢复生产，从县里的饲养场分给每个队10只小猪，让发展养殖业。

小猪来到队部时，被囚在两个破的快不行了的柳条筐里，驮在马背上。要不是有几根破布条给胡乱捆绑住，没准它们路上就漏出来了。

小家伙们好像没到断奶的时候，去驮它们的张三台说，大队部给它们喂面糊糊，它们吱哇乱叫着不好好吃，还把食盆给踩翻了，路上可能饿了，一股脑儿叫唤。

把筐抬下来放地上，突然安静下来，小东西们好像有点不适应，或者摇晃晕了，紧紧伏在筐底的青草上，呼噜呼噜低吟着。

看着它们，钟月桥心里愉快了许多，自打大饥荒以来，似乎没见几家有小孩生出来，倒是有小孩经常死去。到哪里都是眼神空落落直不起腰的成人。至于吱吱哇哇地叫闹声，那是久违了。

他赶紧把准备好的麸皮倒进准备好的小瓦盆里，用炉子上开着的水烫了一烫，拿火棍握手的一头搅了搅放地下，和张三台一起把小东西们一只一只从筐子里捞出来放到盆边上。

可能是饿极了，先放出来的两只忙不迭地把嘴巴伸了进去，挨了烫后吱哇乱叫就跳进了盆里，连烫带吓往外跳，盆翻了，惊恐地看着钟月桥和张三台，好像埋怨它们吓着自己了。

钟月桥心生暖意，隔绝了几十年的生活气息又回来了。那时妈妈就站在门槛外面，攮着稻谷咯咯咯叫几声，鸡儿便从院子里的四面八方集中过来，殷切地希望她把稻谷洒向自己一边。为了争食，宁可少吃几粒稻谷，也不忘顺嘴叼几下看着不顺眼的。公鸡除了眼急嘴快，还毫不掩饰地驱逐走别的鸡，为自己的相好打出一片天地，把夺来的稻谷放在她喙下示好。

喂猪也是这样的，每次都是大猪拱小猪，肥猪拱瘦猪，结果，为了抢食或因为被拱，吃的在那里吃着，踩的在那里踩着。母亲除了把猪食槽半拉埋在地里防止翻掉，还经常拿着棍子主持公道，或偷偷给抢不上食的猪给点偏食。

唉！喂猪喂鸡过日子的生活也蛮好的。

想着这些，第二盆食已经和好了，这次他多了个心眼儿，用手扶着盆，稍稍倾斜，让小家伙们吃。虽然还在夺，还在叫唤，还从盆里淌过来淌过去，甚至从他的袖口上踩过去，但他还是感到了久违的愉悦。

把这些淘气的小东西让卓玛草管吧，看她满河坝追上追不上。似乎有点恶作剧地这个念头兀地冒了出来。

蓦地，一幅画面就飘进了他的眼帘。

在河的这头，卓玛草扬着小鞭往水草丰美的地方聚拢猪，河对岸是握着牧羊鞭的于凯，羊儿温顺地啃着青草，他站在高坡上静静凝视着对岸的卓玛草。很长时间里，卓玛草没有看见他，自顾自地往同一个方向组织这群不听话的小东西。终于差不多了，无意中一抬头，发现盯着她看的于凯。于是赶紧低头，红着脸朝另一个方向看过去，满眼的羞赧。

这哪里是两个来接受改造的人？简直是到这里调情来的，成了画或文学作品里的主人公，多美妙啊！他一下子就打消了让卓玛草放猪的念头。

晚上接着想让谁放猪的事，还是没有结果。这次倒没失眠，结果没出来，已经进入沉沉梦乡。

想不到另一件事帮了钟月桥这个忙。

小猪到来的第三天，上级部门来了指示而且说第二天就来人，在喇叭口南山之顶的雪峰上建一个气象站。指示还很明确，守塔的人得有文化，因为需要记载数据。

钟月桥先想到的就是乔震一家，一转念这活不是好干的，山顶上终年积雪不化，没吃没喝全得靠底下供给，天气恶劣的时候，啥都送上不去。更要命的是寂寞，没人交流，语言功能和脑子都会坏死掉的。乔震家不仅会拒绝，自己也没有勇气去说，当然也不忍心。

让于凯去。

他毫不含糊地下了决心，将他搞到离卓玛草远的看不见的地方。

派来修气象站的是青海的高原兵，除了他们，没人上去过，大包小包不知里面装的什么东西。

真是神速！

没过多久，山顶上就冒起了一个小小的建筑，明晃晃的塔尖在碧空下熠熠生辉，有点让人向往。但这样的日子不多，云总飘过雾也总飘过，能看见塔，倒成了一道风景。

于凯接受到这份工作时什么别的话都没说，只说了一句让我再放两天羊吧，什么都修好了我就去。

山上用的东西是各家轮流背着送的。为什么要白白送、而且是队里出物资？这事没人问，反正就是社员劳动的一部分，轮上谁家就谁家去。

"要是都偷懒不去送吃的，他饿死咋办？又不许下来。"

当乔震提出这个疑问时，林紫说那倒不会，钟同志说了，山上的气象数据对省里很重要，采集不到后果严重，为了取数据都得有人上去，每10天取一次。再说了，钟同志也得考虑，于凯要是死了，谁去接替那份工作？

"还真是。"

乔震放下心来了。

于凯走的那天，天气非常晴朗，因为这好天气，也因为一个解放军战士送他，说是要去给他做设备、技术交代，所以村民们都把这当成个值得观瞻的事。人们站在面朝他们背影的方向，叽叽喳喳议论着，两个背影接近了石山根下。

突然，几个人尖叫起来：

"羊跟过去了，赶紧追啊！"

可不是？这些家伙们一大早赶在坡上，还没定出新的羊倌呢，现在追回去了。

只见于凯半蹲在地上，用脸挨个儿磋磨他们的头，最早在喇叭口出生的两个小提琴，前爪搭在于凯的膝盖上咩咩地叫。牧羊犬也围着他一圈一圈转，汪汪汪地叫着。

钟月桥心里的火腾地起来了。这右派分子，怪不得组织上说让他注意别把社员们给教唆坏呢，看来真得加倍注意，连羊和狗都让他的小恩小惠给腐蚀了，都恋恋不舍的样子。

"都回家去吧都回家去吧，有啥好看的。"

他第一次对社员们有了这样不耐烦的态度，连他自己也觉得后悔，怎么这么失态？

更刺激他的一幕又展现在眼前。卓玛草看着于凯他们那边，眼泪汪汪的，根本就没有在乎自己在狠狠地用眼光威胁她。不仅如此，于凯放开羊头重新往前走时，卓玛草竟然捂着脸哭了起来。

他应该一辈子在山上老死。

钟月桥心里狠狠地想。

当他在班子会上说打算让卓玛草放猪时，铃铛妈说钟同志，你想过没？让一个右派干这么轻松的活，革命群众怎么说？尤其还是个女右派。

钟月桥觉得很意外。他是南方人，家里的猪是圈养的，不怎么费事。现在这一群小东西洒在河滩上，不追死她才怪，怎么说是舒坦活了？

还在想呢，铃铛妈说猪这东西不像羊一样漫山遍野瞎跑，有草的地方它们就拱着吃，吃饱就睡，越大越懒。河坝里有的是蕨麻，吃肥了就睡，那牧主婆还不也躺在树荫下消停去了？

这是新情况。钟月桥说我不了解，那你说咋办？让她干什么去？

铲猪屎啊，钟同志你不知道这里的情况。养了猪，铲猪屎就是大问题。而且以后猪多了，更加麻烦。从土地解冻开始到地冻实为止，猪都要在外面吃草根什么的，走到哪，稀屎点子就到哪。路上又脏又臭，就让她铲猪屎吧，还有墙背后的人屎、大牲口的稀屎什么的，一并铲了当肥料。

"那猪让谁放？"

"何翠翠啊，她虽然是坏分子，但成分好，总比那右派强。"

钟月桥说这个主意不错，就这么定了。你这么一说倒提醒了我，羊让刘大成放就合适，队里有问题的人都安排出去了，今天的会开的还真成功。

卓玛草没权利选择和决定做什么与不做什么，可服服帖帖听话干活总行吧？可事情远远不是这样。

这半年，队里增加了不少牲口，马、骡子、还有犍牛，每种都不多，圈在一个圈里，高高矮矮，成了一群牲口。牲畜的积聚，又产生了一个新的职位就是饲养员，由五十来岁的老光棍张三台担任，他是最后来的移民，没有房子没有家，连窑洞也没他的。以往东凑合一晚上西凑合一晚上。现在有了牲口圈，问题解决了，晚上在马槽里暖和。

在喇叭口，卓玛草是和张三台、刘大成夫妻碰面概率最高的人，媒介就是因为她得铲屎。

每天早晨先是张三台饮牲口。它们吃了一夜的草，经过冷水一泡发胀了，在从河边回圈里的路上，每个牲畜都拉一次屎，有的站着拉成一堆，有的边走边拉，稀屎在地上，不稀的翻成个土球，咕噜噜滚一会停下来。

从一道两一两里长的坡下背着越来越加重的粪背篼往坡顶爬，卓玛草的头有些眩晕，临到坡头她实在坚持不住，幸好那里有一个土台台，可以把背篼底子搁在上头歇口气。可没过多久，土台子竟然被谁竖着铲平了，不知道为什么要这样做。

这些牲口可真能拉啊，她希望粪蛋儿滚的有力些，掉进被水冲开的深坑，甚至奢望牲口们把屁股撅在沟边上拉坑里头，这样的机会有，但张三台会猛地给牲畜的屁股上一棍子，让它们赶紧走几步远离土坑然后再拉，同时用眼睛斜着看喘着粗气用粪叉往背篼里拾粪的卓玛草，似笑非笑的样子。

回去没多久，放猪的时间到了。

这帮东西沿着巷子到了坡口，甩着尾巴走路没个章法，星星点点的青草稀屎，粪叉是拾不起来的，她只好拿个短把的铁锹。臂力不足，颤颤巍巍铲上，小心翼翼从肩膀上越过去倒背篼里，因为多了一同铲上的泥土，重了许多。何翠翠边吆喝猪边吆喝她：

"注意点，看看看，粪叉撒了，咋那么笨？"

不过，相对而言，铲猪屎比拾大牲口的粪要轻松些。它们出门就拉，到坡口时已经差不多了，不用上陡坡，就可以直接送到堆肥的地方。白天它们稀稀拉拉地拉，卓玛草就稀稀拉拉地铲，背篼不满就来倒一次，只要勤快点，多跑几趟，背篼不重，还算过得去。

何翠翠也有挑衅的时候，比如说问你在家拾过粪吗？你成这样你男人是不是不要你了？你想家不想家，等等。

卓玛草几乎不说话，何翠翠觉得没意思了，又说别以为我们头上戴着帽子你就当跟你一样。我们只不过犯了些错误，是红苗子，你是啥？寡妇，牧主，娼妇。好好接受改造吧，啊！

卓玛草依然低头不语拾她的粪。实在干不动了，或没稀屎可铲了，就坐在河边的石头上看远处的山头。

"想什么呢？想变天账呢还是想那个老右派于凯呢？有本事上去啊，跟他睡去，痒了吧？痒了快看看那边的猪在干嘛。"

卓玛草没听明白她最后的话是啥意思，回头一看，一口猪前爪搭在另一口猪的后背上，它们正起劲呢。

何翠翠哈哈大笑道：

"要不要今晚你也领回去一口公猪？你想要哪口？"

卓玛草站起来往别处走，后面又是哈哈哈的笑声，接着来声"哎哟哎哟，老右也还知道害羞啊！"

立秋没几天，祁连山里天黑的已经很早了。

卓玛草的被子已经脏得看不见颜色，再不洗，到明年不知成了啥样子，可一洗她又怕缝不起来。里面的棉絮一团一团地，一抖搂，还能整理出形状来吗？思来想去，她还是拆了，想洗完啥样再说吧。趁大家都吃晚饭的当空，她给铃铛妈打了声招呼，说自己回来洗锅烧炕，端着拆了的破被子匆匆往河边走。

拿个木棍，将被子和床单垫在石头上，水面黑黝黝的，被黄昏之刀割成粼粼碎片，她捶一阵抖搂几下，再捶一阵。

突然，眼前的水里叮当一声，一枚石子贼溜溜地溅起了浪花，她脸上一阵激灵。毛骨悚然地抬头一看，刘大成站在水里，那张丑陋的脸正对着她，斜吊着的眼睛在朦胧里闪着狰狞的光。她腾地一下站起来，失声叫道：

"啊！你想干什么？"

周围空荡荡的，除了羊群和狗。

刘大成说不干什么，让你看一个东西。说罢，她把一只母羊的角一拽，往自己跟前拉了拉，又在它屁股上推了推。等到尾部朝着卓玛草时，他撩起羊尾，用手剧烈地摩擦羊的生殖器，越磨速度越快，邪恶的眼睛盯着她看，脚底下也不安分起来。

卓玛草一把捞起水里的被子，扑通一声跳进去就往河对岸跑，跌跌绊绊间出了河，朝着离住的地方相反的方向跑。

冷不丁的，钟月桥从那边过来了。看见是卓玛草，他没有好心情，随意喝了一声：

"跑哪去？怎么了？"

卓玛草一愣，回头又往另一条通往崖头的方向跑，边跑边恢复了刚才的怪叫声。钟月桥害怕了，到那边掉崖底下咋办？几个箭步追上去，一把拉住她道：

"去哪？再跑几步摔死你。"

卓玛草猛地一回头：

"我就要摔死！"

说完狠狠地"哎"了一声，顺势就甩开了他的手，怒冲冲地盯着他，大眼睛里的泪珠在眼球上明晃晃地，像一个透明的罩子，最后终于还是剥落了下来。

"闹，还胡闹。像什么话嘛！"

钟月桥的声音有点低了，问了句"刚抱的东西呢？"

"丢了。"

直到这时，钟月桥才发现她冷得直哆嗦，河水顺着衣服往下流。嘴里絮叨着说走吧走吧，快冻死了，奔着黑乎乎的一团东西去，是她的被窝。提起来想给她，凉飕飕的水滴往他袖子里灌。还是自己拿着吧，她抱着走不动，没准又要哭了。

一前一后往前走，钟月桥问怎么了，她死也不说。直到上了坡，把东西递给她。她低头不语，如羞涩一样轻轻接过去，转身朝铃铛妈家走了。钟月桥看着夜幕里袅袅婷婷往前摇摆的她的，竟然有些发呆。

这时，刘大成圈完羊往家赶，很张扬地跟他打了声招呼：

"钟同志等谁呢？这么晚了。"

"没等谁，我怕那右派想不通寻短见，看她进门了我就走。"

"哦，这样啊！应该的应该的。"

他打着口哨朝自己家方向走了。

二十六

1965 年上半年，大丫由朱老板做媒嫁到了刘家坪，中秋一过，郑老爷子得了肺病，没几天就去世了。乔震一家心里很难过，壮壮和胖蛋媳妇头胎都是丫头，现在肚子里的不知是不是娃子，没有让老人看见郑家续香火的任务得以完成，入殓的时候乔震握着老人家的手说：

"她爷你就安心走吧，乔家也就这俩后人，生出来娃子先姓郑，除非生不出来。"

打理完丧事不久，两个儿媳妇还真生了，而且都是娃子，壮壮和胖蛋不听乔震两口子的，一定要让娃儿姓乔，说后面有了再姓郑。争来争去，他们已经偷偷去给娃儿报了户口，壮壮的娃子是哥哥，叫乔新，胖蛋的叫乔华。他俩的小姐姐大丫和二丫已经三岁多了，叫这俩娃儿新弟弟和华弟弟。

林紫去找钟月桥，说学校的事情她实在顾不过来了，女儿嫁了，家里白天得做饭看娃娃，让他看看能不能从上面申请个老师。

"我们亲家说刘家坪那边的学校都派了公办老师，招了民办老师了。"

钟月桥说林紫啊，这些情况还用你给我反映吗？我不知申请过多少次了。刘家坪是专区所在的地方，上级当然给派，能当民办教师的，人家当然愿意往刘家坪甚至大李庄去，谁愿意往喇叭口这样偏僻的地方来？

林紫为难地说：

"那怎么办？壮壮他爹得上工，年轻人就更不用说了。俩小丫头都不到四岁，总不能关在屋里头，现在又有了两个娃子。劳动的人回家也不能不吃饭。就我一个死老婆子，实在是干不了了。"

钟月桥没话可说，事实就是这样。可学校不能关门，十几个大大小小的孩子，关门了就成文盲了。他心里很烦，刚解放那会儿好不容易办起了学校，潘志国一来，把学校撂一边了。要是当时坚持下来，那时的学生现在就能教书了，还用得着这样对林紫恳求？他叹了口气说：

"好吧好吧，你看这样行不？你、老乔、我、还有小夏，咱几个就都算学校的老师了，谁有空谁搭一把手，别让课停下来。三五年过去，现在班里学习认真的娃就能接班顶点事儿了，你说行不行？怎么说，这喇叭口对你们乔家的意义也不一样啊，你们不会不在意吧？"

林紫不好再说什么了。钟月桥的条件又退了一步：

"娃儿会走路以前腊梅或秋秋有一个可以不出工照顾家，你看咋样？"

林紫同意了，又随意嗳嚅了一句：

"我亲家说刘家坪让右派帮着在学校里做些事，好像上级部门也没追究啥责任。"

钟月桥怔了怔低声说：

"我也听说了，不过右派就是给学生改改作业，不让上讲台的。"

"那也帮忙不少啊，教书的工作量没有批改作业的工作量大。而且右派的劳动还不用记工分，完全白干，我亲家说他们工作可认真了。"

钟月桥说这还真是个思路，我最近去刘家坪大李庄打听打听，看能不能得到些启发。政治问题咱可马虎不得，但不论怎么着，你可得给我坚持住这几天啊，等有了着落再说。林紫说好吧。

不知钟月桥打听回来了什么，开镰第一天上午，林紫刚给学生们教完算术，打算去帮着腊梅看娃儿让她做午饭，卓玛草迟迟疑疑进来，说钟同志打发自己来帮她做点事。

"拾粪不用去啦？"

林紫语气平和，但态度冷冰冰的。

"用，不过活少多了。最近草籽儿饱了，牲口不怎么拉稀，干屎拾起来容易。"

这些情况，林紫这么些年了都没有在意到，卓玛草已经很在行了。接着扯学校的事。

"钟同志让你做什么？"

"他说帮着看看娃娃，做做饭。让你去教书。还说你忙不过来的时候让我帮着给孩子们批批作业，总之就是听你的。"

"哦，那你去把我家那俩小丫头都领过来，我上课的时候你在外面看着她们玩吧。"

卓玛草答应一句走了。

接下来是语文课，林紫教的是小青蛙捉虫子的故事。领读完了，学生自己预习。她从窗户里望过去，卓玛草和两个小孙女在马莲垛里玩，可能是怕娃娃坐地上湿，她不知从哪里拿回来一块板子，安当她们坐在上面，背对着自己这边，三人不知低头捣鼓着什么。

林紫放心了，抽几个同学讲课文。讲完了，让他们在地上写生字，她又回头往外面看。

三个人还在那里坐着，不同的是，每人头上都戴着马莲花编的花环，拍着手在咿呀什么歌儿。不知道圈儿是什么做的，花儿的柄骑在圈儿上，花儿在这个季节已经不多见了，她竟然搞到了几朵；秋天同样罕见的蝴蝶蜜蜂在她们头上旋来旋去。

继续端详。

这个季节的喇叭口，长的高的草已经早盛早衰地泛黄了，地上的小草得了大个儿们的庇护，似乎绿的更加来劲儿，阳光亮得刺眼，她们仨在那里专心致志折腾着什么，林紫看着这个场面竟然有点醋意。这俩小东西，怎么那么乖？

钟月桥很关注卓玛草到学校里来的情况，他是从东山底下的地里直接从后门进来的。看见学生在写作业，他也循着林紫的眼光朝卓玛草那边望过去。

见她把俩小丫头放在自己两条腿上，用马莲折腾着什么。两边的小花脑袋紧紧凑在中间的大花脑袋上，聚精会神。钟月桥心里有点痒痒，真想走过去看看，又不知过去怎么开口。

正在这时，俩小丫头从她腿上下来，手里提着马莲编好的马儿，嘴里喊着马儿飞飞马儿飞飞，在草地上跌倒爬起地跑。没几圈，兴趣变了，过来坐在卓玛草的腿上，小手搂着她脖子晃荡，不知又在要求什么。

卓玛草低语了些什么，用手捂住大丫的眼睛，示意二丫躲在她身后的马莲垛后头后，她放开大丫的眼睛问：

"妹妹呢妹妹呢？"

大丫左顾右盼，二丫腾地爬起来，咿咿呀呀说我在这里我在这里。

卓玛草一把揽过俩小家伙，在妹妹的小脸蛋上亲一口说你个小笨蛋。姐姐哼哼哭闹着，也把小脸蛋贴过来，卓玛草亲着她说行行行，你也小笨蛋你也小笨蛋。

钟月桥看了眼坐在土台子"桌子"旁边的学生，这时也停下写字的手看着外面那三个，脸上浮现着羡慕的笑容。他心里生气，喝了声"写字写字，有啥好看的？你们都多大了？"

孩子们脖子一缩低头写字，林紫有点不好意思，附和着他说，就是就是，这么大人了，还喜欢看那个？赶紧写会了帮家里干活去。

送钟月桥出来，他说还是要去地里。走了几步，他第一次有点吞吞吐吐地说，你以后让卓玛草领娃娃到房后头去玩，别让学生看见她，影响学习。还有，自己娃娃嘛，尽量自己多领，小娃娃就跟小狗一样，没有辨别能力，别让卓玛草给拉拢过去了，影响不好。你可以让她多帮你批改些作业，不要告诉学生就是，你自己领娃娃。

林紫说知道了知道了。

走出后门朝东山根下走，他情不自禁回头想看看卓玛草是不是还在影响孩子们上课。她们闹得更欢了。她背后拽着一个，前面一个，玩老鹰捉小鸡的游戏，只不过俩孩子太小，卓玛草根本不用挪脚步，偶尔用胳膊象征性地挡一下，就俩孩子跌倒爬起在她身前身后折腾。他心想这个林紫可真是的，怎么不管一管？

再往远处望去，目力所及没有一个人，蓝湛湛的天际，洁白的云丝，懒洋洋的飞鹰，悬在茫茫的大地上空。如果把人看成这个小世界里的主体，现在她们三个和自己一个看客就成了唯一。不论战争时期还是解放后，他在农村工作过好多年，哄孩子的模式哪里都一样，就是领着、吓唬着，打着。大人就是大人，娃娃就是娃娃，玩耍只是孩子之间的事，还真没怎么见过大人和娃娃这般混一起闹腾的。

唉！这个卓玛草。

他突然有点懒惰。算了吧，下午再去地上，歇一会儿回去处理些零事，该吃中午饭了。他一屁股坐在草皮上，从来没有过的懈怠和懒惰感袭击而来，静静地看着他们仨的影子在马莲滩里飞来飞去。

自打钟月桥提醒让自己带娃儿的事，林紫真的有点在意，她很少把俩孙女交给卓玛草，宁可抱进教室，上课的时候放在大点的学生的怀里。小东西们不愿意接受约束，腿朝前蹬着，嘴里喊着我要下去我要下去，去找卓玛草阿姨，使劲儿往下出溜，闹得课堂没法安静下来。有时候实在没有办法，她就先打发一个大孩子出去带她们玩，待会另打发学会了今天教的东西的，换刚才出去的学生进来。

卓玛草从来不主动要求做什么，越到深秋越没有稀屎了，她很快能把铲屎的活干完来到学校待命，林紫把作业彻底交给了她。除了眼花，也实在是没有工夫。卓玛草自然是白天抽空改作业的，她住的屋子是铃铛妈家原来放农具的棚子，只有气窗没有灯，连白天都是黑乎乎的。

没出几天，林紫心里又不是个滋味。学生们拿着卓玛草改过的作业来问她，说老师你咋最近变了？林紫问怎么变了？学生说给我们写的批语我们很喜欢。

林紫接过来李二牛的本子一看，原句："我的其中一只左脚受伤了。"

批语：

"你真的是牛吗？"

原句：

"下班了，爸爸陆陆续续地回家了。"

批语：

"你家小牛可能有好几只，牛爸爸可只有一只啊！"

林紫说这样的批改你们喜欢吗？李二牛说喜欢，当然喜欢，印象特别深，再也忘不掉了。老师您以后就这样教我们。

王宝宝把他挤过去过来问林紫：

"老师，你这个图是怎么画上去的？我喜欢死了，想弄一个在我家墙上，你给我教一下。"

林紫拿过来一看，一枚铜钱清清楚楚烙印在他的作业后头，像个图章，上面用漂亮的油笔写着"好！"底下签的是日期。

林紫想不出来这是怎么搞上去的，支支吾吾说这个比较复杂，改日给你细说，今天得赶紧把生字写会。王宝宝答应一声，带着明显的失望往座位上去了。

或许是为了得到好的批语和评价，这些原来死扛着不交作业的小东西们，现在交作业特别勤快，写得越来越好，林紫有意不布置作业，他们倒主动问起来了：

"老师，今天没有作业啊？"

还好，大规模秋收开始了，学校关门，大大小小都上了地，作业热暂时告一段落。

祖宗们留给西北人的习惯似乎有很大的接近之处，不论好的年景还是坏的年景，秋收都首先是一种浓厚的气氛，其实稍微松些本身是可以的，不知为何搞这么紧？

每天的第一批人是背捆子，就是把前天割倒的庄稼背到打麦场里，时间为鸡叫头遍到东方发白。这批人满头顶着麦衣回家了，吃饭睡觉等着午后接替第二批。第二批上工的是摊场和打场，大概在下午太阳偏西的时候由早晨那批接替起场，完了扬场，把粮食按照给社里的、分给社员的、装进牦牛毛山羊毛编制的长方形口袋里，用肩膀掮到目的地，此时已经夜幕沉沉。另一波人是割田的，他们从太阳上来到落山，拿着吃的和水，一天不回家干到天黑。

　　卓玛草第一波就起来背捆子，别人下班时，她乖溜溜地去拿粪背篓。铃铛妈早就通知过她不许中间回屋里去。

　　"右派还休息啊？"

　　这话她从去年一开始秋收就听好几个人说过，那时于凯还在。

　　知道早饭没她的，第一趟背捆子，她就趁着黑暗偷偷地在捆子里捻几下，豆子、麦子、青稞，背什么捻什么，然后放进嘴里。等到天亮，肚子里倒有点鼓鼓胀胀的。

　　中秋过后，喇叭口的庄稼基本归仓，其他就是收拾洋芋和河滩里的白萝卜、芹菜。学校又得开张了。

　　下了晚班，钟月桥嘱咐小谢，说队部有给学生带购上来的本子，让卓玛草去拿，自己在河东有事要处理。小谢答应一声，叫上卓玛草走了。

　　过了一会儿，钟月桥发现会议记录本没带，过河去队部取。出门一看，天已经黑了。过了桥没走几步，听见柳树后头是低声的狞笑：

　　"我快让尿憋死了，给我把东西掏出来一下，我腾不出手来。"

　　是刘大成的声音。

　　"先给我掏。"

　　张三台接了一句。

　　钟月桥脚步停了下来，他怕这俩人看见他难为情。这些天他们分别给羊和大牲口割冬草，扛着大草捆子拿着镰刀，憋急了，逗趣呢。乡下这类粗话，他只能装作听不见，早就习惯了。

　　可仔细一听觉得不对，怎么有抽泣的声音？正纳闷间，发现脚底下不远处一堆黑乎乎的东西，定睛一看，这不是他从马上驮回来装着作业本的袋子吗？

　　他一下子就明白了这是怎么回事。

　　几个箭步冲过去，没等他们回过神，叭叭叭，耳光子就抽在了刘大成的脸上，然后一把夺过张三台的镰刀，回头对低头哭着的卓玛草说：

　　"你远处待着去，我来给他们掏东西。"

　　卓玛草抽泣着走了，钟月桥挥着镰刀说：

　　"来，我给掏。"

　　这俩人吓得将草捆子一扔，跌跌撞撞往远处跑，钟月桥把镰刀扔在草捆子上，低声狠狠地骂了一句：

　　"等哪天我非宰了你们这俩畜生不可。"

　　心乱如麻地走到小路上，他心情糟糕极了，竟然忘了自己来这里是干什么的。朝河东望了望，灯火星星点点，是该睡觉的时分了，算了，那边的事明天再处理吧。蓦地，几十步以外卓玛草的背影又闯进了眼里。

寒冷的月光零零散散洒在她的身上，单薄破烂的衣衫被秋风微微掀动，一看就知道她现在很冷。那对大辫子一前一后耷拉着，只有这成本最低的天生饰物对她不离不弃。斗争大会上被揪过，被恶作剧地在门扣上链过，还被当作临时绳子挂过写着狗牧主的牌子。可每天还是被她梳得整整齐齐，从肩头上垂到或前或后。

一时间，他有点不知所措。望望山顶上的气象塔，夜里的塔尖黑魆魆地顶在白雪皑皑的山顶上面，像是打进夜空里的楔子，又如高不可攀的圣物。他先是恼羞成怒，想起当初门背后于凯保护卓玛草的大义凛然，觉得他现在在塔那边讥笑自己的无能和虚伪，连一个女人都保护不住算什么最高首领。接着忽然羡慕起凯来，那个家伙可倒是过得轻松，谁知道他在上面折腾些什么。但有一点是肯定的，他干什么都可以放任自在，想躺就躺着，想骂就骂，没人听得见。自己过得可真累。

忽然，他脑子里冒出一个莫名其妙的念头来；

我比卓玛草大一轮多呢。

有点自己把自己吓了一跳地走过去，拿起装着本子的口袋递给她。对方捋了捋刘海，迅速看他一眼低下头，把袋子挎肩上往身后一甩，回头往河边走。他怔怔地看着那微微佝偻着的背在地上投下的影子，方才亭亭玉立的她，被袋子压得像个讨饭的老太婆。

不知不觉他就叹息出了一句：

"唉！你还不如赶紧死了的好！"

二十七

1966 年初，秋秋的第三胎夭折了。因为是死胎，没人当回事。按照平常习惯，裹一张马粪纸塞炕洞里烧了。

腊梅灵机一动想出一招来：

"咱别说娃儿没了，还能多领 7 尺布证呢，衣裳都破成这个样子了。"

林紫说是啊，前年因为做了一床被子，好几个人的衣裳缝补起来都挂不住针线了。可大人的嘴好封，家里这几个小东西要是吵吵出去，那我们家名誉就完了，钟同志怎么说我们？

"反正布证一到手，凑合一段就出月子了，再说娃娃没了，那时布证就不收了。我们把枕头盖在被子下当小宝宝，不要让几个小东西靠近，就说是怕踩着。"

这么一合计，觉得可行。

可越不让进，乔新和乔华似乎越想进，大人们拗不过他们，只好抱进去放炕上。一往枕头跟前凑，就一把拉过来说：

"别踩着娃娃。"

终于有一天趁秋秋不注意，乔华悄悄从后面绕过去，狠狠地踩枕头，边踩边说：

"我看这个娃娃，我看这个娃娃，哭都不哭。"

这下子一家人慌了，谁也没想到他如此有心计。更糟糕的是，第二天钟月桥来找乔震问事，乔华在窗台上爬着玩，看见钟月桥进来了，迫不及待地说我们家没有小宝宝，被子底下是枕头。

乔震一家人都挺尴尬，林紫红着脸说娃儿前天没了，没顾得上跟队里打招呼，正说饭后把布证退回去你就来了。钟月桥可能明白了她的意思，说不用打招呼了，咱这里的日子过得真艰难，娃儿走了总得给裹点什么吧。

话说明白了，尴尬依旧。钟月桥赶紧岔开话说另一件事：

"老乔啊，我从县里回来，皮毛加工厂的厂长是我原来的战友。他说皮子特别缺乏，咱这后山里鹿啊、狐狸啊，似乎还有。如果能打到，换布匹和棉花没问题，他好像跟河南有联系，那里产棉花多，老百姓自己就能织布，皮子换布是个好出路。"

"嗯，跑远些应该打得着。"

乔震赞同。

"那行了，现在就缺子弹，我去想办法。"

说完他就走了。

三天后晚上开群众大会，钟月桥宣布了如下工作：

大李庄的工作组说那里缺乏编制口袋的山羊毛和牦牛毛，他们今年民兵训练省出来了子弹，可以跟喇叭口交换。钟月桥接着说了打猎用皮子换布和棉花的计划，问大家同意不？大家说当然同意，反正现在山羊和牦牛越来越多，毛可以年年剪，布和棉花喇叭口生产不出来，嫁女儿娶媳妇；老人入殓都搞不到新衣服可穿。

没过几天，360发半自动步枪的子弹就运到了喇叭口，放在民兵排长于满仓家里。钟月桥让于满仓立下军令状，务必保持每粒子弹的安全。

四五月份的大山里，春暖花开还只是个意思。于满仓和壮壮负责、几名强壮民兵为骨干，七个人的猎队白天紧张地春耕，晚上和雨天练瞄准，舍不得射击。钟月桥和乔震、壮壮指教射击要领。这件新鲜事似乎成了喇叭口的中心工作，人们谈论和关注的都是这些，茶余饭后憧憬它将给喇叭口带来的好处。

六月到八月间是动物繁殖的黄金时期，雨絮絮叨叨个没完，牵心于幼崽的石羊、鹿、狐狸等也舍不得跑远，常常成为被连窝端的对象。为了节约子弹，猎队更多是运用下套子的办法。村民们好高兴啊，布匹没有到，大块的肉先到了嘴里。

国庆节前一天，喇叭口来了几个年轻学生，他们拿着县里的证明，说是到喇叭口发动文化大革命的。

早在五月末，钟月桥就知道了这场运动，但觉得没有喇叭口什么事，也没怎么关注过。这次上级派人来，他自然应该积极配合运动。

为红卫兵组织的第一场欢迎会是国庆节上午。

阳光很耀眼，气温很低，天空飘着亮晶晶的雪，是从地上翻卷起来的。

待钟月桥做了简单介绍后，一名梳着风头，穿着旧军装，戴着旧军帽，系着武装皮带，跨着军用挎包，戴着"红卫兵"袖章的学生拿着一沓稿纸念了起来：

"伟大领袖毛主席教导我们说：革命不是请客吃饭，不是做文章，不是绘画绣花，不能那样雅致，那样从容不迫，文质彬彬，那样温良恭让。革命是暴动，是一个阶级推翻一个阶级的暴烈的行动"，"对敌人的同情就是对革命事业的犯罪……"

接下来是一个个上台，一个个下台，完了呼喊口号。

经过土改和大跃进，喇叭口的人对此已经很入道，台上喊什么，举着左手喊什么，连脑子都不用过。

"好冰啊，屁股都快冻到石头上了。"

林紫把乔新往怀里紧了紧。娃儿冷，她更冷。旁边的铃铛妈说可不是？啥时候能穿一条棉裤啊，钟同志说皮子已经运到皮毛加工厂了，要是有条新棉裤穿，死都值了。

两人无意中朝台上一看，第一个讲话的学生娃正盯着她俩看，眼光很严厉。赶紧抬头，另一个学生翻开一页本子宣读：

"根据革命斗争的需要，原喇叭口村以河为界，分为两个生产队，河东叫做团结，河西叫做友爱……"

人群里嗡得一声。

除了搞不清楚为什么是团结，为什么是友爱，更大的疑问是为什么要分开。

"这个啊，我刚才就说了，是革命斗争的需要。说具体些吧，县里对于是不是支持文化大革命有两种态度，一种是温和派，另一种是激进派。我们几个也不是立场都一致，而是代表各自一方下来发动群众，继续深入地通过大鸣大放大字报大辩论，宣传无产阶级文化大革命的。"

"我们不懂谁对谁错。"李独眼吼了一嗓子。

"错！伟大领袖毛主席早就教导我们说：'群众是真正的英雄，而我们自己则往往是幼稚可笑的，不了解这一点，就不能得到起码的知识'。现在你可能不懂，这是旧社会的历代剥削者剥夺了你们读书受教育的权力造成的，只要群众发动起来，你们就会明辨是非，跟走资本主义道路的当权派和一切牛鬼蛇神进行坚决的斗争，保护无产阶级红色江山永远不变颜色"。

说完，他对着其他几个学生嘀咕了一句什么，然后面朝大家唱了一句：

"群众是真正的英雄——预备——唱——"

几个人高声唱道：

群众是真正的英雄，

嘿！真正的英雄，

而我们自己，

则往往，

是幼稚可笑的，

是！幼稚可笑的。

不了解这一点，

就不能得到起码的知识，

就不就能得到起码的知识……

开会回来，乔震心里沮丧急了。晚饭马马虎虎几口就说不想再吃。林紫没说什么，知道他心里的疼，话说回来，自己何尝不是？

喇叭口，对他们是骨肉相连的情结。人常把家乡比作母亲，对于乔震他们一家来说，喇叭口的母亲意义，绝非比喻性概念，而是实实在在。没有喇叭口就没有他们一家，没有他们的筚路蓝缕，喇叭口就是静谧的林子和场地，这些是再也明白不过的事实。河东的房子是自家盖的，河西的堡垒他家守过。现在要分开了，而且两边的人还要意见不一，要对立和斗争。最刺激他的，是明明一分为二搞对立，还要称作团结、友爱，将很传神地印记了当地地貌的喇叭口这一名字抹去。

"见了这样的娃娃，我就来气。"

终于，乔震憋不住了，念叨出这么一句。眼前轮流飘荡的，是当初学生把他和朱掌柜堵在桥头考字儿和今天在上面唱歌的几个娃。

"外面可不能这么说，我心里还是挺怕的，今天那娃儿说要跟地富反坏右斗争，我一下子就想到了卓玛草和于凯。于凯还说过反动话，卓玛草就是个命里有苦的人。你说投胎这东西由得了谁？她要选择得了，还不投个出身好的人家？，刘大成他们家没准也不得好过，地富反坏右，这里坏分子就他们两口子，是划定的。"

"他家活该。"乔震恨恨地说。

"可要那样娃儿就完了，我担心的主要是这个。"

一提这茬，乔震自然认同。刘大成把那娃儿看得跟命根子一般，比后来何翠翠生的几个可疼多了。乔震和林紫经常偷偷关注他，晒不黑的银盘大脸像彩霞，粗腿胖脚声如洪钟像年轻时的刘猪娃。林紫在学校里对这个小东西一向多一份照顾，他想的是彩霞和真真，努力忘掉刘猪娃。

"你别光顾着担心人家了，要是硬要凑个地富出来，咱家就免不了。"

乔震的话音一落，林紫说不会，有钟同志呢。

"钟同志？你好像忘了原来的事了。当初潘志国一来，钟同志连跟咱家接触都躲躲闪闪。我不明白一个道理，你说平常咱过日子，总是小的听大的，后来的尊重前面的。共产党来以后事情倒过来了，潘志国把钟同志挤走了，大跃进工作组把潘志国挤走了，后来钟同志来收拾烂摊子时，又把大跃进工作组挤走了。现在呢，我看那几个娃儿一闹，钟同志又站在边上，跟河坝里的草似的，新的一出来旧的就成了肥料。"

"你这么一说还真是。每次来的人都怀里揣的上级的新指示，可不是前面的都得站边上吗？其实还是大的听小的，组织大，党大，个人小。"

忐忐忑忑间，两人迷迷糊糊睡着了。

第一批棉布运到喇叭口时，已经过了小年。人们的期盼和兴奋，不亚于当初宰牦牛时那种心境。久违的新装，是钟月桥承诺过的：每人一丈五，男的是八尺黑布六尺蓝布，女的是七尺花布五尺五蓝布，大年初一整整齐齐过个年，像解放军一样。他还说已经跟皮毛厂的说好了，各种布料多给出几丈，匀出来给娃儿们做衣裳，欠的皮毛春天一定还好的。

末了，钟月桥说每家一尺黑条绒鞋面，先根据情况用，以后会有更多。

林紫说有肉吃，有新衣服穿，这样的年喇叭口从来没有过过。

乔震说还真是，除了虚空他们盖房子的那年。

有意思的是，钟月桥一手经营起来的东西，到了分的时候，他却只能站在一边，看着红卫兵分，连分多分少都按他原来的计划走，可人家看都没看他一眼，一派自己给群众带来恩惠的架势。

1967年元宵节，喇叭口的人按照传统习惯跳社火。当干柴堆一溜排过去，火堆都被点着时，两旁的人都喊起来：

"跳啊！跳啊！谁不怕自己的新裤子烧掉就跳啊！"

互相推搡着，嬉闹着，自然谁都不肯跳。一个火星子溅上去可不全完蛋了？

火势渐弱，噼里啪啦的声音也不怎么张狂了，胆大爱出风头的几个先以身试法，跳过去一串后得意忘形地又往起点那边跑，这时就没那么容易挤上去了，推来搡去，往往谁也跳不成。正玩到兴头上，河西队部那边的锣响了起来，是集合开会的声音。大家都有点沮丧，同时又有点好奇，这种时候开会会有啥重要的事情？

大人们回头对小男娃们喊着赶紧把火尿灭赶紧把火尿灭，看见他们开始往火上尿了，便急匆匆往队部跑。

还是钟月桥在主持会，不过就是简单介绍开会的原因，他似乎对会议内容比较陌生。说了几句他坐一边，那个梳着分头的红卫兵上去读报：

"1月8日，毛主席高度赞扬《文汇报》社、《解放日报》社的夺权经验和《告上海全市人民书》。毛主席说：'这是一个阶级推翻一个阶级的斗争，这是一场大革命。''上海革命力量起来，全国就有希望。'"

读完，他把报纸恭恭敬敬放在桌子上说：

"遵照伟大领袖毛主席的教导，我宣布，喇叭口、不，团结和友爱两个队的夺权斗争今天正式开始。"

他一鼓掌，所有人都鼓掌。

"现在，站在左边的几个红卫兵，是红卫兵革命司令部，简称红革司，坚决主张把无产阶级文化大革命搞得轰轰烈烈，他们主张对敌人要残酷斗争无情打击，以后主要在河西工作；站在右面的几个红卫兵代表八一工作委员会，简称八一工，他们主张对敌人要以教育为主，反对武斗，以后主要在河东工作。革命人民要擦亮眼睛，跟定自己的阶级队伍。好了，现在开始站队。"

谁都没有多想什么，住在河西的站在了红革司后头，河东的跟在了八一工后头。

想不到的是，第二天，河东河西就彻底乱了套。

仓库、学校、队部、牲口大都在河西的砖房里，居民也多住在河西，钟月桥和小谢的住处现在在河东，原来的地方前几天腾给了红卫兵。当河东团结队的居民提出河西的友爱队应该把仓库里的东西和圈里的牲畜按人口分给他们时，遭到了河西方面的推诿，钟月桥自然得过河交涉。红革司方面不愿意，却找不出理由，答应跟群众讨论以后再做答复，钟月桥只好回河东了。

"我们跟乔震家终于不在一个队里了，嘿嘿嘿！工作组也成了他们那边的，钟月桥管不了我们了。"

刘大成得意洋洋地对何翠翠笑着说。

"你还笑呢，没听见地富反坏右一起整吗？我们俩没准要让那帮娃儿脖子里挂着筐子装上山药蛋什么的游行呢，以往可不都是这样对待做贼的人吗？"

刘大成说这你就不懂了，你不知道我是怎么由怀疑对象变成干部的吗？何翠翠说不怎么清楚。

"你这个傻婆娘知道个屁，有个关键点一定要抓住。那就是干部们往往需要的是你的态度，而不是事情的真相和你现在的地位。比如我那会儿，抖抖索索怕的是潘志国寻根究底将我屈打成招，后来我发现他关心的根本不是那个，而是找到给乔震他们家定高成分的根据，还有培养一个出身好的干部，这些都是上级的命令，他完成得好就说明他工作出色，完成得不好就说明工作失误。我跟乔震家不来往了，而且听他的话，当积极分子，入党，当队长，他早忘了问我以前的事了。话说回来，如果我当初不听他的，划成坏分子哪里可能等到以后，早就是了，没准定成反革命分子和特务被镇压。即便活下来，大饥荒中也饿死了，更不可能娶上你，有这么多儿女。想起那个钟月桥，我就一肚子气，要不把咱窖给起了，我们至于现在这副穷样子吗？那些个布匹质量多好啊。"

"你气也没办法，人家是组织上派来的，咱还戴着坏分子的帽子呢，你就别做美梦了。"

"这你就又不懂了，混了这么些年，我得出一个结论来，只有把整自己的人放倒了，自己才可能翻身，不然就会被踏死。"

"哎哟哎，就你这德行，还想整垮工作组？揪揪大腿里子疼不疼？看看还是不是你。"

听了何翠翠的讥讽，刘大成说这女人啊就是头发长见识短，我给你列一串钟月桥的罪证你听一听。

何翠翠说你能列出个屁来，放出来我听听。

"第一，政策让私人做买卖没？没有吧？他用皮子换布，还用的是他自己的私人关系，投机倒把，谁知道这里面有啥交易？第二，最要命的是他竟然用羊毛换子弹。枪可是杀人的，上面让个人随意支配枪支弹药了吗？没有吧？那是准备打美帝打苏修的，他把子弹这样用掉安的什么心？"

何翠翠腾地坐起来说：

"刘大成你这个流氓无赖，不要干那没良心的缺德事，我孙子还打算要屁眼呢。你容貌坏了心也跟着坏了？人家钟月桥为了喇叭口的人眼睛都熬肿了，你和潘志国、工作组搞得那糗事，人家都是给你们擦屁股的，现在倒想再咬一口。"

"行行行，你有种，你厉害，我不跟你说了，不过我把话给你放在前头，等牛鞭抽在你屁股上时你就知道谁聪明了。我还得给你说清楚，如果你一定要往南墙上撞，把我三个娃儿放那里，你领着你娃儿想干啥干啥去，当烈士去也没我的事。"

何翠翠伤心极了，抽抽搭搭说你个没良心的王八蛋，当初我就是没个藏身的地方，让潘志国哄了过来，这么些年过去了，跟着你吃苦受累，还不疼我的娃。

"是你自己不疼你的娃，我这几年对你娃哪不好了？要是当初不跟了我，困难时期你早就饿死了，还你娃呢。想想那三年，别人家吃的啥？你和你娃吃的啥？现在你倒是想当好人。我不愿意让我的娃一直抬不起头，你随意。"

　　抽抽搭搭间，何翠翠无意间看见窗户外山包下玩的兄妹四个，大冷的天，叫也叫不进来，三个哥哥把小妹妹护在阳光充足的地方，还用背篓给她挡着风，玩得正欢呢。她用手拧了一下鼻涕，不再吭气，下炕做饭去了。

二十八

"我头疼得慌，你去大李庄给我取点药去，顺便把这个月的煤油打回来，别让油票给作废了。"

吵完架的第三天，刘大成对何翠翠说。

临出门他又递给何翠翠5角钱说到馆子里买十个馒头，你吃两个，给娃们拿几个来让解解馋。何翠翠拉着毛驴提着油瓶子走了。

打发几个娃到庄后头暖和的地方去玩，他瞅了个没人的时候去敲队部的门，现在这房子基本是红革司的指挥部了。

两个男娃一个女娃在那里对着一张世界地图比划，说中国以后先解放哪里后解放哪里，看着刘大成弓着腰进来了，女娃脸上明显带着厌恶和嫌弃，问他是谁？来司令部有啥事？刘大成唯唯诺诺说自己是喇叭口的坏分子，是被冤枉的，就因为他掌握着许多秘密，才被打击报复成了这样。

红卫兵一听这话耳朵都竖了起来。最近他们一直为找不到工作突破口、发现不了阶级斗争阶级斗争新动向而焦心。

关上大门，放下窗帘，听着他的话笔录，最终整理出钟月桥的以下罪证：

私自做买卖，搞复辟资本主义；

私藏私用弹药，妄图变天；

窝藏土改中的财产，嫁祸贫农；

重用高成分的，排挤低成分的。

整理好了，拿起来再看一遍，红卫兵头领"嗵"地一拳擂在桌子上：

"早都该死罪了，最阴险的阶级敌人就在眼前，甚至占据着领导干部的岗位。可惜啊可惜，我们还把他当作好人，这不就是睡在我们身边的小赫鲁晓夫吗？"

火点起来了，刘大成以退为进，说今天我可是不得活了，说了这么多不该说的。红卫兵们说放心放心，我们要让阶级敌人永世不得翻身。他扒到玻璃上朝外左看看右看看。红卫兵头儿明白他的意思，出去转一圈看着没人，赶紧招呼他出去，一闪身就进了自家院子。

当钟月桥被通知去参加对他的批斗会时，他一点都没有犯憷。清清白白一个军人，为了革命，走南闯北连父母都顾不上，这辈子结婚看来也没了希望，一切给了党和革命，有啥经不住的？

然而，当面对几个年轻人狂轰滥炸的询问与排山倒海的政治帽子时，他越来越觉得出于弱势，还哪里谈得上理直气壮？最糟糕的，是他们有那么多理论，那么多现成的口号，给自己挖出来那么多骨肉相连一样的问题和错误。明明相距十万八千里的事，总能有某条线索把它们连在一起，而且还好像真是那么回事，结果越来越没有了为自己辩解的理由和勇气。他这个只有小学文化程度、而且这几年又在信息闭塞的山沟里忙农民吃吃喝喝的人，真不知有那么多新的理论、新的人物。

会后他就被关在了仓库边上的空屋子里，丢给一个青稞面馍，放半碗开水，让他思过，等第二天交代问题。小夏可怜巴巴地去请求，说让自己到大李庄或者县里请示一下领导时，几个红卫兵你一言我一语厉声呵斥说，明天被斗争的还有你呢，自己的小命都难保，还想保护你的皇上，狗腿子打算当到底是不是？睁开你的狗眼好好看清楚革命人民的力量吧！死心塌地当走狗是没有出路的。

第一次批斗会，拿出来的罪证是做买卖和藏弹药，这两点引不起群众的公愤，大家都知道是怎么回事，只不过跟上级的政策不一致而已。

第二天的批斗会情况就完全变了。当红卫兵抖搂出钟月桥在喇叭口土改时窖藏了寺院多少多少金银细软和吃的，回来后为了收买人心以便长期潜伏下来给国民党当特务，故意拿出一小部分收买大家时，除了小夏和乔震一家，还有陪斗的卓玛草，与会的人好像都气疯了。

铃铛妈第一个冲上前去，咣咣给了钟月桥两记耳光，回头再给陪斗的卓玛草一下子。她每天帮铃铛妈洗碗扫地，低声下气，可挨打时连奴仆的应有地位都没有获得，打她就是顺手的事。

台下喊往死里打最起劲的，是刘大成和张三台。他们觉得上手的人不够多，似乎很失望，刘大成把屁股从坐着的土块上提起一尺来高，举着左手的拳头往前一杵一杵：打啊，往死里打。把国民党反动派的特务和狗牧主当场打死算了。

何翠翠气愤愤地过去把女儿塞进他怀里：

"抱一会儿，我腿都被压麻了。"

娃儿一到了怀里，他拳头不怎么能伸利落了，声音也低了一些，怕把娃儿吓着。

震耳欲聋的口号之后，钟月桥被押走了，虽然让小夏回到了李独眼家，但红卫兵只许他规规矩矩不许他乱说乱动的命令死死地撂在了那里。

今天的晚饭是腊梅和秋秋两人做的，谁都知道没人吃太多，做得少，大多数还是剩下了。

哄娃们睡着，屋里黑乎乎的，每个人的心里都像被炭火蹿着。没有比乔震一家更熟悉那个地窖的来龙去脉，为了贴近红卫兵自保，刘大成这个王八蛋把屎盆子扣到了钟月桥的头上，还煽动吃过这些东西保了命的群众站在他的对立面打他。当时乔震刚站起来要说那个地窖的事，红卫兵就粗暴地对他吼：

"你们是一伙的，是不是明天想一起挨批？你给我老实点。"

钟月桥勉强着抬起头对他示意，让他坐下。

炉膛里的火苗很微弱的时候，乔震突然老泪纵横，抽抽搭搭地说，我乔震这辈子最愧对列祖列宗的事，就是没把那个王八蛋给灭掉，留着他不知祸害了多少人。

"爹你放心，我迟早会做掉那个王八蛋，今天我立地为誓，做不掉我就不是老乔家的儿子，我替我爹完成这件大事。"胖蛋眼里闪着凶光，腾地站起来说。

在场的人都吓了一跳。林紫和乔震的感觉自然更加复杂，先不说灭了刘猪娃乔家要承担的后果，彩霞那娃咋办？

林紫赶紧往回收，说你爹这是气头上的话，做事没有王法哪行？他不想活了，我们家还舍不得你，跟他拼命根本就不值。不为我们老两口，你也得为秋秋和娃娃想，郑老爷子把孙女交给你，你怎么能辜负老人的期望？

胖蛋气呼呼的不吭声了。

很快地，祸就烧到了自家头上。

山里刚开始消雪时，乔震和林紫被通知参加陪斗，队里的领导班子是唯红卫兵之命是从。当钟月桥、小夏、卓玛草、乔震两口子的批斗队伍站成一溜时，刘大成突然指着山顶的气象塔说那里还有一个最大的右派于凯。此时人们才想起，最近忙忙叨叨，没人去给于凯送过吃的，他要是死了，那可是上面交代过的任务，人民军队的大事，吃不了得兜着走。同时也想起似乎好久没有有军方人员来喇叭沟取过数据了。

匆匆忙忙游了一圈，红卫兵商量要不要把于凯拉回来斗的事。谁也不敢做主，最后还是决定派人去送点吃的，顺便打探一下情况。派谁去又成了问题。大雪封山，成分低的不肯去，成分高的又怕他们跑了，再说，山上没有别的人，他们要是狼狈为奸成立反党反社会主义的组织怎么办？

思来想去，让乔家出人吧，他们老的老小的小，想逃跑也是跑了和尚跑不了庙。当李独眼提出这个建议后，大家都同意了。

壮壮和胖蛋申请同行，理由很简单，这么久没上去人，路都被雪封了，只有一个人清道另一个人才能扛着东西向上走。

林紫把乔震的一件兜肚让壮壮加在身上，让胖蛋多穿了一条裤子：

"脱给那个右派吧，山下怎么着也有热炕，他在那里不知道是怎么过的？唉！作孽啊！"

当他们已经背着麸皮、山药蛋到山根下时，后面的红卫兵还在喊：

"想想你们的父母孩子吧，别动什么歪脑子了。"

两人不搭理他们，一个人用木锨铲雪开道，另一个人背着东西，铲开一个阶梯走一步，往前蠕动。以往他们半天一个来回，今天回来，看来天要黑了。

太阳当空时终于到了山顶，两人情不自禁拉起手，敲门，真怕没人开，推门又怕见到尸体。

于凯拉开门时，头发和胡子都比原来的长了许多，但精神非常好，一只大鸟围着他转。看见他俩进来，倒竖着尾毛，态度有点不友好。

胖蛋问这是什么啊？哪来的？

"我的爱妻，斑头雁。"

于凯接着伤感地说：

"它的丈夫在迁徙过程中累死了，掉在了雪地上。我捡了遗体准备来充饥，它叫着冲了下来，我只好把它埋到阴面的雪地里。它的伴儿已经飞走，它自己好像也已经精疲力竭，结果留下来给我作伴了。"

"秋天往回飞时雁群会叫上它的，去再找一个公雁。"

壮壮说。

"斑头雁是从一而终的动物，配偶死了，就成了彻彻底底的孤雁。随它吧，雁群过的时候它要是想走，会对雁群打招呼，不想走就陪着我。"

直到这时，壮壮才想起问于凯最近吃的什么。

"呵呵，全有我的贤内助张罗呢，我不用操心。"

他轻轻拍了拍斑头雁的身子，领他们去看小小的储藏室。里面有菜籽儿、松果和其他干果，还有小鸟的遗体、一只干枯了的死兔子。

"谁知道它是从哪找的，早出晚归，我真怕它哪天出去回不来了。"

于凯又爱抚了一下它的羽毛，有点显摆的意思。斑头雁双腿往低里缩了缩，扭着屁股美滋滋的。

不敢过多耽搁，把吃的和衣裤留给他，匆匆道别。直到此时，于凯才想起问底下的情况。

壮壮长叹一口气说：

"幸亏你这里是军队的事，不然早把你拉下去斗了。我爹、我妈、夏同志、卓玛草是陪斗的，重点挨打的是钟同志。"

"啊？你爹你妈那么好的人为什么要陪斗？钟月桥怎么可能挨斗？他只有斗人的份。"

说到后面的，于凯有点幸灾乐祸。弟兄俩心里不舒服，于凯可能看出了他们的不快，赶紧补上一句：

"其实钟月桥那人算不错的。没办法，每个人都是身不由己被卷进去的。他整我的时候，以为是在坚持真理，别人整他的时候也以为是在坚持真理，谁也认为自己跑的是最后一棒。哦，我还没问，整他的是谁啊？力量可真足。"

"红卫兵，就一些带着红箍子的学生。看起来中学都没有毕业，可是他们拿着上面的指示，谁也不敢反抗。"

"那他们搞的这场运动叫什么啊？"

"叫无产阶级文化大革命。"

"革命，革命，革过一遍了。哈哈哈！"

于凯莫名其妙地絮叨了这么一句，笑了起来。

兄弟俩不知他说的这是啥意思，也没心情多问，道别说我们回去了，天黑了不小心会掉崖底下的。胖蛋问他怎么给红卫兵说？你想不想下去？

这次于凯认真了：

"我求你们了小兄弟，连你们父母和钟月桥都放不过的运动，我下去还能有命吗？你们就说我快死了，以后用不着送东西了。如果另发配上来人发现我没死，我们就作伴。反正我是宁可死在上面也不愿意下去。"

他俩应答着往山下面走。

路边的雪地上，是歪歪扭扭的数字和不认识的符号。再往下走了几步，山顶上飘过来丝丝缕缕的乐器声，在风声里时有时无。驻足回头，于凯对着他们弹唱，乐器是一根木棍子弯成的弓，蹦着紧绷绷的红布条。他的嗓门倒是出奇地嘹亮：

金针深，绕素心

桃花随影寻梦频

绝情深渊生死地

华山别离无讯音

娥眉月尚新

他唱的啥啊？胖蛋问壮壮。

"这个老右派学问大，没准我妈听得懂，我哪里知道？"

说这话时壮壮的脚崴了一下，两人不再说话，专心走路。踩着雪地上最后一缕夕阳到了山麓，顾不上回家，先得去给红卫兵汇报情况。今天他们说好在八一工办公室等他俩。

大老远就看见队部门口围着一群人，他俩把头伸进空仓库门一看，何翠翠站那里哭，地上的砂锅摔碎了，面片撒了一地。钟月桥挂在大梁上，脑袋沉沉耷拉下来。那个红卫兵头儿虽然怕了，还是强撑着大声咋呼：

"谁让你给国民党的特务偷偷喂饭的？我们把他吊那里，是为了让他尝一尝他们折磨革命烈士的滋味，让他好好思过。试问，国民党特务吊打革命先烈时，还给他们面片吃吗？你也别得意，刚摘了坏分子的帽子你就把自己当没事的人似的。再说了，我一棒子打下去谁让他躲的？一躲，第二棒子就下去了，要是仅仅第一棒，是要不了他的狗命的。算了算了，都回家去，我代表革命人民处决了一个狗特务，有啥好看的？"

乔家兄弟俩差不多是连滚带爬到了家里。

他俩一见父母，便将脑袋顶在他们怀里，无助地蹭来蹭去哭，想要抵个窟窿钻进去，永远不再出来。

其他人听了他们的哭诉也默默流泪。

末了，乔震说：

"我这些年见到的死人，就秋秋她爷算是老死的，其他都走得怪里邪里。绝大多数比我这最早来到喇叭口的人年轻就没了。唉！走了就走了吧，谁家的娃儿回谁家，该娶媳妇的娶媳妇，该生娃的生娃，他死了就能跟父母在一起了，在在这荒山野岭里奔波个啥？钟同志的魂想必现在到家了。"

"你糊涂了？现在说这些有个啥用？"林紫用袖口擦着眼泪低声说。

钟月桥是怎么被埋到东山根下的，乔震一家都不清楚。棺材肯定没有，寿衣想必也是那套灰色的旧制服。

第二天晚饭时分，林紫去房顶上拿劈柴，大老远看见何翠翠从崖后头绕过去，左顾右盼一阵，赶紧把筐里的茶缸子拿出来，在钟月桥坟前倒了食物，磕了几个头慌慌张张走了。

林紫赶紧下房，免得她发现自己看见了这一切，她对何翠翠陡然增加了敬意。

人下葬三天后，是都讲究的日子，做了些肉饭，还有点过年喝剩的陈酿，在天还有点亮光时，林紫和乔震去钟月桥那里祭奠。他们想好了，即便遭干涉也是要去的，就为了一个远离家乡而逝的熟人，不过他们知道遇见麻烦的概率极小。因为钟月桥被打死的事让买东西的人传到了大李庄，小夏被接走了，公社里派来了临时工作组调查情况，对没有经过红卫兵领导小组集体讨论就打死钟月桥一事不满，红卫兵或许是忙着开会，也可能是恐惧事态的结果，河东那边静悄悄的。

老两口离坟还有一段路时，看见斑斑点点的碎布花往坟的方向撒了过去，一直到了坟前。坟头上戴着个大大的花环，也是布扎成的，花朵很舒展很野性，不知被什么东西浆过，硬气地支愣着，那是卓玛草的围巾碎片，林紫曾见过她戴在衣领底下。再一细看，地面新土上有道明显的爬痕，歪歪扭扭。她是怕被别人发现，沿着沟壑过来，又在暮色里爬到坟前祭奠的。

一天中午，胖蛋弄来一杆吆马车的长鞭，全家人都觉得奇怪。喇叭口只有一辆大车，是用来交公粮的，现在还基本归了河西那边，河东要去大李庄开领导干部大会时，因为人多马少，偶尔也用一下，完了马上就被河西赶走。胖蛋花自己卖药的几个钱买这么个玩意干吗？

每当问及，他都有些不耐烦，说玩玩不行啊？喜欢呗，没准哪天就让我吆马车了。

再到后面，就没人关心了。

闲暇之际，他就闩起大门练，先是拿几块石子垒条道儿对着抽，到后来，就用石子画了横七竖八的线，换着方位瞄准抽。抽完了，把鞭子别在草棚的大梁里，说谁也不准拿他的鞭子。

大约在鞭子落户乔家半年多的一个晚上，人们刚刚从会场回家准备睡觉，河坝里传来一声毛骨悚然的怪叫，寂静的山里这声音传的畅行无阻，每家人竖起耳朵听，河坝里是慌乱的哭喊声。第二天村民就看见打死钟月桥的那个红卫兵哭哭啼啼骑着马说要回家养伤，右边太阳穴贴着白胶布，里面空荡荡的。其他几个惊魂未定，说这里的猫头鹰太厉害了，竟然一下子就能啄走一只耳朵。大分头极力辩解说，我的耳朵不是被猫头鹰啄走的，肯定是苏修或者国民党的特务用先进武器对革命闯将的报复，"嚓"地一下就飞了。这是重要敌情，你们一定得重视，我可是公伤。

就这么哭着争论着他被送走了。究竟是什么抓走了他的耳朵，各有各的猜测，而且传到了别的地方，工作组专门召开破除迷信的群众大会，说要么是猫头鹰要么就是帝国主义的秘密武器，没有鬼没有神，让大家有大无畏的革命精神。但说着应着，怕还是怕，村子里笼罩着一种神秘的恐怖气氛。

家人带来这方面的信息时，乔震和林紫每每对视，然后把目光投向别处。谁都懂，谁也不说，更不能对胖蛋揭破。人说做贼心虚，如果胖蛋知道有人看穿了他，肯定会不自在，而不自在就有露馅的更大可能。这事要是出了纰漏，能活下去才怪。只是老两口都在心里盘算，给他找个什么借口打发出去，别在喇叭口待了。要是他再待下去，即便胖蛋没事，他们老两口也非被压抑的疯掉不可。

过了好久，耳朵飞了的风波才渐渐平息下来，不过晚上从河东到河西，或者相反的方向，人们总是尽量对树躲得远点，下意识地捂住耳朵，又怕丢掉捂耳朵的手。这种恐惧，加快了团结、友爱两个村独立的步伐。都说要是彻底分开了，就不用过来过去开会，当然会安全的。

就在工作组紧锣密鼓推行分队的过程中，又一件令人毛骨悚然的事发生了，这是何翠翠哭着描述、也得到刘大成认同的。

中秋前天晚上，娃们都睡着了，他们两口子正在剁馅，准备蒸包子。听见窗框上哗啦哗啦有只麻雀在扑棱。鸟儿到晚上是睁眼瞎子，怎么这时候来折腾了？本来不想管，可一直扑腾的心里别扭，刘大成就出去了。

仔细一看，麻雀腿上拴着跟细绳从房顶上垂下来，他抬头想辨个仔细，一股热乎乎的臊尿进了眼睛和嘴巴的同时，眼睛一阵剧疼。他大叫一声，何翠翠慌忙出来扶他进去，血汩汩地从指缝里往外冒。几天过去了，一只眼睛毫无能看得见东西的迹象。

何翠翠看着躺那里哼哼的刘大成，觉得心里满是窟窿，都在朝外冒火。除了对他更加丑陋的容颜的厌恶，她更相信是钟月桥的灵魂在报复，害怕还有续曲。事情显而易见，为什么丢了耳朵和眼睛的不是别人，就是陷害了他的刘大成和打死他的那个红卫兵？国民党和苏修的特务有这么灵验？即便是猫头鹰，那也是钟月桥变的。政治斗争再厉害，还能把钟月桥的鬼魂抓出来斗？

想着这些，再想想刘大成的坏心眼，还有几个娃儿有这么个相貌和心灵都丑陋的爹的屈辱，她的眼泪扑簌簌下来了。

刘大成事件后，喇叭口人心惶惶，不论怎么宣传没有鬼神，似乎都没有用，晚上队部开会，河东的社员到来的越来越少，早退的越来越多，实在推不过去，每家结伴而来结伴而去，路上叮叮当当敲着锅啊盆啊什么的，说是吓唬猫头鹰。白天派活，偏远一些的地方根本没人去，娃们也不怎么敢到河边玩了。前后现象就这么渲染着烘托着，恐怖气氛越来越浓烈。

刘大成眼睛瞎了十几天后，河东河西正式召开联席会议，商议分队的事。可会上扯来扯去，核心又恢复到了丢耳朵丢眼睛的事情上，经过争论达成以下决议：

一、成立以工作组和生产队班子成员为主的调查委员会，吸纳刘大成参加，调查近日发生的奇怪事件；

二、围绕事件对广大人民群众实行反帝反修反封建迷信教育；

三、积极动员起来反对阶级敌人的破坏活动。

乔震两口子也在装模作样害怕苏修害怕鬼，实际害怕的，是儿子又去干什么大事，给他找个出路打发走的意念一日比一日强烈。

二十九

　　栖栖遑遑间，迎来了 1969 年的春节。这时的团结、友爱已经正式成了两个队，河东的领导班子基本是旧班子的延续，因为他们原来就住在河东，加上一个工作组成员、两个红卫兵。河西的红卫兵正式启用了刘大成两口子，隔了河又分了队，双方来往的必要性不大了，关于丢耳朵丢眼睛的事情也淡了下来，还算是个比较平静的年吧。

　　不料春节一过，更大的骚动来了。

　　先是革委会成立，后是八一工和红革司的混战。

　　莫名其妙地，两边的革委会一发布命令，村里的男女老少就非常自觉地跑到河边，把鸡蛋大的石头捡起来堆在一起，只要头儿们一声令下，嗖嗖嗖的石头就对着飞了起来。结果，越打越结怨，越打越上心，革委会和社员们把钻研怎么打得远，打得准，打得狠，当成了很热门的话题讨论，这些经验，还努力被落实在行动上。

　　在河边的土坎儿上挖窑洞，是最流行的一招。高处的洞有利于进攻，低处的能用于防御。大人挖，小娃娃也挖，拿得动铁锨的拿铁锨，拿不动铁锨的用小铲子甚至是木棍、瓦片挖。为了防止挖窑洞时遭遇袭击，人们很自觉地半夜里起来挖。乔震叹了口气说不知这是怎么了，大跃进那会儿是有劳动竞赛，可只是少数人，绝大多数都是干部逼着让去的。现在不见革委会发动，人怎么这么积极？

　　林紫说因为那时是劳动，现在是打人，打人总比劳动痛快。你敲碎石头，听不见石头叫唤看不见石头流血，没有成就感，人跟石头也没有矛盾。

　　过了一段，挖窑洞活动又有了新领域和新进展。

　　由于双方对垒严重，又必须到同一条河里取水，彼此便在河边垒起了十几米长的石墙以作掩体。

　　每天早晚饮牲口，敌情好的时候就放它们过去自己喝，这边的几个人拿着炮肚子，装好石头，威胁对岸想袭击这边牲口的人，牲畜们似乎也知道形势危险，冒着危险在火线赶紧喝完回溜，离开是非之地。

最流行的，是在制高点挖窑洞。这方面地势高的河东显然占优势。有一天乔震出去看，原来只有野鸽子才在那里作窝的石崖上，整整齐齐一排洞口。问壮壮那些是怎么上去挖的，谁们挖的，他显然也觉得这样做没意思，说谁知道他们怎么上去的，闲鸡巴的外甥们没事找事，害得我连大李庄都不怎么敢去了。

乔震问这跟你去大李庄有啥关系？他说你想啊，那些窑洞高高在上，他们有空就藏在里面等着，河西的人一过路，就用石头砸。而且那么高的位置，石头扔过去有时都能到人家院子里，谁也不知道是谁扔的。结果就是只要路上哪个村的人多，就打人少的。我们家他娘的没人出去打人，没人参与挖洞，受害的事却一样少不了。以往还有个地富反坏右之说，现在没有了，只要不是一个村的就是坏人，连革委会、红卫兵、工作组都是按团结和友爱两个生产队分敌我的。

"在地震、战乱、饥荒中聚集起来的一个村子，本来应该真正团结友爱才是，现在没事找事打打杀杀。人啊，真不知为了什么。"

看见父亲情绪很低落，壮壮说爹你睡会儿，外面的事不管了，我们尽量不出大门就得。不过从另一个角度看，其实他们折腾也挺好的，年后这两个月就斗争过你们一次。要是他们互相不折腾，不知你和我妈要挨多少打呢。

乔震叹口气说我真的想睡会儿了，你是家里的老大，凡事多担待点，担水什么的，头上顶个筐子，别看可笑，能保命啊。一个运动完了，我总是长喘口气，认为该过上太平日子了，哪想到这运动是没完没了，而且一次比一次猛烈，我这辈子怕是见不到太平日子了。

壮壮听着心里别扭，一时又不知说什么，迟迟疑疑出去了。

一件根本想不到的事第二天从天而降，把乔家搞了个一塌糊涂。

壮壮 7 岁的女儿大丫拉着小羊路过铃铛妈家地边时，因为力气不如羊的大，愣是把孩子拉倒在沟里，羊吃了人家的豆子。

当看见铃铛妈一手拉着羊，一手攥着一把薅了的豆秧子骂着脏话往家门口走来时，林紫赶紧迎上去道歉，想把这事儿压下去。她知道这女人的嘴有多脏，一次自家的母鸡在草垛里自个儿孵小鸡，她当是被谁家吃了，好几天走街串巷骂，比如怀了野种嘴馋了，不如把自家的娃娃吃了，等等。平时骂住在她家里的卓玛草，那话是恶心的简直让人没法听下去。她有一手绝活，就是往别人家大门口尿一泡尿，据说被寡妇的尿冲了门一年都不顺，她就仗着这武器动不动吓唬人。现在她追回来还了得？

　　林紫拉起她的手低声下气地说铃铛妈你就算了，今儿个家里大人都有事，让小娃娃放羊去了，她没力气拉不住羊，吃了多少我赔给你，我给你下个话，壮壮他爹最近总是叫唤心口子疼，一宿一宿睡不着，你就念着邻舍的份千万不要声张了，他那脾气你是知道的。

　　铃铛妈根本不理这个茬，目不斜视拽着羊羔往乔家大门口走，气势汹汹跟要吃人的样子。

　　乔震从门缝里大老远看着低声下气的林紫就一肚子别扭，铃铛妈走近大门时，他哗啦一声从里面扒开门说：

　　"你这个婊子养的想干啥？老子今天打死你，你再往前走一步试一试。没有老子当初救济你们母女，你早都饿死在河坝里被野狗吃了，还有今天耀武扬威的份儿？"

　　铃铛妈先是一愣，旋即就回过神来，给谁让步也不能给他家让步，自己一个贫农，还是村干部，反了他了？

　　这样想着，她呼呼呼地就朝乔震家大门跟前靠过来，同时把手伸进腰里，做那个令人恐惧的脱裤子的动作。乔震回头对身后的大黄狗喊了一声：

　　"上！"

　　狗汪的一声过去把铃铛妈扑翻在地，耷拉着舌头端详着她吓白了的脸直喘。

　　乔震慢慢走过来问：

　　"尿不尿了？骚婆娘！"

　　"不……不尿了！"

　　实际上她的裤子已经湿了！乔震对她"呸"地一口，领着狗走进大门。常胜将军铃铛妈在围观的社员们幸灾乐祸的窃窃私语中回头对着乔震家的大门喊：

　　"老娘已经尿了，你能咋地？要不过来我裤裆里摸，呸！"

　　爬起来，她连路都走不稳了。

　　林紫在大家叽叽喳喳的议论声里赶紧回家拴上门。

　　不知道是否真与这泡尿有关，就在革委会决定就乔震放狗咬贫农和村干部之事批斗他的当天夜里，乔震中风了，而且状况一开始就不怎么妙。

　　他躺在那里，嘴有点歪，胳膊软软地耷拉着，蔫蔫的极少说话。

　　"我想翻身。"他对林紫说。

　　林紫照办。

　　刚翻完，他还说想翻身。林紫有点吃力，乔震说我是不是比死人还重？

看着你真费力气。

林紫说你瞎说什么呢，一点小毛病就把你搞成这样，你乔震是这样的人吗？

话是这么说，愿望也是一样，可乔震的状况并没有好转。壮壮和胖蛋到大李庄，到县里，医院都被砸了，大李庄的诊所竟然成了革委会的指挥部。

每次到大李庄，他们都要去二丫家。

自打乔震病了，她家的煤油就都让提到乔家，才能保障整晚都亮着灯。朱掌柜还不知从哪里搞到了一斤酒精和一盏酒精灯，让他们在需要时点在院子里用。至于吃的用的，都是力所能及让带过来。

这天黄昏，壮壮拉着骡子低着头往家的方向走，突然，刘大成冷不丁地从树丛里钻出来，堵住了他的去路。壮壮一惊，怀着十足的敌意问他：

"你想干什么？"

对方哈着腰，仰着他缺了一只眼睛一只耳朵的丑脸低三下四地问道：

"我哥让风给掠了？重不？"

"重不重管你屁事，你给我滚开，我爹也不是你哥，你别污染他的清名。"

刘大成不理他，接着说自己的：

"中风那病，吃药打针都不管用，得熏。"

一听有治他爹病的办法，壮壮顾不上许多了，问他用什么熏。他说用棺材板和乌鸦窝。这俩东西都不吉利，一熏，以邪攻邪，邪恶自破。末了还追上去一句我们小时候见过不少熏好的。

这可把壮壮难住了。乌鸦窝应该不是问题。就是棺材板，去那里弄？这里死过人，自家的不能去扒，钟月桥也不能，况且没有棺材。唉！棺材板，棺材板！

刘大成又往近里凑了凑道：

"后天半夜里没人的时候，你和胖蛋到河边的柳树下，我把要的东西都给备齐。我走了，这里不安全。"

都没看清楚他朝那边走，人就不见了，跟鬼似的。

第三天夜里鸡叫过头遍，壮壮和胖蛋将信将疑到了约定的地方，一捆沧桑的棺材板用破麻袋片裹着，另一个袋子里是乌鸦窝，连小乌鸦都在里面叽叽喳喳地叫，真不知他从哪里搞到的。一小筐鸡蛋上面是一包古巴雪茄，一包奶粉，还有三根蜡烛两盒火柴，都是稀缺东西。

"拿不拿？"胖蛋恶狠狠地问壮壮道。

"那就拿吧，连棺材板和乌鸦窝都拿了。再说他欠我爹那么多，拿他点东西有啥？那条狗命都该给我爹。"

说这话的时候，壮壮想到的是前天下午的一件事。

自打父亲得病以来，他好像嘴馋了好多，其中雪茄就是他念念不忘的东西，一直抽旱烟的他不知怎么了？壮壮百思不得其解。前天去县城里找一味药，有个人在他前面叼着根雪茄走，他一直跟着等捡个烟头儿，可那人好像有抽干净还吃了烟屁股的架势。他赶紧走到前头赔笑说：

"你那截烟头儿能送给我爹吗？他病了，特别想抽。"

那人拿出一支来给了他。

回家给了乔震，他抽一口灭了，待会儿抽一口又灭了，一直抽到了第二天。现在是一盒子雪茄，10根啊，他该多高兴。

路上两人又猜测林紫问到东西的来路时怎么说，编来编去，觉得还是实话实说最轻松。如果她有异议，到时候再说。

两人先把乌鸦窝和棺材板藏到庄后的一个废窖里，回家叫醒林紫，说了事情的来龙去脉。她沉默良久后说那就收下吧，他们之间的感情，我们无法代他们处置，也难以理解周全。不过棺材板和乌鸦窝熏病人，我真觉得没啥道理。

"没办法了，能做到的都做了，还不见好，病急乱投医，那就熏熏试一试吧。"壮壮叹口气说。

天将拂晓，万籁俱静。乔家的庄后头烈焰腾腾。火焰伏在地上没有余烟的时候，壮壮和胖蛋用门扇抬着乔震出来，在火堆上迈过来迈过去，嘴里念念有词，祝福父亲平安康健。

就在他们抬着乔震在火上走过来踏过去熏时，隔着三个院子的一堵墙头上，一双贼溜溜的眼睛盯着他们看，脸上笑眯眯的，那是铃铛妈，出来起夜发现了火光，就盯着看。她知道乔震病了，自己这神尿，可真灵验。

然而，熏也熏了，鸡蛋、雪茄都上了，乔震的生命力还是一天天衰弱下去，像将要枯干的油灯。

林紫默默地忙出忙进，精心地照顾着乔震，把有关他的东西整理得有条不紊。

中秋节前一天，他的状况急剧恶化，最后的时刻来到了。

先是和几个孙子孙女道别，把平时积攒下来用于玩耍的铜钱给他们。其次是儿媳妇，说自己要到那边找郑老爷子去，让她们好好过日子。完了是女儿、女婿，让他们精诚团结共度艰难。跟朱掌柜的道别，他不让任何人在跟前，不知说了啥。他出来后抽泣着对壮壮和胖蛋说你爹让你们进去呢。

"刘猪娃的儿子……我说的不是真真，是现在的刘强……是他和你彩霞婶子的娃儿。其中的缘由我不说了，你们也不要问……以后他要有难，你们要像亲兄弟一样帮他……如果他过得比你们好，就别去找他……也不要让任何人知道这个消息，咱家成分不好，别连累了他。你们……能答应我吗?"

这是他对哥俩最后的话。

两人含着泪说能。

"去吧……让你妈进来。攥着她的手……我就不怕死了。"

林紫在屋里呆了好些个时间，外面哭着的人都没眼泪了，她还不出来。又等了一会儿，壮壮小心翼翼敲门，里面没有动静，再等了一会儿实在忍不住了，推开门。

两首紧挨，十指相扣，老两口安安静静地躺在炕上。林紫的另一条手臂伸进旁边的脸盆，里面是大半盆殷红的血，亮闪闪的小剪刀放在盆子一旁，尖头的血已经凝固。

大家一起扑过去，两人身上只剩微微余温。

炕桌纸条上是林紫清雅的字体：

问世间情是何物，

直教生死相许?

天南地北双飞客，

老翅几回寒暑?

欢乐趣，离别苦，就中更有痴儿女。

君应有语，渺万里层云，千山暮雪，只影向谁去?

再看看炕柜上，她的小箱子，和老伴的常用物等，早已经码放的整整齐齐。

三十

老两口的去世，给家里增添了没有预想到的忙乱。朱老板驮来了一些木板，加上自家两扇门，壮壮和胖蛋、朱家兄弟仨忙着做棺材。

每天早晚烧纸的日子，家里都要哭丧，队里的人从家门口跟到朝坟地的路上，看着他们哭着烧完纸，再回头哭着回来。

这个过程中，总有人去跪在灵地下烧一两张纸，磕三个头。

一对遗体停在院子帐篷里的第二天晚上，轮上秋秋在炕上睡觉。她已经迷迷糊糊了，怀里躺着的乔华翻来覆去就是不睡。拍一把他的小屁股说睡吧睡吧，妈都快累死了，待会还得换着守灵。小东西就是不睡，依然翻来覆去。

"怎么了？是不是肚肚疼？"

娃儿不吭声，若有所思爬到她身上问道：

"妈妈，爷爷奶奶能不能再坐起来？"

秋秋吓了一跳，一骨碌爬起来说你说的啥？当然不会的，他们已经死了。她下意识地紧紧抱住乔华说。

娃儿被妈妈反吓了一跳，往她怀里凑了凑，低着头嗫嚅道：

"那爷爷奶奶的胸口上为什么都压着两块石头？我看见是铃铛妈压上去的。"

秋秋再也躺不住了，抱着娃儿往灵地下走，乔家两后人、大丫二丫夫妇、腊梅都跪在那里。她让胖蛋撩起老两口身上盖着的黄纸，可不？四块石头被锅煤子染的漆黑，呆头呆脑地压在他们的胸部。

"这个老婊子养的，做了亏心事，也知道怕五雷轰的。我爹我妈善良，我可不是那么好欺负的，等送走他们，我宰了这个东西把他献到坟前头谢罪。"

看着胖蛋说这些，其他几个大人说你别瞎说了，催秋秋赶紧把娃娃抱上睡觉去。

送完葬的第三天，革委会的人就来乔家，说要翻翻他们家藏没藏着什么反动东西。几部小说，是胖蛋从朱家里借来的，有《红岩》、《林海雪原》、

《苦菜花》、《新儿女英雄传》。《青春之歌》和《第二次握手》的手抄本，是他从刘家坪一个做买卖时的朋友那里借的。书在这里放好久了，忙忙乱乱的，没顾上还。

革委会的人显然很兴奋也很警觉，这样偏僻的地方竟然能发现如此敌情。又翻出一本胖蛋平常闲暇时涂鸦的不连贯日记，没有找出什么线索，最后收起来一起拿走了。

这件事搞得一家人惴惴不安，壮壮突然又想起来一件东西，那是明朝嘉靖年间写在黄色丝绸上的一部《马经》，内容都是关于如何相马和养马的，据父亲说书法出自祖上，已经作为家族象征一代代传下来。地震那会子，《马经》甚至是壮壮爷爷让乔震背井离乡求生的重要理由。它现在就藏在大梁底下的布包里，没准啥时候自家会被底朝天翻个遍，祖传在自己这一辈里断了弦就完了。

父母走后的日子更为单调，甚至有只是为了打发日出日落和四季交替才活着的感觉。接近隆冬，太阳已经在浓厚的云雾里只有薄薄一抹象征的下午，互殴一年多后被重新整合在大李庄公社、奔波于各个生产队里修梯田的人们该收工回家了，团结和友爱的人是一路，因为今天在别的队里，可以早宣誓早走半个小时。

排起常常的队伍，面朝北京的方向。

有的人手上戴着指头露在外面的线手套，有人的手就那么裸露着，裂口上粘着跟沥青看不出差别的膏药块，举起拳头跟着前面领头的人宣誓：

"敬祝我们伟大的导师、伟大的领袖、伟大的统帅、伟大的舵手，我们心中最红最红的红太阳，我们敬爱的毛主席万岁！万岁！万万岁！敬祝毛主席万寿无疆！万寿无疆！"

"敬祝我们心中最红最红的红太阳！大导师！伟大领袖！伟大统帅！伟大舵手的最最最亲密的战友林副统帅身体健康，永远健康！"

本来每天要念三遍才散队，今天只念了一遍，革委会主任忧心忡忡地说今天就到这儿吧，回去赶紧吃饭，完了开会，谁家都得去人，有重要指示要传达。

晚饭后，河东和河西的人坐在友爱生产队冰冷的队部，收听公社的统一传达。会场里严肃安静，只有大喇叭里转播的广播员抑扬顿挫掷地有声的声音在寂静中回荡。

林彪都反了？人们惊恐地瞪大了眼睛，心里面大都在想，现在真的是要打仗了，以后的日子就在防空洞里过了。

林彪事件让一度稍微松弛了的阶级斗争弦再次急剧绷紧。谁都议论说这个世界太危险了，居然党中央内部上层，会有人想要谋害伟大领袖毛主席。连每天手举红宝书，不断高喊着永远永远忠于毛主席的、他老人家最最亲密的革命战友林彪，居然要伙同他的儿子和死党，经营南方小军事团伙，要用炸弹炮打毛主席的火车，颠覆国家政权，太可怕了，太危险了。

全公社联合起来斗地富反坏右，成了林彪事件后一个新现象。干部们潜意识里把自己微缩成毛主席，真想能有透视一样的本领看清楚周围的人谁想变天，先下手为强地搞掉他们，革命群众也在瞪大眼睛看，谁想危害他们的政治地位。

以前因为喇叭口地处偏远，可能是怕人民群众走不动，只是斗村里的几个。现在也不一样了，斗争要深入，交流着斗争。

隆冬第一场雪后，喇叭口迎来了一群四类分子。一串人大概有二十多个，两根铁丝把他们从手上链成两队，由几个民兵用刺刀押着，随来的人没有普通群众。上级安排好的，到了哪里哪里负责组织群众斗争，别的村没有出群众的义务，再说人家来了中午也没人管饭。

本地原来陪斗的乔震两口子没了，刘大成和何翠翠早已经脱帽，只有卓玛草一个人被链了进去。押送批斗队伍的民兵排长皱着眉头说你们就这么一个啊？工作做得真差。喇叭口的革委会主任赶紧赔着笑说我们这里的两个已经死了，还有一个右派在山上守气象塔，那是军队的任务，不能下来。

对方依然不依不饶：

"死了？是地富还是右派？要是当地的，把他们的狗崽子押来。难道和尚死了庙也死了不成？"

就这样，壮壮和胖蛋接了父母的班，站到了被游斗的队伍里，只不过没有链接在铁丝上。

口号之后，是斗争。或许是外地来的，大家对他们打得很随意很尽兴。壮壮和胖蛋、甚至卓玛草今天也没受什么皮肉之苦。

散了会，张三台扬着他的鞭子高声夸赞着：

"知道我两鞭子就把那个狗崽子的棉衣抽成两片子的秘密了吗？"

铃铛妈和李独眼本来在商量喇叭口下一步搞批斗的事，听他这么一张扬，都停下脚步说：

"不知道啊，你管牲口这么些年胳膊练出力气和水平了呗！"

他讳莫如深地一笑道：

"力气那是肯定的，再猜猜，还有啥秘密？"

围观的人一多，他越发卖起关子来。急得铃铛妈说你有话快说有屁快放。

又卖了一会儿，他终于说了：

"里面是钢丝，外面裹上塑料纸。打了以后伤痕从阶级敌人的外面不怎么看得出来，但那力量，你们看见没？一鞭子下去那狗崽子爬地上就没再起来。"

"你哪来的钢丝？哪来的塑料纸？说给我们，我们也弄一条去。"

后生们很兴奋，追着他问。

张三台依然卖关子：

"你们就算了吧，骗了的老叫驴白费劲儿。人家不会总拉别处的四类分子给我们斗。喇叭口这个球样子，啥事儿都搞不到人前头去，连个打的都没有。再这样下去，我可手痒的要打队里的牲口了。"

说完还特意盯了一眼铃铛妈和李独眼这俩揪不出让他打的人的村干部，然后自个儿往前走了。嘴里打着口哨，啪啪地甩了几下鞭子，路上鸡飞狗叫。

狠抓阶级斗争的第二个表现，是加大钻防空洞的练习力度。

友爱队没有防空洞，当初都修在团结队这边，另外，团结队的一些村民又把自己挖的打人的窑洞跟集体修的串联了起来。

刚开始是干部们进去摸情况，说是需要时便于指挥群众。那一段日子里，刘大成、铃铛妈、张三台总是往里钻，从东山坡的口进去，又从西山坡的口出来，或者从别的小洞口进来出去，跟小娃娃藏猫猫一样乐此不疲。原来河东河西领导的矛盾，似乎被钻窑洞钻的烟消云散。领导一不对立，群众也和气起来，这窑洞可真好。

没过多少天，刘大成、李独眼几个开始轮流叫女社员去熟悉洞里的情况，理由是女人们动作慢，得练习的很熟悉才行，卓玛草也得去。理由是敌人要是打进来，她不能留在外面，免得她和敌人里通外国颠覆破坏。

别的男人们也要求去，干部们总说大爷们家到时候跑得比麻雀还快，有啥要熟悉的？要熟悉自己有空了熟悉去，没人陪你们去，劳动时间不准去。就这样熟悉着，钻防空洞几乎成了干部们的日课，也有拿些柴火什么的到洞里储备的时候，不过不多。

直到有一天，铃铛妈把卓玛草的铺盖卷从自家屋里拿出来扔到李独眼家的门外头，说让她滚到李独眼那里睡去时，人们才大致听出钻防空洞熟悉情况是怎么回事来。她说昨天干部们带着女社员和卓玛草进去熟悉环境时，李独眼走在最后压阵，刘大成在前带路，走到最黑处时，后面的卓玛草大叫一声"啊！你要干什么？"

遇见这样的事，除了光棍看热闹，大人们赶紧往屋里躲，怕娃娃们问啥意思，怕不同辈分和性别的人难堪。胖蛋回味着铃铛妈骂卓玛草的话，愤愤地走过自家厨房墙后头时，听见秋秋低声哭着给腊梅说：

"抓得好疼啊，我也不知道是谁的手，觉得像张三台，出来我疼得直不起来腰，他在远处冲着我笑，所以我怀疑是他。张三台不是干部，可总提前钻进去，刘大成和李独眼、铃铛妈几个也不说他。"

胖蛋拳头攥得紧紧的，听腊梅安慰她说：

"没办法，都忍吧，我们家成分不好。其实你也说不定抓你的是谁，那次就有两只手从左右两边伸进了我的怀里，肯定不是一个人。一只手特别粗糙，另一只手就不怎么扎人。"

"你叫了没？"

"我哪里敢叫？一到了黑处，李独眼就一把把我揽到怀里，紧紧贴着我屁股推着朝前走。一叫还不立刻掐死我？这事啊，你千万不能声张，胖蛋那性格，说出去这家就彻底完了。"

秋秋抽搐着说我哪敢说？总给他说月经干不了，他也就不再吭气，我快疼死了。

胖蛋的血直往脑门上涌，指甲掐进了手心里。他现在就是想杀人，把除了自家以外的人都杀掉，不，还有腊梅和秋秋。

"干嘛呢鬼鬼祟祟的不进屋去。"

是壮壮的声音从身后传进了耳朵。

他头也没回，一拳砸在墙头上说哥我不想活了，这家就交给你了，父母白养了我，你就放我随他们去吧，啊！

壮壮说：

"这个事不用你问我，只要你觉得合适，咱家一起喝老鼠药走得了。你觉得我们是把他们悄悄毒死还是问问他们的意见？"

胖蛋一愣，大哥就是大哥，一下子就把他给镇住了。

"走，进屋里去，啥叫男人？替女人娃娃顶他们顶不住的事。你当我不知道？红卫兵的耳朵、刘猪娃的眼睛，都是你干的。爹妈都知道，我们就是不愿意揭穿。你现在说这话，是不是晚上又想干什么事去了？你知道那两件事后爹妈和我多为你担心吗？今晚跟哥睡去，好好想想怎么找个借口你走吧，天涯海角，想着哥在这里为你撑着，你就会做事时多想想的。等哪天太平了，就回来接娃儿们，不太平的话哪都一样，你就不用回来了。"

第三天一大早，壮壮从队里背上给于凯的东西，慢悠悠地往山顶上走。

对方还是囚徒的样子，跟他的斑头雁老伴混得不错，就是关节疼得要命，站起来时必须得扶着东西。临走时，壮壮忐忐忑忑地说：

"我有个事儿委托你，成不成是你的事，但你一定答应我不成的话不告诉别人。"

于凯说行啊，你父母的人品在那里，我怎么可能出卖你？说吧。

谈了半个时辰，壮壮下山了。

又到了乔家去山上送东西的日子，胖蛋亲过几个娃儿，背着东西走了。半道上的一个小窑洞里，是壮壮昨晚偷偷放那里的行囊。一个麻袋里装着绳子、《马经》、衣物、吃的、算盘，还有全家发黄的照片。他把给于凯的东西放进麻袋里，一起用绳子捆好，朝着山顶一步步往上走。

两人吃完干粮，于凯把一个布袋子交给他说：

"里面有我父亲的地址。为了你们一家，也为了我们一家，你一定要活着到上海。到了那里如果我父母还活着，你就和他们住在一起；万一死了，上海那地方大，没人认得你，活下来也容易。我们对着你父母和我父母的方向磕头吧，希望活着的给你召唤，已经走了的保佑你一路平安。"

仪式做过，斑头雁在前面带路，胖蛋走中间，于凯最后头，一起朝上山的路往下走。约摸走了三四十米，在路旁一块尖利的大石头旁边，斑头雁站住了，回头望了望于凯，看他点了点头，斑头雁飞了下去。于凯把绳子拴在石头上，慢慢地顺着石头夹道往下溜，最后溜下去的是胖蛋。令他大吃一惊的是，往前不到两三米，竟然别开洞天，凹进去的地方，里面是石头垒成的阶梯，曲曲弯弯向下延伸到不知何处。看来，他俩是经常下去的。

再往下走，侧边一个窑洞里，是好多座雪雕，时间长了，应该叫做冰雕更合适。上面刻着各种符号。

斑头雁走远了，回头等他们。匆匆忙忙跟过去，转了好几个弯，看见了路，它不走了。那边是青海，胖蛋从方位上就知道。

抱抱它，挥挥手，径直往山下走。他心里好痛快啊，终于没有了熟悉的人。

第二天，壮壮故作惊恐去队部说胖蛋昨天送东西没有回来，他和李独眼上山去找人，于凯一脸的真诚，说胖蛋真的没有来过。送他们下来时在那个石头跟前驻足，大惊小怪说这里掉下去人了，壮壮说要下去，一看不见底的悬崖，坐那里哭着不走。于凯打发李独眼说你先去吧，别告诉他们家里的人了，让他平静平静，免得下坡时再掉沟里。

李独眼正巴不得呢，胡乱嘱咐几句下山了。

第二天，壮壮家咿咿呀呀哭了一天，收拾些胖蛋的"遗物"埋了。这件事竟然很快就淡了下去。

三十一

胖蛋走后的第二年开春，喇叭口跟见鬼了似的，一点雪都不见。谷雨一过，是平常年份雨夹雪的时候了，天空却依然自顾自地蓝它的。连续两个月的干旱，除了每天下午一度汹涌的雪水，河的流量在日复一日地减少。

到了5月份，种麦的时机显然已经错过，今年看来只能靠洋芋蛋和青稞，可天还是不下雨，这下子人们终于着急了。喇叭口会干旱？这是以往想都未曾想过的事。

农历4月底，河东河西联合起来突击种田。先是前一天在一块地里播种，第二天每家的锅碗瓢盆同时出动，大人小孩一起上，人链子的一头扎在河边，另一头甩在山坡上，从河里舀水，然后击鼓传花一样传上去。历经一路的洋洋洒洒，到目的地已经损失过半，但人链子挪动过的地方，毕竟有了发芽的条件。

然而，一股脑儿浇水，人会累死的。下种后不见雨，等于是浪费了种子。更令人恐惧的是，河里的水越来越少，再也化不下来雪水了。

一名早已被浇水折腾的没脾气的代课教师休息时随意说了这么一句：

"我看得修水库，都干了，以后别说浇地，人都得渴死。"

这一句随口的话，迎合了人们久已压抑的恐惧心理，大跃进时废弃的水库又被喇叭口的人记起。领导班子一合计，工程就悄悄地上马了。会上一再强调，这是喇叭口的秘密，一定不能传出去，免得下游大李庄派阶级敌人来破坏。

会后，李独眼还专门把乔壮壮留下给他嘱咐，说只有你家在外面熟人多，还有亲戚。这事要是传出去，首先就怀疑你们家，喇叭口的人会把你们家全打死。别以为胖蛋死了你们家就立功了似的，那是军队的事，喇叭口的群众才不管那么多。

恐慌增添了人们的干劲，也消弭了争议。除了当时挖打人的洞，喇叭口的人从没有像这次修水库这样自觉地配合和无怨无悔。白天他们随着大李庄公社的队伍到各村修梯田、深翻土地，晚上的铁姑娘班、王进喜班在水库的工地上竞赛，人们低声却有力地喊着号子，唱着样板戏，饿着肚子在那里坚持，村小的师生、老人也经常去水库上义务劳动。

石头被刨出来垒上了大坝，水库附近大跃进以来重新长出来的植被被砍伐一空。或许因为恐惧，人们竟自觉地扩大了水库原来的面积。尤其是进入初夏以往多雨的季节依然只有淅淅沥沥的几场小雨后，大家的干劲更足了。

喇叭口苦心经营的这个秘密竟然暴露在一个根本想不到的细节上。那就是大李庄从外地买回来的一匹骡子丢了，村里派人寻骡子，其中有两个人穿过林子，直愣愣站在水库边上发呆。当时在那里干活的，是不怎么能参加大队集体劳动的老弱病残，他们是自觉来这里做些收尾工作的。

当这一消息被报告到喇叭口的干部那里时，人们奔走相告，议论对策。刘大成和张三台的主意得到了绝大多数群众的赞赏，那就是挖地道备战，誓死保卫水库。

正式动工前，刚来没几天的工作组长陈天山向全体村民做动员：

"革命同志们：

伟大领袖毛主席教导我们说，人不犯我，我不犯人；人若犯我，我必犯人。保卫水库不仅仅是保卫我们的劳动果实，保卫家园，保卫生命。更重要的，大家要把它提高到两个阶级，两条路线的高度来认识，用捍卫伟大领袖毛主席和社会主义江山的精神来跟敢于侵犯者做殊死的搏斗。现在由民兵排长布置战斗任务。"

对方对台下台上敬礼后，把喇叭口的村民分成三个支队。

第一支队是民兵，坚守大坝，由陈天山和民兵排长、刘大成、李独眼指挥，为第一战区；第二支队是村里的青壮年男子，由张三台、何翠翠负责，他们守在快接近水库的地方配合作战，根据需要分散敌人注意力，是第二战区；第三支队是童子团和普通女社员，由老师、铃铛妈和壮壮负责，这部分人分布在从主路分叉到水库的方向的密林子和沟壑里，除了负责报信，还有救伤员的任务，这是第三战区。

当夜开始，修战壕的战斗打响了。人们以远超过修水库的热情和干劲投入战斗，而且到了村干部劝退还坚持在阵地上的老人。

不到三天，战壕挖好了，粮草也已齐备，开始了最后的工作，就是给河流改道，开始蓄水。给不给下游的大李庄留一些？意见发生了冲突。部分人认为不留，谁让我们是上游？水又不是他们的。另一部分人认为不能这样，毕竟都是人，渴死咋办？而且逼急了会玩命的。

就在争议间，在河东看地的任老头到队部反映说，最近地里干透了，洋芋秧子大片大片死，旱虫猖狂得不得了，再不浇水，今年收成又完了。这个消息一来，主张留一部分水的意见占了上分：喇叭口的地主要在河东，从河里舀水近，都进了水库没法浇地。

当比平常减少一半流量的水再分出去一半到水库那边、这边又被浇地舀走一部分后，涓涓细流似的河水进入灌木丛时已经细若游丝，中途如果遇见些什么特殊情况，都可能断流。

与喇叭口其他人的兴高采烈不同，壮壮一家为二丫一家担心急了。刘家坪用的水大部分也是从这里流下去的，现在这同仇敌忾的情况，接他们一家上来过，村子里未必同意，没准还被当成派来的奸细遭到批斗。再说，朱家成分也高，一家子离开刘家坪，要被民兵追回去，那就了不得了。

忐忐忑忑间，壮壮决定去看一趟，不论情况咋样，知道了总是心里踏实些。

第三天一早，他请了一天假说腰疼要去刘家坪看一看。套上架子车，给二丫家拉上一车柴火就往那里赶，没走过半个时辰，突然看见从未见过的庞大队伍扛着铁锹朝喇叭口方向走来，队伍长得看不见尾，前头看得见的都是知青。他们低着头扛着铁锹，没精打采向前走。按照现在的位置，离开大李庄已经有些时候了，看来早已是人困马乏。

壮壮赶紧拉回驴头，一路狂奔直到队部，上气不接下气地说：

"快！快！赶紧准备战斗，大李庄闹水源的队伍不远了，再一个时辰不到就进村。"

队部的人腾地跳起来找锣，转了好几圈就是不知放哪了。壮壮急了，出去解下驴脖子里的铃铛，说我先打集合铃，你赶紧找。

干活的、休息的、上课的，都觉得铃声不对。刚出来张望，队部值班的终于找到了锣，叮叮当当一通猛敲。立刻，拿枪的，拿棍子的，拿弹弓的，留在队里的，迅速朝各自的阵地跑去。张二娃骑着骡子就往别的队里修梯田的人那里去报信，通知他们赶紧请假回来保卫水库。

三号阵地的人不用出外劳动，自然到的最齐，而且总指挥壮壮第一时间就赶到了岗位上。他们埋伏在林子里没多久，晃晃荡荡的知青们陆续进入了视域，几个娃儿钻过林子往水库方向跑去报信。没跑几步，想到不的事情发生了，铃铛家的大黄狗不知怎么溜达到这里来，看着越走越近的一队陌生人，忽地一下朝前头几个年轻人扑了出去，他们丢了工具大声叫喊着，回头就跑。

那边一叫，队里的大狗小狗正无聊呢，仗着大黄狗的声威追了过去，后面的知青根本不知道发生了什么事，掉头就跑，兵败如山倒就这种架势。意外的场面激发了娃们的热情，他们闹着喊着追过去，用石块、弹弓袭击抱头鼠窜的知青。整个过程，喇叭口的人连大李庄村民的影子都没看见就打退了他们。

除了打胜仗的收获，三号阵地的人缴获的战利品大大改善了村民们的生活。一举追过去，鞋子、挎包、外衣、铁锨、洋镐……一直捡，都是城里人的东西，喇叭口学生们的面貌焕然一新，有的娃儿还有了毛衣，各家的农具也增加了不少。

然而，就跟恶作剧似的，大李庄闹水源损失那么多东西回去的第二天开始，绵绵细雨下了起来，而且没完没了，进而还成了大雨。水多的成了灾难，不过多是泥汤。更遭殃的是喇叭口，村边的河里洪水滔天，水库成了堰塞湖，水从靠河这旁溢出来，接着滑坡、扩大塌方面积，威胁着地势低的河西的住房和队部，那边的庄稼颗粒无收，所有人畜只好全部撤到了河东，团结和友爱两个队又被山洪挤成了统一的喇叭口村。

但雨还在拼命地穷追不舍，像那天大黄狗追知青的样子，把村里人搞得狼狈不堪。屈指可数的几块庄稼地，面临劳而无功的局面，那就是熟了的庄稼收不回来，即便收回来也会发霉。

于是，今年的中秋节过得真不是个样子。

每个炕都被自留地里揉下来的粮食占满了，尽管炕洞里烧的非常热，炕上热气腾腾，但空气湿透了，来不及干彻底的粮食籽儿还是结成一团一团的，鲜嫩的小苗儿和白花花的细嫩根芽熠熠生辉。把这些粮食磨成面粉，即做不成面条也蒸不成馒头，唯一的吃法，是用开水一烫，摊成饼。上顿下顿都是这个，甜的人舌头疼嗓子眼辣，看见就反胃，可没有其他吃的，还得吃啊。

八月十五一大早，依然是绵绵秋雨，中午时分，二丫两口子来了，一篮子馒头是他们家的，一个西瓜是大丫家带来的，她怀孕了。乔家有了这些，算是喇叭口最能达到的体面中秋节水平。

晚上，久违的月亮依然不给面子，在湿漉漉的大地上空不知藏在哪里。庄稼都芽了，没啥好庆祝的，但仪式肯定得做。

把西瓜切成两半，馒头也分成两份，院子里草棚下的一份祭月，屋子里的一份祭列祖列宗。大家蹲在湿气腾腾的炕沿上，眼巴巴等着祭奠钟点一过饱饱吃一顿。

好不容易可以拿回来吃了，秋秋去外面收祭品，刚出去她就大喊大叫：

"西瓜呢？馍呢？"

屋里的人循声跑出去，盘子里空荡荡的什么都没有。有点恐惧地愣着神想是怎么回事，壮壮忽然看见毛驴在墙角低眉顺眼地站着，不知它啥时挣脱了缰绳。

一肚子火猛地直冲嗓门。

他拿起地上的棍子走过去，朝着驴屁股上死命地抽，今天的驴似乎知道了自己该挨这么多打，竟然站那里不跑，只是棍子每每落到它屁股上时一缩一缩的。其他人也在边上加油：

"往死里打这个畜生，馋死了！"

打累了，陆陆续续回屋里坐炕上，都很沮丧。壮壮低沉着声音说那就拿过屋里的那份吃吧，难道还要留给那个畜生？我们家真不知怎么了，上次分到肉黄鼠狼偷吃了，这次又是驴吃了，真让人生气。

一大家口人，馒头一人半个后，其他放了起来。半个西瓜每人几小牙儿，几个娃儿连皮吃了，大人们也快啃通了瓜皮，才恋恋不舍放炕桌上。壮壮说去把瓜皮扔猪槽里吧。大丫赶紧往炕沿一边溜，说我去扔我去扔，另几个小的也往下溜，手伸过来说我去扔。

"腊梅去扔了吧，顺便给我倒碗水。"

壮壮这么一说，娃儿们不动了。

腊梅回来刚挎在炕沿上，先是二丫说她要尿尿去，一出溜下去跑了，另几个也贼眉鼠眼往下溜，都说尿尿去。壮壮觉得不对，对秋秋说你赶紧出去看他们干啥去了。秋秋出去一看，两口猪和几个娃儿在抢几块西瓜皮。吓唬了几声，那边没人搭理，她只好进来了。

三十二

　　胖蛋到了西宁，跟开货车的司机套近乎，辗转二十多天后到了兰州。家是看不见听不见了，他却感到从未有过的轻松。没有熟人的日子可真好，毫不顾忌地乞讨和路边庄稼地里雁过拔毛的偷盗，让他感到生活本身没那么委屈，也没那么多讲究，是因为守着一个固定的地方，有了熟人、干部，生活才过得耻辱和艰辛。

　　这天下午他去兰州站想看看有没有可能扒上去上海方向的火车，还没到站跟前，看见劝阻队员阻止一名外流人员，后者的身后跟着老婆、孩子还有一个老太太。这人吼道：

　　"我们都快饿死了，干嘛不让出去流浪？旧社会都不会是这样的，山东人就去张作霖那里闯关东活命。"

　　好几个人冲上来扭打他，说你这个反革命竟然说现在不如旧社会，共产党不如张作霖那个大军阀。外流人员被扭疼了，从帆布包里抽出一把刀子来对着扭打他的一个人刺了过去，还没挨着人家，后面一梭子冲锋枪子弹压过来，他举着刀子摇摇晃晃躺在了地上。

　　看着一家老小往前扑和那人在血泊中往前挣扎的手，胖蛋赶紧离开，走了老远，腿还是筛糠一样哆嗦，去扒车的念头全没了。

　　这天晚上，他和一群来自甘肃东部秦安、甘谷的叫花子挤在城关区一个水泥管道里过夜。他们人多势众，把他这个新人挤在最外头。待会儿又有一个蓬头垢面的小伙子来了，这位看来是老江湖，谄媚地给里面的人鞠躬问候，还扔给他们几个煮洋芋，把背上卷着的纸板铺地上，很懂先来后到的规矩，傍胖蛋外侧躺下。

　　到了后半夜，实在冷得没法坚持，胖蛋想出去胡乱跑跑，外面这娃一看有往里头挪一挪的希望，谄笑着说：

　　"哥，要出去啊？那我往里挪一挪？"

　　一种坏情绪支配了他，胖蛋说我不去了，又躺回了原处。

这娃儿真是好脾气，说你要是实在挺不住，就往我身上靠一靠，两边通风，是够冷的。胖蛋对他的恶意减了不少，往他那边靠了靠，年轻人身上有火气，情况还真的有了些好转。

太阳快升起来的时候，冷得实在挺不住，大家陆续起来各奔前程。这娃又贱兮兮地凑过来说哥啊，我看你跟我一样，没有乡亲朋友，要不咱俩搭伴咋样？总是个说话的和帮着打狗的，对不？

胖蛋这时身心俱冷，听着这话，突然一阵暖暖春意。回头看一眼，这娃好像比昨晚看到的更嫩气，脏兮兮的脸上眉清目秀。

他觉得有点惭愧，想起壮壮对待自己，总是忍辱负重，一付大哥风范。自己一个奔五的老男人了，对一个孩子使性子，真不像话。

他说好吧，那就走吧，找吃的去。

一大一小沿着街走，马路上冷冷清清，连石头都看不见几个，吃的谁知道在哪里。

正愁呢，小巷子里推出一辆煤渣车来，哗啦啦倒在垃圾堆里。不知刚才躲在哪里的孩子们突然从四面八方冲出来，他们戴着护耳朵的破棉帽子，端着破搪瓷盆，抄着铁钩子铁勺子在里面刨煤核。不过好像太烫，成绩不多。

胖蛋都没怎么搞清楚是怎么回事，身边的小子腾一下跑过去，两只手换着，叮呤当啷就往自己的要饭盆里捡，等城里的孩子反应过来，他已经把最烫的差不多捡到了盆里，端过来对胖蛋说"烤烤手，可暖和了。"

那边几个孩子叽叽咕咕朝他们这里看，这家伙边烤火边吆喝起来：

"一个馒头全换，谁有？"

孩子们继续叽叽咕咕，完了说半个馒头行不？

他说两半个馒头也行，你们搭伙拿走。

其中两个大点的孩子走过来，把口袋里的馒头递给他，倒走了煤核。胖蛋接过来半个，还带着体温，或许出锅没多久，好香啊。

这个小家伙让胖蛋刮目相看。或许看着他还斯文，只是出于一个孩子对孤单和力量不足的恐惧，才来跟他搭讪，人家其实能力比自己强多了。

"你咋对这些这么熟？"

肚子算是先安当住了，胖蛋便有了心情关心别的。

"嗨！这个啊，我能给他们当师傅了，在家时我天天干。每次出来前我妈都给我装半个馒头，有时捡煤核前吃，有时捡煤核后吃，捡的多了，回家又能得到半个馒头。越烫的煤核越好，你想啊……"

胖蛋没心情关心这个，他没见过锅炉，也不用捡煤核，就觉得这小家伙经历还蛮丰富的。

"你家是兰州的?"

"不是，是咸阳的，听过没?"

胖蛋说没有，问他远不远?

"远死了，我这辈子怕是回不去了。"

刚才还眉飞色舞的他，忽然间眼里闪着泪花，看着别处。

"那，你准备去哪?"

"我爸说让我找我姐去，她在新疆，我姐夫在那里当边防兵，你想去哪?"

"我想去上海，一个熟人的爸爸在那里，他说他爸可以帮我。"

"往东? 大哥我劝你还是算了，我东面的人都往西跑，你怎么还朝东? 我爸说人少的地方才有活路，就像当年红军打江山的时候，都是往地广人稀的落后地方跑。"

"你知道的还真多，那你爸妈怎么不跟你一起走?"

"他们被关在监狱里，捎信出来说可能都出不来了，让我自个儿往新疆逃命吧，我就出来了。都一年多了，我还在兰州混，就是拉不到个做伴的，自个儿不敢往西走，要不咱俩一起走吧。"

"我还是要去上海，让我找他父亲的人帮我逃了出来，我自己走了对不住人家。"

"那好吧，我再找找看有没有去新疆的伴。东边讨饭的多死了，你可一定得把车费装好。"

"我哪有车费? 准备扒火车。"

"扒火车? 跟你一样想的人太多了，也有扒成的，但发现了要被送到老家去。现在红卫兵也不串联了，再说你也不像红卫兵，混不过去。要是把你当成阶级敌人，没准都有可能被打死。那就你走你的，我再找个伴儿去。"

他走了，头都不回。胖蛋却没那么利索。这个小家伙聪明伶俐，鬼点子多，跟他在一起不寂寞，还有安全感。不由得跟上前去说好吧好吧，那我们就跑新疆吧。

小家伙很意外地转身，高兴地说那咱得认识认识了，我叫刘跃进，15 岁了，你呢?

"我叫乔念家，比你大几倍呢，48 了。"

胖蛋想家了，临时给自己取了这么个名字。

"哦，那我叫你乔叔叔吧，你跟我爸一年的，以后您随时指示"。

他很标准地敬了个军礼后说。

"就别跟我乖了，现在得想办法怎么能上了火车！"

"是啊，走吧，先到街头瞎溜达溜达，看有没有机会。"

几天过去了，没什么进展。

"其实啊，要是您能跟我一样，去新疆真的不是件难事。"

胖蛋自尊心受到了伤害，红着脸憋出一句：

"你做的啥我做不到？说出来听听。"

"你会扒火车吗？敢从跑着的火车上往下跳吗？"

"不敢。"

这事他真的不敢吹。

"就是嘛，我敢。可我不能背着你啊。"

"尽说这没用的。"

胖蛋嗔怪他一句后说：

"往前走，发啥呆啊？"

他不吭声，呆呆地看着旁边的场地上一群工人往大卡车里装做好了的大文件柜子，卡车上面写的符号胖蛋看不懂。

"这是去内蒙的车吧？写的是蒙古文。"

"去去去，挡挡挂挂的，小叫花子认得啥叫蒙古文？闲的没事干帮我们装车，不装就滚远点，小心东西掉下来砸死你。"

小家伙不愠不火，还真起劲地帮他们抬箱子，扯内蒙古的天上地下。工人们笑着说你就别瞎扯了，这车是明天去新疆的。

"哦，到新疆的啊，要是到内蒙的就好了，我想去那里，路上司机困了我还可以帮着看看东西什么的，车少的地方能帮着你们开开，我技术不咋地。"

说罢他自个儿往不耐烦地等他的胖蛋那边走，人们继续干活儿。

拉胖蛋到背静的地方，刘跃进说其实我看得出那是维文，怕他们开到别的地方，故意那么说着试一试究竟去哪里，今晚咱俩就躲到这个车上的雨罩子底下，我看右角上没有捆，可能是放柴油桶什么的，就从那里挤进去。现在我去弄点吃的，你盯着车，看会不会开走，如果开走也希望它在近处。待会我来这里找你，如果不在，晚上就去睡觉的水管子那里。

还好，车没有开动，工人们罩上雨布捆上大麻绳走了，也没见有人特殊关照。

晚饭是刘跃进拿出他的钱买的四个饼，他说是自己帮一个老太太捡出掉沟里的包时人家给的，胖蛋接过来一个觉得很难为情，说你这娃儿真像雷锋，帮了老太太帮我乔老汉。刘跃进嘿嘿笑着说，赶紧吃吧，就一个，另一个留着明天吃，吃完咱俩钻雨罩子底下去，到了晚上人家没准就放狗巡视了。

跟所有出远门的车一样，第二天天未亮，大卡车就晃晃荡荡开过黄河，朝河西走廊前进。

出来这么久了，胖蛋第一次过得如此舒服，身上不怎么冷，晃晃荡荡像个摇床。尿憋了找个空儿往下淅淅沥沥。其实这地方气温低，不想尿也不想喝，有几个胡萝卜是昨天刘跃进在菜店的仓库里偷的，真是衣食无忧的一天。他俩大声地说话，编着顺口溜骂司机，然后大笑，好自在啊。

晚上，两个司机住在武威的大店里，白天太累了，进去就没见出来过。

刘跃进把脑袋伸出雨罩子，看着晴空下厨房里袅袅的炊烟自言自语道：

"今晚不知能不能搞到肉？大爷我可是有几天没尝过荤了。"

胖蛋说美的你肝疼，小心馋疯咬掉自己舌头。

刘跃进不搭理他的冷嘲热讽，说我下去捡些石头放你边上，今晚我去食堂偷吃的的时候，如果没有狗就算了，要是有的话你就往别的地方扔石头，掩护我。

饭后没多久，大车店里很快就安静了下来，还好，狗在大门那边拴着，因为街上还有行人来来往往，它的叫声不会有人在意，也追不过来。

刘跃进从车后溜下去，沿着墙根往厨房那边摸，到了墙下，左顾右盼之后，从腰里解下一根绳子，甩出去缠在烟囱上，嗖嗖几下上了房顶，眨眼之间就没了影儿。

胖蛋有点着急，但不敢动，除了放哨，也怕下去被逮着。还好他很快就回来了，一个柳条筐子里满满当当的，馒头、萝卜、锅盔，还把人家油瓶子和小半袋子面也给提了来。胖蛋说你提了生的干啥？他说这你就笨了吧？出门在外，有总比没有强，多总比少强。路上要是缺了什么东西，拿面和油换啥换不来？再说了，以后咱俩到了新疆，是不是还要吃饭？随便找几块石头往一起一堆，找些木棍子在里面一点火，把我的饭盆子一架上去就可以有饭吃了，是不是？

他一边往破口袋里打理东西一边说：

"我发现你真有大哥的架子，我整天巴结你，还总不领情，老数落我。现在吃的偷来了，还等我喂啊？也不自个儿吃。嘻嘻！"

胖蛋被他逗乐了，说当初说叫我乔叔，现在怎么成大哥了？跟你这个小东西在一起可真高兴，你参你妈不定多想你呢。

这话一说，刘跃进又伤心了：

"别再提我爸我妈了好不好？这辈子我可能再也见不到他们了。"

他竟然坐那里哭了起来。

这次轮到胖蛋低声下气哄他了，搂着他肩膀拍打拍打，给饼不吃，换上馒头还不吃。胖蛋说那我给你唱歌好不好？把狗引逗过来咬你。小家伙笑了，两人开吃，久违的饱肚子来了。

磨磨唧唧不知走了几天，车坏在一个叫干沟的地方。这是一片卵石满地、似乎草都不生长的戈壁滩。除了一眼望不到边的戈壁和说不上应该是青色还是灰色的嶙峋石山，看起来根本没有、也不可能有水。

两个司机准备扎帐篷修车，从他们的从容看来不会是第一次遇见这种情况，但话又说回来，谁遇见谁倒霉，碰上了只能这样啊。人家要到车里取帐篷，他们不可能再躲藏下去，也没必要躲藏了。应当说，现在有他们在车上，是这俩司机的福分。

事实还真如此。

当刘跃进把脑袋伸出去跟他们打招呼的时候，这两人发现救星似的说你怎么不早出来，一路上是个伴儿。他说得了吧，虚伪。要在人多的地方我出来，你们不知怎么凶我呢，没准早就赶跑了。搭上话了，胖蛋也钻了出来。司机说真好真好，你们咋不叫个女的一块儿来？

不管这话是对着他俩中的谁说的，胖蛋都觉得不好意思。可刘跃进满不在乎地贫嘴道，带了也在车里陪我俩睡，没你们的份儿。

没时间说废话了，下车支帐篷，捡戈壁植物的残肢断体准备生火，四个人在一起，觉得不像是被困住了的样子，倒像是难得的休息机会。

帐篷起来了，司机拿下备用水，看着刘跃进扭扭答答提着篮子过来，几个人乐乐呵呵地张罗起饭来。一辆养路的卡车开了过去，在蜿蜒的土石公路上颠簸前进。

"革命人永远是年轻……"，"团结就是力量……"，每辆卡车里响着欢快而清脆嘹亮的歌声，充满着青年人的美好理想与蓬勃朝气，飘荡在黄尘滚滚的戈壁公路上……。

"蠢猪们，一看就是新的，唱着来，哭着去。"

刘跃进边骂边吹火，烟灰落了一脸，他抹一把，继续吹。

在这个沟里待了两天，车修好了，热热闹闹往大河沿开，半天多就到了目的地。他们得把东西卸到火车站上，由购货方拿走。

这个所谓的车站，其实仅仅是个简陋极了的站台，加上同样简陋的砖瓦结构平房候车室。出车站朝北走不多远，有一条长约百多米的简陋的街。两旁松散地坐落着墙面斑驳的商店、邮局、银行、汽车客运站等单位。南疆几个地州、新疆建设兵团两个农业师的办事处也夹杂其中。整条街都灰头土脸，没一幢像样点儿的房子。铁路仓库大多是露天的，货堆上有的遮盖一块漆面帆布，有的裸露着。透过铁丝网围栏，随处可见露天堆放待运的煤炭、水泥、圆钢、棉花、竹木器具、陶瓷制品以及各种百货、瓜果、蔬菜等等。

对方在卸货，刘跃进饶有兴趣地欣赏，嘴里絮叨着要从栏杆里面偷这个取那个，三个大人说你小子再偷就成惯犯了，做贼那东西，实在过不下去了干一两次得，不能总这么手脚不干净。刘跃进说就是啊，做贼的是我，你们都把东西吃了，还转过来批评我，以后我有好的，吃剩的就丢进河里，不喂白眼狼了，免得吃的力气足了把我拉回去交给警察。大人们不理他，俩司机给他们写下地址，说以后要回口里时提前来个信，出车时顺便把你们捎回去。交代完他们就走了。

三十三

刘跃进并没有找到他的姐姐和姐夫，有人说有那么个军队，有人说没有，还有人说那军队驻扎在北疆，而他俩现在到了南疆，在一座叫作库尔勒的城市。

千山万水奔到这里，刘跃进却说他不想去找姐姐姐夫了：

"我舍不得你，还有，咱俩自在。我这么大了不能靠姐姐姐夫吃饭对不对？还有，这地方我觉得生活挺容易的，不靠他们也成。"

胖蛋巴不得这样，他姐家不是自己姐家，得赶紧摸出个门道，看能不能把家里人接过来。

比起口里，新疆的生存确实如刘跃进所说容易得多。他们到南疆的时候，田地里到处都是成熟了的棉桃和辣椒，绵羊在地里随便吃随便跑，他们捡些吃的，管都没人管。

"就这里找个地方待下来再说吧？别瞎跑了。"

刘跃进同意胖蛋的建议，两人趔摸到了一个简陋的居民点里。

这里的人丝毫没有戒备心，好像门上都没有挂锁的地方，一名大嫂在小矮房门口剥棉桃。看见过来两个衣衫褴褛的男人，她不仅没有警觉，倒显得比来人更加热情。

拿两个小板凳出来让他们坐下，边干活边说想喝水想吃东西进去随便拿。他俩现在不渴也不饿，就帮着她剥棉桃，听她说话。

"老家酒泉的，现在还算好多了，刚来的时候我对我男人说，家里的菜窖都比这强。那时候风沙大极了，门背着风挖个地窝子，里面放上干芦苇就是床。而且那时连地窝子都不充足，有好些个人本来结婚了，男的女的却得分开住，有一个地窝子是公共的，每隔十天左右两口子能轮上一次。如果遇见女人月经，心里那个窝火劲儿就别提了，可别人就高兴死了，轮上的周期短了啊。搞得一些女人来月经都成了大家知道的事。有些人在食堂里吃饭时竟然一本正经问排在自己前面的人说你家月经来没？是不是今晚我们可以提前去睡？有些人是来了也说没来，有一次一个女的晚上大出血，险些死了。"

这女人叙述的比听的俩男的还平静，他俩不好打断，听她继续说：

"有一个从老家来探亲的姑娘，本来没结婚，领导以为结了，把他俩夹队安排在地窝子里，那姑娘不从，小伙子急了，说你知道后面多少人等着排队吗？他们都快把我们拉出去自己进来了，这可是领导给咱们的特殊待遇，哪里能不听领导的话？姑娘都没明白是怎么回事，一晚上就让人家那个了好几次，天亮腿都疼得合不拢。说来也巧，仅仅一个晚上，肚子就大了。这肚子一大，还怎么回去？不就把自己也种在这兵团里了？生下了这个居民点的第一个新疆孩子，名字叫做张地窝子。"

俩男人笑着说太有意思了，女人抬起头朝扛着农具领着个半大孩子朝这边走过来的一大一小说道，这不？我家大地窝子和小地窝子都来了，我去馏包子。

大小男人接着聊，胖蛋有点走神，想着刚才女人的话，思想突然就围着"好几次，天亮腿都疼得合不拢"这个环节上不肯过去。赶紧把眼光朝刘跃进的方向转过去，那小子逗着张地窝子玩，似乎眼神也是怪怪的，八成心里也想着这些事。

"算了，就留库尔勒吧，汉族人多些，再往南边走基本就是维族人，习惯有差异，生存不容易，即便单说生活条件，这里也好些。如果你们不愿意种地，可以去博斯腾湖里打苇子，完了卖给兵团的造纸厂啦席子场啦，愿意种地就种地。不过最近湖面没有结冰，先帮着秋收，挣点钱，买点东西，冬天这地方冷得不得了，打苇子得住在湖面上，更冷。"

就在这个兵团里，住在大帐篷里的他俩干了一个半月，秋收、放羊、剪枝、运肥、整理水渠，等等。挣的钱买了帐篷、铺盖卷、衣服和其他生活用品后略有盈余。冰雪茫茫的一个中午，两人在冰面上支起了帐篷，里面和外面都立起了芦苇捆子，冰上铺的也是。夜里暖烘烘地躺在上面，外面的风声丝丝地抽过。想着暴露在寒风中的万物，作为人的优越感立马就得到了膨胀。

"大哥，咱俩唱歌好不好？"

"我不会。"

"我教你，就唱《我们新疆好地方》。我吹笛子也很喜欢这一首。"

没等胖蛋搭腔，刘跃进自个儿唱了起来：

我们新疆好地方啊

天山南北好牧场

戈壁沙滩变良田

积雪融化灌农庄

戈壁沙滩变良田

积雪融化灌农庄

来来来来来来来来来来来

我们美丽的田园

我们可爱的家乡

……

他一唱，胖蛋突然就想起了妈妈和家，林紫的嗓音很好，会的歌儿也多。他和壮壮不怎么喜欢唱，俩妹妹的声音与甩来甩去的辫子跟歌声缠绕在一起，那种场面好温馨啊！

"我也给你唱一支吧，我妈教的，她们那时的老歌，你肯定不会，不过很好听。"胖蛋道。

"嗯！我听听。"

胖蛋清了清嗓子，很不自信地唱起来：

"长亭外，古道边……"

这小子就跟上了：

李叔同的啊，名歌了，我都烂到肚子里了。我爸比你妈能，都教我这歌用日文怎么唱了，你唱中文我唱日文好不好？

胖蛋赶紧停下来说不唱了不唱了，我老了，以后看你撒欢儿尥蹶子就行了。

这刘跃进还真是闲不住，打苇子捆苇子，往车里装苇子，多苦的活儿啊，他总是哼着调儿跟陶醉了似的干。

这几天他又迷上了凿冰钓鱼。

"算了吧，那冰多厚啊，怎么着也得一两米，就别瞎折腾了。"

"谁说的？等我钓上鱼儿来你就不这么说了。反正啊，从咱俩认识时候起，你就一直享受我搞的东西完了不停地骂我，下辈子我给你当哥，好好压迫压迫你。"

没等胖蛋说话，又跑出去折腾了。隔着窗洞看冰面上忙乎的他，胖蛋脸上不知不觉便显出笑意。这个小东西可真有意思。

每顿饭，刘跃进都把火烧在同一个地方，没多久，那地方就下去了一个坑。灭了火，他会用破衣服把坑里的水蘸干净。没几天，坑底竟然能看见冰底下晃晃荡荡的水，他不再在那里烧了，开始用斧头劈。

这天下午，胖蛋正在帐篷里磨斧头，听他在外面喊：

"进去，你给我进去，冻死了。"

好奇地走出去看，从冰窟窿里飞出的鱼儿在冰上打滚，他一边忙着往里扔，一边说他的。胖蛋赶紧抄起洗衣盆过去堵住窟窿，冰上已经有两条鱼儿动的不怎么起劲了。刘跃进抓起来往冰上狠狠一甩：

"给它个痛快算了，憋得怪难受的。"

入冬以后国营菜店没有鱼，刘跃进也不能明目张胆拿街上卖，怕被当成资本主义尾巴被割了。每次拉苇子的车走的时候，他都给带上几条，以后习惯了，他们就顺车拿塑料桶来，当然，钱啦肉啦菜啦，还有其他东西，也是源源不断送过来。

"我们不打苇子了，一年四季卖鱼吧，又不用养。"

胖蛋的话一落，刘跃进就讥笑他：

"鼠目寸光，尽想美事。人家夏天连喂猪的都是鱼，要不你看着。那时候啊，苇子也不能打，秋收也没开始，我俩就得过紧绷绷的日子，趁着这个季节攒点钱吧。"

"你咋知道的?"

"我姐姐姐夫信里说的。"

果不其然，春天就看到了把鱼儿当肥料使的情况。

冰消雪化，水灌到田里渗完后，剩下的鱼儿满地里蹦跶。这些鱼儿一般是没人捡的，沉在泥浆里过段就是肥料，人们一般用塑料或是尼龙绳绑成的巨型笊篱在水渠里捡着捞干净的，至于回去人吃还是喂猪，那是很随意的事，用不着事先考虑。

当白杨树叶子开始哗啦啦拍手的时候，他俩基本无事可做，不过也没什么缺的。

"我们出去旅游吧?"

"旅游?"

胖蛋知道这个词，但觉得跟自己联系到一起有些滑稽，语调有点异常。

"就是——继续讨饭。呵呵。我爸我妈常说，要饭都得要美一点，还说王洛宾有时候也跟要饭的差不多。想不到他们的儿子真做到了，就是没有王洛宾那成就。"

一提父母，他即便笑着，眼睛里也总是泪光闪闪。

每当刘跃进一提父母，胖蛋就想起了乔震、壮壮对自己的呵护，也设想二丫、乔新现在的心情。这种时候他会非常温顺地为刘跃进做一些事，把对孩子的牵念寄托在刘跃进身上，比如现在，就听他的指挥，把湖边窝棚里的东西卷起来，打算待会儿托到张地窝子家，然后两人朝南边去讨饭，或者叫旅游，反正意思都是一样的。

三十四

今年中央的事儿似乎特别多，周恩来总理逝世，朱德总司令逝世，人们的心头一片阴云密布。天塌下来的事情接着而来，伟大领袖毛主席也逝世了。

下午，乔新和乔华放学后在蒿子秆捆子搭起来的棚子里玩，腊梅神色凝重地从外面走了进来，站在他们面前说：

"玩，还玩，高兴个屁呀，伟大领袖毛主席都逝世了，阶级敌人要复辟了，我们得吃二遍苦受二茬罪，你们还高兴。"

说完她一屁股坐在青石头上哇哇地哭了起来，越哭越伤心。娃们看到大人都成这样子了，也蹲下来哇哇大哭。

晚饭没心情准备，似乎也没人说肚子饿，愁肠百结，议论和猜测阶级敌人要是卷土重来咋办的问题？是钻防空洞还是拿起锄头铁锨抵抗？或者是逃跑？

"幼稚！毛主席都逝世了，没人给我们当家做主了，跑天涯海角去？哪里都是一样的。"

秋秋最后的话哽咽着，大家被她的话渲染到更加悲悲戚戚的情绪中，壮壮低沉着嗓音说：

"行了行了，哭有啥用？今晚男的女的各集中在两个大炕上睡，铁锨、棒子什么的都立在门背后，万一有动静听我指挥，二丫你去把狗放开。"

屁股跨炕沿上的二丫不仅不动，还朝炕里头爬了过来：

"我不敢去，阶级敌人打进来咋办？"

壮壮叹口气道：

"那我去。"

秋秋说屋门开着，我们站在里头，有啥事你赶紧跑进来。腊梅说你少说点行不行？越说人心里越害怕。

一夜无事。

第二天上午不到下班时分，当当当的集合铃声响了起来，人们神经质地集中到了生产队的场院子里，革委会主任、刘大成和铃铛妈神态非常严肃地站在那里，宣布阶级斗争新动向：

"昨晚我们到大李庄开会，路过刘家湾子时，树林子里悉悉索索响，还听见有说话的声音，那么晚了，不是阶级敌人在密谋复辟会是啥？我们赶紧过了危险区，没多久就听见啪啪啪几声响，我说是鞭炮，还是咱主任觉悟高，听出是雷管或枪的声音。但是，虽然阶级斗争形势是如此的尖锐复杂，瞻仰伟大领袖毛主席遗容，缅怀伟大领袖毛主席的丰功伟绩，是当前的主要任务，各家各户白天生产，夜里参加队里的会议，出不来的在家缅怀。今天我们请来了大李庄学校的李主任，和他带回来的红卫兵红小兵，跟大家一起缅怀。请大家记住，在最近这些悲痛的日子里，不能唱歌，不能鼓掌，不能大声喧哗。"

刘大成的话一讲完，革委会主任请大李庄学校的主任讲话，他简短地说了几句，就哭得说不下去了。会场里于是呜呜嘤嘤哭成了一片，有人嚎啕起来。持续许久，革委会主任抽抽搭搭说大家节哀，继续缅怀。

会场里的人互相抚慰着彼此鼓励要化悲痛为力量。

接下来代表大家缅怀的是一个红小兵。他的身材不高，勉强从桌子后台露出头来，红领巾看来是许久没有洗过，发硬的尖角直愣愣往下杵着，他越说越快、直到快得接不上气时长吸一口，接着继续缅怀：

"没有伟大领袖毛主席我们能打败日本鬼子吗？能打败国民党反动派吗？能有南京长江大桥吗？能有成昆铁路吗？能有解放牌汽车吗？能有洛阳拖拉机厂吗？能进联合国吗？能发射人造地球卫星吗？能收回珍宝岛吗？能有原子弹和氢弹吗？能吃饱肚子穿上囫囵衣裳吗？孩子能上学吗？……"

要在平时，不知有多少个坚决的'不能'了，今天大家都不敢喊，心里佩服这娃儿，他咋懂那么多？说得可真好。

缅怀大会比平常开会长了不少时间，最后还公布了一个消息，于凯明天也得缅怀，参加毛主席的追悼会，由张三台去押他下来，完了再送上去。

大人们没心情做饭和吃饭，孩子们一喊饿，便遭到训斥说毛主席都逝世了，还有心思闹着吃饭？这样一说，大点的孩子不敢嚷嚷了，小点的也被一个虚幻的大影子吓唬住，委屈地咽下自己的欲望，极不情愿地拽着大人的手往家走。

第二天上午雨雪交加，追悼会开始之前，于凯就到了，他的乱发和褴褛的衣服，跟随便叫了一个讨饭的来祭奠没什么区别，人们隐约觉得允许他来这里是对不起伟大领袖毛主席。他和卓玛草自然被安排在最后靠门冷风嗖嗖的地方。

趁大家泣不成声之际，于凯偷偷看一眼卓玛草。她跟自己一样，压抑并没有掩盖住心不在焉和好奇，以往总在别人眼皮子底下，一举一动都胆战心惊，终于有了一次大家都低头自己可以不低、坐在后面看他们一举一动的机会，她似乎很珍惜。

就在默哀三分钟的当空，于凯用石子偷偷地在地上写几个字：

"我带你跑？最近晚上准备好！"

他准备暗示她，一抬头，那双眼睛正盯着他，还对他重重地点了点头。

低头伸手过去赶紧抹掉，默哀的三分钟还没有结束，他俩赶紧低头，这下子的默哀相非常地道，心里的恐慌算是被慢慢压了下去。

追悼会结束后，于凯低声下气地对革委会主任说想在底下弄些干树枝子上去绑个篱笆挡风，太冷仪表会冻坏的，原来的挡板被风吹到崖底下去了。

铃铛妈说咋没把你吹到崖下去，于凯第一次敢跟她以调侃的口吻说：

"我太重了，没吹下去。"

他在村子前后的树林子里磨叽了很久，直到看见卓玛草走进几年前瘸大爷死了三天后才被发现的窑洞，拉上破木板门，他才捆起树枝子背上慢腾腾地往山上走。

"老实点，要乱说乱动有你的好果子吃，我就在底下看着你，别以为毛主席逝世了你就可以乱说乱动，一枪崩了你随便的事。"

气势汹汹吼出这些时，于凯就知道张三台懒得上山了，赶紧敷衍：

"我哪敢啊，还想活呢，你随意，上去不上去都行。"

他头都不回往前走，不一会儿就成了白茫茫的石山上蠕动的一个黑点。

在失去伟大领袖的极度悲伤和对阶级敌人复辟的恐惧中，喇叭口发生了一件真正恐惧的事，铃铛妈被炸得血肉横飞，铃铛跑到坡上头时，被扔过来的菜刀砍伤了腿，李独眼跟上来扒光了她的衣服扔进涝坝，自己点燃嘴巴里叼着的雷管，把脑袋炸飞了。

听到爆炸声，村子里先是民兵紧急集合的哨声，接着各家各户抄起农具棍棒，急匆匆抓上些吃的，拿着门锁就往外赶，等到普通村民快冲到爆炸声响过的地方时，张三台过来了，很严肃地对大家说各回各家去，阶级斗争还没有尖锐到男女老少齐上阵的地步，有情况的话会打铃，现在的情况民兵就够了。

人们感到很神秘，越不让看，越想过去看是怎么回事。拗不过民兵，只好骂骂咧咧抱怨着往家走，却听铃铛的哭骂声在寂静的黑夜里飘了过来；

"那个老娼妇，她不是我妈，就是一个老婊子。"

一听这话，有不便听的关系的人赶紧往家赶，耳朵却想留在原地。光棍什么的，赶紧驻足笑眯眯地听。听铃铛继续哭喊着：

"你们瞎了眼了吗？啊！老娘都快冻死了，有啥好看的，过来老娘叉开腿给你们看行不行？"

八成有人给了她衣裳，不再说这个事了，继续叫骂她家的老婊子。

"我都有娃娃了，她还缠着不放，老寡妇痒疯了应该给她找个骡子。她跟卓玛草抢，把人家东西扔出去，那是旁人，可我是她的丫头啊，她也抢。这不把李独眼惹急了？他说一个都不要了，都死了算了。幸亏我跑得快，不然也被炸死了。呜呜呜！"

"你多大了？真怀上娃娃了？"

是革委会主任的声音。

"我都虚岁十七的人了，可不是怀上了吗？老婊子还挑唆让李独眼不要跟我睡，说怕把娃娃给流掉了。其实她就是借口，跟我抢。"

"行了行了，你赶紧回家吧，别说了，这么多人听了啥影响？你妈还是干部呢。"

主任劝她。

"我去哪？家里都是血，我去让那老婊子掐死咋办？"

一想那边令人毛骨悚然的样子，谁也不敢去，何翠翠出了个主意说不如趁夜里黑，从民兵武器库里拿个手榴弹把那破房子给炸了算了，过一段风吹日晒，阴气也散了，夏天长一轮荒草，秋天大火一烧，旁边修个照壁挡一挡。大家说这也好。

"铃铛你先去卓玛草那里凑合凑合，明天想办法给你找个住的地方。你就将就将就吧，反正——你妈一个革命干部，闹成这样你也不光彩。生活作风问题，没准以后你就得和卓玛草一样被游破鞋呢。"

铃铛被唬住了，咕哝着什么反抗的话，好像是说那老婊子不对又不是我不对，不过声音像蚊子一样。

踩着阴森森的月光，几个干部还有两个民兵随着铃铛往卓玛草住的窑洞口走，那两个地方离得很近。没到跟前，一股子烟味飘了过来。再往前走，窑洞里浓烟滚滚，简陋的门板早都被烧没了。

还是铃铛反应快：

"肯定是李独眼追我前放火烧的，他说跟他有关系的女人都别想活了。老婊子最恨卓玛草，因为李独眼说卓玛草的眼睛好看，屁股揪起来瓷实。还说要是能睡上卓玛草，才不稀罕我们娘俩呢。好嘛，现在他们都死了，到阴间里睡去，打架去，我自个儿在阳世上活。"她咬牙切齿地说。

"现在呢？去哪？你一个人在阳世上了，连睡的地方都没了。"

何翠翠接过刘大成这句阴阳怪气的话说：

"是啊，要不铃铛你干脆跟张三台去睡得了，你俩闲着也是闲着，张三台总比李独眼好看上去也年轻些，起码眼睛是好的。你俩要这么晃荡着，都是队里的不安定分子，谁知偷鸡儿摸狗儿的事又做到谁家呢，可别再整出个爆炸案了。"

大家正冷的没办法，听了何翠翠的妙招，一起起哄说就是就是，张三台你先去抱上给铃铛压压惊安慰安慰，过一段补办个结婚证。

两个民兵搓搓手说张三台你会不会？不会我们一起去给你教一教。铃铛说去你们的，他不会我会，我教他。大家都笑了起来，说去吧去吧，肚子里的娃儿都给你带来了，你没给李独眼豌豆人家就给你配上了种。说说笑笑间，他们走了，大家去那边看了看，李独眼的尸体被抬在沟那边的林子里压上石头，一是怕被狗叼的到处尸体块，二是辟邪，说定明天再商量怎么处理尸体的事时，天已经蒙蒙亮，大家也都散伙了。

同一片晨光下，于凯和卓玛草坐在一块石头上看着东方的天际慢慢变红，亮起来。这时候是雪岭上最冷的时候，他们哈出来的白气顷刻间就凝固在眉毛和发梢上。

"我早都可以逃走的，当斑头雁把我领到这个洞里的时候，我就觉得逃走没有任何难度。"

"那你为什么不逃走？"

卓玛草红着脸，明知故问。

"你说呢？"

于凯把她往自己身上一搂，也是明知故问。

"不知道。"

"好吧，那就别知道。现在咱们去知道也不晚，对不对？"

进了洞，斑头雁也随了进来，于凯笑着把它往外推了推说我都陪你那么久了，今天单独陪陪你姐行不行？

它还往前闯，好像有点不满。于凯说你就别吃醋了好不好？我们有好事儿。

用树枝捆把它挡在外面，下去绕了一个弯，是一个石洞，里面铺着厚厚的柴草，四壁上用石灰石画着花花草草，大辫子的卓玛草在那里举着双臂歌舞。

　　"看，我为你谱的曲子，词是偷来的。"

　　碧云深，碧云深处路难寻。

　　数椽茅屋和云赁。

　　云在松阴。

　　挂云和八尺琴，卧苔石将云根枕，折梅蕊把云梢沁。

　　云心无我，云我无心。

　　卓玛草红着脸看他潦草在石壁上的曲子时，于凯凑过来对着她耳朵说：

　　"世界上的男人是不是都死光了？除了我。"

　　卓玛草说是的，世界上的女人也只剩我一个了。

　　三天后的早晨，于凯、卓玛草从离路边几百米的洞口出来，他们和斑头雁抱了抱，又把它推回到洞里，堵上门。两人都很伤感，卓玛草说我真后悔，挤走了它。于凯说不尽其然吧，我还得回去看我的父母，另外，我也不能不带你出去，你不属于那里，我们都不属于那里。斑头雁属于大自然，而且得守它的夫君，如果实在寂寞了可以跟上自己的雁群，我们俩没有群，只能与它离别了。如果缘分在，没准还能遇见它。

三十五

　　粉碎"四人帮"时，喇叭口的天气格外冷，雪似乎总在缠绵难舍。粉碎"四人帮"这一振奋人心的消息先是由干部传导给了村小的老师，让他们派出红小兵挨家挨户传达，孩子们得令，穿着烂的丝丝缕缕的裤子在寒风中奔走相告，有几个把姚文元传成了叶剑英，回来发现当了歪嘴和尚，老师们一说是政治错误，吓哭了，飞也似地跑回去挽回影响。

　　这一段时间，学校里、村子里，样板戏和无产阶级文化大革命就是好的歌儿不怎么唱了，有两首歌唱得很欢，一首是《陇原儿女想念毛主席》，另一首是《游击队里有个华政委》。

　　第二年春节过了没多久，深入揭批"四人帮"在基层的代理人的活动展开，上面的指示是边生产边揭发，狠抓革命，猛促生产。

　　农民就听工作组的，让揭发就揭发，而且程序早就熟谙于心。至于是不是与"四人帮"有关系，他们从来不想这个，拣自己讨厌的干部声讨就行。

　　与以往有重大不同的是，这次的揭批除了第一个发言的，其他人没怎么费劲动员就主动上台，而且公社领导来的那次，上去揭批的全是村里的女人。

　　台上站着挨批的，是被揭发最严重的队干部刘大成和张三台。喇叭口的女人们似乎没想到自己的名誉和丈夫戴了绿帽子后心里的感觉，或许是觉得反正过错不在自己的缘故，自顾自控诉她们的。

　　"我腿上这条裤子，就是刘大成欺负我的证据。"

　　李兰花哭着继续控诉道：

　　"有天上午我请了假看着出鸡娃子，怕被老母鸡踩死了。这个畜生悄不声儿就站在了炕沿子底下，吓了我一大跳。他嬉皮笑脸地说来来来，跟我睡一觉。我说凭什么我要跟你睡一觉？他从身后拿出一块黑料子来说，跟我睡一次一尺布，不就六次吗？睡完我又不割了拿走，还长在你身上，又不损失啥。你看你那裤子，再不换没准哪天你的东西就丢了让猫吃了，不如给我玩玩换裤子遮羞。我还没答应他人家就压我身上了，还压死了一个鸡娃子。可我记

得清清楚楚，他欺负我七次，根本就达不到一次一尺布，这个死不了的老东
西占我便宜了。"

新来的工作组成员很年轻，看起来有点不好意思，正不知怎么做总结呢，
李兰花哭喊着去抓刘大成的头发，他赶紧过去说上级不让打人，你下去吧，
请下一个上来揭批。

这是三十多岁的军属陶玉莲，她男人是喇叭口唯一的现役军人，与婆婆
分了家，住在村口。因为念过些书，又到部队里探过几次亲，说啥啥懂，队
里人管她叫万事通。两个娃儿平常是婆婆公公带着，她自己打扮的算是队里
最利落的女人。

"卓玛草长的可真难看。"

这是她常吊在嘴上的一句话。今天她的揭批和控诉是从政治高度开始的：

"军婚是受国家保护的，可'四人帮'在基层的爪牙们公然与国家政策作
对，充分暴露了他们想改变社会主义江山的狼子野心。他们欺负我是从五年
前开始的，那年我们家老大才三个月，我男人探亲走了的第三天夜里，我一
进大门从门后头摸门闩，软乎乎得吓我一跳。我刚要大喊，另一扇门后面闪
出一个人来，一看是张三台。他和李独眼笑嘻嘻地对我说，喊啥喊？油饼子
和肉都给你带来了，还值钱不来了。走走走，进屋里把娃娃奶着睡着了我们
吃油饼子吃肉。我进屋里奶娃儿，他们俩也抢着吃，把我奶头嗑疼了。睡觉
的时候死活赶不走，就赖在我那里了，挤得我一夜没睡好。以后他们几个隔
三岔五就翻墙过来，来时都从仓库里偷了油和面，炸了油饼子来我这里吃，
有时候还带着酒。算下来队长、副队长、会计、出纳、民兵排长都来过，他
们这种破坏军婚的行为造成了严重的后果。"

在底下坐着的何翠翠生气了，挪了挪屁股说：

"你自己也是愿意的，我家刘大成拿回去好几双你送的花鞋垫，那是怎么
回事？别把自己说的跟七仙女似的干净，只不过我不说罢了。反正有人给做
鞋做袜子做鞋垫，减轻了我的负担，我巴不得呢。你我两家都得了好处，心
知肚明的，有啥好揭批的？"

至此，揭批又到了尴尬处。工作组成员让第三个上台。这是原来的女民
兵、铁姑娘班的班长，也是一个娃儿的娘了，她揭批的是张三台。

"就是张三台把我坑了，我才嫁给了比我爹小不了多少岁的王二牛。张三
台他是追过我，我妈嫌他又懒又穷，不答应。一次民兵负责人到大李庄开会，
回来时晚了，他就在马莲滩里把我给那个了，边那个边说你妈不是骂我懒吗？
我勤快勤快给她看。就这么着我一次就怀上了，他倒拿起架子不要我了，我

只好嫁了王二牛。我当他能娶个天仙？娶的还不如我呢，娘儿俩偷的一条贼汉子，不也是给别人的娃儿当爹吗？"

"行了行了，不能扯自己这些事。你下去吧。"

工作组的同志赶紧调节。

今天说好一上午的会，还没过一个小时，说的都是这些个事儿，后面不知怎么继续下去。再叫一个上来试一试。这次上来的是秋秋，不知是她没有看见壮壮和腊梅阻止的眼光，还是执意要揭批，反正她走上去说了：

"他们拉女社员去地道里，假装说是去熟悉地道的形势，打仗时能够逃跑和照顾老小，实际上根本不是。每次进去快到看不见亮光的地方，他们就一把揽过一个女人抱在怀里，慢慢地推着往前走，有时候还停下来欺负，完了换过来，谁要是反抗就卡脖子，队里的女人们都被拉进去过。谁要不去，他们就说小心把你打成里通外国的反革命分子。"

没等秋秋揭批完，王美英说她要揭批李独眼。

"记得是六一年端午节的第二天夜里，我和我丫头实在饿得不行了，娃儿眼看着要死，我想怎么着也得出去给她弄点吃的，不能当个饿死鬼。天黑时分，我到食堂后面看见炊事员正给公社来的干部烙馍，就爬在柴垛里等机会。待会儿他们一起吃了，我看面板上放着一个馍，就偷偷进去咬了一口揣怀里往外跑，心里一紧张，加上腿肿的抬不起来，结果把扫帚踢倒了，我赶紧绕到房后头藏在柴垛里。过一会儿炊事员过来喊了声厨房里的馍没了，李独眼过来在柴垛里发现了我，把我拉进厨房里说你想吃馍是不？今晚让你尕丫头过来到队里的办公室陪我睡一夜，明早给你带回去一个馍，她也可以吃一顿馍。我说我丫头已经肿得起不来了，我陪你睡行不？他说你把衣裳扒了给我看你奶子大不大白不白。我说快饿死了哪来的奶子？我丫头的奶子也瘪了，四个月连月经都没来过。李独眼说你扒掉我看嘛。我先撩起衣襟，他用烧火棍扒拉着看了看，又让我褪下裤子，也用烧火棍扒拉了几下，说肿歪歪的看着倒是厚实，就是亮的好像要破了，我嫌脏，不想要你了，滚回去吧，不稀罕你的臭屁股。他要是不死，我今天非把他的骚毯捏碎不可，看它为什么那么坏……"

揭批看来是难有新的角度了。工作组同志说"四人帮"在基层的代理人真是罪恶滔天，妇女同志们就该给他们教训，不过不能把他们打坏了，这是上面交代的，出出气就行。

听了这个暗示，妇女们哭着喊着上去抓他们的脸，用鞋底扣他们脑袋，最多的是往他们脸上吐口水的。

散了会，大家往家走，刘大成和张三台好像有点得意，他俩依然凑在一起用不低的嗓门说着话，刘大成说站那里脊背上被虱子咬的痒死了，就是不敢挠。

回到家里，壮壮的情绪非常不好，他说，清算清算，我不知见过清算多少遍了，没见算出吃的喝的，越算越恶心，都算到男女关系上了。那么多老人娃娃在边上看着，听着，一点羞耻心都没有，屁大点队，低头不见抬头见，不知道以前是怎么混的，以后脸皮往哪里放？嘴里一个个讲得好，为了人民为了党，听党的话，党让他们霸占老百姓的女人了吗？

家里的两个女人今天自然战战兢兢的，工作组组长问有没有没受过欺负的女人时，除了几个没牙的老太太，女人们都说受过欺负，她们能例外吗？

这段时间里，在新疆的刘跃进也在清算。他从部队上借来一份报纸饶有兴趣地念着：

"'四人帮'是一个反革命阴谋集团。中央已经查明，张春桥是国民党特务分子，江青是叛徒，姚文元是阶级异己分子，王洪文是新生的资产阶级分子。他们是一伙野心家、阴谋家，是一伙新老反革命结成的黑帮。据此，全会根据全党、全国各族人民的要求和党章规定，一致决议，永远开除王洪文、张春桥、江青、姚文元的党籍，撤销他们党内外一切职务。"

刘跃进拿着报纸对胖蛋说：

"我要回家找我父母了。他们是艺术学院的老师，当年就是被江青的代理人迫害的，现在江青都倒了，他们还能成精？不过我得先找找我姐去，她随军出嫁那么早，到这个人生地不熟的地方，我回去给父母说自己到了新疆没去看他们，父母和我姐都会伤心的。"

胖蛋说那就找吧，有了结果咱们就给司机们写信，让他们把我们捎回口里去。我回去看看，家里要是过的还是那个熊样儿，我就带着家人一起到新疆来。

没等他们动身，一条消息传了过来，刘跃进死活不肯等卡车，连他姐也不去找了，说要去截车，完了到大河沿拿出自己的积蓄买火车票回陕西，买不到就扒火车回去。这个消息就是恢复高考。他把报纸拿给胖蛋看：

"1977年高等学校的招生工作恢复考试，凡是工人、农民、上山下乡和回乡知识青年、复员军人、干部（年龄可放宽到30周岁）和应届毕业生，只要符合条件都可报考。从应届高中毕业生中招收的人数约占招生总数的20%至30%。根据文件规定，1977年招生工作于第四季度进行，新生于1978年2月前入学。"

"那你算其中的哪个？"

胖蛋问他。

或许刚才是由于兴奋，此时的刘跃进才开始看报考条件。是啊，他好像哪个都够不到。灰心地不想吃饭，唉声叹气一夜，天亮说还是找我姐姐去吧，部队里消息比咱这里灵通，没准能想出个变通方式来，胖蛋说那就这样吧。

跟卖苇子的地方不一样，他们走到每一个军营门口，哨兵大老远就命令他们站住，走过来要证明，没有这个，只好灰溜溜往回赶。磨磨唧唧了二十多天，卡车到大河沿的时间到了，他俩从库尔勒扒卡车到了大河沿，换上大卡车往东到了兰州。

给刘跃进父母发了份电报，委托邮局收一下回电，继续流浪。还好，不到十天，回电来了，说他们刚从农村回到学校，接受审查。因为学校要招生，教师欠缺，有希望戴帽上课，让他回来。

看着他兴高采烈的样子，胖蛋有些失落。说你这城里二流子，没人作伴时哭哭啼啼拉着我不放，有地方去了就撂下我不管了。刘跃进说我是那样的人吗？可你天天不也是念叨着你的娃儿你的哥吗？我拉你，你也不会去的。等我当上科学家了，培养你的娃儿成才。

胖蛋笑着说你一进了城，还能想起老叫花子我？

刘跃进动情了，说想不到你能说出这样狠心的话来，没有你，没准我早死了呢。如果我父母不在了，我肯定跟回去给你当儿子，你真好。

胖蛋说行了行了，我给你留个地址，有空到我那里玩去。

在一个雨雪交加的初冬早晨，两人分别走进了各自回家的候车室。

三十六

胖蛋的决心不如刘跃进的利落，在候车室待了没多久，立即就放弃了回家的打算。他心里感到别扭，想着喇叭口头面上的那些男人们，那许多个黑魆魆的、鬼眼一样深不可测的地道口，被那些在他眼里猪狗不如的人们染指过的秋秋，对家的思念、幻想、眷恋，宛如突然遭到了霜打一般蔫了下去。

他又想起了刘猪娃当初回到喇叭口的情景。村民们异样的眼光，家里给他腾住的地方时的手忙脚乱，孩子们的不适应和大人们的客气……总之，就是多了个碍手碍脚的人。最恐怖的，是干部们把他叫回去的审问，如这些年去哪了？当初是谁把你从悬崖下救回去的？人家为什么救你？问了你些什么？你是怎么回来的？为什么回来？等等。思来想去，觉得自己即便多长出几张嘴来也说不清，还是在外流浪好。

没有了刘跃进，他的生活艰难了许多，快乐几乎谈不上，就那么毫无目标地打发光阴，走街串巷间，严冬临近了，日子更加困难。

这天下午他正通过下水道的冰碴子口，身边经过的老师傅脚下一打滑跌倒在地上。伸手拉他起来，老头儿龇牙咧嘴道谢，没走几步蹲地下了。胖蛋走过去扶他说送他回家，他摆摆手说让我歇会儿，店里的账还没算完，没法交班。

走也不是不走也不是，眼看着地上黑了，老人还走不出几步利索路来，他只好试探着问：

"店远吗？要不我帮你老人家算算？"

老头抬头端详了一会儿，胖蛋知道是怀疑他，便用冻得快痉挛了的手从袋子里掏出算盘对他比划了比划说：

"我爹给我做的算盘，我妈教我打的，我打给你看看。"

看着他打算盘的速度，对方的疼痛似乎减缓了许多，伸手让他拉自己起来，拐个弯进了一家小菜店，说自己刚才去给在内蒙古下乡的儿子寄份资料，让他明年参加高考，回来时一不留神滑倒了。

胖蛋哼哼哈哈应付着，拿着脏兮兮的账本算，一遍过去递给老人家说算出来了。对方说得算三遍，我经常是三遍三个数字。胖蛋说我算几遍也会是这个数字，要不你算一遍。

老人似乎好了些，拿过算盘和本子，借着昏暗的亮光算，用了好久时间才算出来，结果和胖蛋的一模一样。

他抖抖索索收拾着账本说，你这功夫，要是在以往的上海滩上，可是洋行里的骨干力量，可惜现在流落街头，跟我一个死老头儿混在一起……

说起上海，胖蛋立即就想起于凯来，他让帮他找父母去，自己食言了，心里有点歉疚。于是便问老人是不是去过上海。老人说我就是上海人，以后支援三线建设连厂子一起搬西北来的，这辈子可能再也去不了了。

胖蛋叹口气说是啊，我也想去上海，一个生死之交托我替他找父母，我因为没有证明，说话没算数，心里一直歉疚。

老人的东西都收拾完了，听到这话后说没准我能帮你忙呢，我小舅子在火车上跑车，就是到上海的，我问问能不能把你带过去。不过那是货车，去的话很受委屈。胖蛋说那太感谢你了，明天早晨我来这里听消息，你不要太为难。

本来没抱什么希望，这事儿还真成了。倒不是纯粹的帮忙，是因为有一批货物要在三门峡市下载，货车停留的时间短，需要雇人帮忙算账，胖蛋是个合适的人选。不过人家有言在先，到了上海就下车，证明不给开，也没有工钱什么的。胖蛋说我反正就一个流浪的，到哪都一样，要被遣返回家还不用掏路费，算是从中国的西头逛到了东头，也挺值的。

一个月后到了上海，才知道在这个城市里远较西北和三门峡难混，听懂上海话比听懂鸟语似乎更难。本来语言就不同，加上上海人的白眼，他连问路都问不到，别说按于凯给他的地址找人了。不过他来的一点都不后悔，到馆子里舔舔盘子，怀里揣着的最后几块钱还算少下去的速度不是很惊人，于是便饶有兴趣地瞎逛，从外滩到城隍庙；从文庙到真如寺……遇见哪往哪进，不让进的地方就围着转，混了大概快两个月，从商店的气氛看是快要过年了。

在一个雨夹雪的阴冷日子里，他蜷缩在那片藏身了好几天的石棉瓦下，眼泪扑簌簌流了下来。偶尔走过街面的橱窗，镜子里的他除了直立行走，身上还挂着些破布烂衫，此外根本就没个人样。父母是那样干净和整洁，曾经的百纳裤，每个补丁也是被精心设计过，尽量让看起来顺眼些，自己怎么把父母给的肉身糟蹋成了这个熊样子？

心里最疼的还是壮壮，为了自己和那个大家庭，他忍辱负重地死扛着，等待着，或许将自己看成了唯一希望，幻想着有朝一日看见衣锦还乡的弟弟给他争来一点脸面，增加些生活勇气。可出门快十年了，除了年龄，他什么都没有增加，连信都没捎回去一个。

是死是活总得回去给哥哥个交代。到了家里顺利就罢，不顺利的话在父母坟头自绝，他要用截然不同于刘猪娃的选择给乔家死了的活着的人明志，表白自己对家的忠诚，维护父母的尊严。下了这一决心后，往破棉絮里缩了缩身子睡了。

扒了货车往西赶，路过西安时，他很突然地决定下车混几天，想撞撞运气，看能不能找到刘跃进，记得他说自己多在西安姥姥家待着，不是很喜欢咸阳。他甚至有点坏坏地想，刘跃进要是找不到父母，考不上大学，依然在街头流浪多好？和这个小坏东西混在一起，拿他的话就是"跟着我，吃香的喝辣的"，真是苦中有乐的生活。

西安的严冬比上海冷，但空气是干燥的，风餐露宿惯了的他，这些寒冷算不了什么。比上海好混的还有几点，如听得懂他们在说什么；没有上海人独有的排外和洁癖。最实惠的一点是馆子里的碗比上海的大得多，而且西北人不如上海人几乎吃干净所有东西一样精细，碗里往往有不少剩余。尤其遇见吃辣椒少的和饭量小的客人，能剩下半碗羊肉泡馍或烩面什么的。辣椒多了，还能感觉到久违的暖和劲儿。混饭一容易，他就又懈怠了归期，大雁塔、小雁塔、广仁寺、华清池……也是如混上海时一样能进就进，不能进就围着瞎转悠，大概这就是刘跃进所说的旅游。

这天中午，他在抢到了两半碗羊肉泡馍吃得心满意足之后，趁着还算暖和，朝着莲湖公园那边走，那里他去过几次，有个小地摊，摆些小人书啊袜子啊什么的，还有耍把戏的，摆象棋残局等人上套的，总之，五花八门都有。在那里也能看见更多的叫花子，心理能找到不少平衡。

从左到右溜达过去，最后一个摊上玩的是竞猜，一个尖嘴猴腮的人屁股微微撅起，蹲那里一颠一颠地吆喝道：

"哎！瞧一瞧啰，看一看啰！我左手是一个袁大头，值20块钱。我现在把它往碗底下扣，完了问你有没有，如果你说对了，我把袁大头给你，说不对你给我两块钱。谁上？谁上？白花花的袁大头。20块！20块！"

有个人迟迟疑疑上来说我试一次，就一次。

庄家把袁大头往碗底子下一扣问有没有？客人说有。再问究竟有没有？客人坚定不移地回答说有。庄家的眼神环绕着四周说大家听清楚了，他说里面有。

　　正在这时，玩的那人肩膀上被人拍了一下，说让个道儿让个道儿。就在他回头和挪脚的当空，庄家迅速地揭起扣在地上的碗，一把抓走了底下的袁大头。

　　殆及那人回头，庄家又问了一遍底下有没有，那人依然说有。揭起来一看，袁大头飞了。只好给人家两块钱，红着脸离场。

　　又有个人闯进来说我想玩玩，胖蛋听着耳熟，一看还真是刘跃进。蓄了一头长发，胡须也修的跟二流子似的，一套旧军装还算整洁，八成是父母管的。他依然那副很张扬的德行，说走开走开，大爷我来见识见识。

　　胖蛋没有吭声，看他怎么折腾。这小子一般不会吃亏，就看他出哪一路鬼花招。围观者静心地看，套路原封不动展开。到了关键环节，又是身后要刘跃进让道的，他屁股也挪脚也挪，两只手却死死压住庄家的胳膊腕不肯放松。方才看过第一幕真相的人现在一起起哄道：该揭开看了该揭开看了。

　　庄家声音有点颤抖，一遍遍问他定了没有？真的定了？刘跃进说你不开我开了。话音一落，就把那人的手提起，他自然说的对。庄家说好好好，算大爷你厉害，我把袁大头给你。刘跃进说：

　　"咱现在是中华人民共和国，袁大头不能买东西。你给大家说袁大头值20块钱，我打个折，给我10块得了，够意思吧？"

　　那人左求情右说好话，给了5块钱让刘跃进走了，在这地方混不下去开始收摊。胖蛋赶上去几步，拍拍刘跃进的肩膀说你小子发财了还是拉起队伍了，牛逼哄哄的？

　　刘跃进有点愣神的样子，嗫嚅道：

　　"我是做梦了还是见鬼了，你怎么在这里啊？"

　　找了个小馆子进去，拿出刚才搞到的几块钱买了猪头肉和啤酒，他俩在拐角里聊起来。

　　"大学是考上了，可我父母的问题没有落实，他们还是戴帽右派，政审过不去，我就这样瞎晃荡。妈的，你知道我这人的特点，不让干好事我就干坏事，我现在对干坏事充满了兴趣，准备靠干坏事发财。"

　　"干吗？抢信用社啊？你可别瞎整。"

　　"我有那么低能吗？要干坏事也得干点高档的，比如倒卖文物。我们陕西，老农民从地里挖出个破马掌都有说头，现在广东那边的文物贩子很猖狂，破碗破壶动不动就几百块。我本来不想干这个，我真的好想上大学啊，可人家不让我上，我只好准备发财了。给你我就啥都不保留了，现在我对文物啊，金银珠宝鉴定啊什么的，已经有了一些初步研究。搞文物买卖，专业知识非常重要。刚才那骗子手里的袁大头，我一看就是假的。"

"倒卖那些破铜烂铁能发财？美得你肝疼。"

"当然，好的可比金银珠宝便宜不少。现在有一句话很流行：要致富，去挖墓，一夜变成万元户，你听听就知道多赚钱了。不过挖坟的事我不敢干，咱中国人忌讳这个，而且我胆子小，怕鬼，所以平常就倒腾点古钱币什么的，虽然这也直接间接与盗墓有关系，可我也没办法啊，总得活是不是？"

"其实——钱币这东西，不仅仅你们陕西有，我们甘肃也很丰富，你走了以后我在兰州瞎晃荡，也有人拿出来换东西，他们拿的可不仅仅是汉族的钱币，你想，河西那是丝绸之路的必经之地，还有好些个少数民族，古代还定过都，钱币一定很有特色。"

说这话时，胖蛋脑子里翻腾的是他们藏在地底下的银元，虽然那些未必算得上文物，但方才那骗子说的底价即一个袁大头20块钱，却像钉子一样砸进了他的脑子里，怎么也拔不出来。

"哎哟哎哟，学问很大，跟散落民间的高人似的。"

听着这话，胖蛋觉得自尊心受了伤害，说你小子得意啥？没见过我妈和我外爷的学问，见了你磕头拜师都来不及。他们给我们讲的事可多了，我爹神枪手，我妈大秀才，就是生错了时代，不然都是了不起的人物。

刘跃进笑着说不比父母了，我父母的学问比我也大多了，咱俩好兄弟也不相互埋汰攀比了，商量商量怎么发财吧。

"你到自己家了，我去哪？说得倒是轻松。"

刘跃进说：

"你这话说的，现在我俩不依然都是流浪汉吗？要不你拿着我最近倒腾到的几个钱回家去，踩个点，要是有机会，春节过完给我打个电报我过来。反正高考还有一段，我再复习一下，要是明年还不让考，就发财娶媳妇过日子。"

胖蛋说行，我倒是希望你上不了大学。呵呵！

三十七

胖蛋在西安混了一段回家了，准备好接受各种盘查审问，没想到遇见的却是喇叭口的大动作，顾不上关注他了。

包产到户推进的如疯了一样快，作为这个村自始至终的见证人，哥俩觉得太不可思议了。就连胖蛋自己说摔进石洞不知不觉迷了路到了新疆这样颇有想象空间的谎言，也没几个人多问一两句。所有人关心的，是自家人能分到什么，哪块平地哪块山地；哪头大牲口哪只小羊。疯狂地争疯狂地吵，还有到工作组那里示威的，说得不到什么什么就要上吊抹脖子。总之，这场运动与以往任何运动不同，没人再关注谁成分高谁成分低；干了什么事会造成什么样的政治影响，就是想多拿多得，和劳动力强壮的人家结成生产责任小组。

和刚解放时分互助组一样，乔家再一次成了香饽饽，上一次是因为他们家财产多人员强壮；这次没有了多少生产资料，但人丁兴旺能吃苦耐劳依然是显然的优势。那些以往对乔家吹胡子瞪眼的，竭尽讥讽之能事的，宛如患了健忘症一般向他们家示好，表示愿意结对子。

这次的乔家没那么低的姿态了，虽然他们家说话的时候很少，表态和建议的机会基本被放弃，包括挑选山地和平地；灌木林和乔木林；大牲畜和小牲畜；犁铧和洋镐。但有一点表示的很明确，那就是既然要承包，就愿意自家干，因为人多，不用交换着用牲口，两个人顶一头牲口拉犁拉车都够了。

贴不上他们家的人心里酸溜溜地嘀咕道：

"一口气还没有喘过来呢，尾巴又翘到天上去了，看来还是整得不狠，把他家赶出去讨饭就老实了。不要也好，要了的话下次运动一来我们还得跟着受牵连，到时候看谁稀罕谁。"

壮壮越老越像当年的乔震，话从不多说，说过的却一言九鼎。当然，自打胖蛋回家后，有事哥俩是事先商量过的。这次包产到户，他给全家下的死命令就是给什么要什么，不给的都不许问，成了自家的后就要好好爱惜。

　　按照队里的指示，平地和近处的地要照顾老弱病残和寡妇等，乔家又被规则到了远处。壮壮和胖蛋心里的疙瘩——寺院那块运肥最吃力的高处分给了他们家，是他们最中意的地方。给他们时的理由是乔家劳动力强，那块地方水泥墩子石头多，需要整治，劳力单薄的人家拿不下来。乔家自然也没说什么。

　　最后一次接受队里工作组指导下的活动，是去讨论怎么处理最难的几件东西，一是电磨和柴油机，二是几盘麻绳。这两样东西给谁家别人也不依，又没办法分开。

　　争来争去，麻绳的问题解决了，剪断每家一截儿，两三米的绳子几乎没有任何用处，但公平，谁也没意见。对于电磨，最后态度也一样，拆了分零件，至于扔了还是拿走，是各家各户自己的事。于是就拆，拆了没几个零件有人拿走，因为实在想不出用途。尤其柴油机，又油又臭，白费力气，谁都不肯拆了。工作组长命令式地对壮壮说你家劳动力多，把那个玩意儿搬到外面随便找个远点的地方，别让哪个娃儿在边上放火把房子给点着了就行。壮壮说那就先放我家院子里吧，油蒸发了再拿出来扔，现在这个季节风大，弄不好没准儿真会引起火灾。

　　没人再关心这个油疙瘩的事，老弟兄俩用刚才分到的一段麻绳把柴油机捆起来，穿一个木棍子呼哧呼哧抬到了自家院子里的南墙底下。

　　喇叭口从来没有跟这段时间一样活跃过、兴奋过和自在过。一群山羊，一群绵羊，还有一圈牛，不到半年的时间里就下了肚，这边的人没有吃骡马肉的习惯，不然队里的牲口就绝种了。

　　分到大牲口的人家没有分到羊和小牛，壮壮家就是，只分到一匹中年骡子。自然，这段时间里别人家吃肉，他们家依然清汤寡水。还有几家人探索出来了新办法，把分到的面粉烙成饼，高高地码在房顶，说一冻一消酥酥地真好吃。有几次大风把大饼摞子吹倒，巷道里、狗窝里不时都能见到大饼。壮壮说我觉得有些人就该饿死，五九年丰收了，吃包子时把馅儿吃了皮扔了，六零年饿死了不少；现在队里的粮食一分下来，又跟一辈子吃不完似的浪费，狗肚子里装不住几两酥油，牲口也杀着吃了，看明年庄稼怎么种？五黄六月青黄不接时吃什么？

　　比起分到家里的的面啊肉啊的，对于户外长着的，人们像是恐惧得而复失一样，忙不迭地砍了往家里弄。大跃进时期被夷为平地后经过近二十年又长起来的灌木、乔木，还有部分当时幸存下来的原始林，在短短几个月里几乎被砍伐殆尽。

这个严冬，喇叭口的人们热火朝天，是那种没人督促没人强迫的勤快。每家院里大捆的柴火摞得高出墙头好几尺，很崭新很张扬，底气十足的样子。总之，从谁家门里看进去，都觉得家境殷实、丰衣足食。

最令壮壮和胖蛋愤怒的，是正对着他家门口那片白杨林子被夷为平地。

这地方当初他们来时是一片乱石岗，不知什么原因，藏青色的石头尖齐刷刷朝上指着，空隙里是凄凄芳草。一到晚上，有些乱葬岗的架势，于是乔震建议家人平常用石头时就从那里挖，两年以后，石头被起的差不多了，便在原地栽上了长宽距离相等、数目都是27棵的白杨树林子，纪念他们到这个地方开天辟地的1927年。还从林子的最中间辟开一个小沟渠，小的只要放进一个瓦盆就能使其断流片刻，为的是供娃儿们玩着安全。

这片林子像一个户外育儿场一样，印记了乔家所有孩子的成长过程。壮壮和胖蛋跟父母、刘猪娃、彩霞一起在这里捣乱式的劳动，后来的真真和几个妹妹，就到了坐享其成的时候，白杨树林已经初成规模，几个大人将每一寸草坪、每一粒石子，都与孩子们软嫩的脚丫子联系在一起考虑。所以，地面在夏天是绿绒绒的，草芽儿只有一两厘米高；冬天光溜溜的，草根紧紧地把住地面，整片林子里一目了然。没有鞋子穿的他们就是在里面跑大的，打架吵嘴过家家。到了后来，村子里的人多了，所有的孩子都离不开这里。

可现在树被每家一两棵分了砍了，只有乔家的两棵，孤单单地站在那里，像是乔震和林紫的化身，又像是壮壮和胖蛋的象征，除了孤独凄凉还是孤独凄凉。

树在几天之内被砍完了，惨白的树根没有晒旧，谁家的树根又被谁家挖走，留下了黑土和石子的混合物，堆在黑魆魆的大坑旁边，比当初的乱石岗可怕多了。

挖掉大树后的这块林地分给了老光棍冯三宝，填了树坑平坦、有水沟、耕种近，是显然的优点。他也没人搭伴，每天提个铁锨佝偻个腰，慢悠悠地整地。

什么都分完了，树也砍差不多了，春节来了。今年收获到自家的东西多，过年欢天喜地。而门外原野的空旷辽远，再一次和大跃进时期被烧荒砍伐过的一般，目光能投向非常远的地方，直到地平线似乎朝上卷起来，白茫茫的雪地与灰蒙蒙的天空实现了水乳交融的对接。

年三十晚上去坟上请去世了的人们回家过年，烧完纸，壮壮让其他人先回家，对胖蛋说我们俩随便转一圈，你走了这么久了，一来又忙着分田分地，一开春，家家户户各自忙各自的，一家一出戏，喇叭口原来的样子就彻底没了。

两人先是在门前白杨树林的遗迹上踱步，看着自家孤零零的两棵树，凌烈的寒风从身子上刮过去，里外都冷。以往可不是这样，大树挡着风，只有嗖嗖嗖的声音，林子里不觉得有多冷。

"往远处走走吧，到寺院那边去，那里现在是自家的地了，别人放不出屁来，还有——地底下的瓦缸。"

兄弟俩都不再说话，拾阶而上，朝着突兀在雪地里的一大堆残砖烂瓦走，心里扑通扑通直跳。这个秘密，一直如小猫一样挠着他们的心，眼看着两人都奔六的人了，女儿接近嫁人的年龄，儿子们在乡下的学校里成绩平平，看着当前的趋势，混个高中毕业证务农差不多成了定势。自打胖蛋回来，他俩老絮叨这些事，心里很失落和沮丧。地底下的宝贝要是再不发挥作用，就留给未来的文物贩子了，或许永远也没人发现，盗墓的考古的来这里干吗？

"我觉得咱们应该先拿出来几个，春节过完我去西安找刘跃进让看看，不说其他的，卖了给两个丫头准备点嫁妆也好。事实是明摆着的，丫头们嫁妆厚些，婆家以后对她们就好些；要是嫁妆太薄，娶过去跟索债似的，不把娃儿们当回事。"

壮壮接上说：

"是啊，没有钱，娃们的生活就很难安排。你没来的时候，我和你嫂子合计过把大丫给你的乔新换媳妇，为了亲戚关系远些，说好把大丫给李双福，李双福的侄女给王玉贵，王玉贵的妹妹给乔新，三转亲都说好了。端午节我买了一斤白砂糖包了个糖包，让乔新拿着去看王玉贵父母，王玉贵家转手把糖包送到了李双福家，李双福可能以为糖是王玉贵家买的，又把它原封不动送到了我们家，连里面的报纸和面上的红纸都没有换一下。你说人不穷到这份，至于这样吗？生活过这么紧巴，以后娃们哪有好日子过？"

胖蛋心里一阵阵发热，说哥我真的很愧疚，李双福比大丫大一轮，腿也有毛病，为了我儿子，你和嫂子、大丫受委屈我们心里怎么过得去？现在我回来了，自己的事情自己担，帮大哥料理些家事。我这辈子真有福气，父母和哥嫂都这么好。

"你还以为咱家亏了？人家嫌我们历史不清白，说我家成分不好，你和真真、彩霞是凶死的不吉利，等等。跟我们家大姐处理不出去了似的。"

胖蛋本来就觉得心里委屈，听他这么一说，心里的火腾一下子就蹿了起来：

"他娘的就那猪嫌狗不爱的东西，还对我们家大丫说三道四。我们家丫头不给他了，乔新宁可一辈子打光棍。哥，反正我们家夹着尾巴委曲求全也没过过啥好日子，现在不如赌一把。我跟那个陕西小孩子混了几年，发现人家挺坏挺不本分，可到哪里都过的耀武扬威；我们是越怕越收敛越遭人欺负。过完年我拿几个银元悄悄去西安找找他，了解了解行情，看能不能卖个好点的价钱，要么写信让他过来玩玩，那小子，见了路边的白杨树都能想出搞到钱的招来，没准不用卖银元，他就有办法。"

壮壮对这个不抱多大希望，淡淡地说不就一个娃吗？有那么中用？反正活也就那么多，你想去就去，他想来玩也可以过来玩。银元是要拿几个出来的，留着干吗？能换到钱换几个钱，换不到你路上当盘缠。

说着话两人就到了埋银元的地方，转几圈，脚下安如磐石。回头看家里，灯格外亮，厨房里的火光也很夸张，有些人家噼噼啪啪的鞭炮没个完。

"回家吃饭吧，开春了你就去。"

胖蛋答应着，兄弟俩一起往回走。

麦子刚种完，乔家收到了刘跃进的来信，说他想到喇叭口玩玩。这件事没人反对，一个电报过去，没几天他就回电说自己明天到大李庄，让胖蛋去接他。

刘跃进瘦了好多，越发长能耐了，说话不再那么油嘴滑舌和没大没小，但说出来的就没有什么废话，每条建议，都需要胖蛋认真想一想。或许是言谈举止的变化，也可能初见时的生疏，总之，他的话比以往少了许多。

"我不想走大路，乏味。沿着河沟能到家么？要不你走大路我沿河走，那里石头垫脚心。"

胖蛋说你这个城里油子不怕难道我怕？一起走吧。

沿着河沟走，他饶有兴趣地捞起河沟里的石头，再把它们扔掉。在看得见寺院旧址的地方，手里端着一块石头站那里不动了，翻来覆去端详。过了许久嗫嚅道：

"乔大哥，这山里有矿。我刚才扔掉的是玉石苗子，质量一般，不知深处的怎么样。还有硫磺，那玩意赚不了多少钱，但这个是金矿石，千真万确，而且成色特别好。"

胖蛋说你就扯淡吧，说你能你还真能。我爹我娘见多识广，我在这沟里也过了半辈子了，连金子的毛都没见过，你一来就见了？

刘跃进不吭气，蹲在小河边上把河水挖出一个小岔道来，又挖出个小跌水，然后从河心的沙子底部掏出几把包进手绢，半展开对着跌水让水冲。沙子逐渐流走了，剩下一些稍微粗大的石子和麸皮大的黄灿灿的东西来。

"这就是金子，我弄文物两年多了，不会认错的。以后开个矿，喇叭口的所有人都会富起来，就是没有本钱。唉！等我卖文物赚到钱，一定在这里开个金矿。前面那个山包底下不知埋着多少金子呢。"

"那是我家的责任田，我们都翻过一遍了，里面除了石头和树根，屁都没有翻出来过，就听你说梦话吧，那块地别人都不要，运肥吃力，冷热先知，干旱了低温了都没收成。"

刘跃进一听兴奋了：

"瞎猫真有逮住死耗子的时候，天助你们啊。这几天我在旁边的沟沟里掏出些沙子试一试，再探探底，确认确认。"

胖蛋说这么大的地方，随你怎么折腾，反正你到了哪里也是闲不住的猴儿。

进了院子，他一眼就盯上了墙角晒着的柴油机，说你们家里够先进，都实现农业机械化了，胖蛋又讥笑他见什么都是宝贝，天下哪来那么多宝贝？

刘跃进每天早晨都起得非常早，等到早饭的时候，他已经扛着铁锹打着口哨回来了，这家伙懂的东西真多，壮壮也觉得吃惊，城里的自然没得比，山里的草药他能说出那么多名堂和用途，别说自己，父母在的时候也没那么多说法。这也能值钱，那也能发财，是他一直吊在嘴上的话题。

"就是没有启动金啊！"

这是他经常性的结论。

折腾了十来天，刘跃进对老弟兄俩说：

"我要走了，弄到钱以后再来开矿。到时候你们出土地我花钱开采，钱对半分。我争取以最快的速度回来，这期间要是有人提出租你们家地，千万不能答应，不然你们会亏的。"

哥俩笑着你一言我一语说去吧去吧，除了疯疯癫癫的你，谁会到这大山沟里来租地？你一出这沟就奔着花花世界去了，哪里还会想着再回来？

一听这话，他突然间一脸悲伤，叹了口气说：

"花花世界？城市里没有我的位置，我一辈子都会在乡下待着。乡下人真好，娶个农村姑娘踏踏实实过日子，我铁了心了。算了算了，反正我说啥你们也不信，以后你们会发现我说的是真的。"

说完他又出去折腾。胖蛋小心翼翼地向壮壮试探：

"要不咱们拿两个银元让刘跃进到西安卖，价格不说了，就是试一试。能卖掉的话以后有事就多了个办法。我俩都这么老了，这秘密一直守着，娃们过这么穷的日子，难道一直放那里不管？"

壮壮说看你小心的，那么多银元，给五个就给五个，不说其他的，他在那么困难的时候偷东西给你吃，白给也算是报答人家，况且人家未必白拿呢。

第二天晚饭后，壮壮托辞要跟胖蛋到山上看个地方修沤肥的池子，两人拿着铁锹出去了。

银元静静地躺在那里，包着瓦缸的布破损得厉害。

当哥俩吞吞吐吐地把五个银元交给刘跃进时，没等他们说什么，人家先说了：

"这种成色的现在的市价是一枚十八块，这点钱我还是有的，现在就付给你们。以后价格是不是有变动我也说不清，卖不卖；信不信我你们看着办。"

哥俩没想到事情会是这样，说不清楚是做贼心虚的慌乱还是意外之下的惊喜，画蛇添足地说一些捉襟见肘的银元来源。刘跃进似乎看出了对方的局促，掏出钱包拿出 90 块钱给了他们，说银元先放家里吧，我明天走时给我就行。

90 元这个多于一口肥猪的卖价如石子投到了死水潭，乔家每个人的心里跟小兔子作窝了似得扑通扑通直跳，发挥着无限的想象力。娃们最关注的是银元究竟来自哪里？以往父母怎么从来没说过祖辈给他们留下了 5 个银元？况且，既然是祖传的，那也不能卖了啊。除此之外，就是给这 90 元钱设想出路，自己能得到多少？那钱会都花完吗？

俩老男人的心思在别的地方。他们关注的是怎么能把银元持续换钱；换了钱能干些什么。当初给刘跃进说只有祖传的 5 个，总不能再委托人家了吧？

田分了地分了，仓库里的东西年前也基本分完，人们过了殷实的年后，今年的日子并没见多少改善。河水越来越少，雪帽子越来越小，到了种洋芋的季节，地里的干土扑哧扑哧，根本无法下种。

这样的情况大李庄闹水源那年有过，但当年的喇叭口，除了高处的庄稼地用骡马驮水去浇，全队的男女老少锅碗瓢盆一起上阵，还颇有些声势。还有，那时不让人往外流动，谁都把力气赌在了地里。现在不一样了，有人出去摆摊，有人出去要饭，还有人据说是出去卖冰棍，结果因为偷盗，被遣送回家或进了局子。村里的常住人口似乎少了一半多，许多人家的田地杂草丛生。乔家用那 90 块钱中的一部分买了两袋子小麦和三只小猪，继续着很有底气的农家日子。

三十八

两个月后，刘跃进的电报来了，说定了要求乔家人去大李庄接他的日子，还特别强调要套上架子车，不然东西拿不动。

这小子不知怎么把这么多行李从火车上搬运到了长途汽车上，死沉死沉的两箱子书之外，还有一个小型抽水机，在大李庄他又买了两桶柴油。

整整一个星期，刘跃进起早睡晚用乔家的柴油机和他自己的小抽水机在沟那边鼓捣，晚上用架子车把机器拉回来，点着自己用墨水瓶和铁皮芯做的柴油灯看书，半截铅笔头划来划去。有几次看着书睡着了，乔家人上厕所时给他把灯吹灭。

又过了一个星期，刘跃进很兴奋地邀请大家去看他的矿井，壮壮说想都想得来，我们挖地道挖了好几年，还用去看？兔子窝吧？刘跃进摇了摇头说你们啥时候能看得起我？总把我当成孩子过家家。胖蛋笑着说等你真挖出金子来，我们就把你当大人看。

刘跃进问他的话可当真？胖蛋说自然当真。

这鬼头很调皮地看了门外一眼说要是真的，就把大丫给我当媳妇？

两兄弟愣住了，这个事从来没有想过，不知说什么。

"看看，还是对我的能力不敢彻底否定对不对？我来给你俩看点东西。"

他鬼头鬼脑地从口袋里掏出一块婴儿的指甲盖大的脏兮兮的黄色金属来："十几克重的金子啊，能卖好几百。按照当初我们的约定，卖了各一半。念着你们家的恩情，这一块我不卖了，给大丫和二丫妹妹做个戒指出嫁时戴着，现在城里可讲究这个了。"

没等他俩说话，人家就把金子递了过来，说先存起来，等以后回家路过兰州时找回民给加工，自己老跟他们做生意，熟了。

刘跃进的工作没有继续开展多久，镇里派人下来调查，说现在鼓励和扶植乡镇企业是国家的政策，可有个条件，法人必须是土地的承包者，还没有发展到让外地人自由开采的地步，刘跃进的工作必须停下来。

"没有见过这娃儿如此伤心过。"

胖蛋叹口气，从窗户里朝外看看他紧闭着的门窗，已经两顿没吃饭了。

"要不收养他作儿子？"

胖蛋接着壮壮的话说这恐怕有困难，他父母就一个儿子，人家能让收养吗？

"也是……要不把大丫嫁给他？那天他不知是不是在开玩笑？说挖出金子的话把丫头给他一个。"

"这个不好说，他家在陕西，父母是大学里的老师，高级知识分子。咱家大妞只有个初中文化，人家看得上吗？二丫死活要考大学，不好提这个茬儿。"

胖蛋这么一说，壮壮不吭气了，继续唉声叹气。

"哥，我觉得现在应该把银元拿出来干点事儿了，我们把二妞公公请来，加上刘跃进一起合计合计。朱掌柜文化水平高，经商经验丰富；刘跃进年富力强，大城市里有路子，脑子好使。我们家有地，又是当地人，而且卖了银元有钱。这么合着干，面子上一看他们就是些帮忙的外地人，上面说不出什么来，等赚钱赚富了，他们可以分出去干别的。"

"这主意不错。"

三天后夜深人静朗月当空的深夜，乔家老兄弟、朱掌柜、刘跃进锸血为盟后，对着乔震、林紫的临时牌位起誓结为一体，挖开地洞，把600多块白花花的银元装进两个口袋拿到家里，第三天由朱掌柜和刘跃进拿200枚去兰州卖掉，购置柴油机、抽水机、碎石机。

几个大人都走了一段路了，刘跃进迟迟疑疑不肯走，壮壮问他还有啥事，他说我有那么讨厌吗？配不上你家丫头？这么机密的大事都让我知道和参与了，你们都沾亲带故的，就我一个外人，真觉得别扭。

三个大人愣愣地对望了一会儿，胖蛋回头朝他的方向走了几步道：

"谁说配不上了，是我们家丫头配不上你。你这个城里油子，父母又是高级知识分子，农民的丫头哪里敢高攀？你父母也不会同意。"

"我这边你就别管了，你们说说究竟把丫头给不给我？"

几个人看着这个闹脾气的大孩子执拗地立在地埂上，一时不知怎么办才好。过了一会儿，朱掌柜拍拍他的肩膀说，这是你们年轻人之间的事，总不能像给东西一样，他爹说给你就给你吧？你们还得互相同意是不是？现在是新社会，不能包办婚姻。

"才不是呢，是乔大叔总琢磨拿大丫给乔新换媳妇，二丫给乔华换媳妇，当我不知道，二丫哭过好多次了，我偷看过她的日记。"

这个情况几个大人还真不知道。

听刘跃进继续数落道：

"我真是想不到你们怎么这么残酷，把人当成牲口一样换，她俩多好的姑娘啊，长长的辫子，大大的眼睛，跟大演员似的，竟然想到要把她们嫁给一个半老头或陌生人。再说了，乔新乔华才那么大点小孩，干嘛操心他们的媳妇儿？以后要是考上学了，看上别的姑娘，不仅他们自己背个不仁不义的名字，也耽误了人家女孩儿。"

壮壮心里一沉说：

"听你这思想，我们更不能把丫头嫁你了，我家丫头就不怕被你甩掉啊？大家合伙挣点钱，分了谁过谁的日子吧，别再扯这个事儿了。"

刘跃进叹口气不再说话，掉在他们几个后头好几米远往前走。

不到半个月，金矿开工了，乔家和朱家中青年多，一干起来就像模像样的。三台抽水机突突突往外抽水，河沟里的砂床上沉淀着细碎的砂金小片，由壮壮和朱掌柜轮流看管。银元卖得不错，购置来的面粉供得上馒头猪肉，吃得好，干的也有劲儿。

一个月下来，把淘来的金子放天平上一秤，不多不少 500 克。就在这兴奋中，地里的庄稼黄了，壮壮说都回家收割吧，秋收完了矿上能干就干点，如果天冷不能干明年开春再干。

刘跃进干农活一点样子都没有，他在地里就是个笑料。挑东西不行，使铁锨的样子也是怪模怪样，辛苦地干农活过程中，笑话他的笨拙似乎成了大家唯一的快乐。胖蛋弹一下他的脑壳说，终于也看见你有不行的时候了，割麦跟打苇子一样，麦穗掉一地。再能一能让我看。

刘跃进红着脸不服气，说你们这叫啥能耐？只不过就是人当骡马使，我学历史课时看到河西这块地方在西汉时期就有了铁犁铧，耕地用二牛抬杠，都快两千年了，现在连二牛都不够，用人抬了，还得意个啥啊？今年你们笑我，明年要是我还在这里，一半的农活我包了你们信不？花钱雇人干，我才不这么辛苦呢。

"你那张嘴啊，就没饶人的时候，啥你都能。"壮壮笑着嗔怪他。

"我不能吗？哪里不能说出来我改正，你们总是看不起我，我走人算了。"

他扔下手里的铁锨，头都不回往家走。

打麦场里的人都有点内疚，想想可不是么？他的脾气是那么好，与大的小的相处的其乐融融，浑身使不完的力气要不尽的小花招，正是因为这些，谁也喜欢跟他玩闹，鸡一嘴鸭一嘴，说着无心听者有意，或许他觉得自己一个外来户孤单才受奚落，负气走了。

大家面面相觑，壮壮说乔新你去哄你跃进哥哥，我们都是说着玩的。乔新说我才不去，就我们小弟兄不怎么吭声，跃进哥多好啊，又聪明又勤快，是我们的偶像，你们看看我们奚落过跃进哥吗？我们做不下来的题去问他，他觉都不睡要给我们折腾出来。人家就是赶上文革了，要不然都能到北大清华当老师，还能跟我们老农民混一起？

壮壮说谁看不起他啦？不就是觉得他招人爱才逗他吗？

乔新嘀咕了一句：

"要是一大家口人整天围着你逗，说你左不行右不行，不知你心里啥感觉，真不知怎么恼羞成怒呢。"

是这个理儿，没人说话了，低着头很无趣地干活。

离收工还差一个时辰，今天是秋秋做午饭。壮壮说你去好好哄哄刘跃进，说我们都喜欢他才逗他玩的，讨人嫌的人谁会搭理？

没几分钟秋秋回来了，她有点慌乱地说刘跃进不知去哪了，还把被窝和书箱都搬走了，连他带来的小锅也看不见。胖蛋短暂地愣了一下说，这小叫花子去矿上了，跟我们赌气呢，我赶紧看看去。他那脾性我清楚，轻易不发火，发了火旁若无人，你说什么他都目不斜视，能急得你上吊抹脖子。

胖蛋来到矿上时，大老远就看见刘跃进在搬石头垒墙，显然想给自己另搭个窝棚。这小子，当起真来连原来盖的窝棚都不愿意住，怎么着看也还是个孩子。他忍住笑走过去搭讪，刘跃进看都不看他一眼，一块块抱石头垒他的墙。胖蛋一块块给他扒掉，就等他反抗或骂他，可两人都累得气喘吁吁了，刘跃进继续垒他的。胖蛋心疼了，说我叫你大爷行不？你饶了我吧，我代表全家给你道歉认错还不行吗？

人家搭理都不搭理，继续干他的。

"再这样我就跪这里给你磕头。"

胖蛋偷偷瞟一眼想看他的反应，他头都没回朝山脊那边走了。言下之意是你爱给谁磕头给谁磕头去，我看不见。

他自讨没趣地叹口气回头朝家走，踅到一棵树下偷偷回头看，刘跃进回头继续垒他的房子。

"这个家伙这次动真格的了。"

他摇了摇头絮叨着继续走。一想，觉得自家挺输理。当初刘跃进是小，初中毕业就随他流浪，现在人家都奔三的大后生了，还把他当鼻涕孩看，这也影响到了家里其他人对他的态度，伤到他自尊心了，以后一定要当心。想着这些已经到了家门口。

看他来了，大家都焦急地问看见刘跃进没？他说看见了，自己修窝棚准备另过。秋秋说你咋不叫回来让吃饭？胖蛋说这家里谁能把他叫回来，这几天就不用干活了。

"今晚我把他的地方睡了，他没地方睡就回来了。"乔新说。

"你想斗那个小叫花子？他没有睡的地方能在外头过好几年，你过过吗？我太知道他的厉害了。谁也不能再刺激他，不然还真拿他没办法。"

"谁给送饭去？"壮壮有点狼狈地问。

没人响应，点名支谁谁不去，他只好说把饭盛上我去吧。

刘跃进继续搭他的房子，三块石头垒起来的灶头托着小铝锅，扑哧扑哧往外冒气，边上还放着几个洋芋。壮壮心想坏了，这个东西一有住的地方，又有了吃的，更不肯回家了。这大秋天的，他随便哪里找不到吃的？

跟他打几声招呼都不理，只好把饭一放，灰溜溜地回来了。

刘跃进离家的影响，是谁也没有想到过的，吃饭没几个人说话，乔新和乔华也安静了许多，连歌也不唱了，以往总是刘跃进给他们口琴伴奏。

"他走了把人的魂拽走了一样。过段庄稼收了大家又去矿上，他要是还这样不理不睬的，自己搭个锅灶吃饭，晚上也不回家，还不把人难堪死？二姐他们一家怎么想？这娃还真拿住我们家了。"胖蛋苦笑着说。

刘跃进搬出去过了两天，天突然变冷了，他那些行李卷只能在热炕上凑合，山沟里那么凉，怎么可能经受得住？

胖蛋送过去毛毡，他撂到原来的窝棚里不用；送过去厚被子也是一样。

"这娃我没想到他这么讨厌。别管了，让冻死去，不爱呆了把金子都给他让滚蛋。"

胖蛋真生气了。

嘴里狠，心里疼，当晚气温又低了一点，还淅淅沥沥下起了小雨。半夜里他心里别扭的要命，翻来覆去想着刘跃进现在睡着没？饿了没？最近只吃洋芋了还是煮粮食吃了？好几天了一点肉都没有吃。想到最后这一点时，他再也躺不住了，起来披上衣服，从厨房里拿了些吃的，出门一看黑魆魆的不辨迟早，淋着雨往矿上走。

推门进去，窝棚不挡雨，火烧得很旺，他在那里看书。胖蛋说你个兔崽子，非要整死老子才罢休？你再不回去我也不要家了，就这么一起待着，冬天下雪了就像博斯腾湖里那样过。你现在把我家搞得鸡犬不宁。

　　跟演戏似的，刘跃进对着他眨巴了几下眼睛，非常利落地说那咱们现在就回家吧。

　　说完他把部分书藏到淋不到雨的地方，拿着刚才摆在身边的几本，灭了灯和火，先走出窝棚，头也不回朝家里走。

　　第二天一早，刘跃进若无其事地说说笑笑，帮着家里扫院子，催乔新乔华赶紧去上学，胖蛋的脑袋却越来越沉，说我让这个兔崽子给折腾感冒了，这家伙就是收拾我的。

　　没想到感冒会这么重。

　　他先是干咳，后来高烧不退，咳嗽加剧，呼吸急促，关节也疼了起来。家里人看着胖蛋的病情加剧，谁也没有说刘跃进什么，但他自己一脸的懊恼，天天守在床边。

　　"我去弄点东西来试一试，医院里抓来的药怎么不管事啊！"

　　看到胖蛋睡着了，他一脸愁容地走了出去。

　　骑着骡子到大李庄走了一趟，他从书包里掏出来了不少东西，然后在厨房里折腾。先是把几头大蒜洗干净切片后用冰糖水泡了，说要病人点鼻子用；然后用紫苏叶、生姜、陈皮、红糖熬成汤给他喝。晚饭时分，他又用白菜心、白萝卜熬成汤，放了红糖给他，饭后嘱咐盖被出汗。乔新说哥你就休息一晚吧，我这当儿子的也尽尽孝心，不然我爹都不要我了。

　　经他这么一折腾，不知哪味偏方管了事，反正胖蛋的病好了起来。刘跃进自作主张用自己的钱给乔新哥俩和二丫找了刘家坪的好中学，让他们住校去。

　　"哥供你们，你们得完成哥的上大学理想，考不上的得回家挖金子还我债。"

　　他一本正经地对三个学生说。等他们去住校了，别人又陆陆续续集中到矿上开始生产。

　　或许是乔家的生活还没有注意到应有的低调，也或许看着他家干得热火朝天为其他人增加了想象空间。秋收过后，喇叭口的传言神乎其神，有人说乔家从河沟里挖出了金马驹子，有人说挖出了金娃娃。

　　与传言一致的行为，便是到处挖坑到处洗砂子，直接的后果就是在秋雨绵绵里到处塌方，泥水蔓延眼前的世界。如果起的晚了，饮水都成了问题。

　　淘金热的不断升温引来了上级部门的新一轮关注。先是一万块钱一个采金证，没几家拿得出来，只好亲朋好友合起来搞。过了一段，又根据申请人的户口所在地搞，喇叭口的人申请是一万，同一个乡镇的外村人是一万五，外省人是三万，谁家的矿上吸收一个外地人另加一万五。

"妈的，这最后一条显然是直接冲着我来的。"刘跃进愤怒地说。

"也不一定是，现在这里的人是多多了，外地人要是都来申请采金证，当地人还真不是对手，像喇叭口这样穷的地方外面没几个，外来户有钱。"胖蛋说。

"那我只好走了，我去哪偷那么多钱去？我找到矿了，自己却得滚蛋，不论到哪里，我都很背运。"

"谁让你走了？不是有元宝吗？还有上半年挖出来的金子，都卖了，朱家那份钱他们自己出，就给你交一万五，还是交得起的。"

"那铲车呢？挖掘机呢？分离设备呢？检测器呢？钱都花了拿啥生产？就现在茅厕大一块地方，金子都埋在地底下，资源都浪费了，没多久山翻完，还有啥？"

这个问题壮壮和胖蛋都没有想过。刘跃进回头看着远处说：

"得了得了，你家的事我管那么多干吗？外人就是外人，我去别的人家那里看看，谁家的寡妇需要男人我娶了得了，耳聋的眼瞎的都行，我总能混成个喇叭口的人啊，免得总让人歧视。"

直到这时，老哥俩才听出他说的啥意思，你一言我一语笑着说有话直说有屁直放得了，扯那么远干吗？大妞二妞都不小了，你看上哪个是哪个，不是怕你们城里人嫌弃我们吗？还把自己说的可怜巴巴的，丫头没意见我们没啥说的。

"人家二丫说要考大学，才不跟我混呢。"他叹了口气说。

其实刘跃进最喜欢的是二丫，连她吃剩的饭都不嫌弃，别人可没有这个福分。

他接着说就你们几个大人阻挠，乔华乔新背地里早就叫我大姐夫了，说我迟早是乔家的人。

三十九

当往年杜鹃花漫山遍野怒放的时候，今年的山上却没有了花儿，因为没有了山麓。盘古开天辟地以来世代积累起的黑色沃土，像被刀子翻开了肥裕的肌肉一样龇牙咧嘴，偶尔也见花儿和盘旋其上的蝴蝶，但往往是根裸露在外面花梢伏在地上的回光返照，很快就会死去。即便原来的苍天松柏，现在也是尸横遍地。

当乔木林被放倒以后，只要上到山顶，喇叭口与外界的视野便被打开了最后一道屏障，一个村庄不是如早期一样卧在绿影里，也不是如后来一样先是静默在农田中、往外被圈在林子里，而成了随意扔在土丘之间的一堆房屋。

别看这堆房屋如弃物，现在却成了全地区的明星和中枢神经。

先是于当年直通了地区、县城经大李庄到喇叭口的长途公交车，然后就是一溜排过去的石棉瓦简易房。温州人的发廊、修鞋铺子、兰州拉面馆、陕西羊肉泡馍是第一批在这里扎根的商铺。隆冬之际，又有一些人挨家挨户敲门，问有没有闲置房屋出租。

这天中午吃过饭，刘跃进在商滩溜达，他的鞋跟破了，想补一补。张三台和铃铛在买沙发。那份打扮，刘跃进觉得很值得驻足品味。

老头儿张三台穿着黑呢子制服，一共摞着三件，最底下的最长，是蓝呢子；中间一层稍短，是驼色呢子，最外面是黑呢子，他背上背着个音箱，高声播放着电影《甜蜜的事业》里的主题曲。看见刘跃进朝他走过来，他换着朝上捋了捋袖子，每个胳膊腕子上各戴着三块手表。跟他女儿似的铃铛站在张三台边上，怀里的娃儿脖子上戴着个粗粗的金圈子。

"张大哥发财，恭喜恭喜！"刘跃进忍住笑故作认真和佩服羡慕态对他说。

张三台咧着掉了门牙的嘴说你家那山大，底下不知有多少个金元宝金剪子呢。

话说到这里，卖沙发的老板小心翼翼问他定了没有？要不要？张三台头都没回给那老板扔过去一捆钱说这是一万，两千零头儿不用找了。老板赶紧让伙计们抬沙发去，刘跃进道别继续往前走。

　　到了一个修鞋铺门口，他把鞋递给钉鞋匠，备用鞋很脏他不愿意穿，没一会儿脚冻得要命，他边搓边四处张望。突然，鞋匠家的门被风吹开一道缝，里面看来顶着根棍子，门吱呀吱呀响，但总也没有被吹开。木板床上四条腿扭在一起，显然一男一女在那上面折腾。赶紧回头，鞋匠正贼眉鼠眼看着他，见他转过来了，慌忙低头在工具箱里扒拉来扒拉去找钉子。

　　不大一会儿，刘二愣子开门出来了，皮带是系好的，拉链却张着，里面水红色的尼龙线裤格外鲜艳。他看了眼刘跃进，比哭还难看地笑了笑，慌乱地躲过钉鞋匠，赶紧溜了。

　　待会儿门开了，里面的女人晃了晃鸡窝头出来，看见刘跃进望着她，把舌头尖探出上唇左右晃荡了几下，用浓浓的南方音问道：

　　"小先生在外面冷了吧？白白嫩嫩眉清目秀的，进来暖和暖和？"

　　鞋匠边钉鞋边帮腔说进去吧进去吧，暖和暖和。

　　女人看他不动，上来就拉，刘跃进说不了不了，我有事，马上得走。听他们两口子你一言我一语说里面多暖和多舒服之类，刘跃进干脆不吭气了。

　　钉完鞋交了钱，他去巷尾的小书店，想看看最近进什么新书了没有。拿起《人民音乐》编辑部出版的书籍《怎样鉴别黄色歌曲》很随意地翻看，觉得文字写的很有意思：

　　"许多表现妇女失恋或被遗弃时哀怨悲苦情调的黄色歌曲，它们并不是出于对这些被凌辱的妇女的同情，也不是为了表现她们的不幸，而是为了她们要博取廉价的怜爱的需要……黄色歌曲的特点是：音乐上，大量采用软化、动荡，带有诱惑性的节奏；旋律多采用叙述性与歌唱性相结合的写法；配写比较细致的伴奏。演唱上，大量采用轻声，口白式唱法；以其裹声；吐字的扁处理；大量使用滑音与装饰音；演唱中出现歌腔延迟和重音倒置……'流行音乐'是资本主义社会走下坡路时代的音乐现象，不能把我们的音乐和它相混在一起……摇滚乐和酗酒，吸毒，斗殴，同性恋等等相伴而行。一场摇滚乐集会实际上就是一场疯狂的骚乱，有人甚至在其中丧生。……流行音乐发展到摇滚乐，实际上已经成为资本主义社会的一种不治之症。流行音乐之所以在资本主义世界盛行，是由资本主义社会制度本身决定的。"

　　他那爱犯忌讳的毛病又被刺激起来了，笑着问店员说：

　　"你这里有黄色歌曲的带子吗？买几盘给我回去听一听。"

　　留着长发穿着大喇叭裤的小伙子把头发狠狠朝后一甩，左顾右盼，看到没人，伸过脖子用一只手挡住嘴的一侧悄声对他说：

"要什么样程度的？助兴的还是不助兴的？"

这次刘跃进不怎么理解他的话，说反正黄色的呗，越刺激越好，你肯定比我清楚。

小伙子问他邓丽君的算不？他说我早黄过十八遍了，又问李谷一的算不算，刘跃进说我比她黄多了。小伙子看起来很失落，沉默一会儿后说："你干嘛非要听歌？看小册子啊，不对，现在流行的小册子你可能都看过了，对了对了，我咋忘了，看日本片子《望乡》，原名《山打根八号妓院》，那叫一个过瘾，血管都要裂了。三十块钱一张，要不？"

刘跃进买了一盘赶紧装到兜里。那人说以后常来啊，有东西我给你留着。

回家一看时间，离收工没多久，索性不去了。家里没人，打开录像机偷偷地看，当那个纹身的恶棍咔嚓一声锁上门把阿琪扔床上开始解衣时，大门开了，大丫背着背篓走了进来。他有点生气，啥时不来这时候来，真扫兴。

赶紧藏好东西，假装睡着了歪头躺在被子上，心扑通扑通直跳，接下去是什么呢？阿琪是反抗还是顺从？有英雄来救他吗？嫖客会不会虐待她？还有，能看得见哪些部位？是不是会一晃而过？不过，书店的售货员说了有血管爆裂的场景，那一定有好看的。

神情不宁地吃完晚饭，心里还惦记着没看完的带子，揣上它去找一个外地来喇叭口卖五金的朋友想在那里看，给家里说是去问问钻头的价格。

店里临时搭建的办公室乌烟瘴气，几个男人，还有一个大波浪头的女人。她开一个零食店，今天不知怎么了，这么早就混在这里。那女人涂着很红很红的指甲油，和比指甲油还油亮的嘴唇，兰花指夹着烟，小心翼翼往嘴里送进去又抽出来，怕把口红刮裂了。喇叭裤脚的一排扣子不知撞在哪里，不时窸窸窣窣发出响声。

看见他进来了，朋友招呼人们赶紧挪座，问他抽红塔山还是黑塔山？刘跃进说红塔山我不抽，啥叫黑塔山？里面的人挤眉弄眼地笑着说，你要抽我们才告诉你，不抽就不告诉。刘跃进说起码得让我看看嘛，总不能卷了猫儿屎让我抽我就抽。

他们继续笑着说你真恶心，要是猫儿屎我们抽么？搞得我们都不想抽黑塔山了。

他有点悻悻，坐下来不知说什么。听他们继续笑闹的同时，眼光胡乱在屋里扫描。床缝里，半开着的抽屉里，图片上满是粉嘟嘟的女人肉体和猿人一样的男人的体毛。

抽够笑闹够了，他们说看片子吧，没有人问刘跃进看不看，人家放了，他就坐那里看。

片名好像是英文，又好像不怎么像。一开局，就是一男一女裸体在花园里爬着追逐，绕过墙角，又从花盆缝隙间穿过，再从旁门进去，女的做逃窜状，男的慌不择路追，撞倒了花盆和水桶，后来是女人蹲到马桶上哗哗哗小便，男人站她面前挺着肚子在她脸上蹭来蹭去。

"跟人家洋人学着点，别以为烫了波浪头抹了口红穿了喇叭裤就成洋女人了，看人家那功夫，多会伺候男人啊，馋得那男的跟狗一样，口水都流到地上了。"

小个的接上胖子的话说就是就是，你根本就没有啥功夫，躺床上跟块肥猪肉似的，一点服务意识都没有，就等着享受，完了还好意思要钱。以后我们把金戒指拿了玩洋女人去，给你真是吃亏。

刘跃进听着这些话，脸上热辣辣的，偷偷瞄一眼那女人，人家若无其事看片子，两边男人们揪得实在太狠了，她才甩一甩。说急了，她就说那是你们不行，有人家外国男人威风吗？把女人追上园子里到处跑。这下子一伙男人全围了上来，说试一试试一试，我们一起上，看这女人有多能耐，跑不跑。

女人被挤在墙角里，五六双手一起伸过去乱抓乱摸，不知谁把灯拉灭了，一时间有许多东西被踢翻了的声音，喘息的叫唤的骂的，一股脑儿发作了出来。那女人在黑暗里喊刘跃进，让救救她，还说就人家一个规矩的，看你们这孬样儿，跟牲口似的。几个男人更来劲了，说我们几个牲口你还嫌不够啊？人家可是有老婆搂的人，你就死了那条心吧。

不知谁把灯又拉开了，一团人挤在墙角里，地上很狼藉，强光射的他们睁不开眼睛，女人嘴里骂着讨厌死了讨厌死了，整整外貌往坐的地方走。

"来来来，每人奖励一支黑塔山，为更快乐的下半夜和下半身。"

胖子打开柜子，从一个瓷坛子里一次次捻出白粉面儿，先自己卷了一根，然后让开地方说过来自个卷自个的，等谁伺候呢？

刘跃进这才搞清楚什么是黑塔山，但他还是搞不清楚为什么叫做黑塔山。不过，瓷坛子边上的黑乎乎的手枪和匕首，他倒是看了个真切。心里吓了一跳：矿上的防御得加强了，还有看家护院的狗，一定要抓个好品种的狼狗喂得肥肥的。

正想呢，那女人扭着肥嘟嘟的身子靠上来了，说我给小哥哥孝敬一支黑塔山？没办法，谁让老娘我看着你顺眼呢。

刘跃进对这个可是不敢沾的，赶紧说我有事我走了。夺门而出，走了老远心里还是扑通扑通直跳。

回到家里已经到了平常睡觉的时候，他做贼心虚地到几位长辈的屋里转了一圈，道了晚安，依然以同一种心情回到自己屋里。大丫问他去哪了，他说没去哪，就是问些机械的事情，没再说什么就睡了。

次日清早饭后，别人陆陆续续出工了，壮壮和胖蛋俩老兄弟坐炕上沉着脸抽烟，似乎很不开心。刘跃进心里有鬼，以为他们听到了关于自己的什么，屁股跨炕沿上正不知怎么开口，壮壮嘱咐他了：

"天阴下雨不能在矿上干活的时候，垒道墙把院子围起来，以后牲口吃的草，还有柴火什么的，都放院里，不要放在院子外头，真恶心。草弄成那样，牲口都不吃了。"

说完这话，他叼着烟袋气呼呼地下炕出去了。

刘跃进心里依然没底，小心翼翼问胖蛋究竟发生了什么事，他说让我怎么给你说呢？草棚里弄的脏分分的，人滚过的地方有味道，牲口根本不吃，今年还得到别处买草去。柴垛里也是，啥东西都有，吃饭都觉得别扭。你有空时到庄前屋后自己看看就知道了。

他似乎也不好意思说下去，叼着烟袋走了出去。

刘跃进似懂非懂，决定去庄前屋后实地考察考察。先去了草棚，那里有新储的干马莲，是准备用于羊群过冬的，雨天也提前拿出来喂羊。前段一家人捆成大捆架在横着的木栅栏上，现在不知被谁拽了下来，横七竖八躺在地上，多数草腰子都被弄断。再细看，墙角里扔着避孕套和手纸，上面还有黑乎乎的血迹。

他一惊。

避孕套这东西，喇叭口的女人们是不用的，她们不是被结扎，就是上环，这里的店里也不见卖，究竟是谁拿来的？一想这个，他联想出了更多：毒品、手枪、毛片、匕首，等等，这些都是哪里来的？肯定有某个秘密渠道，但他想不出会在哪里。

心事重重地往前走，路过铃铛家的责任田，这片地位置不错，是喇叭口屈指可数的好地，但挖金子以来荒芜的厉害，好像春天撒了种子，再也没有搭理过，草盛苗稀，比平常年景茂了不少。

突然，地中间传出唧唧歪歪的声音来，一个男声说给，女声说就不。男的说给的话我给你块手表，女的说老娘就值一块手表啊？我在河边撒泡尿，就能冲出个金戒指来。那男的说好吧，让我在你肚子里面撒泡尿，就给你冲出一个金娃娃来。

说完，两人压抑的哼唧声就混合在了一起，伴随着植物噼里啪啦的断裂声。

刘跃进猫了猫腰，赶紧走到低一阶梯田下，正好有块石头，他坐下来东张西望，一时不知该去干什么，阳光很刺眼地抚摸着他，心里燥热得厉害。

不一会儿，上面传来说话和跑动的声音。他半起身从一撮蒿子秆的缝隙间望过去，一个胖女人从方才那片地里朝这边走来，他弓腰拔草，装作什么都没有看见的样子。等那女人过去了，他从后面看了一眼，原来就是钉鞋匠的老婆。不一会儿，刘大成的儿子刘强哼着曲儿从上边下来了，踌躇满志心满意足的样子。

"这俩都能当娘俩了。"

刘跃进自言自语了一句赶紧低头继续拔草。对方假装没看见他，打着口哨往河那边走了。

立冬以后的喇叭口没有休工的迹象，相反的，由于别的地方进入农闲时间，以及喇叭口声名进一步大振等原因，怀着一夜暴富淘金梦的外地人如潮水样朝这个山沟里涌了进来。

不是所有人都能在金矿当上工人，也不是所有金矿都能挖出金子。一方面是趁着冬天地下水位低和不下雨的机会疯狂施工，另一方面是挣不到钱的人心里恐慌。越到年底，游荡在喇叭口的男人越多，他们拿不回去过年的钱，对自己失望，也怕家里失望，不敢回去。

小年那天，大丫生了个娃子，取名刘改，这是刘跃进坚持的名字，他说一是要改变他颠沛流离的命运，让娃儿过上安稳的好日子，二是他家几代人都是知识分子，都因言获罪，以后自己搞企业，让娃儿也当企业家，改改门风和命运。

就在全家欢庆的日子里，刘大成家的矿上出了件事，下班前清点当天出的金子，一块最大的不见了，按照每天的惯例，裸体和口腔检查以后没有任何结果。此事引起了所有矿主的恐慌：如果这样偷下去，大的好的都没了，麸皮片儿砂金价又低成本又高，损失太大。但这个神奇的金块失踪案没有多久就被另一家人的矿工揭穿，他家的大工突然于第三天失踪，这人住的窝棚里遍地稀屎，还有遗留的巴豆。

于是矿主们决定，在没有买回来有效的检测仪器前，把尾收一收，先不开采，免得被吃了。就在收尾过程中，张三台家的矿上又发生了另一件血淋淋的偷金事件，一个工人把自己脚掌的肉挖开藏了金子，用透明胶布贴上，在回窝棚的路上血流得太狠昏倒在地死亡，金子被没收，命没了，不仅得不到一点补偿，家属拉尸体都是晚上来的，因为没脸见人。

　　第二件事后矿主们决定连尾也不收了，人为财死鸟为食亡，啥招都可能想出来。金子都沉在底上，在没有找到可靠的防御办法前让别人清底，损失会尤其明显。大家都集体封矿，商量着到省里买检测仪器，待到明春再开工，或者是只有自家人清底，包括大工和队长，一律不得染指。

　　这些情况让想拿钱回家过年的人们彻底失去了希望，到金矿附近的河滩上碰运气和偷矿砂的事件猛然多了起来，不安定因素显著增加。许多人家干脆把家搬到了矿上，吃住都在那里，自家加固外围，各家各户的狗也多了起来。

　　乔家的矿最大，效益也最好；朱家的矿在另一个山头，他们分出去后也顾不上来这边，彼此没法照应。在刘家坪等待期末考试的二丫、乔新、乔华总说学习紧张回不了家。大丫一坐月子，人手显得更加单薄，一家人都搬矿上住，多的时候，竟然是矿上做好饭送到家里给大丫吃。

　　腊月二十七日中午，大姐被吓懵了，哄娃儿睡着后，她去往院里泼洗尿布的水时，大狼狗还对着她摇尾巴，等把尿布漂洗完去倒第二盆水时，发现躺在地上的狼狗全身彻底松弛了下来，而且龇牙咧嘴，一反平日机敏警觉的常态。走过去一看，它死了，一出一进仅仅不到 5 分钟的间隔就无可挽救，这是多么剧毒的药啊！

　　风很大，她不敢抱着娃儿去矿上找人，也不敢把娃儿放家里自己去矿上，赶紧进去，大半天紧紧从里面锁上门，神经质地在客厅和两个厢房里转悠，衣柜里、桌子底下乱翻腾，没发现什么，上炕等待有别人来。

　　坐那里心头依然不踏实，下炕又到各屋的窗口转一圈，还好，自打秋天开始，刘跃进陆续在各个窗户的外面加上了粗硕的钢筋，一时半会不会搞得断，白天也没人敢有那个胆儿。

　　太阳偏西之时，腊梅过来送饭了，她说妈太可怕了，就我进去淘了遍尿布的工夫，狗就被毒死，这毒药太剧烈了，我也要到矿上睡去，这家我不敢守了。腊梅说我赶紧去矿上叫他们，看怎么办，你不要出门在家等着。

　　过了一会儿，刘跃进来了，他说家里不会有事，谁都知道年底金子都卖了，傻瓜都会盯着矿上想偷偷清底，偷家里啥都偷不着。我放把麻醉枪给你，万一有事你就对着开一枪。大丫说拉到吧，真到那时候我都吓软了，倒是人家会把枪拿过去麻醉了我们娘俩呢。刘跃进心里害怕，嘴里说你瞎扯，有防盗门和钢筋，他们疯了？矿上那是小窝棚，人少了根本不行，我睡觉前送妈回来给你做伴，我现在赶紧回矿上去。

　　大丫心里不愿意，可一想矿上几下子就能扒拉倒的小窝棚和大家的安全，没说什么就让他走了。

不知是忙忘了还是有其他原因，外面已经漆黑一团，外面还不见人影儿，又过了一会，外面越来越安静，看来是没希望了。她检查了所有门窗，搂着娃儿躺下。虽然一点睡意没有，还是觉得关了灯比开着灯安全些，起码黑暗能掩护她。

不知啥时候迷糊着了，娃儿闹醒她后，一看表才两点不到。睡前的恐惧感减弱了一些，赶紧给他换完尿布，上炕把乳头一塞进他嘴里，头还没挨到枕头上，听见窗外当当当的声音非常坚定地传了进来。下意识地往外看了一眼，窗帘没拉住的缝隙里，陌生男人的半个脸对着他笑，白生生的牙齿间不时塞进瓜子儿，另半个脸隐蔽在蓝色的窗帘背后，只看见隐隐约约的影子。

大丫的耳朵嗡得一声，脑子里的血直往上涌。她不敢朝那边看，吧嗒一声拉了灯绳，看不见才会减少恐惧。奶本身就很旺盛，没多久娃儿松嘴睡着了，她壮着胆闭上眼，凭着直觉下炕走到窗户那边摸着拉窗帘，估摸着拉好了，回头上炕想对策。

窗外撬钢筋的声音已经非常清楚地传了进来，她觉得不赶紧自救恐怕晚了。忽然想起刘跃进给她说一瓶酒未必能砸死人，一个空瓶子准能要命，不知真的假的，现在也顾不上想那么多，反正桌子上放着一个。拿起来想到另一个厢房里去敲隔壁家的墙求救，啤酒瓶现在既是防身工具也是砸墙工具。

一出门，跟门垂直着的一杆东西不高不低直指她额头，她眼前一黑心想完了，他们已经进来。闭了会眼睛没反应，悄悄睁眼，认出了是挂在墙上的笛子。穿过堂屋到了另一个厢房，用瓶子敲邻居家的墙，说你们起来一下，贼撬我们家窗户上的钢筋了。

刚开始邻居家还在隔墙答应，待会儿就没了动静。不过他家的几条狗倒是跳到房上叫的猛烈，它们一叫，所有的狗都叫，大丫想只能回到娃儿身边等天亮。

刚返回到客厅，噼里啪啦的石头就朝着门墙的几个窗户砸了过来，玻璃稀里哗啦往地下掉，她赶紧进到自己屋里，娃儿没有醒来，外面的玻璃也被砸了，不过隔着窗帘，石头都被挡在了墙边上或外头。

肯定是外头有人觉得今晚狗叫的不对，啪啪响了几声枪后，杂乱的脚步声和奔跑越来越远，窗子里的冷风嗖嗖嗖地往里灌，天终于蒙蒙亮了。

这次事件猛烈地打击了壮壮的心情，即便刘跃进很快镶好了崭新的窗玻璃，加固了窗框，买进了狼狗，也不能让他开心。他说以往是穷点，但风气没有这么糟糕。现在的喇叭口啥事没有？钱要换来的是这个结果，还不如没有钱。他甚至不止一次抱怨过刘跃进，说就是你爱瞎琢磨，不然谁会想到喇叭口有金子？你看现在乱成啥样子了？

刘跃进说我也没想到是这样，刚开始大家不都兴高采烈的吗？

好些年了，日子有紧有松，但没有如1983年这个春节过得更糟糕的，又怕矿被盗，又怕家里被偷，还怕把谁给绑架了勒索，怕年轻的女孩受到侵害。从来没有过的富裕，从来没有过的不安。

过了年，矿主们都去兰州或刘家坪买防盗金子的检测仪器，喇叭口的陌生人继续增多，有的是回乡过年后返回来的，有些是第一次来这里寻觅发财梦。春暖花开之际，庄稼没人过问，更大规模的采金活动展开了。

春末夏初，不知张三台从哪里得到了一种新技术，是先聚集起来一汪水，将一种氰化物混在水里，然后把原来粗放地浪费了的矿砂堆进水里还原金子。这种做法很快传播开来，各家都准备去买氰化物。原来油黑的泥沙土经氰化物水一浸透，变得血红，土堆底下的水汩汩朝下流，如屠宰场的污水。

自打上游开始挖金子，下面的村庄都各自掘了井，流下去的水是没有人敢用的。但趁着早晚水相对清的时候，牲口依然喝河沟里的水。可张三台的技术推进的第一天，下游大李庄好几家人的牛羊喝过水后无一例外死了，他们追上来找麻烦，张三台的矿被砸了，家里的东西也被分了。当铃铛看见花好几倍价钱从黑市买来的电视机被抬上架子车拉出门时，怀里的老二正在吃奶，她把娃儿狠狠地捂在奶头上按进怀里。娃儿不论怎么挣扎，她都死死地摁着撒气，过了半个时辰松手，娃儿早死了。

刘跃进对这事儿的谴责和痛心还没有平定，更黑色的一件事发生了，刘大成儿子刘强和两个工人在井下作业时，由于抽水机的轰鸣盖过了雷声，一场山洪下来，顷刻间三个人的尸体与木头一起漂浮到了沟里，最后晒在了黑黝黝的泥巴上，雨后艳阳高照，硕大的蚊蝇拖着厚重的嗡嗡声，在尸体上起落。

刘大成一夜苍老。他躺在自家炕上不出来，说矿也不要了，谁拿走什么尽管拿去，自己就等着死了跟着刘强去。何翠翠托人火葬了刘强后，被遇难的矿工家和家里的事搞得焦头烂额，带着几个娃儿躲别处去了。

壮壮背着刘大成一家，按当时的命价每人两万打发了那俩工人家的人拉走尸体后，直愣愣往家赶，一进门见刘跃进满脸愁容地站在檐下发愣，他什么都没说，从柱子上取下挂在那里的皮鞭，劈头盖脸朝他抽过去，嘴里骂着说你这个王八蛋，是哪的干嘛不在哪待着，跑我们喇叭口干什么来了？来了又不安分，挖什么金子？你看现在把喇叭口祸害成啥样了？刘强死了，大丫爷爷奶奶嘱托我们关照他，你却把他害死了。

刘跃进的脖子被抽破了，血汩汩地往外冒，站那里哭，却不躲避。家里其他人也哭喊，这当儿胖蛋进来了，壮壮拿着皮鞭朝胖蛋走过去，说你这个混蛋给我跪下，把你打死了我喝老鼠药去。我千辛万苦撑着这个家护着你，你却领来这么个害人虫，你看现在他把这里害成啥样了？看看山，看看水，再看看人，死的死了，活着的都变得跟鬼一样。

腊梅和秋秋哭着过来拉架，壮壮说今天你们谁拉我打死谁，大丫哭着过来把怀里的娃儿往前一伸说打吧打吧都打死算了。

壮壮把鞭子往地上一扔，"嗨！"了一声进屋去了。

四十

春节过后，报纸上报道沈阳因偷窃被发现的王宗玮、王宗方兄弟，制造了数人死伤的枪案，开始了一场从北到南的大逃亡，并在逃亡过程中拖泥带水出不少新的血案。后来又爆出了更凶的。如卓长仁等几人从沈阳劫持民航班机飞逃南朝鲜；内蒙古呼伦贝尔盟喜桂图旗发生 27 名无辜者被害、多名女知青被强奸的特大强奸杀人案；北京火车站发生了 9 死近百人伤的自杀性爆炸事件……报纸上说许多地方公共场所秩序混乱，妇女不敢在夜晚上班，人们失去安全感。与此同时，被严打掉的硕果也不断在媒体上展露出来。喇叭口村被引起普遍关注的为报纸上登的以下几个案子：

四川泸州一小伙和同伴打赌敢亲过路女孩的嘴吗？结果真的去亲了一女孩。抓后被判死刑枪毙了；郑州一对男女谈恋爱遭女方家长反对，女方和恋人半公开同居要挟父母就犯，女方家长诱逼女儿告男方强奸，男青年命丧刑场；安徽一个小青年与妓女发生关系不给钱，被告强奸已判 15 年，严打时改判死刑；某北京小伙在大街上看到一个洋妞跟别人扭打时被扯开上衣，上去摸了一把被枪毙了；一女青年和在逃犯罪分子有性行为，结果判刑了，因为客观上起到了助长犯罪分子嚣张气焰的作用……

人们把这当新闻看，判轻了判重了，该不该判，都当茶余饭后的谈资，发生的地方多是收音机里经常听见的大地方，没人认为跟喇叭口这样的小山沟有关。

然而，暑假后上了大一的二丫却在信里告诫说让乔新、乔华、刘跃进都好好待着，不要乱说乱动，严打不仅仅在大地方，而是全国性的。

果不其然，没多久，喇叭口的风声便一日紧过一日。

本地人知根知底，坏人都集中在喇叭口，到那里去打，没准能超额完成任务。

这话除了一定程度上符合事实，也迎合了各村干部的心理。喇叭口的暴发户多，张扬的让他们眼红，而且财大气粗不太把其他地方的干部放在眼里。

此外，毕竟乡里乡亲搞多了不好，拿喇叭口的外地人开刀，能完成任务，减少麻烦，还能搞到钱，何乐不为？于是，乡里组成严打工作小组进驻喇叭口，来推进这项运动。

第一个被严打掉的，是一个叫胡文瑞的小伙子。他是去年来这里打工的，22 岁，据他自己说是舅舅养大的孤儿，等待入赘。

小伙子憨厚敦实，一身好力气。他一来就被成老三看上了，成老三是 63 年从张掖逃难到喇叭口的，那时他也就胡文瑞现在的年纪，来时领着个不会走路的小女孩，叫成兰花，一会说是他自己的娃儿，一会又说是捡的，谁也搞不清究竟这丫头是不是他的。

成老三家因为劳力不足，忙了半年多，矿坑只下去了几米，人累得要死，金子的毛都没见到，没有出金子就没钱买机器，自然也不能雇人，结果看着人家越来越富，他们家却越来越拮据越来越苦，就等上门女婿改变这种情况。

胡文瑞说别怕，我去挖吧，挖出一点来日子就好过了。他在矿上搭起窝棚，每顿饭由成兰花送过去，他在那里没日没夜地挖，说等挖出金子来就成亲。

金子挖出来了，成老三迟迟不肯兑现，更糟糕的是，成兰花的态度也闪烁其词。终于有一天，在胡文瑞的逼问下，成兰花说他爹说了，肥水不流外人田，养她那么大不容易，他自己娶老婆没看见合适的，让成兰花陪他几年，反正年轻人的日子还长着呢。胡文瑞发疯似的说这样乱伦的事你怎么能干？他是不是一直欺负你？成兰花说以前没有，现在有你，怀上娃娃不怕了，大不了到时赶紧成亲，一个月前才开始睡我。

想着到这里后没日没夜的辛苦，胡文瑞几乎没过脑子，一脚就把成兰花揣进了矿坑里，成兰花在里面喊救，喊得越猛，他把砂子石头往里面扔得越起劲儿，没过多久，就听不见她的声音了。胡文瑞继续往里头填砂子，直到脚下松软的砂子没了，才扛起铁锹往队里走，打算去找成老三。

还没到村口，看见成老三扛着铁锹朝这边走了过来，他躲到树后头，等他哼着五哥放羊从自己身旁晃过去时，抡起铁锹几下子，他连喊叫声都没出来就成了血肉模糊的一团。

扛着铁锹往严打办公室走，胡文瑞心里一点恐惧感都没有。推门进去，他说我来投案自首了，我把成老三家的老畜生小畜生都杀了，你们枪毙我能完成指标保护个别人，我也想在万人大会上出出风头，我还从来没有出过风头。

胡文瑞的案子没有任何疑问，很快被宣判枪决。为了达到震慑效果，大李庄在一块空旷的山坡上举行了公审。这场枪毙人的活动几乎没什么悲剧色彩，胡文瑞说自己赤条条一人，回去就回去了，仇也报了，不就去见父母吗？真正的死而无憾。大李庄的人认为胡文瑞杀了那父女俩是应该，还有不少替他求情的。严打办的人说值得同情是值得同情，但杀人偿命是党纪国法，这是必须的。

胡文瑞被执行后，人们如潮水般涌过去，有看热闹的，也有拿馒头蘸脑浆吃的。刘跃进不知怎么的就被挤到了最前头，后面的人继续朝前挤，他为了免于爬到死人身上，只好把一只脚跨过去，地上死人破碎的脑袋模糊地展现在他眼前。

他怕自己被挤爬下，大喊大叫，可根本没人理他的茬，后面的还在一股脑儿朝前挤。突然，一双大手跟铁钳子似的抓住他的肩膀猛力一提，把他拽离了死人，他抖着腿借着外力再努力了一次，终于离开了一线进了人堆里。

壮壮给他脸上狠狠一巴掌道：

"都当爹的人了，啥热闹不凑？为拉你出来我都快被挤死了，你就不怕吓出神经病？"

刘跃进这次心服口服，结结巴巴地说，爹，亏你救了我，我当时腿真的立不住了，你要不拉我，我肯定爬在胡文瑞身上昏死过去了。

看着他可怜巴巴的眼睛里飘飘忽忽的神情，壮壮心疼了，扶他坐在一块大石头上说定定神再走，当我看见你在那里时，我心都不跳了，要不是那么多人挤住我的身子，我早都倒下去了。

刘跃进回家后，谁都觉得他变了，在炕上他会尽量往里头坐，占了老哥俩的位置不说，还要两边有人，背后靠墙；起夜非要有人陪着，而且出去时让别人先走，回屋时自己走前头。他怕黑暗，怕影子，经常紧紧贴着墙角发呆，一家人都担心他要是疯了可咋办？

就在这时，第二批严打名单贴了出来，书店的老板、既有黑塔山又有红塔山的胖子等十几个人赫然在上，全是外地人。

从来对运动淡漠和抵触的壮壮，这次一反常态的积极，看着这些名单，他眼前翻腾的是被滚平的庄稼和干草；庄前屋后带着暗红血渍的卫生纸；歪头耷脑的避孕套；尸体、浑浊的溪水；随处滑倒人的粪便；满目疮痍的山头。耳朵里响的是哼哼唧唧的亲啊爱啊的曲调，还有树丛里墙背后的浪笑。

"是要打，得坚决打，再不打这里就完了。把那些乌七八糟的东西坚决扫出去。

他狠狠地说，特别赞成"可抓可不抓的，坚决抓；可判可不判的，坚决判；可杀可不杀的，坚决杀"的口号，还扳着指头算还有那些人该收拾。

糟糕的是，让被严打的人揭发谁曾跟他们有来往时，刘跃进在被检举之例。说他买了黄片，看了黄片，还说那次灯灭了，都是胡摸乱抓，谁也不能保障他没有浑水摸鱼，等等。

壮壮像搬起石头砸了自己的脚一样难受，这个小流氓，你要是杀人放火了，还像条汉子，偷鸡摸狗的生活作风问题，让我们一家的脸往哪里放？

就在他准备和胖蛋商量不如让大丫离婚打发刘跃进滚蛋之际，严打办的人来了，说想了解了解刘跃进的情况，看还藏没藏着不健康的东西。刘跃进去了矿上，壮壮把他所有的东西都亮出来说搜吧搜吧，该拿走的都没收了，犯啥罪了该怎么处理就怎么处理，我绝对不会袒护这个小畜生。

撬开他的书箱，除了技术方面的书，是一些歌带，有邓丽君的，李谷一的，王洛宾的，还有几盘黄色录像带，香港女明星的画片，等等。严打人员小心翼翼地把这些东西收藏起来，继续翻。一本日记扉页上写着：

请缩手，它只有一个读者！

没人在乎一个已经被剥夺了隐私权和名誉的人的警告。严打办主任大大咧咧随便翻，第一次翻到的是三个年轻人的照片，刘跃进站在左边，中间是一个漂亮的姑娘，虽然穿着喇叭裤戴着蛤蟆镜，但稚气和青涩显然在脸上，是那种故意装大的神态。另一名小伙子站在最右边，俩男的的手都搭在姑娘的肩膀上。照片底下是泛黄同时泛白了的钢笔嬉皮话：

我们都爱你，你爱谁是你的事。

继续饶有兴趣地翻，是一幅画，看不清是一对小猫还是小老虎缠绻在那里，画下的字迹非常潦草：

此刻的你是不是也在想我？

和你分手，真的好伤心。心一直在疼，放不下疼的忧伤，放不下思念的迷恋惆怅……原以为自己很洒脱，可以放得下，可以忘记你，可是……我知道我们已无缘再走到一起，可我却无法把你忘记。我会把你变成我的一块心瓣，永远珍藏在灵魂深处……

一看日期，是三年前的，正好是他来喇叭口的前几个月。

再翻，是两只歪歪扭扭的小光脚丫子，指头有点蜷着，遮遮掩掩往一起够，却还有一段距离。底下是几行字：

守着，念着，苦着，甜着，默默等待着，

有一份流浪没有归宿，

有一种执着找不到回路，

却依然追寻无尽的凄凉。

这日记比前一篇晚几天，上面还有斑斑污渍。

"这家伙没准边写边哭了。"

严打办主任说。

壮壮的脸上再也挂不住了，显然的恼羞成怒和不耐烦：

"拿走拿走，把那小流氓也一起带走算了，算我当时瞎了眼，引狼入室。你们看着办吧，他该刀上死刀上死，该绳上死绳上死，再跟我乔家没关系。"

说完这话，他怒冲冲出去朝堂屋里走了，把严打办的人放在那里不管。

这些人继续翻，箱底子一个小皮夹里有跟女孩子的绝交信，还有一个心形的钥匙链，一块丝帕。

当晚的家里乌烟瘴气，壮壮说爱吃什么都各自到外面的饭馆里解决吧，不论看着你们谁我都生气。刚说完，住校的乔新从学校里来了，问家里出啥事了？壮壮说刘跃进那个流氓，写在日记上那些个恶心的东西，真让我没老脸活下去了。

乔新反倒生气，说日记是自己的隐私，你们大家偷看就是违反道德的，还有脸说？

壮壮的情绪火上浇油：

"就他那个不要脸的还说什么隐私不隐私的？"

他声音更高了起来：

"这叫什么话啊，谁没有隐私？我的日记要是谁私自翻了，我跟他玩命。都这年月了，还这思想。"

说完他气呼呼地往外走，撂下一句：

"我找我姐夫去。"

壮壮追上一句：

"你跟你爹一样混蛋，护着那个小流氓把我往死里气。"

乔新不理他，沿着一溜排过去的小店走，在最末一家看见他爹和刘跃进坐在里面的角落里互相给斟酒，仰着脖子豪饮。他进去坐边上说我跟你们吃饭，家里就我大爹一个人，还在那里发火，别人不知去哪了。

俩人不说话，继续喝他们的，乔新拿了双筷子，往嘴里夹凉了的菜。

"就这样吧，你拿两万块钱的份子去城里，西安还是兰州你自己选，开个馆子什么的。严打办那里家里给你想办法摆平。我哥没有往外边走过，有些事他太在乎，一根筋。这地方的人也差不多，跟你长在大城市的人不一样，城市里更适合你。等什么也顺了，再把大丫和娃儿接过去。"

"如果一定让我走的话，我还是去兰州得了，我父母当初就反对我来找你，跟大丫的婚事他们也不同意。现在我灰头土脸地被扫回去，不是给自个下巴底下垫砖头么？再说了，二丫和乔华都在省城里，乔新马上也要高考，如果再到了省城，大家帮着做事更好。看着他们我也开心，真的离不开了。"

"走吧走吧，你本来就不是这里的人，憋屈到这里干啥？爹，我看你赶紧去把严打办那些人给摆平了，万一明天拉我姐夫游街什么的，我大爹那个脾气，还不气疯了，没准打我姐夫最狠的就是他。"

胖蛋说没准还真是。那你俩在这先待着，我去看看。说完他从内衣口袋里掏出一个小夹子来，把一张一万块钱的存折给了刘跃进道：

"这是我一部分份子钱，跟你的份子钱没关系，算我帮衬你的。就像你以往给我弄吃的一样，拿着别客气了。几个娃在城里，你是老大，喊叫着他们，拿出大哥的架势来，钱我在家里努力挣，你不要亏着自己的身子。我现在就去严打办，事情要是办得顺，今晚开个家庭会，把家里和财产的事处理一下，你赶紧走人吧，免得夜长梦多。"

没等他俩说话，胖蛋自己起身走了。

严打办的人挤在办公室里，有的坐着有的随便靠在一个地方，根本没有在意胖蛋的到来，自顾自看他们没收来的录像带，指手画脚评价男人和女人的性器官优劣大小。

他畏首畏尾地踅进去，说黄主任，我有事跟你商量。黄主任眼睛不离开屏幕，不过脑子还是清楚的，说我们在检查没收来的录像带，是不是黄的够处罚标准；按什么标准处罚，总得心里有数。你说找我有啥事？

胖蛋又迟疑了一下说，里面说影响同志们的工作，要不咱外头说？

黄主任恋恋不舍回头看着笑着跟他出来了。

一听刘跃进的事，对方的笑容烟消云散，一字一顿地说：

"他啊，如果连他都不严打，严打就没有必要了。别人就是杀人吸毒卖淫嫖娼，他除了作风问题，还有精神污染。说实在的，杀了几个人是有数的，嫖娼卖淫吸毒的也是有数的，但精神污染跟空气一样，危害无边无际，对社会的不良影响无法计算，你说是不是？"

"黄主任说的是，可他娃儿小，又是我招惹过来的，他还是独子，祸已经惹了，我怎么后悔都来不及了，还求黄主任给活动活动从轻发落。"

对方刚要张口说话，一块沉甸甸的硬疙瘩塞进了他的手里，估摸着有二两左右。他嘴还动着，已经听不见声音了。接着又是一个纸条儿塞进了他的手里：

"这是我家矿上的份子，一万块钱的，保底15%，年底清底时请你来指导生产。"

到这份上，黄主任的脸软了笑也软了，话更软了，说难度肯定有，我尽力我尽力，你家的事就是我家的事。没几分钟时间里，好像他有求于胖蛋一样。

第三天，就在同时有红塔山和黑塔山的胖子和波浪头女人被宣判死刑的日子，胖蛋套着车拉着刘跃进和他的东西绕道到了大李庄，送他上了去兰州的长途汽车。

四十一

　　严打让喇叭口的治安和社会风气好了许多。与此同时推进的一项工作，是县里加强对金矿的管理和投入。巡视员定期不定期检查生产的过程中在许多家矿上有了股份，因为自己利益的参与，纵容入股金矿拓展面积，为这些矿谋取好的金窝子，实际上成为了巡视员的主要工作，这些上级派来的外乡人，没矿胜过有矿，他们是真正坐在酒桌边发大财的幸福人。

　　比起小打小闹的私家矿，年底进驻的县金矿，那才叫有力度有派头。这个矿一次性开来了两台挖掘机、5 台装载车、10 多台自卸车，50 多名正式工人，据说他们多是酒泉地区转业的工程兵，以往专门挖工事的。

　　县金矿直接在沟最里头的老龙窝支起了巨大的绿帆布帐篷，炊事班、医务室一应俱全。因为离家远，而且开采难度大，老龙窝是彻彻底底的处女地，可县矿扎营不到一星期，这里就成了喇叭口的采金中心。

　　比起小家小户的开采，县矿的采金气势如牛。矿井的深度不是几米十几米，而是七八十米甚至一百米；跟日出而作日入而息、天阴下雨停工的个体家庭生产完全不一致的，恐怕是一日三班倒风雨无阻的连续施工。喇叭口几十米高、人人望而生畏的玄色石崖，在机器的轰鸣声中一步步后退，原来错不过两辆车的沟现在宽到几十米，而且在继续延展。

　　沟宽了，一个个洗金池建了起来，先是把采来的矿石加上水银后碾碎，然后在洗金池中使用化学药品氰化钠进行提炼。这些洗金池几乎都没有作防渗处理，提炼过黄金的废渣堆积在露天，都在村民和灌溉饮用水源的上游，现在连井水都不保险了。喇叭口的村民不得不到几公里以外驮水吃。

　　原本年年能够丰收的土地不能再种庄稼，原先可口的山泉水喝下去后竟然出现了腹胀腹痛现象，放养的羊只还出现牙齿普遍脱落的情况，经常因为误饮洗金池中或洗金池附近的废水而中毒死亡。每当此时，矿老板都会以高出当地羊只收购价给予赔偿以封住农民的嘴。矿工被坍塌的矿石砸死或砸伤的事情不再能引发人们的关注，发生事故，矿老板就会给死者家属一点钱私了。

谁都知道有钱能使鬼推磨那句话，但从来没有如此切身地感受到过。钱是万能的，买得到亲情，如干爹干儿子；买得到爱情，如傻小子娶了俊闺女；买得到命，如严打中的买命抵命、死了人后一两万块钱的私了和封口，等等。

钱多了，头绪也多了，严打的效果不到一年就连本带利还了过来，一年前被杀的，除了胡文瑞以命抵命的合理，其他那些个如果耗到现在，要是不做得更大更出格，根本没人当回事。倒不是事情本身不是事，而是人们忙得根本顾不上别人在做什么，按照自己的意愿去做事、捞钱。

除了乔家，以前喇叭口的村民是战乱和饥荒中积聚起来的，综合条件好的、主要是物质条件好的组合成了家庭，老夫少妻和光棍就成了喇叭口的突出特征，四十左右的女人和六十多岁的丈夫，还有五六十岁的老光棍，现在有的家庭开了矿，开不了的把地、房子租出去，或雇人供应快餐，也成了富人。

宽松的环境和宽裕的钱，给喇叭口的村民带来了另一个意外收获，就是光棍们都娶了老婆，原来的老夫少妻不再怎么关注老婆的生活作风，因为他们可以染指更年轻的女子。同样的，少妻们也把眼光从自己父亲辈的老丈夫身上挪到了膀大腰圆的淘金工人那里，或油头粉面的小店老板身上。不惑左右的女人们空前地注重起打扮来，大喇叭裤小喇叭裤，夸大的肩部线条、高跟鞋、手环……总之，城里有什么，喇叭口很快就有什么，而一旦喇叭口有什么，每家每户的女人就想赶紧拥有。困难时期嫁了的老丈夫们在活跃，她们也不安分。

不论将男女关系说得多么肮脏和羞于启齿，可人们就是喜欢这事，躲着闪着，咒着骂着，愤怒着讥笑着，甚至用暴力扼杀着，还是挡不住它汹涌的步伐。老光棍们焕发了青春，有成了婚的，有把打工妹和女店主带到家里过夜的，也有在沟壑田野苟合的。脚踩好几只船的不时还放出话来说在选呢，等有了合适的，是得找个以后伺候我的。大有以前娶了老婆的是失误之举的意思。

光棍结婚搞最热闹的，是59岁的李二牛迎娶22岁的蔡金花。除了年龄上的悬殊，最主要的原因在于蔡金花长得太漂亮了。她是大李庄三队的人，男人原来在金矿打零工，两个月前被滚石砸死，滚下石头的矿上说谁叫他不操心？他打零工的那家矿主说又不是我们家矿上的石头砸死的。扯来扯去，两家各出5000块钱算是抚恤。婆家拿了钱，不给蔡金花和刚满两月的女儿，让她带了孩子改嫁，李二牛仗着自家的小金矿和雇人经营的餐馆，把蔡金花娶到了自己家里。

李二牛的事进一步攒动了老男人们心里跃跃欲试的兔子，茶余饭后就谈李二牛，说他精神了，爱笑了，态度不自然了，对蔡金花低声下气了，等等。为人家担心的话也常有，比如他有没有力气让蔡金花开心？能不能怀上娃儿？有没有人打蔡金花的主意？等等。跟老婆吵闹起来时，他们常说的一句话是不想过就另找去，当我离了你打光棍不成？人家李二牛那孬样儿还娶了蔡金花呢，我娶不上好的还娶不上丑的么？

县金矿的工人是女人们最感兴趣的群体。

除了他们是公家的人这一条，军人的气质和略有文化是最大的魅力。他们走路身板直，还会唱嘹亮的军歌，家属全部不在跟前，比喇叭口歪瓜裂枣的男人们强多了。这些因素都增加了双方搭讪和接触的动力。

这种趋势还不断有低龄化的趋势。

没有大规模淘金以前，喇叭口的学生如二丫、乔新、乔华，还有王家二小子、李家三丫头，等等，都是有名的尖子生，喇叭口也被称作大李庄公社的秀才村，他们几个上大学后，这里再连中专都没人考上过，找异性和弄钱成了仅有的价值观。壮壮在鞋底上叩着烟锅头骂道：

"妈妈的，以前左也说是'四人帮'干扰，右也说是'四人帮'干扰，现在'四人帮'没了，还往哪里推责任？娃子像发情的公狗，丫头像骚货，够着够着往前，幸亏我们家的娃儿生的早，现在都上了大学，不然谁知道丢啥脸呢，刘跃进就险些让我丢死脸。"

说到刘跃进，不好再继续下去了，他在城里的小饭馆开的很顺利，好几次说要把大丫和娃儿接过去，壮壮一方面还在生他的气，另一方面他们母子再走了，家里没有年轻人，就剩四个老人，觉得日子没发过下去，因此一次次找借口拒绝。

壮壮上次让刘跃进脸上抽了耳刮子，这次又是。

年终，他托一名来喇叭口给县金矿送蔬菜的藏族司机洛桑顺便给家里带了几箱子年货，这人原来当过几年兵，没什么文化，身材高大威猛。晚上在乔家喝酒吃肉，住在了乔家。他说车坏了，要修理一下再走。家里只有大丫做饭，也只有他俩年龄相仿，一会儿端饭一会儿说话，几个大人在矿上看雇工干活，帮帮忙儿。

第四天上午壮壮忘了带烟袋，中间让烟瘾折磨得受不了，提前回来了。

院门一反常态地紧紧闩着，还没有来得及晃荡着来让开门，听见洛桑在大丫屋里叫道：

"舒服死我了，真正的黄花大闺女啊！"

心里颤抖的当空儿，听见外孙子从堂屋里哇地哭了起来，似乎被尖利的东西扎了似的，他本能地想冲进去看娃儿，却见大妞从她自己屋里提着裤子出来慌乱地往堂屋里跑。

壮壮早已忘了烟瘾，晕晕乎乎朝庄后走去，不知不觉间，一脚拌在了枯树桩子上，脑袋不偏不倚撞上前面一块石头尖，刹那间钻心的疼痛后就没有了任何感觉。

壮壮的离去是这样的突然，以至于人躺那里两天了，胖蛋还觉得他会突然站起来，提着烟袋迈着掷地有声的脚步从家门口朝着矿的方向走去。

埋葬了壮壮，洛桑把刘跃进叫到一家餐馆，要了个小包间，说要用藏族人的直率和好兄弟的礼仪跟他谈一件事。

"我把你老婆牺牲了。"

他直截了当地说。之前他喝了半瓶酒，给刘跃进倒的半茶杯依然放在那里。

刘跃进没有表现出他预想中的反应，不过他把一直放在那里的酒杯端了过来，默默地喝了一口。

"你娶那老婆就是自欺欺人，让人家城市丫头甩了，心里难过，跑到喇叭口娶了大丫凑合，她心里啥都知道。你们本身不是一路人，结婚前这种感觉不明显，以后就很明显了，对不？现在他爹走了，家里没有男人，喇叭口现在是土匪窝子，我在的话会安全些。"

刘跃进慌不迭地愤愤辩解：

"我才不是被甩了呢，是他父母不同意，那姑娘对我可好了，不许你说她。"

老婆被人搞了他好像没反应，一说那女孩的人品，他反应激烈得多。

"好好好，是她父母不同意。"

看着刘跃进的态度，洛桑觉得跟他谈这个问题的压力小多了。

"我们是一类人，我说的是我和大丫。没啥文化，进不了大城市，在家干些粗活就行。跟她在一起，你们两人都受罪。你一直对她家那么好，是亲情了。都还不到三十岁就这么迷迷糊糊混，不觉得很亏吗？你在城里找一个，车归车路归路，谁过谁的，我们当亲兄弟有啥不好的？"

"你扯吧，哪有那么简单？娃儿都两岁多了，错了对了，现在只能这样了。"

"你要为一个娃儿搭进去两个人，现在是我们三个人的一生啊？"

"那怎么办？娃儿那么小，我小学毕业就一直跟父母不能一起过，尝够了苦头，总不能让娃儿也步我的后尘吧？"

"娃儿可以你领着，也可以我们领着，一家的娃儿你还在乎那个？退一万步，我和大丫已经那样了，而且非常快乐，你还能接受她吗？她也不一定接受你啊。"

刘跃进一想，可不是？他回来后大丫一直低着头，天天守在灵堂里不出来，他连碰都没有碰过她，自己也没那个愿望。

"再说吧，我心里都快乱死了，明天我就回兰州，跟二妞他们几个商量，那几个东西有的是招，思想解放，信息又灵通，靠得住。"

"那你给我给个话，还允不允许我和大丫亲热？我们是兄弟，你允许我就亲热，不允许我就给你赔礼道歉，你说咋样就咋样。"

刘跃进自己都不知道嘴里咕哝了句什么，先起身走了。

第二天，他托辞店里有急事，告别家人往兰州走，没有想过老婆会跟谁睡，娃儿跟谁过，不知道是他从来就喜欢漂泊，还是如洛桑所说，到农村就是失恋以后一时冲动的逃避？

很可能是后者。他想。不然怎么在兰州过得那么自在？不想女人不想儿子，跟二丫、小舅子，还有他们的同学朋友；自己的朋友一起混。跟女性的暧昧也不是没有过，不过没有发展到实质性阶段。严打搞得他心有余悸，而且觉得欠乔家太多，他不想再有第二次冲突。还有，他不想失去乔家在省城里的三姐弟，以及胖蛋，他们太好了。

迷迷糊糊过了几个月，突然有一天电视里播放喇叭口遭遇洪灾的事，刘跃进一看惊呆了：那些熟悉的沟壑里，粗野的泥石流疯也似的掠过后，顷刻间面目全非。横在地上的，是狼藉的树干、石头、泥沙、草芥、工具、车辆，以及尸体，有人的也有兽的。

他以为这是刚才发生的事，腾一下站起来打算去找二丫他们几个商量对策，看谁回家，哪天回去。

可电视画面马上翻到了后头，是阳光灿烂大地被晒得开裂的场景，原来事情是昨天发生的。现场直播是一排尸体排列在比较高处的平台上，哭的喊的，撕心裂肺的。他的直觉就是找自家的人。还好，家里人和洛桑都忙在救助人员队伍里，他们也在哭喊，但能哭喊的就活着。至于财产，现在根本算不上什么。

赶紧准备房屋把家里人接过来，这是刘跃进的第一个反应。找来几个店员，每人给他们50块钱说先到外面租半个月房子，我家里遭难了，来的人要住二楼。安当完他们，出门给学校里的几个打电话说家里出事了，不过人都没事，他在电视上看见了，过来商量商量，去接人的接人，收拾房子的收拾房子，店还得开着。

去接家人的是刘跃进。

长途车到大李庄后，去喇叭口的路就断了，水灾后的河沟，草和低矮的植物全被泥汤没过，探出头来的石头尖和支愣在稀泥浆汤里的木棍，披戴着满身的干泥巴，挂着丝丝拉拉的枯草、羊毛等，晾在白花花的烈日下。

没有车又背着东西，没走多久就累得够呛，他把东西从左肩倒到右肩，再从右肩倒到左肩，前面后面不断留意着，看有没有人让帮帮忙，可一直没有结果，只好艰难地继续往前挪。

电视上的场面又在眼前晃悠，是原来县矿为主的那部分。几个小时后到了村里，才真正看到了什么叫毁灭。河没了，反过来说到处都可以说是河，只不过是丝丝缕缕的泥汤流如孤魂野鬼一般没有方向地乱窜。除了地势高处河滩几十米的居住点，无所不至的泥水把整个喇叭口裹了一遍。

即便到了门口，他也没遇见几个人，阴沉着脸和他们打完招呼，匆匆忙忙推门而入。

家里倒没有他想象中的那样悲悲戚戚，只是沉默和压抑使他觉得不如都放声哭一阵让释放一下自己的心情。

"大家先去在兰州躲一躲吧——他们几个都快急死了，过段好些了，如果你们愿意回来，我再送回来。"

刘跃进的话说的胆怯和极力小心。自打那次壮壮打了他，骂他寻矿是惹是生非，他就尤其关注喇叭口发生的每一件不好的事，并将其非常自然地与淘金联系在一起，他时常会产生深深的愧疚，当初一个单纯的动机和个人英雄主义最终演变出那么多想不到的结果和变数，是他始料不及更无法掌控的，比如这次的毁灭，就是自己离开以后的事。然而，淘金起源于他，这是抹不去的事实。

别人都对去兰州的事不置一词，这家里，代替壮壮的，自然是胖蛋，他说什么是什么。

跟预想中的差不多，他拒绝的很坚决，因为家在这里，坟在这里，他一定要死在这里。

每天刘跃进都很自觉地早早睡在原来乔新乔华的屋里，是怕安排睡觉前的尴尬，他真不知道洛桑是不是一直住在他家里，反正今天他在，大丫也没有对自己表现出什么，不论是怕、害羞、还是殷勤和渴望。至于娃儿，早认不出他是谁了，抱一抱就哭。

　　一种自己很多余的感觉无时无刻不挤兑着他，在家里多余，出去溜达，别人没心情也没热情跟他搭讪。想去周遭逛逛，泥汤和新增的石块阻挠着他不得前行，宛如也嫌自己多余。度日如年地坚持了三天，赶紧走人。洛桑说车路坏了，可以走着去送他，他说不用了，空着身子有啥好送的？

四十二

打喇叭口回来，刘跃进从来没有过如此大的压力。

春节去看父母，他们的老态已经显现，送他上火车时，妈妈第一次在这种场合流泪，而且哭出了声音。他读小说时不止一次有人写到过，如果以往分别时父母不哭，现在没有特殊原因开始哭，这是人老了的表现。

他们建议他到咸阳或西安来，还表示想孙子，也可以接受大丫。刘跃进当时心里就很乱，觉得连给他们完整准确叙述自己的生活都做不到，不是不想，是本身一地鸡毛。

制造了些推脱理由回来后，闲下来也考虑以后的出路，是得回去了，把自己的生活打理出个头绪来，得回去尽儿子的义务。

可水灾给他又增加了新的压力。自从家里的金窝子出金以来，他就觉得乔家彻底翻身了，连自己开饭馆的启动金和严打时的救命钱，都是乔家出的。一年多前按份子，他得到了两万块钱，肯定宁多不少，俩老人对他的怜爱，没有任何可怀疑的地方。现在家里的底子不会好，出了多少金子，金价几何，他一想就清楚。从他离家和三个学生上了大学，家里没有雇过人，他们怕工人违章出事，就几个老人和带着孩子有一搭没一搭出工的大丫挖着，出不了多少东西。

现在想起来真是幸运，要是雇工人，这次大雨出了事，自己把饭馆赔进去，以后一大家口怎么生活？虽然现在收益不多，但立住足了而且盈利，自己混得下去，每月给家里贴补生活费还是没有问题。为了以后的发展，得打起精神来好好工作。

他一骨碌翻身坐起，窗帘拉得很严，外面也没有月光，但窗台上隐隐约约的瓶子外形看得非常清楚，是一瓶尖庄酒，56度，算是烈性了，放那里已经很久。刘跃进本来酒量就不行，自打严打以后，他烟酒不沾，是那晚跟他们在一起看黄片时的印记太深了，一想到乌烟瘴气的当时，他就想吐。

现在他突然特别想打开那瓶酒，在黑夜里不开灯咕嘟咕嘟把自己灌得稀巴烂。他还真做了，边开瓶子边想，再两个月就三十岁了，把自己搞恶心一顿，算是个纪念，以后依然不喝，得努力工作。

就那点猫肚子，还没喝就想到了结果。皱着眉头喝毒药一样灌下去一茶杯、可能还不到，似乎不到一分钟他就晕了。扶着墙进到卫生间，没有开灯，坐马桶上小便完，起身扶着墙凭感觉回到床上，最后一点清醒，是提醒自己把被子盖严实，有朋友以前得了急性肾炎，他说就是喝醉后炉火灭了冻起来的。拉好被子，然后就什么都不知道了。

梦里口干舌燥，他发现自己被压在了矿底，喊不出来爬不起来。黑乎乎的看见有许多人围观，伸手给谁，谁也不拉他一把。累死累活总算折腾起来了，心里还在恨方才眼前的人怎么那么无情？

哇地一口，幸好都喷在了地下，酸臭味把他熏醒，勉强着打开窗户，从柜子里掏出一条准备扔了的破床单将呕吐物马马虎虎裹起来大部分，客厅的窗下是垃圾堆，扔出去赶紧关上窗户。回到屋里，还是很臭。重返客厅在沙发上歪了一会儿，天亮了。

店还在经营，刘跃进给自己增加了一项事。有空就上街转悠各家的餐馆，西关十字、临夏路、小西湖，是他去的最多的地方。琢磨人家的地段、位置、特色、商号名。牛肉面？自己做的这个一点特色都没有。在自己饭馆那一带，出了十米没有牛肉面馆就算远的，进不进你的纯粹是偶然，他懊恼自己怎么这么没创意？

就在郁闷之间，邻家单位来叫他，说有家里的电话。那边是他按时计费的关系户，每次再加5毛，公用提供了不少方便。电话是胖蛋从大李庄邮局打来的，说你记得当时要我去上海找他爸的老右派于凯吗？他和卓玛草愣是想来这个差点没把他们打死的地方看一看，你说这有啥好看的？真是老了。不过我倒是想见见他们，到了兰州你接一下，送上车就行，这边一下车他熟悉。刘跃进说没问题。

于凯和卓玛草没有看出来有多少不快，那些折磨过他们的人，有几个死了，有几个跟着出外打工的孩子帮着带娃儿。当然，留下来的还有极少的几个，除了乔家在守着他们的根，别的就是无处可去和无能力外出的，说得难听些就是在等死。比如刘大成，已经半痴呆，跟他打招呼，他除了傻笑再没啥反应。所以，主客双方都尽量往离村子远的地方走，选人不怎么出行的时段活动。

胖蛋陪着他俩走，几个人话都很少，脚步迟缓，像在丈量历史。

其实，谁在想谁的，本身就没有多少可谈的。

今天选择了一大早出行。

刚好走过自家坟地，壮壮的坟头已经长上了茂密的醉马草，那草厚实和倔强，颇像他正直到有些固执的性格。往上有父母的坟墓、彩霞的衣冠冢。离的远的地方，是标记着火葬了的几个夭折的弟妹的石头，当时由林紫给做了记号，按出生早晚排了序。当地没有这样的风俗，林紫说乔家情况特殊，就要凑到一起。看着这些，胖蛋突然感到有点孤单，那边的人比自己这边多，他们现在在干吗呢？

刚到喇叭口那会儿，他是家里最小的。

大概一两年后，父亲给一家人讲了一个听来的故事，说地震那会儿尸体多，狼便拼命繁殖。由于房子摇塌了，大人去地上干活，只能把娃儿背在背上，而且大人得背对着背，免得被狼从后面袭击。一次，一女人去尿尿的当空儿，身后背篼里的娃儿就被狼叼走了，他爹急中生智取下帽子扔了过去，狼当什么好东西，丢了娃儿叼帽子走了，跑过去一看，娃儿的一个脸蛋已经没了。

那故事之后，林紫把他和壮壮看得特别紧，春末夏初之时，他俩在崖下暖和的地方揪住刚冒尖一两寸的草芽儿揠苗助长着喊：

青草芽儿青草芽儿往上飞
青草芽儿青草芽儿往上飞

拔出来的芽尖自然是绿的，然后是鹅蛋黄，最后就成了白色。可怜刚刚出世不久的青草，就让小哥俩给拔出来了，两簇青翠的草针被他们的小手心捂的蔫蔫的，小心翼翼放在一个踩不倒的地方。接下来是抓七星瓢虫，还是那句话，只不过主语变了：

花牛犊儿花牛犊儿往上飞
花牛犊儿花牛犊儿往上飞

这次的可是长翅膀的，从他们的手背上痒痒地爬过，先是花壳外翅开裂，然后从里面探出灰蒙蒙的透明羽翼，它们的飞是力不从心的飘，所以没几步就落下了。

就在这几秒几十秒之间，他俩又玩上了别的。

这时候，妈妈一直拿着粗硕的棍子站在他们俩的边上左顾右盼，不论玩多久她都站着，好像放心不下让彩霞婶看着，直到父亲和刘猪娃干活回来接班她才去做饭。

"我们给老哥老嫂子，还有你哥烧个纸吧，好人啊！"

卓玛草从包里掏出她带来的纸货，是上海人独到的精细才能做出来的。

最令胖蛋感动的，是她从箱子里拿出来的书，李叔同的，丰子恺的，刘海粟的，徐悲鸿的，胡适的，莎菲的，李后主的，李商隐的。这几个人胖蛋都听妈妈给他们说到过。有画册，有文字小册子，那么沉。卓玛草拿着苏曼殊和梁实秋的选本磋磨了许久，说林紫姐喜欢这俩人，那时我帮她看孩子，学生写字的时候，她在地上写的这一首我记得清清楚楚：

白云深处拥雷峰，
几树寒梅带雪红。
斋罢垂垂浑入定，
庵前潭影落疏锺。

那时我们俩不敢说话，第二天我把苏曼殊的另一首小诗写在她平常看学生写字时放凳子的地方，看了诗后她看我的眼神像温柔的阳光，我一下子放弃了死亡的念头，觉得这里还有人正眼看我。她边说边翻书，到了一枚竹叶为签的地方，给他们展现这一首：

春雨楼头八尺箫，
何时归看浙江潮。
芒鞋破钵无人识，
踏过樱花第几桥？

"踏过樱花第几桥？我妈总说她特别喜欢这句。"胖蛋说。

梁实秋先生的书，我买的是有《槐园梦忆》的这本，我觉得他们夫妻的默契和情感特别有梁先生和程季淑女士的风范，一并买了给他们，想必都是喜欢读的。

祭奠了烟酒糖果，纪悼叩首完毕，慢悠悠往气象站的山道底下走。

两年前，山顶的气象站废弃了，因为光秃秃的山上没有了可以去的理由和必要，那条干瘪裸露的小道失去了足迹的叩问，歪歪扭扭趴在山脊上，沧桑衰败得更加不成样子。

没走几步，几个人都喘气，无奈地对望着笑笑，说老了老了，也是经常不爬山了。慢腾腾走会儿歇会儿，终于没有走到顶，他们仨逃命的窑洞是必须进去看的，要是去了顶上，下山时阳光一过，卓玛草的近视眼会影响速度和安全，虽然离山顶没有多远。

于凯他俩当初走时洞口留下了充分的空间，是给斑头雁的，可以上到山顶等它的伙伴随行。时间久了，门口原来活络的石块被风霜尘土栽在了那里，洞口小了许多。两个男人费了些劲儿才把它挪开。加了衣服小心翼翼往里走，不见人和动物进来过的迹象，他们的痕迹早已被悄然覆盖于尘下。

看我给你准备的新房去。

于凯眼里闪着顽皮，卓玛草以两颊的红晕应对。石头缝隙间有一束惺忪的微光透进来，细碎尘埃在光里乱舞，都是被他们惊醒的。

斑头雁的毛在洞房的"炕上"积聚很多，尘土覆盖其上，于凯轻轻拿起一枝捻动。空气里是浓浓的灰尘味道。他缓缓地说我们也许能找到它，在山顶的背后。

"那我们上去看看，得抓紧了，免得晚上下不去。"

俩人都同意胖蛋的建议，一起出来，恢复好洞口，克服体力的不足，抓紧往山顶走。在阴坡的石坎儿下，果然发现了斑头雁蜷伏的遗体。散乱的羽毛有的黏附在冰雪里，有的还附在遗体上，更多的，当然是被风带到了不知哪里的远方。

几个人默默流着泪，卓玛草取下围巾说包了跟它的爱人葬一起吧。于凯说别包了也别动了，一动毛会掉更多，就这样埋起来更好。

捡些石块把它围起来，又从于凯原来住过的屋子里拿块木板盖上，再覆上些碎石块。

"一个冬天过去就埋严实了，这地方背风，吹不开的。我给它们弹首安魂曲吧。"

于凯边说边操起他的乐器，刚拨一下，久经风霜剥蚀的琴弦破断，他无奈地摇摇头。

卓玛草打了个喷嚏，胖蛋说赶紧走吧，这地方好冷。

三个人到站里头转了一圈，不敢再耽搁，一看表已经下午一点半，下山至少得两个时辰，起步下山。

或许是山上风太烈，卓玛草真患上了感冒。乔家老妯娌俩给她熬姜汤喝，蒙在很热的炕上出汗，可依然不见明显好转。

"活该要留我们多在这里待几天呢。"于凯说。

卓玛草睡在炕上，这老哥俩有时就独自出去转悠。

这个季节的喇叭口雨水本就不多，山顶的雪帽子越来越小，只成个象征了，植被几乎被全埋在地下后，雨就更少了，板结的灰色泥巴滩张着恶狠狠的大口子，吞进去能吞的，不能吞下去的，也被威胁着，前一分钟不知道后一分钟在哪里。偶尔一个嫩绿的小草芽儿，显得尤其微弱孤单，像个困住了的小孩子，灾难就在跟前，随时可以渴死，或根须被断裂在新的裂缝里。

他俩小心翼翼走在上面，这样的地方脚要是进去八成会受伤，弄疼则是肯定的。说话的时候肯定得挑个地方站下来或坐着，不能走神。

哪里原来有棵树哪里原来有个大石头，他们在哪块地方摔过跟头，站何处能看得见路上来的车辆，等等，都是大致猜测的，现在已经找不到多少参照物了。

"这地方养活人很困难了，没几分地没多少水。"

于凯自言自语道。

"是啊，实际上也没几户人了，都跑外地干活去了或者死了。我们家大丫还不是因为老的老小的小才在家尽义务？要是跟着刘跃进去省城里，花花绿绿看一段时间，你觉得还愿意回来么？小孩子就更不用说了，天生喜欢热闹。这家现在维持越来越难，拖着人家年轻人出不去，夫妻分居，我心里怪过意不去的。"

说这话时，他俩坐在一块石头上，肩膀对着肩膀，眼睛都朝很远的方向盲目地扫视着。

"那你没有想过搬到兰州过？刘跃进那孩子，别看有些油气，但人真的不错，对这个家心里放那么重，很多女婿做不到。"

"还有比我更了解他的吗？生不逢时，落架凤凰。要是环境好些，那娃儿肯定出息。现在弄得不上不下，我好为难，有些话还没法说破，不知以后什么样儿呢。"

于凯沉默好久后小心翼翼地试探道：

"咱哥俩是生死之交了，当讲不当讲的话我都说了，你别往心里去。"

"哪能呢？年轻时可能，现在这岁数了，谁还不了解谁？你说吧。"

"大丫和洛桑……"

"不用为难了，我替你说吧。他俩是好，局内人总觉得局外人糊涂自个儿明白，其实家里谁都看清了，大丫本来就没心没肺，洛桑是藏民，性格很外露。虽然现在我是家长，可以往跟刘跃进的兄弟情分却越来越牢固，他说洛桑找他私下谈过了，他自己很纠结。离开这家舍不得，让娃儿没爹他不忍心也不放心。可留下来他又觉得别扭，过一天算一天吧。"

谈话没有结局，两人沉默了。远远看见一个人佝偻着腰挑着空水桶晃晃荡荡往泥水沟一边走，一点一点往桶里刮，八成水太少，动作好久还没有结束。

"我看像是刘大成？"于凯问。

"嗯。地没多少能种的，就庄子前后那点儿。从沟里流下来的水不能浇地，浇了庄稼全死，所以他到这边刮泥水来了，亏他现在还能到了河沟旁边，据说傻了。现在家里有人的都在挖窖，下雨下雪前把院里的鸡屎猪屎扫一下，把水引到窖里，就靠这个了。其实以后地里也应该挖窖，存些水太干旱时用。"

"他家的娃儿呢?"

"刘强淘金时被淹死了，其他几个出去打工，过年过节也很少回来，一回来城里的活就没了。刘大成失踪那些日子身体受过伤，现在老了，从他走路就看得出来不舒服的地方很多，这两口子以后日子会越来越难过的。其实现在孤单无助的岂止是老人? 人是群居动物，我们家小外孙子在队里连个伴儿都没有，还不如当初只有我们一家在喇叭口的时候，最少的时候也有我和我哥俩娃，以往大的欺负小的，被骗着骂着，还鼻涕一把泪一把跟着大的当跟屁虫，不愿意自个儿呆，现在这样儿，哪里有村子的感觉? 孤独这个可怕的事儿，如今竟然加到一个三岁小儿身上。"

"那你还是准备走吧，娃儿们都出去了，别拖着人家后腿。你是走南闯北过的人，不会像乔大哥那样离不开家。"

"我得守坟，家人都在这里，那些年我走，是因为大哥替我守着，现在我走了，谁守护喇叭口? 再说，到城里，刘跃进的心里啥样? 那孩子，他要是赶紧把自己的问题解决了多好? 大哥在世的时候总骂他是小流氓，我现在倒真希望他不要那么正经八百，有个人跟他好。可这事由不得我啊!"

话题再一次没有结果，又是沉默，然后回家吃饭午睡。

在这里待了一星期，卓玛草的病好了，他们说要回上海，现在学校里缺老师，不让退休，没准干到啥时候呢，快开学了，还说以后这里就是他俩的第二个家，会常来的。

四十三

乔家的存款本来就不多，虽然几个大学生的绝大多数费用国家包了，但他们都大了，尤其二丫，女孩子总不能太寒碜，那样在学校里会很没有地位。

刘跃进每月给二丫贴补20元，俩小舅子各15元，说是他们的劳务费。其实他们帮忙很少，周末叫过来抓生活却是实实在在。

今年的天气热的有点异常，三月刚过没多久，短袖裙子就上了一些年轻人的身。

刘跃进检查纱窗，好几块必须得换，又是一笔钱，他心里算计着这个月的支出。

就在这时，有人敲门，随之就传来了二丫兴奋的声音，说姐夫你干嘛呢，是不是关着门偷着吃好吃的？

他从窗台上一蹦子跳下去说来了来了，请你一起吃。

门开了，她身后站着个很腼腆的小伙子，红着脸含糊地跟他打了声招呼，又低下了头。青年人看这个，对他们的关系一目了然。刘跃进说赶紧进来吧进来吧，我家二妞看来不用我再替他爹娘操心，有人接我班了。

二丫红着脸说讨厌，根本没那回事，你就败坏我名声吧，好像我是啥事都不会干的寄生虫似的。

嘻嘻哈哈说笑着，这俩小情侣眉来眼去，无意中排斥着刘跃进，让他有一种客在主不灵、喧宾夺主的别扭感。待及他说想去弄弄另一个屋里的纱窗时，二丫可能在乎到了刘跃进的感受，直接说出了他俩的关系：

"喂，秦玉明，你比我姐夫可不能差太远，人家走南闯北，啥都会干，现在是我们乔家的常务家长，我爹就是个名誉家长。你要是得不到我姐夫的认可，家里就没有你的地位，你连进门都难。"

她是娇嗔，秦玉明听着有些不快，不便说什么，站起身说我不是不熟悉环境吗？有啥做的请姐夫吩咐。

刘跃进说不用了不用了，都是粗活，哪里敢劳驾你大学生？以后我儿子考大学时你多担待就行了。你俩下去给大厨吩咐一声说中午有贵客，准备点吃的。不要多，要精，我要给我连襟接接风。二丫说他哪到那规格了？随便吃碗牛肉面拉到，八字没一撇，别亏了我们家。刘跃进说去吧去吧，别虚伪了，这么多年一个家里，你那些鬼心肠我还不清楚？要给你的白马王子吃了牛肉面，你还不把我当牛肉吃了？

他俩笑着说着从过厅里穿过，去厨房了。

不时地，秦玉明和二丫来饭馆帮忙，在乔新乔华也来的日子里，刘跃进就准备一桌，学校里周日的饭菜做得很凑合，他们在这个日子却能吃得好些。当然，休息日客人多，他们得实际帮忙也是真的。

五月中旬一个周末，二姐和秦玉明又来了，这次没有以往那么黏糊，甜蜜的谈笑也收敛了许多。问他俩怎么了，秦玉明说学校分配政策下来了，大概原则是哪来的回哪，如果两人往一处分，只能到条件差的那边去，或者一起去藏区。

"那你们去哪？我看你俩的家乡都不怎么样，穷山恶水。"刘跃进说。

"分配指的是地区，不是发配到老家去，中国大学生还没多到那种地步呢。"二丫解释道。

"如果按地区说，我觉得河西走廊比你们陇南那边要好一些。我的意思不是向着我们家，从交通环境看，确实如此。"

秦玉明同意刘跃进的话，说大家也都这么看，不过到了那里，我离家实在是有点远，我弟在南方打工，他回家没有生计，不回父母就没有靠手。

刘跃进说我就是说说我自己的看法，你俩的事情你俩合计。再说二丫有父母，轮不上我插嘴。上大学时谈恋爱是好，分配是最大的问题，好好想想有什么办法能处理好点，有需要打点的我尽力而为。婚姻是人生的大事，千万不能马虎。不知他说这话时是否有意，二丫听着心里怪怪的，心想或许是他自己体会太深了。

越到后头，风声越紧，每次回来，他俩的焦灼搞得刘跃进也是心神不宁。带来的是真假难分的消息，如哪个学生的姨夫是省里的大官啦，哪个同学的亲戚替系主任的儿子弄到二胎指标啦，云云。刘跃进说这方面我一点办法都没有，我认识的人里官最大的就是喇叭口的领导，他们还对我凶巴巴呢。

直到有一天，二丫说中文系一个女生送了系主任一个彩电指标，把她和她男朋友一起留在了兰州时，刘跃进喜出望外地说，你们怎么不早说？大学老师也收东西啊？你俩回去赶紧打听一下系里领导的家，我这里还有一块金子，本打算给我妈做个镯子的，没有遇见好手艺的工匠，先送了吧，等我以后攒到钱了再给她买。

"这事，书记也很重要。"秦玉明有意无意说了一句。

"那明天我去割成两块，每一半都能做付大戒指和项链耳环什么的，给一个人本身就太多了。"

第二天，消息打听回来了，当晚，刘跃进带着秦玉明和二丫分别找了系主任和书记。俩教书匠只见过金首饰和博物馆里的金器皿，现在有黄灿灿的一立方厘米左右的金方块沉在手心，嘴里都说你们怎么还搞这一套？系里分配是严格按照条件的，金块却紧紧攥在手里没有退出来的意思。

搞这一套的结果，是系里用兰州市一个愿意跟着如意郎到河西走廊去吃苦的女生的名额，换到了兰州郊区厂矿子弟学校的两个名额，把秦玉明和二丫分在了一起。虽然不在市里头，然而比起两人的原籍和没有活生生分开这一点，已经是最好的结果了。

"那娃靠得住吗？你花那么大力气。我说这个不仅仅是因为金子送人了对不住你，也有担忧。二丫和那娃好像处的时间不长，一辈子的大事，马虎不得。"胖蛋在电话里问刘跃进。

"二丫看事应该比较清楚，选择人不会马虎吧？我也说不清，了解不多。我这当姐夫的，只能是顺水推舟从善如流帮人家，没有资格问多的，更不可能干涉。"

胖蛋说等把地里的活打理打理，我来看看。刘跃进说分配完他们还有一段时间，让他俩回家一趟。不论顺眼不顺眼，二丫选的，你别说什么了。这种事说了，女儿肯定跟着人家去，还把女婿得罪了。

胖蛋迟疑了片刻说，我咋觉得你有点吞吞吐吐的？是不是觉得那娃有啥不顺眼？刘跃进赶紧说没有没有，挺好的。自家的人嘛，总偏着自家的，没准二丫嫁个皇太子我都觉得亏。那娃就是看起来软些，没啥主张。年轻人都有这毛病，以后会好的。再说人家是文化人，靠知识吃饭，或许那是他讲理的表现，不像我这个土匪。

胖蛋没再谈这个话题，闲扯几句后挂了。

二丫他们的事落实后，刘跃进继续寻他的商机。

今天下雨，打烊的比较早，打开电视，随便调到了农业频道，说的是国外推行的健康理念，比如吃薯类食品特别有利于健康，等等。后来，他又专心看了看关于绿色食品的界定标准。正想关机，介绍到了一种叫人参果的东西。他没有见过这个品种，看来是比较稀有的。一看介绍，说是特别适合种植于高寒地区的大棚里，特点是高氨基酸，低脂肪，最适合糖尿病人吃。

"这是个好东西，在喇叭口的自留地里种的话，应该有效益，可种了卖给谁啊？我现在还不认识一个糖尿病人。吃饱肚子没几年，哪有福气得糖尿病？"他自言自语道。

然而，还真有吃饱肚子率先得上糖尿病的，这人恰恰是以往吃的比他还差的于凯。

当电话里得知他得了这种富贵病时，刘跃进对糖尿病的认识多了一重，知道原来吃糠咽菜突然生活好起来的人，比一直过着好日子的人更容易得这病，于凯说他就是。现在身体情况不大好，单位同意他退休。卓玛草本来就是临时工，说辞就辞。

刘跃进安慰他几句后随便搭茬，说了人参果的事，于凯说那东西真的非常好，可上海买起来比肉还贵，要一直吃那个，火葬费都没了。刘跃进说你想哪了。退休了好，来喇叭口自个儿种了吃，粗茶淡饭，糖尿病自然会好的。我家一大院房子，正等人住呢。

于凯的信息让刘跃进对糖尿病和人参果多了份关注。不久他从报纸上看到了一则消息，说青海一个地方人参果大丰收，因为交通不便的缘故，运不出去，又因为氨基酸高糖分低，牲口越吃越瘦，只好倒到远处的坑里埋掉。

"唉！交通不发达，信息不对称，真是害死人。"

第二天他到市场上转了一圈，即便没有到上海，人参果的价格也不便宜。问摊主卖到哪里，他说主要是到对面陆军总院里看糖尿病人的人买走的。

回到家里，他脑筋一转，决定在自己店里增加一个小角落，专卖雪域的一些特产试一试，比如蕨麻、虫草、鹿茸。现在当然没有自己的货源，先从药店里买了试一试。

还好，人都爱个名堂，打出自家老家采的东西后，认的人还不少。他又去了趟青海，到互助县城买了几箱人参果，附加了车费试着卖，效果也让他满意。

这事可以做。他兴奋得一夜没睡踏实。

第二天一早，他给家里打电话说庄稼收完把地好好平一平，建几个水窖，沤点肥，明年春天他来建塑料大棚，种的东西都运到兰州他给卖，家里一口应承。

有了这层希望，刘跃进对饭馆没有以往上心了，又恢复到当初在喇叭口钻研淘金技术的那会儿，看农业科技讲座，到街上的橱窗里搜集相关信息，还整理出来了几本厚厚的资料。

次年开春，他申请了两个月的停业装修，同时拿着几乎所有剩余的积蓄到了喇叭口，还在雪花飘飘之际，大棚里的人参果和青头萝卜就已破土而出。

看着这反季节的东西，一家人兴奋异常。菜地里一能腾出手，刘跃进就把它交给家里返回兰州，除了饭馆得去照料，一家人和洛桑都觉得有他不自在，这也促使他赶紧离家。

一个月后，家里打电话过来说大棚里的东西长得非常喜人，开春收的蕨麻已经晒干了，虫草也有了几公斤。刘跃进说虫草以后不收了，我看了资料说挖虫草对草原的破坏非常严重，我是喇叭口的罪人，不想再把剩下的一点点草原给彻底搞完，可以考虑自家人工种植。

租了辆拖拉机，洛桑是现成的司机，他送货来时几乎不说话，埋头苦干，完了就走。多晚都要赶回去，有时出城会住小店，弄得刘跃进尴尬，觉得白使人家，家里只随便给他提供了住处委屈了他。不过再一想他心里又平衡了，自己不怨吗？不明不白，只有绿帽子戴的明明白白，为乔家担待着几乎所有的事。可他和洛桑又有共同点，那就是放不下那个家。

到了五一，当兰州自然熟的大萝卜还没有上市时，乔家大棚里的大绿头萝卜一个赛着一个疯长，几年忙着淘金，地被养肥了，萝卜是做正宗牛肉面必须放的，他家的拖拉机还没来，萝卜就被订走了。

等到兰州的大萝卜批量上市，他家的已经卖的差不多，接着送过来的，就是成箱的人参果，青青翠翠，看病人的走后门的，还有自己家里有糖尿病人的，都从他家买。

店面依然不大，装修过后只是整洁和干净了些。不过这时的刘跃进认为已经到了酒香不怕巷子深的时段，外貌的重要性变得微不足道，适当的时候，他会搬离这小牛肉面馆扎堆的地方，把饭馆做大做强。

今天是周六，二丫很久没来了，除了离得远，人家有幸福的小日子，顾不上这个姐夫了。乔新乔华也是，他们想的是远走高飞，说要复习功课考研，去南方发展。听着他们天上地下地谈理想谈抱负，刘跃进心里也有不快的时候，失落感则是经常的。嘴上不说，心里嘀咕道：人常说一个女婿半个儿，也没说儿子女婿没区别，这家人家的儿子，似乎姐夫托着家是理所当然。你们都走远了，老人以后咋办？更何况，现在我还算是乔家的女婿吗？充其量是乔家外孙的爹。

买卖刚让他省心了些，一件完全想不到的事发生了。

周一都快睡觉的当空，二丫哭喊着擂门，说姐夫我跟你见一面就跳黄河去，秦玉明那个王八蛋把我甩了。

他慌不迭地打开门说进来慢慢说，不是什么光彩事，你嚷啥？二丫说我都不打算活了还在乎别人听见么？

刘跃进眼睛里露出凶光问道：

"那你杀了那王八蛋没有？杀了就去跳黄河，反正也得吃枪子儿，还不如自行了断算了，没有的话就给我说是怎么回事。"

二丫嘤嘤地哭着说，还杀了人家，没准他现在正搂着他那个妈妈献殷勤呢。

"那你还跳个屁啊，人家得了便宜，以后还津津有味地说你为他殉情了。"

"那你说咋办？"

她抽泣着，泪汪汪地看着他。

"你都没说清楚，我哪知道咋办？"

终于听明白了，厂里基本是普通工人，文化水平低，他俩是恢复高考后分回去的第一批大学生，厂长的千金年龄亮黄牌了，现在看上了秦玉明，黏糊来黏糊去不行，厂长亲自给秦玉明做思想工作说，要是娶了他女儿，子弟学校副校长的位子就是他的。

"这点诱惑他就投降了？"

问这话时，刘跃进有点幸灾乐祸，本以为这高材生的二姑爷对自己是压力，原来是这么个软蛋。二姐说可不是投降了么？秦玉明说服务期就是5年，满了自己都30岁了，一直被打压着，5年以后即便能找到好单位，厂长也不一定放人，一辈子准没有好日子过。

"完了呢？"他继续问。

"完了……"

她抽泣了好一会儿后接着说：

"完了他就来给我做思想工作，说为了我们俩人，让我忍受一下，这几年还会来大学生，肯定有比他好的。"

听着这些熊包话，刘跃进彻底没气了，这样的男人没嫁上是幸运，嫁上了，狗追过来都是先自己跑的主。不过他极力压住自己的情绪，装出愤怒的样子。失恋这东西，他不是没有过。即便自己清清楚楚知道对方恶贯满盈，解脱不出来也没有办法，心缩成紧紧的一团，酸疼难忍，憋得时刻似乎有爆炸的可能，但就是破不了，活生生折磨你。现在的二丫，心里肯定就是这样。

听她继续诉委屈：

"要是找个年轻漂亮的也就罢了，比他大四五岁的老女人，又胖又丑，扔了我跟那女人好，我觉得一点自尊心都没了。"

"还知道自尊心三个字？你把我和乔家的男人们的自尊心都搞没了。一个女大学生，城里还有我和你两个弟弟，至于为了一个小宦官寻死觅活的吗？你说要杀要剐我们几个撑着，你别去报信就行了。"

"我都被他那样了，便宜他个畜生了。"

这丫头今天真是失去了理智，啥都说。刘跃进狼狈地低下头不说话。过了一会儿站起来说，我去给你收拾收拾床，你睡吧，这样的事现在处理不够冷静，再说我也拿不出什么路子来。你先别去上班，厂长家女婿惹你缺勤，他们会有办法摆平你缺勤的事。明天我去叫乔新和乔华过来，几个人商量商量怎么收拾那个王八蛋。

"怎么收拾啊？不是我软蛋，我是觉得没法去收拾。废了他？两败俱伤的事，就是给我姐报了仇，可这样她的工作也没了。更何况，女孩子的心思不像我们男的，虽然我姐让人家欺负了，但看着把秦玉明搞个缺胳膊少腿，她不知心里疼成啥样呢？要不说女孩没出息。"

乔新赞同乔华的判断，说如果搞了那个王八蛋能为我姐讨回些什么，那也值了，可现在啥都讨不回来。

刘跃进心里有些别扭，读书的男的看来都一个德行，瞧这两个，不跟秦玉明一样软蛋么？他说行行行，你们都有道理，风格高，我这个流氓加文盲去会会厂长和他的乘龙快婿。

小哥俩赶紧说我们根本不是怕，是觉得闹大了我姐被开除，她以后怎么过。

刘跃进说我一直没有工作不也在过吗？总不能为了个饭碗让吃屎就吃屎让喝尿就喝尿。

"你说得轻松，我姐你养活一辈子啊？"乔新说。

"养活就养活，当我养活不住她？"

这句话是他随口说出来的，回过神来时，顷刻间连耳根子都烧了，赶紧起身说我去看看店里明天的东西准备好没，你们去那个屋里跟二丫说会话，没人在跟前，八成又想伤心事。

四十四

中秋节前夕，刘跃进花 400 块巨款上门求字，省书协副主席给他提了两个厚重的柳体字：乔宅。

八月十六那天，乔宅正式开张，刘跃进没有达官贵人可请，但他选择了另一种广告方式，就是提前一天沿街发出了 200 份免费午饭的邀请函，菜不算丰盛，一个人一份加肉拉面，里面有鲜嫩的喇叭口大萝卜，邀请函的后背上写上了乔宅的经营范围，即营养餐和药膳。前者的主料是牛羊肉和雪域萝卜，都是喇叭口的自家农场生产，承诺对年消费额满 5000 元的客户提供免费赴产地参观、监督生产过程的服务。后者有药酒、药粥、药茶，等等。喇叭口的枸杞子、蕨麻、虫草、黄芪等都派上了用场。种植那一摊子主要由洛桑和大丫负责。

除了开张，今天的另一项大事是刘跃进和二丫的婚礼，婚房暂时在乔宅的顶部原来刘跃进的宿舍里，他说忙完这阵看看能不能租到独立的房子，雨季过了装修完，春节应该能搬过去住。都忙完了，刘跃进嗵的一声把自己砸在床上对二丫说，过来把大爷慰安一下，都快累死我了。二丫嘴里说美得你，身子却乖巧地靠了过来。但刘跃进的注意力好像又转了方向，若有所思地说：

"我们能把事情闹这么大，多亏于凯那个老右派的糖尿病给我了启发，我现在给他打个电话去，以后他吃的人参果我给包了，咱爹当年帮人家老头儿算账，认识了他往上海跑车的儿子，捎几箱子过去应该不成问题。"

"你行了，都 9 点了，人家不睡觉啊？又不是当时在喇叭口被改造的时候，白天黑夜想让人家干就干。"

"你当老右派像你这么堕落？那代人被耽误了，现在个个都说要把失去的青春夺回来，没准天天挑灯夜战到天亮，打开窗户，深深地吸一口新鲜空气，看着朝阳说，啊，生活真美！他们虽然受够了苦，可就像肚子疼了几天突然不疼了，本来是正常状态，却觉得肚子不疼是上帝的额外恩赐，倍加珍惜。"

出去一打电话，于凯的回答让他觉得意外，他说自己退休了，家里原来的老宅子被退还了一部分，开了超市。人生活到暮年，才觉得原来如此简单，那就是合法地赚钱，健康地生活，做些自己喜欢的事，为崇高远大的理想把自己搭进去不值。

刘跃进险些就喊出来说你真堕落，好不容易有做学问的条件了，你却泡在超市里赚零花钱。转眼一想人家赚钱怎么了？一个病身子，头发花白的老人了，年轻时无偿地搭出了自己的精力和时光，如今病了穷了，还得看单位领导的脸色，赚钱才是明智之举。

没等他想好措辞，于凯接着说：

"我最迷恋我们上海人的，就是务实。没有虚头巴脑的那些个东西，精心地打理自己的生活。学问那东西跟其他东西一样，自然有喜欢的人，我年轻时喜欢学问，可耽搁几十年，知识都旧了，刚恢复高考那会儿，学校里人员紧张，我去应付应付还行，最近几年毕业生留校的多了，我也不敢如年轻人那样没日没夜地拼。现在重视人才，年轻人们去干吧，我弄弄买卖、搞搞资本主义那一套试一试。"

刘跃进岔开话题说，我是想要告诉你，喇叭口现在能种的土地我们家都承包过来种植绿色高寒作物了，我在兰州开了个专卖店，你吃的人参果我按期给你从火车上捎过来，到时你去接回来就是。

"火车上有熟人？"

"嗯。我爹流浪时认识的，现在处得不错。"

"那你不会每次多带点我在上海替你卖吗？这边接货我没问题，价格翻三倍，运费适当的还是要跟人家谈清楚，这三倍的赚头里你我和火车上平分。先小人后君子，亲兄弟明算账，这些都是做买卖的起码道理，等到车上的跟他们领导接上头了，包半截车皮，咱俩的买卖就做大发了，我也不会白吃你的人参果。"

"上海人也认人参果？"

"拉倒吧，什么叫沿海开放城市？你说说中国近代先进的东西有多少不是通过上海传入的？上海人的保健意识可强了。虽然他们看起来瘦小，被你们西北人讥笑为一麻袋能装三四个，可吃绿色食品和营养食品，人家的意识和承担能力肯定比兰州人强。"

刘跃进不再继续这个自己不了解的话题，说反正能卖出去就是好事。喇叭口那边我会加大投入，产品不是问题。可惜啊可惜，除了庄前屋后，好的地方都被翻了个底朝天，现在还不见几根草长出来，没多少可耕种的地。等我挣到钱了，雇人在那里栽树，恢复到以往的山清水秀。

于凯说：

"你就做梦吧，那地里渗着多少毒药，你比我清楚许多，把树苗埋进去，那是扼杀生命。你在喇叭口搞农业要严格掌握几条，一是不能扩大种植区域，就在原来各家庄前屋后的菜地里种，而且不要用沟里流下来的水，储蓄些雨水雪水，实在需要时在远离金矿旧址的地方开采些地下水，我真不敢判断污染的边界到了哪里；第二点——有点强人所难了，不过我还是给你说出来，那就是希望把各家都关照一下，我不给你讲什么共同富裕的大道理，就是出于人道。上次我和你爹参看见刘大成那个恶霸佝偻着个腰，两口子在泥沟里刮水浇地，觉得真的挺可怜的。你说我是不是快要死了？咋变得这么没出息？喇叭口那个地方我应该恨到骨子里才是，怎么还总念叨它？尤其是刘大成那样的，当初欺负我的时候，我觉得他简直有长生不老的气概，现在跟个快断气的癞皮狗一样。"

刘跃进听着有些伤感地道：

"不是你快要死了，是运动停了大家都恢复了人性。运动就像个车子，每个人在车上又不允许下来，哪有车跑着人不动的道理？只不过每个人在上面的处境不同罢了，有些一开始就被车夫定成没资格乘车的人，被一脚踢了下来；有些勉勉强强允许搭车，他们为了免于迟早被踢下去的命运，就努力把有座位的人往底下挤，刘大成他们就是后面一种人。现在运动这辆大车没有了，靠挤人占座行不通，没有座了得自己找座，而他们又是些找座能力非常差的人，加上年老体衰，就成了那个样子。"

"你小子比大学里的理论课老师嘴还顺溜。不管怎么说，现在只有你能给喇叭口的老人妇女改善一下生活，算是我这个臭右派求你了。"

"看你说的，好像我不是喇叭口的人似的，乔家两个闺女都给我了，我能不死心塌地为那个地方吗？我从来都把喇叭口当成是乔家的，而不是一个村庄。不过，我还是有个理想，等喇叭口的年轻人都到城里谋生了，老人们都安息了，我会另选行业干一干，不再从那块土地上索取。那地方，消息闭塞，交通不发达，不适合年轻人生活。更重要的是，人都远离了，在无数的种子毁灭于毒山毒水之后，总有一些迟早会生存下来，像乔家当初在喇叭口的扎根和繁衍一样，重新成为鸟语花香的伊甸园。"

"老乔从乞丐堆里捡个小叫花子，想不到成了喇叭口的救星。呵呵。晚了，我盘点一下账目该睡觉了，有好消息打电话。"

刘跃进答应一声挂了机子，打着口哨往家走，脚底下说不出的轻松，风都是嗖嗖地。

　　回到床边，二丫正含情脉脉地等他，刘跃进说现在我发现我才是乔家最正宗的女婿。

　　二丫说你扯的这是啥话？女婿有啥正宗不正宗的？

　　"娶小姨子啊，你爷爷开创的优秀传统，我继承了。"

　　看见二丫伸手过来打他，他赶紧爬上床关了灯。

定稿：2011/4/28

修改：2013/3/5